Draconangelus

I

Draconangelus

I

Igoli

K. Dilano

CALIGRAMA

Esta es una obra de ficción. Cualquier parecido con la realidad es mera coincidencia. Todos los personajes, nombres, hechos, organizaciones y diálogos en esta obra son o bien producto de la imaginación del autor o han sido utilizados de manera ficticia.

Draconangelus I
Igoli

Segunda edición: octubre 2017

ISBN: 9788491128267
ISBN eBook: 9788491129516

Impreso en España – Printed in Spain

Para Roberto y Guillermo,
mis pequeños Ángeles terrenales.

Agradecimientos

Todos hemos tenido alguna vez la sensación de estar acompañados por fuerzas invisibles que nos han facilitado el camino a seguir o nos han ayudado a salir de un apuro.

Recrearnos en la idea de que esos guías puedan ser seres queridos ya fallecidos o ángeles protectores dependerá de las ideologías personales o religiosas de cada uno.

En mi caso, nada de ello hubiese sido posible sin la ayuda inestimable de mis primeros lectores; gracias a mi vecina Rosa, a Jesús, mi esposo, a mis amigas Montse, Mindae, Visi y a tantos otros amigos y familiares que, con sus comentarios, me ayudaron a mejorar cada línea del que fue mi primer proyecto literario.

Tampoco me olvido de los seres queridos que ya no están aquí, aunque permanecerán siempre dentro de mi corazón: gracias, mamá, papá, abuelo Pepe.

También quiero agradecer a mi amiga Raquel y a Juan Manuel sus lecturas, sus consejos, su apoyo y el haberme acompañado y colocado, en el momento más oportuno, frente a las personas adecuadas para publicar este y espero que muchos otros libros. Eso solo lo saben hacer bien un par de ángeles terrenales como ellos.

Por tanto, gracias a Enrique Parrilla por estar, a Jorge Pérez por ser y a su equipo de edición en Caligrama por hacer.

Y, por último, agradecer la presencia de esos seres tan peculiares que han evolucionado en mis personajes, que sé que andan cerca de mí y que han estado inspirándome, protegiéndome y guiándome, de manera casi milagrosa, para sacar a la luz esta primera novela y, en breve, las dos que completarán la trilogía Draconangelus.

Prólogo

En un jardín de árboles centenarios e intenso olor a boj
apareció una Niké alada.
La seguí,
adentrándome por un laberinto de zigzagueantes caminos,
hasta encontrarme frente a cuatro ángeles, cuatro almas sagradas,
cuatro eones de sabiduría eterna
que mostraban a Mike arrodillado a sus pies,
suplicando que me alejase,
con una mueca de dolor atravesando su rostro
y los ojos inyectados en sangre.

El llamador de ángeles

Al abrir los ojos por primera vez en el día, tardo unos segundos en saber en qué parte del mundo me encuentro durmiendo. Hoy estoy en mi propia cama, en Vancouver, en la casa donde vivo con mis padres. Aunque ellos ya no pasan mucho tiempo aquí, ya que desde que empecé a trabajar como azafata de vuelo se trasladaron, casi definitivamente, a la casa de veraneo que tenemos en el pueblo de Sooke, en isla de Vancouver; una de las grandes islas costeras del Pacífico y rincón ideal para los amantes de la naturaleza y de la pesca.

Esta mañana hay demasiado trasiego en la casa. Son más de las doce y no dejo de oír los tacones de mi madre, arriba y abajo, y las maletas de un lado para otro.

Anoche celebramos en casa sus bodas de plata, veinticinco años de casados. Mi hermano y yo sabíamos que mi padre le iba a regalar a mi madre un mes de viaje por África Oriental, por lo que les organizamos una fiesta sorpresa invitando a todos sus amigos y familiares. El resultado de la fiesta es que se me han pegado las sábanas y que, si quiero ir a despedirles al aeropuerto, cuento tan solo con cinco minutos para colocarme unos vaqueros, un jersey, peinar mi enmarañada melena y salir de la habitación.

—¡Hija! ¡Qué fiesta, qué fiesta! —dijo mi padre al cruzarse conmigo en el pasillo, dándome un achuchón de paso.

Para él fue una auténtica sorpresa; aunque no tanto para mi madre, ya que ella fue la que localizó la empresa de *catering*.

—¡Oye, Mike! ¿A qué hora despega su vuelo? —pregunté a mi hermano al verle.

—¡Buenas tardes, bella durmiente! —ironizó—. Más te vale darte prisa o te despides de ellos aquí. Salimos ya.

—Pero ¿me llevo mi coche o puedes traerme tú antes de que salgas hacia Seattle?

—Hablas con un caballero. Yo te traigo de vuelta. ¿A qué hora vuelas?

—No ficho hasta las ocho —respondí, cogiendo para ayudarle una de las bolsas de viaje que iba cargando y por la que casi me caigo por las escaleras del esfuerzo que tuve que hacer para mantener el equilibrio—. Pero ¿qué llevas aquí? ¡Pesa muchísimo! —dije, soltando la bolsa sobre el suelo.

—¡Ten cuidado, que son manuales de papá sobre arte religioso! —me regañó.

Mi madre me llamó desde el despacho de la planta baja, por lo que ignoré a Michael y, saltando por encima de la bolsa, bajé corriendo las escaleras.

—¿Cómo es que no me habéis despertado antes? —la saludé con un beso en la mejilla.

—Necesitabas descansar, hija. Pero no nos íbamos a ir sin despedirnos. Mira, os dejo a Anita y a ti guardados en el ordenador los teléfonos de la empresa de *catering*. Vendrán a recoger todo dentro de un par de horas. Y también os dejo los teléfonos de donde estaremos alojados —continuó hablando mientras apagaba el ordenador y cogía sus cosas. Tras despedirse en la puerta de nuestra asistenta, Anita, y de darnos las últimas indica-

—Desde luego, yo alucino con vosotros. ¡Vaya una panda de superdotados que os habéis ido a juntar! —exclamé—. La gente invierte años en terminar ese trabajo y vosotros lo hacéis como si nada. Julie es algo que no se plantea, por lo menos, hasta su madurez.

—Tu amiga Julie acaba de empezar la carrera y yo llevo preparando material para la tesis desde antes de llegar a Seattle. Además, en nuestro campo o te sacas el doctorado pronto o las salidas son escasas.

Mientras mi padre terminaba de beberse su vaso de leche fría y miraba su reloj de soslayo, me susurró al oído:

—¿Vas a invitar a tu mejor amiga a venir a Seattle para la fiesta de Michael?

Mis padres conocían los sentimientos de Julie por mi hermano, pero Mike no había mostrado jamás ningún interés por ella; y, que supiéramos, por ninguna otra.

—No le he comentado nada. Sabes el círculo tan cerrado que forma Mike con su panda de amigos y lo más probable es que no le haga mucho caso.

Según nos levantamos para dirigirnos a los arcos de seguridad, me agarré del brazo de mi padre.

—No culpes a tu hermano —dijo—, ahora se encuentra centrado en sus estudios.

—Pues resulta un poco aburrido, papá. Cada vez veo a Michael más alejado de los placeres carnales, si es que alguna vez los ha probado.

—Quizá ahora, de camino a casa, tengas tiempo de preguntárselo. Aunque imagino que también querrá saber algo sobre tu vida sentimental; que, por cierto, últimamente tampoco es que estemos muy enterados tu madre y yo —destacó, arqueando las cejas—. ¿Qué pasó con aquel compañero de vuelo que tanto te llamaba el año pasado?

—Matt se fue destinado por unos meses a la base que tenemos en Londres. Allí gana más dinero. Está ahorrando para comprarse un apartamento, ya que no podrá asumir los gastos de alquiler él solo después de que se case Andrea y de que su otra compañera de piso, Barbara, se marche un tiempo destinada a la base de Montreal. Chateamos de vez en cuando, pero únicamente me interesa como amigo, papá, y él lo sabe. De momento, no ha llegado mi príncipe azul —fingí suspirar, llevándome una mano al pecho.

—No te mereces menos de eso, mi vida. —Me pasó su brazo por encima de los hombros para estrecharme contra él, permitiéndome apreciar su inconfundible perfume oriental de aroma floral y especias dulces.

En la cola hacia los arcos de seguridad, un guardia cortaba el paso a todos aquellos que no fuesen a coger algún vuelo.

—Os llamaremos cuando estemos instalados en el hotel de Nairobi —dijo mi padre.

—Pasadlo bien y sacad buenas fotos. —Les besé y les abracé con fuerza a ambos.

Michael se despidió de ellos también y mi madre no pudo evitar que se le escapasen un par de lagrimitas.

—Os quiero mucho, hijos —dijo, volviendo a abrazarnos a los dos juntos—. No olvidéis llamaros entre vosotros durante estos días. —Y mientras, se secó con el dorso de la mano las pequeñas gotas saladas que se le derramaron.

Mi padre hizo entrega de las tarjetas de embarque y de los pasaportes al guardia que controlaba el acceso de pasajeros.

—¡Catherine, vamos! —dijo mi padre antes de girarse hacia nosotros—. Siempre os estaré agradecido por la fiesta sorpresa que nos organizasteis ayer. Sois la mayor obra de arte que he tenido nunca entre mis manos. Os quiero.

Y entrelazando sus dedos se dirigieron juntos a iniciar su segunda luna de miel.

Nos quedamos allí parados, ondeando la mano hasta que les perdimos de vista, mientras yo disfrutaba de la entrañable sensación que me aportaba verles tan cómplices y enamorados después de tantos años juntos.

Alrededor de las tres y media de la tarde Michael me dejó en casa.

—¿Estás segura de que podrás ir a recoger a papá y a mamá cuando regresen? —preguntó cuando me apeaba de su coche.

—Sin problema. Aún estaré de vacaciones —respondí, agachándome un poco para darle un beso a través de la ventanilla.

—Bien, pues si no hay más remedio, nos vemos en Seattle para ese horror de fiesta —dijo, revolviéndome el pelo mientras sacaba el brazo por fuera—. No tengas en cuenta si llego un poco tarde.

—¡Que te crees tú que voy a dejar que te la pierdas! —exclamé, dándole un manotazo—. Le diré a Raffaele que te secuestre la noche anterior. ¡Buen viaje, viejales!

Hizo sonar el claxon según arrancaba y le vi alejarse calle abajo. De nuevo, me encontraba sola en casa y la sonrisa desapareció de mi rostro de inmediato.

Cualquier chica de mi edad hubiese dado lo que fuera por estar en una casa como la que teníamos, sin ningún miembro de la familia que le molestase en absoluto y entrando y saliendo cuando quisiera; pero no había manera de que yo me acostumbrara y, por eso, prefería pasar el tiempo volando.

Mi madre ya me había insinuado en alguna ocasión que me trasladase a la isla con ellos; pero, salvo en verano, aquello estaba muerto. Y, encima, el estar allí me complicaba los traslados para desplazarme hasta el aeropuerto cada vez que me tocaba trabajar.

Sin embargo, en poco tiempo todo cambiaría; con el regreso de Michael a Vancouver, regresarían ellos también y volvería a

—Pues esperemos que te den muchos sobrinitos a quienes cuidar —le dije con una sonrisa.

—¡Sí, ya, claro! ¡Y qué más! Soy demasiado joven para ser tía —respondió, un tanto ofendida.

—Pues mi tía Claire tenía menos edad que tú cuando nació mi hermano y hoy en día es una tía bien joven y enrollada.

Tía Claire era la hermana pequeña de mi madre. Ocupaba el puesto de jefa de ginecología del hospital de maternidad de Vancouver, además de ser catedrática de obstetricia en la universidad.

—Menudo consuelo que me pongas de ejemplo a tu tía la solterona —dijo, poniéndose seria mientras nos subíamos a la furgoneta.

—Mi tía siempre dice que está sola por decisión propia y que con tanta actividad no tiene tiempo para el amor. Nos ha contado a mi madre y a mí que se ve desde hace unos meses con uno de sus colegas del hospital y que, aunque él quiere que vivan juntos, ella prefiere que cada uno esté en su propia casa.

—Pues con mayor razón para que no nos compares. Yo estoy loca por estar con un buen chico, así como Matt, que me espere con los brazos abiertos al llegar a casa.

—¿«Así como Matt» quiere decir Matt?, ¿o tienes a algún otro en mente? —le pregunté al oído para que no nos escuchase ni Andrea ni el resto de la tripulación.

Barbara se limitó a sonreír, al tiempo que enarcaba las cejas.

Nuestra primera jornada de trabajo en aquella semana nos llevó de Vancouver a Nueva York en un vuelo tranquilo y de pocas horas.

Tras llegar al hotel, desayunar y dormir hasta el mediodía, nos juntamos en el cuarto de Andrea. Nada más entrar, reconocí las bolsas con catálogos que había sobre la cama; eran de los almacenes Le Grand Mont, el negocio familiar.

El abuelo Jean Paul abrió la primera tienda en Montreal después de la Segunda Guerra Mundial. Allí se enamoró de mi abuela María, española de origen y una de sus dependientas. Y, según pasaron los años, lo que empezó siendo una modesta tienda en variedad textil, se convirtió en un gran emporio con diversas sedes a lo largo y ancho del país. Tras nacer su primogénito, Philippe, se trasladaron a Vancouver, donde ubicaron su sede principal de la costa del Pacífico.

A la muerte de mis abuelos, tío Philippe fue quién se hizo cargo tanto de la dirección como de la gerencia de la empresa. Tía Claire y mamá participaban muy poco en todo lo relacionado con las tiendas, aunque mantenían puestos de honor como accionistas. Y mamá, al haber estudiado diseño de modas, también se dedicaba a sacar las colecciones exclusivas de cada temporada.

—¡Mira qué belleza de catálogos para novias me han proporcionado! No sabía que en Mont iba a encontrar tanta variedad de diseños ¡y a estos precios! —Andrea pasaba las hojas de uno de los más grandes que estaba lleno de coloridas pegatinas separadoras.

—Me alegro de que te gusten —contesté—. Y, ¿sabes ya lo que quieres?

—Algo clásico y en blanco. Va a ser el día más importante de mi vida, quiero un vestido de ensueño —enfatizó con emoción.

—Cuándo dices clásico, ¿en qué estás pensando? —dijo Barbara—. A lo mejor, si nos hicieras un boceto sencillo, lo veríamos más claro.

—Esa es buena idea, así podemos ver lo que te gustaría llevar —intervine—. ¿Sabes ya lo que se va a poner David?

—¿Cómo que qué se va a poner? —preguntó, extrañada—. ¡Pues lo que yo le diga! A un modelo clásico le va que ni pintado un frac, ¡más clásico que eso no hay nada! —Empezó a pasar hojas de uno de los catálogos de manera indiferente.

—¿Y te ha dicho él si se sentirá a gusto llevándolo? —le pregunté—. Hay muchos hombres que, en vez de lucir un frac, lo cargan como el que carga una mochila de cincuenta kilos a la espalda. Se sienten ridículos y en vez de ser el mejor de sus días, lo pasan de pena. Además, si lleva frac el novio, al padrino y a los testigos les toca llevarlo también; con lo cual, como estén a disgusto todos, se va a notar y la que lo va a sufrir más vas a ser tú.

—¡Pues no había pensado en ello! —respondió, mientras dirigía su mirada al suelo—. La verdad es que cada vez que le menciono si vamos a comprarlo o a alquilarlo, cambia de tema.

—Andrea, tú lo acabas de decir; es el día más importante de tu vida, pero también lo va a ser para David. Las mujeres tendemos a pensar que ese día somos las protagonistas del cuento, pero ellos también lo son junto con nosotras. Sin novio no hay novia. Si él irradia confianza con su traje, te hará resplandecer a ti todavía más.

—Tienes razón —contestó Andrea—. Hablaré con él después.

—¡Fenomenal! —exclamó Barbara—. Ahora, a dibujar. —Y se puso en pie para coger algo de papel y un bolígrafo que había encima del escritorio.

—Pero yo no sé hacerlo bien —confesó la futura novia.

—Eso no es problema, yo te ayudo —me ofrecí, pidiéndole a Barbara que me pasase el material que había localizado.

Cuando acabé el diseño, en base a las instrucciones que Andrea me fue dando, las tres nos quedamos mirando el dibujo y Barbara exclamó:

—¡Caramba, Angie, sí que dibujas bien! Te podrías dedicar a ello.

—La artista es mi madre, yo solo copio lo que le he visto hacer tantas veces —respondí, agradecida por el cumplido.

—El cancán me parece un poco excesivo y ese escote palabra de honor no sé si te quedará bien —opinó Barbara.

—Una cosa es imaginárselo y otra muy distinta es verlo puesto —dije—. Lo que llevan en los catálogos las modelos nos puede ayudar, pero no tenemos su figura y puede que no nos quede bien. Tú no eres demasiado alta, Andrea, con lo cual un cancán en vez de estilizarte va a hacerte más baja. Y al tener mucho pecho, si le colocas el escote palabra de honor, te va a hacer rechoncha. Yo te veo con algo más moderno, pero con cierto aire retro; lo que puede favorecerte más. —Empecé a dibujar de nuevo.

—¡Qué bonito! Se ve superelegante —apreció mi boceto la futura novia.

—En tonos marfil te quedaría bien. Eres demasiado rubia para un blanco puro. El corte de manga dependerá de si vas a llevar algo por encima o no. ¡Busquemos en los catálogos algo parecido a esto! —las animé.

Estuvimos cuatro horas haciendo retoques en algunos modelos que le gustaron, para verlos con las modistas de la tienda de mi tío cuando llegásemos a Vancouver.

Antes de salir a cenar, Andrea llamó por teléfono a David para preguntarle cómo quería vestirse y, también, para que se acercase a la tienda a buscar algún catálogo de trajes de novio; lo que hizo que Barbara me guiñase un ojo.

No paré de bostezar durante el rato que duró nuestra cena, debido al cansancio que arrastraba desde antes de la fiesta de mis padres; y a pesar de que tuve la sensación de estar pasada de vueltas, al meterme en la cama, caí rendida enseguida.

Al día siguiente, de vuelta en Vancouver, lo primero que vi al aterrizar fue un mensaje de mis padres en el móvil diciendo que ya se habían instalado en Nairobi, la capital de Kenia. Iban a establecer su campamento base en un hotel de la ciudad, para moverse después con menos equipaje por las reservas de los países cercanos. También me decían que ya habían avisado a mi hermano para que lo supiese; por lo que me ahorré el tener que llamarle yo.

que le había visto mirar la imagen de la Niké alada, o también llamada Victoria de Samotracia, que mamá había fotografiado en unos de sus primeros viajes a la capital francesa.

En una ocasión, me contó el impacto que le produjo ver la imagen de aquella escultura decapitada y de cuerpo esbelto, desplegando sus alas. Le dije que era una pena que no conservase la cabeza, ya que la belleza de esa diosa seguro que fue espectacular, a lo que él contestó:

—Diosa o dios, para mí es un ángel; un ángel mutilado, pero perfecto.

Aquello fue lo que me hizo salir corriendo, aquella tarde, hacia el museo del Louvre. Por suerte, nuestro hotel no quedaba muy lejos de allí y tampoco había cola en las taquillas cuando llegué. Antes de nada, quería pasar a la sala a ver el original y después acercarme a la tienda de *souvenirs* para localizar una buena réplica.

La taquillera me dio un plano y me señaló hacia qué sala tenía que ir para encontrarme con ella. Accedí a través de los controles de seguridad, comencé a subir una escalinata ancha y, de pronto, la vi. Allí estaba la Victoria de Samotracia, recibiéndome con las alas desplegadas en toda su extensión. ¡Era impresionante! Había visto cientos de fotos suyas en los libros de arte de mi padre, pero verla allí, tan grandiosa, me hizo admirar al artista que supo sacar lo que dormitaba dentro de aquel bloque de mármol gigante y que con urgencia clamaba por mostrarse ante todos.

La escultura en general me fascinaba. Siempre le decía a mi padre que me parecía increíble que hubiese obras labradas con aquella precisión, sin taras observables. Los márgenes de errar en el proceso de cincelado eran inmensos y la corrección, difícil. Sin embargo, papá me respondía que aquella pieza, y solo aquella, era la que se encontraba oculta dentro de ese bloque, que era aquel regalo y no otro el que salía a la luz para transmitirnos su belleza, y que las manos expertas de quien lo esculpía solamente iban retirando los restos hasta hacer aparecer la hermosura de algo único y singular que nos llegase a estremecer hasta la médula.

Un guardia de seguridad me sacó de mi contemplación y me invitó a dirigirme hacia la salida, puesto que empezaban a cerrar las salas.

Ya en la tienda, me decidí por una réplica en alabastro de unos treinta centímetros. Les pedí que me la embalasen bien para transportarla en el avión y regresé al hotel por la ribera del río, con ese pequeño tesoro entre mis manos.

Las chicas y yo cenamos temprano en un pequeño café parisino y se interesaron en saber detalles sobre la fiesta de mi hermano.

—La verdad es que es comprensible que solo quiera que vaya gente de Seattle. Por lo que cuentas, ha perdido el contacto con sus amigos de toda la vida —dijo Andrea.

—¡Ya, pero no sé ni cuánta gente va a aparecer por allí! Si además de no gustarle celebrar su cumpleaños, aquello parece la fiesta de su graduación, desaparece seguro —alegué.

—Ellos sabrán a quién tienen que invitar, si no, no te habría dicho tu hermano que les llamaras. Tan solo piensa en pasar un buen rato. Por cierto, ¿sobre qué está preparando su tesis doctoral? —preguntó Barbara.

—A ver si sé explicarlo bien. Está haciendo una comparativa de las llamadas pseudorreligiones con lo que en origen fueron las primeras religiones que hoy en día conocemos. Quiere demostrar la influencia de unas y otras y relacionarlo con la fuerza que, en los últimos tiempos, están adquiriendo diversos movimientos en pro de la paz y que tienen como base la puesta en práctica de meditaciones grupales, donde se ponen en contacto fuerzas terrestres y universales.

—Suena un poco esotérico —opinó Barbara—. ¿Y eso se estudia en una carrera universitaria? No lo sabía.

—Se trata de estudios superiores de religiones y pseudorreligiones —respondí.

—¿Teología? —preguntó Andrea.

—No, eso se limita a la creencia en Dios —les expliqué—. En mi familia somos ateos y no practicamos ninguna religión. Pero sí que creemos en una energía universal por la que estamos aquí y a la que, de manera consciente o inconsciente, nos mantenemos unidos.

—¡Bueno, ahora sí que ya no entiendo nada! —exclamó Barbara—. Pero ¿tu padre no había sido criado por frailes? Y, además, se pasa la vida metido en las iglesias de medio mundo.

—¿Y eso qué tiene que ver? Ellos le criaron, le educaron, le dieron la base para formarse en una profesión y le pusieron en contacto con estamentos católicos que fueron los que le aportaron todos los conocimientos que hoy tiene. Pero nunca le obligaron a seguir esos ritos católicos. Le criaron en la libertad de decidir por sí mismo y nunca se opusieron a su voluntad.

—Pero tus padres sí que están casados por la iglesia, ¿verdad? —preguntó Andrea.

—Eso fue por mi abuelo Jean Paul. Fue la única condición que les puso para irse a vivir juntos. Mi abuelo adoraba a mi padre, pero ellos sí que eran católicos y esperaban que de ese modo mi madre no pasase a ser el cotilleo de todo Vancouver.

—Lo que resulta curioso es que, sin haber sido criados en un ambiente religioso, tu hermano haya tomado ese camino para estudiar —dijo Andrea—. Quizá fueron tus abuelos los que le animaron a ello.

—Pues, precisamente, fue mi padre. Gracias a él, mi hermano ya tenía un amplio conocimiento en arte e historia de diversas religiones. Un día, mi padre vino con la información referente a esa nueva carrera que habían incluido en una universidad de Seattle. Allí no les importa si eres practicante de alguna religión en concreto. Tocan todas las importantes y algunas no reconocidas como tales. Estudian ritos tribales, vudú, sectas; se adentran en ellas de manera filosófica, metafísica. Además, también estudian idiomas como el hebreo, árabe o lenguas ya muertas, como el latín y el arameo.

—¿Y qué proyección de trabajo tiene eso? —preguntó Barbara—. Porque no parece que pueda dedicarse a muchas cosas después de acabar.

—¡Qué va, todo lo contrario! Ya ha empezado a recibir invitaciones de diversas universidades para hablar sobre sus estudios. También pueden asesorar en excavaciones arqueológicas, sobre todo en enterramientos y rituales, en traducción de textos antiguos, en terapias de grupos de personas que han estado metidas en sectas... Y colaboran, por ejemplo, con la policía cuando se encuentran con ritos de magia negra. Tanto él como sus cuatro amigos son una panda de eruditos en esos temas, ¡además de estar buenísimos! —exclamé.

—¿Más que tu hermano? ¡Ya será difícil! Con todos los respetos hacia tu madre, si yo tuviera que elegir entre tu padre y tu hermano... no sé con cuál de ellos me quedaría, la verdad.

—¡¡Barbara!! —exclamé, propinándole un codazo de paso—. ¿Tú, también?

—Perdona, Angie, pero tiene razón. Tienes un padre y un hermano de lo más guapo —suspiró.

—Ya lo sé —dije entre dientes—. Por eso, si alguna vez conocéis a Zaffie y a los chicos, os va a entrar complejo de inferioridad. Menos mal que ninguno de ellos se lo tiene creído en absoluto porque, si no, serían insoportables.

—¿Zaffie? ¡Vaya un nombre raro! Como el de tu padre, Uriel, que tampoco lo había oído nunca —dijo Barbara—. Y los tíos buenos esos, ¿cómo se llaman? —preguntó.

—Raffaele, Jophiel y Gabriel —respondí.

—¡Qué curioso! —dijo Andrea, pensativa—. Todos tienen nombres de ángeles. Raphael era jefe de las cuadrillas celestia-

Infortunio

Aterrizamos al día siguiente con cielo cubierto sobre Vancouver, y lo más probable es que no me moviese de casa en toda la tarde.

Conecté mi móvil al llegar al *parking* de tripulaciones y, mientras me despedía de las chicas y del resto de los compañeros, empezaron a sonar numerosos avisos de llamadas recibidas, tanto de Michael como de mis tíos Claire y Philippe. Ninguno de ellos había dejado mensaje alguno y lo más raro de todo es que me llamase mi tío, ya que andaba fuera del país visitando a su hijo.

Pensé que igual se habían enterado por mi madre de lo de la fiesta de cumpleaños y de que no estaban invitados, ¡a ver cómo se lo explicaba para que lo entendieran!

El móvil dio una señal de tener poca batería y decidí desconectarlo. Llamaría a todos cuando hubiese descansado un poco.

Al entrar por el camino de acceso a mi casa, me extrañó ver los coches de Michael y de Claire aparcados fuera. Bajé del mío, sorprendida por la inesperada visita y sin dejar de observar el semblante serio de ambos, según salían por la puerta a recibirme.

Michael me abrazó con demasiada fuerza en cuanto llegó a mí y separándose, solo un poco, me miró a los ojos diciendo:

—Angie, ¿no has visto las llamadas que te he hecho? —preguntó, ansioso y con el semblante demasiado serio.

Claire separó a Michael tirando de sus hombros y dijo:

—Mike, querido, casi es mejor así. Si te hubiera llamado, no hubieras sido capaz de decirle nada por teléfono.

Tía Claire me abrazó y me dio dos besos. Iba sin maquillar y tenía los ojos tan hinchados que enseguida supe que se había pasado toda la noche de guardia en el hospital.

—Claire, pero... ¿qué hacéis aquí? —pregunté, extrañada—. Es demasiado temprano, ¿qué ocurre?, ¿ha pasado algo con el tío Philippe? Tengo varias llamadas de él también.

—¡Angie, escucha! —comenzó diciendo Michael—. Alrededor de las seis de la mañana me han llamado desde Nairobi. Parece ser que... la avioneta en la que papá y mamá iban de regreso desde Tanzania ha tenido... un accidente —dijo, pausadamente.

Mis labios se fueron despegando lentamente según escuché a Mike. Sus palabras comenzaron a agolparse en mi mente sin que pudiera procesarlas de manera adecuada y noté que me faltaba poco para empezar a bloquear la entrada de información.

—¡¡Accidente!! ¿De qué hablas, Mike? ¿A qué tipo de accidente te refieres?

—Me han dado pocos detalles. La avioneta se salió de la pista, del aeropuerto alternativo al internacional de Nairobi, en donde tuvieron que aterrizar de emergencia. Era una avioneta de hélices y durante la tormenta que hubo se les paró una de ellas. Consiguieron tocar tierra, pero llevaban demasiado peso y... se desestabilizó. Parece ser que el piloto no pudo hacerse con el aparato y... terminó incendiándose.

—Pero, a ver, espera... entonces, ¿dónde se encuentran papá y mamá? ¿Han conseguido, por lo menos, llevarles a algún hospital?

—¡Angie, escucha! —dijo Mike, mientras cogía mi cara entre sus manos y comenzaban a humedecérsele los ojos—. Han quedado muy pocos supervivientes y... papá y mamá... —esperó demasiado tiempo para continuar—no han sido ninguno de ellos.

Tardé un rato en asimilar lo que me estaba diciendo, sintiendo que las nubes plomizas que oscurecían el cielo esa mañana jamás se abrirían para permitirnos ver de nuevo el sol. No daba crédito a lo que escuchaba, no quería estar allí en ese momento, deseaba que se tratase de una broma. Nada de todo eso podía ser cierto.

—¡No, Mike! ¡No puede ser! —me negaba a creer sus palabras y un nudo de congoja golpeó mi corazón—. ¿Qué estás diciendo? ¡¡No puede ser verdad!! ¡¡Nooo!! —El llanto que me sobrevino ahogó mis palabras, mezclándose a intervalos con la angustia de saber que se encontraban tan lejos de mí que no podía saber si todo aquello era verdad o simplemente se trataba de un terrible malentendido.

Michael me estrechó contra su cuerpo, lloré sobre su pecho y él, a su vez, me respondió con sus lágrimas. Claire se mantuvo allí, parada, llorando junto a nosotros y dejando que nos embargase la angustia y la pena por la tragedia y la pérdida tan repentina.

—Entremos, hace demasiado frío aquí fuera —dijo finalmente Claire, cogiéndonos por la cintura a ambos y guiándonos hacia la casa.

Nada más traspasar el umbral de la puerta principal, empecé a oír los timbrazos insistentes del teléfono. Anita bajó corriendo las escaleras, en dirección al despacho, en un intento de parar el continuo repicar. Cuando se dirigió a Michael, acercándole el aparato, me vio y, extendiendo sus brazos, me permitió acurrucarme y llorar entre ellos.

El agua caliente entonó mis músculos y los relajó. Se habían mantenido contraídos desde que recibí la noticia. Dejé que el chorro que salía de la ducha cayese sobre mi nuca y parase la cascada de lágrimas que borboteaban de mis ojos sin parar. A pesar de todo, fui incapaz de evitar recordar cada uno de los minutos vividos junto a ellos durante la última semana en que les vi con vida; aquellos bailes con mi padre durante su fiesta, la elección del traje que se pondría mi madre y que nos llevó a pasar por más de diez tiendas en una tarde, así como la última conversación con ellos por teléfono, en la que podía llegar a escuchar sus voces si me esforzaba; recordándome, uno o el otro, que no me saltase ninguna comida, aunque no tuviera mucho apetito, que cerrase bien las puertas de la casa y activase la alarma antes de acostarme y, sobre todo, que llamase a mi hermano cada pocos días para mantener el contacto. No había hecho nada de todo aquello y el arrepentimiento me invadió de pleno.

Cuando salí del baño, ya vestida y un poco más repuesta, vi que Michael me había subido a la habitación el equipaje con el que había llegado de París, pero no quise deshacerlo en ese momento. Después, se ofreció para imprimir los billetes de los trayectos que iba a realizar y, de paso, iba a mirar cómo iban de ocupación los vuelos.

No quería llevar demasiado peso encima durante el viaje, solo una pequeña maleta de mano para subir a bordo y que me permitiese hacer la escala sin demoras ni facturaciones innecesarias. Decidí vestir falda y jersey en el avión y llevarme una gabardina que no abultase demasiado, para que al cambiarme de ropa a la llegada a Kenia entrase todo en la pequeña maleta. Metí mi neceser en ella y cogí un bolso bandolera donde entraban mis documentos y mi ordenador portátil. Cuando terminé de secarme el pelo, bajé en dirección al despacho.

Mike estaba tecleando. Dejé la maleta y mi bolso sobre el sofá que estaba bajo la ventana y me acerqué por detrás de él para mirar la pantalla.

—El vuelo que despega hoy a las once de la noche hacia Londres va bien de plazas y te permite enlazar con el vuelo de Afriqueair que sale hacia Nairobi tres horas más tarde. Estarías aterrizando en Kenia... —hizo los cálculos de cambio de hora mirando hacia el techo del despacho— a primera hora de pasado mañana, hora local. Ese otro vuelo tiene menos plazas, pero aún no se ha llenado.

—Sácalos. Y para el regreso deja los billetes abiertos, sin fecha ni hora, para que me los impriman desde allí.

—A la vuelta no tendrás problemas, he estado hablando con el consulado de Canadá en Nairobi y van a ponerte en contacto con el jefe de escala de esa aerolínea africana. Fue la misma con la que llegaron el primer día allí papá y mamá y son los que se van a encargar de tramitar el embarque de los féretros para que te los traigas, así como también prepararán todos los permisos. A la llegada al aeropuerto contactará contigo alguien del consulado. He quedado en enviarles un fax con la llegada de tu vuelo y tus datos. Te estoy preparando también todos los teléfonos y direcciones, por si acaso no va nadie a esperarte.

El teléfono empezó a sonar otra vez y salí del despacho para llamar a mi empresa y contarles lo ocurrido. Claire salió a mi encuentro.

—¿A qué hora te vas, Angie?

—El avión despega a las diez de la noche, saldré de aquí a las siete para no ir apurada en los controles de seguridad.

—¿Por qué no te acuestas un rato? —preguntó.

—No podría conciliar el sueño —aseguré—. Pero tú sí que necesitas una cama, acuéstate en la mía.

—Me pasa igual que a ti, no haría más que dar vueltas en vano. Y la cabeza me va a estallar, no paro de pensar en ellos.

En ese momento, salió Mike del despacho.

—Era Orson. Le dejé un mensaje en su despacho de Seattle y da la casualidad de que está en la ciudad solventando una herencia. Viene para acá.

Orson tenía una de las firmas de abogados más importantes en Seattle, Orson Wallace Attorney. Tramitaba los papeles de nuestra familia desde siempre. Mi padre y él eran grandes amigos, ya que Orson también se crio en el orfanato, hasta que a la edad de quince años fue adoptado por un abogado adinerado de Seattle, casado y sin descendencia. Orson nunca se casó ni tampoco tuvo hijos, por eso a nosotros nos quería como si fuésemos los suyos.

Mientras esperábamos su llegada, conseguí contactar con el personal administrativo de mi empresa y contarles lo ocurrido. Me dieron el pésame y dijeron que, al menos, durante nueve días no me pondrían ningún vuelo. Dejé mensajes escritos en los teléfonos de mis amigas, Andrea, Barbara y Julie, para que llamasen a mi hermano; yo no me encontraba ni con fuerzas ni con ganas de hablar con nadie.

Orson llegó a casa alrededor de las dos de la tarde en su Maserati. Solo era un año menor que papá, pero siempre le conocimos con el pelo canoso, por lo que aparentaba mucha más edad que él. Aun así, era un hombre tan fuerte y alto como mi padre, que hacía deporte con regularidad y que con aquel tono bronceado en su piel y la perilla siempre bien cuidada completaba la imagen del galán adinerado que en realidad era.

Fui hasta la puerta para recibirle y, según me acerqué, observé sus profundas y marcadas ojeras, así como un aire afligido, poco propio de él. Nos quedamos parados frente a frente durante unos segundos, me miró a los ojos y, cerrando los suyos, inclinó la cabeza y al levantarla de nuevo, extendió sus brazos y con un gesto de sus manos me invitó hacia ellos.

—¡Lo siento, Angie! ¡Lo siento mucho! —dijo, abrazándome con ternura—. Uriel era mi mejor amigo.

—Lo sé, Orson, lo sé —respondí, sin poder evitar llorar.

—¿Tú cómo te encuentras? —preguntó, mientras se apartaba un poco para levantar mi barbilla y escanear mi rostro.

—¡Fatal, Orson! —confesé por fin—. Aún no me creo lo que les ha ocurrido a papá y a mamá. Pero no se lo digas a Michael, por favor —me precipité a decirle intentando calmarme un poco—, no quiero que me vea flaquear, si no, se opondrá a todo lo que hemos decidido.

—Tranquila, pequeña, no le diré nada. Entremos en la casa y me lo contáis.

Claire y Michael nos aguardaban de pie en el salón. Orson hizo un besamanos a mi tía antes de darle el pésame; siempre saludaba del mismo modo a todas las mujeres con las que se cruzaba, lo cual hacía que se las ganara de inmediato. Al dirigirse a mi hermano, entrelazaron sus manos derechas por los pulgares y chocaron sus antebrazos contra el pecho del otro, lo que siempre me había parecido una especie de saludo de fraternidad. Había visto a mi padre hacerlo con Orson, Mike y, curiosamente, con los amigos que mi hermano tenía en Seattle, incluida Zaffie, la única mujer con la que se saludaban así. En cierto modo, envidiaba que tuvieran esa intimidad con ella y no conmigo.

Ambos se miraron a los ojos, manteniendo la vista fija el uno en el otro durante unos segundos, para pasado ese momento de reconocimiento, pestañear una sola vez y separarse cada uno por su lado.

Anita nos agasajó con una bandeja de sándwiches variados, zumos y más té, obligándonos a coger a todos. Yo no tenía hambre, por lo que dejé mi sándwich a medias. El té me reconfortó y mantuvo mi nivel de atención a raya.

Le contamos a Orson todo lo que sabíamos sobre el accidente y mi intención de coger un avión esa misma noche hacia Kenia.

—Únicamente nos queda saber dónde querían ser enterrados nuestros padres. De ese modo, organizaré el funeral para cuando sepa el vuelo en el que llegará Angie con ellos —contó Mike.

—Vuestro padre no quería ser enterrado —confirmó Orson.

—¡¿Incinerado?! —exclamó Michael, mirando a Orson con extrañeza.

—La voluntad de vuestro padre fue muy clara con respecto a eso —contestó Orson con cara de resignación.

—¡¡Pero creía que eso no era posible, su cuerpo debe ser custodiado!! —mi hermano volvió a hablar demasiado alto.

—Michael, se dice velado, no custodiado —le corregí—. ¿Y qué te pasa con lo de la incineración? Hoy en día se incinera a mucha gente. Particularmente, creo que es mejor. Los enterramientos solo sirven para que con el tiempo te olvides de visitar el cementerio y que las lápidas queden descuidadas.

—En el mausoleo de mis padres hay sitio de sobra —intervino tía Claire—; y, además, tenemos contratado un servicio de mantenimiento.

—Vuestro padre quería que los funerales y la incineración se realizasen en Sooke —informó de nuevo Orson.

—¡¿En la isla?! —Michael se extrañó de nuevo—. Eso complica aún más las cosas, ya que entonces el viaje de vuelta no termina aquí, sino que hay que aumentarle unas horas más. —Mi hermano estaba rabioso y se recostó en el sofá cerrando los ojos durante unos segundos—. ¡Espero que las malditas bodegas de los aviones vengan a la temperatura adecuada para mantener sus cuerpos en el mejor estado posible!

—No te preocupes por eso, yo estaré esperando la llegada de Angie para trasladarlos hasta la isla en un *jet* privado —se ofreció Orson.

—La verdad es que la cosa se complica. Hay que pensar que es un día entero de vuelta —dije—. Ya sé que era su voluntad, pero ¿no podríamos realizar las incineraciones en Nairobi, trasladar yo las cenizas hasta aquí y entonces realizar el funeral?

—Lo siento, pequeña, pero para eso estoy yo aquí, para llevar a cabo la voluntad de Uriel. Además, tienes que entender que, aparte de Michael y de toda vuestra familia, hay mucha gente que querrá verle por última vez. Tu padre era una persona querida y reconocida por muchos.

—Mamá también lo era, Orson. ¿Hablas de la voluntad de mi madre, también, o solo te refieres a la de mi padre? —pregunté con algo de suspicacia.

Desde hacía años me había parecido que Orson mostraba cierta animadversión hacia mi madre. En una ocasión, se lo hice ver a mi padre y este me salió con que era porque estaba celoso de él al haber conseguido enamorarla antes. Yo nunca le creí y esto me lo confirmaba. Era como si al mejor amigo de mi padre no le importase en absoluto que mi madre hubiese fallecido. Ni siquiera la había mencionado aún.

Orson captó el mensaje de inmediato y me contestó de manera conciliadora:

—También era la voluntad de Catherine. Ambos firmaron lo mismo, ante mí, meses después del nacimiento de Michael. Una vez que vuelva a Seattle, revisaré el contenido del texto completo y os lo comunicaré. No recuerdo todos los detalles y ninguno de mis ayudantes del despacho puede acceder a esos documentos privados.

De repente, sonó el timbre de su móvil de manera continuada. Orson lo atendió, disculpándose de antemano, mientras Claire se escapaba a mi habitación para darse una ducha. Entonces, aproveché para preguntarle a Michael:

—Mike, ¿por qué no ves bien su incineración? Tú no eres creyente, no crees en la redención de los cuerpos.

—No es por un tema de creencias. Es por la dispersión, durante el proceso de cremación, de la materia y de la esencia de lo que ha sido una persona en vida. Esta se volatiliza si incineras el cuerpo.

—¡Michael, una vez que se han muerto ya no son nada, no se mantiene nada! Da igual si son cremados o enterrados —argumenté.

—La energía de lo que esa persona ha sido en esta vida se mantiene unida a la Tierra mediante un enterramiento convencional. Si se le incinera, desaparece y toda esa energía se dispersa.

—¿Te refieres a esa energía como el alma? —pregunté, con cierta duda.

—Alma, energía, llámalo cómo quieras, pero eso en el caso de ciertas personas, como papá, es más útil que se mantenga unido a este planeta que disperso por el Universo.

—Y en el caso de mamá, ¿da igual si se dispersa? —en ese momento una rabia contenida me hizo estallar—. ¡¡Te comportas de manera tan extraña como Orson, Mike!! —grité—. ¿Por qué le das más importancia al fallecimiento de papá que al de mamá? ¡¡Han muerto los dos a la vez, los dos!! —le mostré con los dedos—. Y tú y Orson parecéis preocuparos solamente de lo que papá quería y de su alma, esencia, energía o... ¡¡cómo diablos quieras llamarlo!!

Comencé a tiritar de pronto y Michael se acercó a mí para abrazarme.

—¡Vale, vale, tranquila! —esperó a que me calmase para poder hablar—. Perdóname, Angie, yo también estoy confundido y no he asumido todavía la muerte de ninguno de los dos. No tenía que haberte dicho nada, lo siento.

En ese momento, Orson apareció en el salón contándonos que necesitaba ausentarse para continuar con lo de la herencia que le había hecho trasladarse hasta Vancouver en ese día. Pidió que le despidiéramos de nuestra tía y nos abrazó a ambos, prometiendo regresar en cuanto terminase.

Kenia

Michael y Claire se prepararon para acompañarme al aeropuerto, mientras Anita me daba ánimos para afrontar el viaje, de ida y vuelta, y prometía encontrarse con nosotros en la isla para la celebración del funeral.

Conseguí mis tarjetas de embarque muy rápido y, al despedirnos, quedé en llamarles en cuanto pudiera.

Así comenzaba lo que ni yo misma sabía cómo afrontar. Me había hecho la valiente ante todos y esperaba mantenerme a la altura de las circunstancias cuando me encontrase frente a los cadáveres de mis padres. Solo esperaba no entrar en estado de *shock* delante de gente desconocida.

El avión a Londres despegó puntual y me quedaban por delante más de nueve horas de vuelo. Me puse el antifaz y unos tapones, con intención de aislarme del tumulto generado a mi alrededor de anuncios por la megafonía, el servicio de cena, bebés llorando y pasajeros entablando conversación con sus vecinos de asiento. Necesitaba desconectar, sobre todo, de mis propios pensamientos y, poco a poco, comencé a sumirme en un duermevela necesario y profundo.

La sequedad del avión alcanzó mi garganta y desperté con la cabina de pasajeros completamente a oscuras. Las persianas de las ventanillas del avión estaban bajadas, pero había claridad en el exterior, lo que me indicaba que no estaríamos lejos del continente europeo. La urgencia por pedir un vaso de agua me hizo levantarme del asiento. De paso, aproveché para entrar en uno de los baños que estaban libres. Al salir, vi a las azafatas preparando el servicio de comida, por lo que calculé que nos quedarían aproximadamente dos horas para aterrizar.

Estando ya en el aeropuerto de Heathrow, me tocó cambiar de terminal para localizar la puerta de embarque de los vuelos que salían hacia África. Al llegar, vi la cola de pasajeros formada delante de la puerta de la pasarela que aún estaba cerrada. El embarque no había comenzado y, según mis cálculos, quedaba mucho más de una hora para el despegue; de hecho, el avión acababa de llegar y aún estaban desembarcándolo. Todavía faltaba limpiarlo, cargarlo de combustible, de alimentos y bebidas, esperar a que cambiase la tripulación auxiliar y técnica y, más que nada, que todo fuera bien y se pudiese dar comienzo al embarque; así que decidí comprarme un café y sentarme a esperar.

Me entretuve en observar a algunas de las personas que iban a embarcar conmigo en ese avión; mujeres ataviadas con trajes típicos de su país, con preciosos motivos estampados en las telas de sus vestidos, y grandes turbantes que de lo coloridos que eran dañaban mis pupilas al mirar, todo ello contrastado con la negrura de sus semblantes y la belleza de sus rostros. Así pasé el rato antes de atravesar el *finger,* o pasillo de unión entre la terminal y el avión, que me iba a conectar con un continente de absoluta riqueza visual, pero al que odiaba, de antemano, por haberme arrebatado de manera tan brutal a mis queridos padres.

El vuelo a Nairobi fue tan largo como el anterior, así que, sin mostrar mucho interés, me dediqué a ver las películas que iban proyectando.

Justo cuando las azafatas ofrecían el desayuno, comenzó a amanecer y yo rechacé otra bandeja más; aunque esta vez tomé una rica infusión de rooibos, algo parecido al té, pero de efectos relajantes, según me contó la pasajera de al lado.

En el baño cambié mi vestimenta otoñal por un pantalón vaquero y una de las camisetas de manga corta que llevaba en mi pequeña maleta. En el rescate de la ropa conseguí hacerme con el neceser para poder asearme. Después de tanto tiempo sin meterme en una ducha mi pelo tenía un aspecto nefasto, por lo que me hice una coleta alta para disimularlo. De vuelta a mi asiento, y tras guardar la gabardina dentro de la maleta, rellené los papeles de inmigración y declaración de aduana para entrar en Kenia. Cuando el avión tomó tierra, llegó a su aparcamiento correspondiente y abrieron las puertas para el desembarque, me dispuse a recorrer el pasillo acortando el momento de encuentro con una pesadilla cada vez más cercana y real.

Antes de que la gente se moviera a lo largo del avión, por la megafonía se escuchó el típico mensaje de bienvenida a la ciudad de destino, informando, también, del número de cinta para la recogida del equipaje. Mi mente comenzó a dispersarse durante la emisión del mensaje hasta que, de repente, escuché mi nombre:

—Rogamos a la señorita Angie Urech Montreaux, repito, Angie Urech Montreaux, contacte a la salida del avión con el personal de tierra. Gracias.

Volví a escuchar el mismo mensaje repetido en francés muy bien pronunciado; lo cual me extrañó, puesto que aquel no era un idioma oficial en Nairobi.

La fila empezó a moverse y al pasar a la altura de los auxiliares de vuelo que estaban en la puerta me despedí de ellos, agradeciéndoles su atención y diciéndoles que yo era la persona a la que habían llamado momentos antes.

—¡Will! Está aquí la pasajera que buscabas —la sobrecargo del vuelo llamó la atención de un hombre bastante alto, mulato y completamente rapado que se encontraba de espaldas, al comienzo de la pasarela, hablando con dos hombres blancos vestidos con traje y corbata. Al momento, se giró, me localizó con la mirada y vino a mi encuentro.

—¿Es usted Angie Urech? —reconocí en él la voz aterciopelada que había dado el anuncio en todo el avión y que ahora, teniéndole delante de mí, resultó tener un tono de voz mucho más grave y un curioso y exótico acento.

—Sí, soy yo —respondí.

—¡Bienvenida a Nairobi! Mi nombre es William van der Milaray y soy el jefe de escala de la compañía Afriqueair. Se pusieron en contacto con nosotros desde el consulado de Canadá para arreglar el embarque de los féretros de sus padres. Le acompaño en el sentimiento —dijo con una leve inclinación de cabeza.

—Muchas gracias. No estaba segura de que alguien viniera a buscarme, lo cual agradezco, porque no hubiera sabido ni por dónde empezar siquiera —sonreí tímidamente, momento que él aprovechó para mirarme durante unos segundos con sus peculiares ojos color dorado, devolviéndome la sonrisa.

—Permítame que le presente a alguien. —Me tomó del codo para acercarme hasta los dos hombres trajeados que hablaban con él minutos antes—. Este es el señor Daniel Carter, cónsul de Canadá en Nairobi, y el señor Ronald Mc Arthur, comisario jefe de la policía de esta ciudad.

Ambos estrecharon mi mano y me dieron sus condolencias.

—Señorita Urech, estamos aquí para ayudarla en todo lo concerniente a la identificación de sus padres, así como para prepararle la documentación de extradición de los cuerpos para que puedan ser trasladados cuanto antes a Vancouver —dijo el comisario.

—Muchas gracias, de verdad. Aprecio que hayan venido aquí para acompañarme. En estos momentos todo el tiempo que pueda ganar es importante.

—Es un honor ayudarla. Su padre era un artista en su campo, reconocido mundialmente y muy apreciado en nuestro país. Ha sido una lamentable pérdida —el cónsul siguió hablando según nos dirigíamos a los mostradores de inmigración—; el accidente ha sido una conmoción tanto en Tanzania como aquí, en Kenia. Había gente de diversa nacionalidad y es por eso que las embajadas de ambos países colaboramos juntas para ayudar a los familiares de las víctimas.

—¿Iba muy lleno el avión? —pregunté.

—Era una compañía pequeña que se dedicaba a transportar turistas de safaris alrededor de todo África Oriental —contestó el jefe de escala—. Tienen una flota de aviones turbo hélice con capacidad para cincuenta pasajeros. En este avión iban cuarenta y tres personas, incluyendo a la tripulación.

—Ha habido supervivientes, ¿verdad? —pregunté de nuevo con un nudo que se me empezaba a formar en la garganta.

—Siete personas, entre ellos, los únicos tres niños que iban en el vuelo —contestó el comisario.

—Le contaron a mi hermano por teléfono que la identificación de los cadáveres estaba siendo complicada, ¿a qué se referían?

—Es difícil, puesto que se trata de gente de distintos países. Algunos cuerpos han quedado en mal estado y casi toda la documentación personal se ha perdido —dijo el comisario de la manera más delicada posible—. Recibimos a cada uno de los familiares que van apareciendo y les arreglamos los papeles de salida lo más rápido posible.

—Usted ha sido una de las primeras en llegar —dijo el cónsul—, y eso que sus padres eran los únicos que procedían de un destino tan lejano. Ha tenido suerte de tener plaza disponible en ambos vuelos, en esta época del año nos visita mucha gente.

—Llámenme Angie, por favor. Lo cierto es que no iban llenos, pero si hubiera sido así, habría pedido autorización para venir en uno de los asientos de auxiliares que a veces se quedan libres. Soy azafata de vuelo y con la licencia en vigor nos suelen llevar sin problema en cualquier aerolínea.

Ir por el aeropuerto internacional de Nairobi acompañada, sobre todo, por el comisario, hizo que no tuviésemos que esperar colas en el control de pasaportes.

El cónsul llamó a su chófer por el móvil para que se fuera acercando a la puerta de llegadas a recogernos. Mientras tanto, el jefe de escala firmó unos papeles que le mostraba una azafata de tierra, que se encontró por el camino, y a quien entregó de paso el *walkie—talkie* que llevan encima los coordinadores de los vuelos para mantener el contacto entre lo que pasa dentro y fuera del avión.

—Angie, ¿tienes equipaje que recoger por la cinta? —preguntó William.

—No, esto es todo lo que traigo —dije señalando la pequeña maleta con ruedas.

—Permíteme que te ayude —dijo, cogiéndola.

El paso por la aduana fue todavía más rápido; únicamente tuve que entregar el papel de la declaración jurada antes de dirigirme, con mi escolta personal, hacia la salida.

Afuera nos aguardaba una claridad deslumbrante, por lo que me di prisa en localizar mis gafas de sol entre todo lo que llevaba metido en el bolso. Por otro lado, prometía ser un día caluroso, lo cual no ayudaría en nada a mi cansancio.

La ciudad parecía que llevaba ya algunas horas activa y el trasiego de gente de un lado para otro era continuo. Una reluciente limusina de color azul oscuro, con cristales tintados y matrícula del cuerpo diplomático nos aguardaba a la salida de la terminal internacional. Justo detrás, un Land Rover también oscuro y con una sirena en lo alto esperaba con un par de policías negros, ataviados con su uniforme y apoyados contra el coche mientras conversaban entre ellos. De la limusina salió el chófer, que nos abrió la puerta trasera a Daniel, el cónsul, y a mí.

Antes de entrar en el coche, me giré buscando a William para recoger mi maleta y agradecerle su atención.

—Ya le doy tu maleta al conductor —me dijo—. Yo iré con el comisario Ronald.

—¡Ah! —exclamé extrañada—. Pero... ¿vienes con nosotros?

—Sí, os acompaño y así cuando tengamos todos los documentos firmados por ti y sellados convenientemente podré traerlos de vuelta al aeropuerto, para ir acelerando el protocolo de admisión de los féretros en el primer vuelo en el que te puedas ir. Nos vemos en un rato.

Mientras el coche de policía nos abría paso con su sirena a través del tráfico abundante de esas horas, Daniel me fue dando detalles de hacia dónde nos dirigíamos:

—Primero, vamos al depósito de cadáveres para la identificación de los cuerpos. A nuestro paso hacia las cámaras frigoríficas en donde los mantienen, puede ser que los forenses estén trabajando en alguna autopsia; ha sido un accidente muy grande para esta ciudad, pero evitaremos que tengas que ver algo desagradable, sé que es un momento difícil por el que estás pasando. Quizá tengas que ver varios cadáveres antes de reconocer a tu padre o a tu madre; por ello, cualquier detalle que les puedas dar a los médicos forenses para reconocerles más rápido, antes de pasar un mal trago, mejor que mejor. Intenta recordar todo lo que puedas ahora, incluso los detalles más banales son importantes; marcas de nacimiento, lunares, cicatrices, operaciones... Te harán rellenar antes un formulario con los datos físicos de los dos, de esa manera, se criba bastante.

Poco a poco, iba sintiéndome algo mareada y le pedí al chófer que abriese un poco la ventanilla trasera para que entrase el aire.

—¿Te encuentras bien? —preguntó el cónsul.

—Sí, sí, solo necesito un poco de aire fresco.

—A lo mejor hay suerte y ellos no resultaron muy afectados. Hubo gente que tan solo murió asfixiada. Te serviré algo de agua. —Daniel abrió un pequeño minibar que había encastrado en la parte de atrás del coche y sacó una botellita de agua mineral fría, ofreciéndomela junto con un vaso de cristal.

El agua refrescó mi garganta y conseguí mantener controlado el leve mareo que sentía. Recordé que aún no había conectado mi móvil. Lo localicé entre todos los trastos del bolso y lo encendí para escribirle un mensaje rápido a Mike:

> Aterricé hace una hora. Voy a la identificación. Estoy acompañada por cónsul y policía. Te llamo cuando pueda.

Después, desconecté el teléfono de nuevo.

El sonido de la sirena del coche policial dejó de oírse. Ya habíamos pasado lo más concurrido de la autopista principal, que unía el aeropuerto con el centro de la ciudad. Los coches se metieron por una carretera que nos llevaba a un hospital. Ambos giraron antes de entrar en la zona del aparcamiento y se dirigieron a la parte trasera del mismo.

—Estamos llegando, ¿te encuentras mejor?

—Bueno... Digamos que los hospitales no son un sitio al que me encante venir. Y, además, estoy en la parte donde nadie desearía estar jamás.

Nada más parar el coche, nuestro conductor salió disparado de su asiento para abrir la puerta trasera por donde se bajó el cónsul. Yo me tomé un momento para inspirar una gran bocanada de aire y, de pronto, William abrió la puerta y me tendió su mano para ayudarme a salir.

—¡Gracias... William! —tragué saliva, puesto que estaba cada vez más cerca de ver a mis padres.

—Estás muy pálida, ¿va todo bien? —preguntó.

—No estoy pasando por mi mejor momento, la verdad —acerté a decir, con la voz un poco tomada.

Al instante, Daniel regresó con nosotros después de haber estado hablando con Ronald y los otros dos policías.

—Le he preguntado al comisario si era posible avisar de que ya has llegado y conseguir los papeles para que vayas rellenándolos aquí fuera, así posponemos tu entrada en el edificio hasta que te encuentres con fuerzas para afrontarlo.

—Os lo agradezco. Será de gran ayuda poder hacerlo al aire libre sin sufrir esos olores típicos de hospital.

El comisario, Ronald, llegó acompañado por una señora de color, vestida con atuendo sanitario de pantalón y camisola ancha en tono azul oscuro.

—¿Señorita Urech? Soy la doctora Kibak —dijo, estrechándome la mano—. Me han dicho que se encuentra un tanto indispuesta. ¿Necesita asistencia de algún tipo?

—No, solo necesito tomar un poco el aire, eso es todo. Me encontraré mejor en un minuto.

—Bien, parece que ya le han puesto en antecedentes de lo que vamos a hacer aquí. Para ello, necesitamos que nos rellene esta ficha de cada uno de sus familiares con la mayor cantidad de información posible, incluso aquella que le parezca de poca importancia. Todo lo que recuerde hará que la identificación sea más rápida. También le traigo la declaración jurada que tendrá que firmar, tanto para la inspección de los cuerpos como para su retirada posterior. ¿Es usted mayor de dieciocho años?

—Sí, lo soy.

—De acuerdo. Tómese su tiempo. Cuando tenga los papeles, háganoslos llegar y en cuanto lo tengamos todo preparado la llamaremos para que entre.

—Gracias, doctora.

Me pasó un bolígrafo y una tablilla de apoyo donde estaban enganchados, con una gran pinza, varios papeles. Solté el bolso dentro del coche de policía y me apoyé en el capó. Todos los hombres que me acompañaban se alejaron unos metros de mí. El comisario y sus ayudantes se pusieron a fumar. William y Daniel hablaban por sus respectivos móviles y el chófer esperaba, dentro del coche diplomático, leyendo un periódico.

Revisé las hojas antes de empezar a rellenarlas; había un par de declaraciones juradas con doble calco, dos hojas sobre datos de los fallecidos, una solicitud para poder ver los cuerpos y el típico descargo de responsabilidad de los hospitales por la manipulación que iban a realizar de los mismos.

Empecé por las que tenía que firmar, jurando ser miembro cercano de cada uno de ellos y demostrando mi mayoría de edad. Continué con todas las demás, una a una, y cuando llegué a la descripción pormenorizada de mis padres, se me empezaron a humedecer tanto los ojos que las lágrimas me nublaron por completo la visión del escrito.

—¡Angie! —me sobresalté al escuchar una voz grave—. ¿Quieres que te ayude con eso?

Empezaban a caer goterones encima del papel y temía que se emborronase todo. Asentí con la cabeza y le pasé la carpeta y el bolígrafo a William, mientras con la mano libre intenté recuperar mi bolso para coger un pañuelo de papel con el que limpiarme.

—Hay que ir completando los datos de ambos. ¿Te ves capaz de simultanearlos?

—Sí, claro que sí —contesté con la voz tomada.

—Pues empecemos. —Él comenzó a preguntarme y a copiar mis respuestas:

RELACIÓN CON LOS FALLECIDOS:	HIJA	
DATOS PERSONALES:		
APELLIDO:	URECH	MONTREAUX
NOMBRE:	URIEL	CATHERINE MARIE
SEXO:	VARÓN	HEMBRA
EDAD:	53¿?	47

Le indiqué que pusiera interrogantes en ciertos datos de mi padre, debido a su orfandad.

LUGAR DE NACIMIENTO:	¿SEATTLE?	VANCOUVER
NACIONALIDAD:	USA/CANADÁ	CANADÁ
DOMICILIO ACTUAL:	12, SHELL ST. SELLY OAK. VANCOUVER.	CANADÁ.
PROFESIÓN:	RESTAURADOR	MAESTRA DE REIKI
DATOS FÍSICOS:		
ALTURA:	1,90	1,69
PESO:	90 KG	58 KG
TONO DE PIEL:	CLARO	MORENO
RAZA:	CAUCÁSICO	CAUCÁSICA
TONO DE PELO:	RUBIO	NEGRO
ASPECTO DEL PELO:	CORTO	LARGO Y LISO
COLOR DE OJOS:	AZUL	MARRÓN OSCURO
BARBA, BIGOTE, OTROS:	NO	
TALLA DE PIE:	46	39
CORPULENCIA FÍSICA:	ATLÉTICO	DELGADA
DEFECTOS FÍSICOS:	NO	NO
MARCAS DE NACIMIENTO:	NO	NO
CICATRICES:	NO	NO
OTROS:		
DATOS DE SALUD:		
ENFERMEDADES IMPORTANTES:	NO	NO
OPERACIONES:	NO	NO
EMBARAZOS:		2
PARTOS:		2
CESÁREAS:		NO
ABORTOS:		NO

FUMADOR:	NO	NO
BEBEDOR:	NO	MODERADA
DROGAS:	NO	NO
MEDICAMENTOS. ESPECIFICAR:	NO	NO
DEPORTE:	MODERADO	ACTIVA
OTROS. ESPECIFICAR:		

Cuando acabó el cuestionario, ya me había repuesto un poco. William me dijo que tenía que firmarlo y poner mi nombre, apellidos, fecha y número de pasaporte en la parte de abajo.

—Llevaré la documentación adentro. Ahora mismo vuelvo.

Pasaron unos minutos hasta que regresó de vuelta con la doctora Kibak, pero se me hicieron eternos. Parecía que hubiera firmado mi sentencia final, igual que si estuviera en el corredor de la muerte y tan solo me quedase una hora antes de que me pusieran la inyección letal.

Cuando llegaron hasta mí, Daniel y Ronald se acercaron para escuchar a la doctora:

—Bien, señorita Urech, buen trabajo. Pero tenemos una pequeña complicación.

—¡Complicación! —me alarmé—. ¿A qué se refiere?

—Resulta que, según lo que nos cuenta de su madre, tenemos seis cuerpos que podrían responder a esa descripción, alguno de ellos bastante malogrados. Y en cuanto a su padre tenemos dos posibles cuerpos, y en buenas condiciones, además, pero no se corresponden con la edad ni por asomo. ¿Está segura que no hay nada que haya podido pasar por alto?

Me quedé un rato pensando.

—Bueno… mi padre siempre ha aparentado mucha menos edad que mi madre.

—¿Menos, como cuánto? —preguntó la doctora.

—Pues... fácil, unos veinte años menos que ella.

—¿Tantos? —se sorprendió—. Entonces creo saber quién puede ser. Acompáñeme, señorita Urech, empezaremos por él. Señor comisario, usted tiene que entrar con nosotras. En cuanto a ustedes —dijo mirando a los demás—, queda a su elección si quieren venir o no. —Se giró y me tomó por el brazo para que fuera a su lado.

Por detrás, siguió nuestros pasos mi comitiva particular.

Traspasamos la puerta de entrada al departamento anatómico forense, como rezaba el cartel de la entrada. Resultó ser un lugar tan aséptico como siempre te imaginas de esos lugares; frío, forrado de azulejos pequeños y blancos, olor a desinfectante y muy poco tránsito de gente. Lo único llamativo en aquel espacio eran las dos auxiliares de color, sentadas detrás de un mostrador, que conversaban alegremente de sus cosas.

La doctora nos guio a través de un pasillo y saludó a un par de personas con las que nos cruzamos. Uno de ellos se unió a nosotras, saludándonos antes con la cabeza.

Me obligué a permanecer con la mirada lo más al frente posible, por miedo a ladear la vista y encontrarme con alguna habitación en donde se estuviera diseccionando algún cadáver.

Entramos en una sala amplia, pasando a través de una cortina de tiras de plástico duro, parecidas a las que se encuentran en algunos supermercados para acceder al almacén de congelados. Era un lugar muy amplio, con fluorescentes que daban luz blanca y potente y con una refrescante temperatura que contrastaba con la del exterior. Una de las paredes estaba cubierta de un montón de puertas de acero inoxidable que se encontraban numeradas.

La doctora cogió una de las carpetas que había en los archivadores colgados de la pared a la entrada de la sala. Se puso a revisarla y, al instante, ella y su compañero se acercaron a una de las portezuelas que quedaban más cerca de nosotros. El hombre agarró el maneral, lo abrió y tiró hacia fuera, con fuerza, de una especie de plancha metálica sobre la que reposaba un cuerpo inerte. Ambos médicos nos daban la espalda y ocultaban lo que allí se encontraba. La doctora pareció cotejar los datos aportados por mí, con el aspecto general del cadáver y, de pronto, se giró hacia nosotros y dijo:

—Señorita Urech, puede acercarse cuando quiera.

Tomé una bocanada profunda de aire, como si fuera a hacer una zambullida a pulmón libre en mar abierto. Caminé los primeros pasos, lentamente, sin poder apartar la vista de aquel soporte metálico, pero evitando mirar a toda costa lo que en él se encontraba tumbado. Según me fui acercando, tuve que forzarme a redirigir la mirada. Entonces, empecé a reconocer el contorno de mi padre... un paso más, el perfil de mi padre... otro paso más, el pelo de mi padre. El corazón me latía como un caballo desbocado y cuando estuve lo bastante cerca de aquel lecho macabro, observé el bello rostro de mi padre; petrificado y sin vida, aunque hermoso, tan hermoso como siempre lo había sido.

Por un momento, se me cortó la respiración.

Le mantenían tapado de cintura para abajo, con una simple sábana de hospital, y los brazos descubiertos a lo largo de su cuerpo. Entre mis manos tomé una de las suyas; una de sus bellas manos y que tanta belleza habían sabido sacar a la luz. Toqué su cara pálida, la cual comencé a ver borrosa al anegárseme los ojos en lágrimas. Parecía que descansase. Le besé en la frente, tan dura y fría como el mármol, manteniéndome allí largo rato con la congoja, la pena y los recuerdos descendiendo por mi garganta. Aún no me creía que estuviese muerto y no quería separarme de él, pero un impacto helado me sacudió en los labios y al instante me trajo de vuelta a la dura realidad.

Cuando ya no fui capaz de soportar más el dolor, dije con un nudo en el estómago y los ojos completamente humedecidos:

—Sí, es él. Él es mi padre.

Todos esperaron pacientemente a que le soltase, devolviendo su mano con cuidado al lugar de donde la había tomado.

La doctora me agarró por los hombros y me animó a continuar con la búsqueda de mi madre. El hombre que la acompañaba esperó hasta que estuvimos suficientemente alejados para reubicar a mi padre en su gélido nicho; sin embargo, pude oír cómo cerraba la portezuela y un escalofrío me recorrió de arriba abajo tras escuchar aquel ruido metálico y seco retumbando por todo el espacio.

La doctora Kibak nos guio hasta su despacho y nos ofreció una taza de café, la cual yo acepté de buen grado; mi cerebro empezaba a amalgamarse y necesitaba cafeína para despejarlo y poder continuar con toda aquella pesadilla.

—Señorita Urech —dijo la doctora.

—Angie, por favor, llámeme Angie —contesté, sin levantar mis ojos del suelo.

—Bien, Angie, como ya le dije, lo tenemos más complicado en lo que respecta a su madre. Nos encontramos ante seis posibles cuerpos y no quiero hacerla sufrir más de lo necesario. Su padre se encuentra en un estado estupendo, si se me permite el chiste, así que necesitamos afinar con la búsqueda de su madre. De esos seis cuerpos que responden a características físicas parecidas, algunos están bastante mal, como ya le he dicho. Y no quiero que tenga que pasar por algo demasiado traumático.

—Sí, la verdad es que es más duro de lo que me imaginaba —confesé con la mirada vagando por aquel pavimento—. Siempre deseas que cuando a alguien le llegue su hora final, esta sea lo menos desagradable posible. Al menos mi padre tiene una expresión plácida. Está hermoso, como es... Bueno, como era. Me lo está poniendo tan mal que no sé lo que me voy a encontrar con mi madre. —Y conseguí levantar la cabeza para poder mirar a la doctora a la cara.

Ella reflexionó durante unos instantes y después dijo:

—Vamos a hacer una cosa. Vuelva a releer la descripción que nos ha hecho sobre ella. Piense en cualquier cosa que haya podido pasar por alto. Llame si quiere a algún familiar suyo que pudiera estar más familiarizado con sus marcas de nacimiento, lunares característicos, cicatrices, operaciones. ¿Está segura de que no le realizaron cesárea con usted o con su otra hija?

—Hijo —le corregí—, tengo un hermano.

—Vale, pues con su hijo. Si sus abuelos maternos aún viven, quizá se acuerden de...

En ese momento, toqué el llamador de ángeles que colgaba de mi cuello; era el único adorno que había decidido ponerme. Necesitaba su contacto, me aportaba serenidad en momentos tensos, su dulce tintineo me relajaba al escucharlo.

—Me acabo de acordar de una cosa. No sé si servirá. ¿Valen los tatuajes?

—Sí, siempre y cuando sean de los indelebles —contestó el ayudante de la doctora que nos acompañaba desde hacía un rato y que en ese momento se servía un café.

—Hace unos diez años mi padre se empeñó en que mi madre se hiciera un tatuaje. A mi madre le encantó la idea, para ellos era como un símbolo. Iba bien tapado y rara vez lo mostraba. Tenía un significado personal e íntimo para los dos —paré durante unos segundos, tragando saliva, para intentar sosegarme y controlar el llanto que amenazaba con regresar—. Casi nunca se lo veíamos, por eso no me acordé antes.

—¿En qué parte del cuerpo lo llevaba? —preguntó Ronald, el comisario.

—En la base de la nuca, pegado al nacimiento del cabello —con un gesto sobre la mía les mostré dónde quedaba—. Siempre estaba oculto por su melena.

—¡Descríbalo! ¿Qué tipo de dibujo es?, ¿tiene colores?, ¿qué tamaño aproximado? —mientras me preguntaba, la doctora iba anotando en su carpeta.

—Es un conjunto de alas desplegadas, como las de los ángeles; pero en vez de dos, son varias y unas van montadas encima de las otras. Son blancas y creo que el contorno es... en azul celeste. El tamaño, ni grande ni pequeño, más o menos así —hice un gesto con mis dedos índice y pulgar de unos cuantos centímetros.

—Vamos a revisarlo y ahora volvemos —dijo la doctora.

Ella y su ayudante apuraron el café y salieron del despacho. El comisario y Daniel se excusaron para salir un momento y William se quedó allí, haciéndome compañía.

—Llevas un colgante muy bonito —observó.

—Fue un obsequio que le hizo mi padre a mi madre. Ella me lo regaló cuando tenía diez años, desde entonces siempre lo llevo conmigo.

—Diamante y oro blanco, ¡bonita combinación! ¿Lo de dentro es coral rojo?

—Sí —respondí, sorprendida—. Controlas de joyería. La gente suele pensar que es plata vieja.

—Bueno, hace... muchos años viví cerca de Johannesburgo. Allí hay grandes reservas de oro y diamantes.

—Eso está por Sudáfrica, ¿verdad? —pregunté, intentando hacer memoria de algún mapa de África de los libros de geografía.

—Así es —respondió, mientras se acomodaba apoyando su pie derecho sobre la rodilla contraria—. Me alegro de que tu padre se conserve en tan buen estado. ¿A qué tipo de restauraciones se dedicaba?

—Obras religiosas. Normalmente, iba a donde le llamaban, pero a veces le enviaban piezas de museo y trabajaba en el taller que tenía montado en casa.

—¿Cuál era su especialidad?

—Tocaba diversos campos; frescos, escultura, retablos en madera, aunque por lo que más se le conocía era por ser dorador. Era increíble verle trabajar, siempre mantenía una concentración absoluta en el momento en el que se ponía frente a lo que tuviese que reparar; pero cuando se trataba de dorar, permanecía en un estado cercano al trance. En una ocasión, le estuve observando hacerlo en la iglesia de La Compañía, en Quito. El interior de esa iglesia está completamente recubierto de pan de oro. Cogía su pincel de cerdas de visón, lo pasaba varias veces por la barbilla, impregnándolo con su propia grasa y, sin apenas respirar, iba cogiendo de su guardavientos, con sumo cuidado, cada una de las finísimas láminas doradas con aquel pincel, superponiéndolas sobre la pieza para después bruñirlas con sus piedras de ágata. En cada movimiento seguía una danza ceremoniosa y certera. —Pestañeé un poco cuando salí de aquel estado hipnótico en donde aún me parecía estar viéndole con sus utillajes frente a mí.

—¡Fascinante! —exclamó—. ¿Dónde se formó?

—Estudió en Florencia, Roma, un poco en Londres. Aprendió de la antigua escuela. Él tocaba todas las técnicas y materiales. Hoy en día se especializan mucho más. Tuvo suerte de que la congregación religiosa que le acogió, cuando fue abandonado de bebé, se percatase del don que tenía y le recomendasen en escuelas religiosas ilustres. Desde muy joven trabajó en los grupos de restauradores más importantes de Europa, en grandes catedrales, incluso estuvo en el Vaticano en varias ocasiones.

—Con ese currículum, ¿cómo es que acabó en Canadá? Allí no hay tanto que restaurar como en el viejo continente.

—Los frailes de la congregación de Seattle donde le acogieron solicitaron sus servicios para montar un grupo de trabajo en varios templos que tenían a lo largo de Canadá y cuyas obras se estaban echando a perder. Él llegó allí convertido en mor.

—¿Convertido en... qué?

—En mor o maestro de restauradores. Le capacitaron en Verona, en uno de los últimos trabajos que realizó en aquella etapa de formación por Europa. Por aquel entonces era el maestro más joven de todos. Cuando llegó a Canadá estuvo alrededor de dos años viajando por todo el país. En Vancouver fue donde conoció a mi madre, se enamoraron y allí se quedó. Además, al estar allí se encontraba más cerca de la congregación de Seattle, con quienes ha tenido siempre una relación bastante cerrada.

La conversación con William me había hecho pasar el rato de espera mucho más rápido. Mis otros dos acompañantes se unieron a nosotros en cuanto apareció la doctora.

—Creo que ya lo tenemos, Angie, ¿está lista? —preguntó la doctora.

Tan solo fruncí los labios y me levanté del asiento para dirigirnos de nuevo en dirección a la sala de los horrores.

Cuando entramos, los doctores nos hicieron esperar y se adelantaron. Esta vez se trataba de una de las portezuelas más alejadas de la entrada. Ya tenían sacada la plancha soporte y sobre ella descansaba un cuerpo tapado por completo con una sábana. La doctora volvió hasta donde nos encontrábamos y colocándose delante de mí me previno.

—Quiero advertirle que la estampa de su madre no es agradable. Céntrese en el tatuaje; si lo reconoce, hágamelo saber sin dilación. No quiero que se quede más tiempo del necesario ahí parada, por mucho que quiera, ¿me comprende?

Volví a asentir con la cabeza como una marioneta. Esta vez tomé dos respiraciones a pleno pulmón y completé el recorrido lentamente, hasta que me indicaron que parase a unos dos metros de aquel soporte. No pude evitar temblar cuando comenzaron a destapar aquel cuerpo que me daba la espalda, ayudado por un soporte para estar colocado de costado, dejándolo al descubierto de cintura para arriba. En ese momento, el pulso se me disparó, haciendo que las venas me presionasen las sienes. Su cabeza estaba completamente abrasada y sin pelo, y solo algunas partes de su cuerpo tenían quemaduras distribuidas de manera dispersa. La primera impresión fue pensar que era imposible que se tratase de mi madre; pero, de pronto, me fijé en la nuca de aquel cadáver y allí estaban sus alas. No mantenían el color original porque el calor las había alcanzado, pero parecía que hubiesen actuado de cortafuegos en un bosque ardiendo, ya que del tatuaje hacia abajo el resto de su cuerpo no había sufrido tanto daño.

¡Ese era el tatuaje! No podía decir que fuera ella, pero estaba claro que era su tatuaje. Ya no podía mirar más. Me giré dándole la espalda al horror de lo que tuvo que padecer ella y noté como empezaba a hiperventilar. Levanté la cabeza y con un suspiro de voz dije:

—Es ese. Es su tatuaje.

En ese momento, me desplomé, cayendo de rodillas sobre el suelo. La sensación de vacío que me quedó hizo que por un instante no sintiera ni el latido de mi corazón. No escuchaba lo que las personas que estaban a mi alrededor decían. Ninguna idea pasó por mi mente. Mi cerebro no era capaz de mandarle órdenes al cuerpo. Todo se quedó parado, todo se convirtió en silencio. Por la espalda comenzó a recorrerme un sudor frío y, entonces, por fin, no una lágrima, sino mil, un millón de ellas afloraron por mis ojos y solo pude moverme para tapar mi cara con las dos manos, bajar la cabeza y sollozar mientras sentía esas gotas saladas ahogándome por dentro. Con una mano conseguí asirme a mi llamador de ángeles, sintiéndolo como una especie de bote salvavidas. Al instante, noté varias manos que me levantaron y me llevaron, casi levitando, al exterior del edificio.

El aire seco allí fuera pesaba, pero el sol caliente y la luz natural me hicieron tomar contacto con la realidad. Alguien me sentó en un banco y al rato noté unos dedos conocedores apretando el interior de mi muñeca izquierda, allí donde laten las venas.

—¿Se encuentra mejor? —me preguntó la doctora Kibak, después de esperar a que dejase de llorar y ofreciéndome un vaso de agua que pidió que me trajeran.

—Sí, estoy bien. Doctora... no estoy segura de que fuera ella —dije, apurando el líquido—. Parecía su silueta, pero estaba completamente irreconocible. No sé si...

—Angie, hizo un gran trabajo recordando ese pequeño detalle. Ninguna otra de las pasajeras tenía tatuajes de ningún tipo, ya se han cotejado los datos. Siempre podemos hacer una prueba de ADN, si lo prefiere, pero nos llevará tiempo y suele hacerse en casos bastante peores.

—Es solo que me cuesta creerlo —respondí, aferrándome a aquel vaso de plástico vacío—, pero sí, estoy segura de que eran sus alas, de eso no hay duda.

—¡De acuerdo! —dijo, ofreciéndome un poco más de agua que le había traído su ayudante junto con otra carpeta—. Únicamente, falta que me firme los papeles para su traslado. Simple burocracia.

Firmé de manera automática lo que me pedía y la doctora le entregó un par de copias de todo ello al comisario Ronald.

—Avisarán del consulado en cuanto estén los papeles listos y enviaremos un par de coches para recoger los ataúdes y llevarlos al aeropuerto poco antes del despegue —le dijo el cónsul a ella.

—¡Muy bien! —La doctora se despidió de todos estrechándonos la mano y nos metimos en los coches para ir a la comisaría.

Daniel no dejó de hablar por teléfono todo el trayecto hasta llegar. Daba confirmación del reconocimiento y ordenaba que fueran haciendo los preparativos para la repatriación de los cuerpos.

Al llegar a la comisaría no nos demoramos demasiado; otra tanda de firmas relativas al accidente, seguros y responsabilidades de la aerolínea que ya nos enviarían a casa. Finalmente, despedida cordial del comisario y camino hacia el consulado.

William hizo compañía al chófer en la parte delantera de la limusina.

Cuando llegamos al consulado de Canadá y entramos en el despacho de Daniel, habían preparado una pequeña mesa con té y pastas. Yo decliné la invitación alegando tener el estómago cerrado. Necesitaba acabar con todo aquello cuanto antes para poder tumbarme un rato. La secretaria apareció y me fue pasando, uno a uno, más documentos con membrete canadiense que necesitaban mi rúbrica. Cuando todo estuvo listo, Daniel salió a despedirnos a la puerta. Le dio la indicación a su chófer de llevarnos a mí al hotel y a William, de vuelta al aeropuerto con todos los papeles que necesitaba su compañía aérea.

—Mañana, en el momento que nos diga William y todo esté preparado, te enviaremos el coche para recogerte y llevarte al aeropuerto. Mis condolencias personales para tu familia. Ha sido un placer conocerte, aunque no hayan sido las mejores circunstancias para ello.

Me despedí, agradeciéndole de corazón todo, y me subí al coche mientras William me hacía compañía en el asiento trasero. Me apoyé en el reposacabezas y entorné los ojos.

Una fragancia intensa y muy masculina me alcanzó, el típico perfume que se mantiene en los poros de algunos hombres y hasta en la ropa que visten y por el que podrías reconocerles entre un millón; en el caso de William se trataba de un aroma cítrico, con un ligero toque a madera y muy exclusivo.

Caí en la cuenta de que yo no olería ni la mitad de bien que él, necesitaba una ducha urgente.

No tardamos mucho en llegar al hotel. Este se encontraba en la misma zona residencial en donde estaban la mayoría de las embajadas, por lo que supuse que sería uno de los barrios caros de Nairobi.

El chófer me abrió la puerta para que bajase, mientras uno de los botones del hotel ya había sacado del maletero mi equipaje y cargaba con él. William salió del coche para despedirse.

—Ya están avisados de tu llegada, solo tienes que dar tus datos en la recepción y te llevarán a la habitación que tenían tus padres reservada. Volveré antes de que anochezca para traerte más papeleo. Lo siento, estarás harta, me imagino.

—Muchas gracias por todo, William —me limité a responderle.

—Intenta descansar algo. Nos vemos luego —dijo a modo de despedida.

William

Me dirigí a la entrada del hotel, siguiendo los pasos del botones. La puerta era una inmensa mole de madera de ébano, con una única hoja que se mantenía abierta por completo en señal de saludo a sus invitados. El té frío de bienvenida con el que me obsequiaron, nada más entrar, refrescó mi garganta. En poco tiempo me encontraba en la *suite* que mis padres tenían reservada.

Esto iba a ser más duro de lo que pensé; no me veía ocupando sola ese espacio tan grande, casi podía sentir la presencia de ambos en aquella estancia. Lo primero que hice fue encender la pantalla de plasma, subir el volumen y abrir la balconada que daba a una terraza cubierta con un toldo y desde donde se veían la piscina y los jardines interiores del hotel. La luz del sol entró a raudales en el dormitorio y comencé a sosegarme un poco.

Desde que lo había encendido, el móvil no paró de taladrarme los oídos con el sonido de las llamadas recibidas, así que lo tuve que encerrar en el baño para que se relajara. Abrí mi maleta, me desnudé y me dispuse a tomar una ducha tibia.

¡Hummm! Mejor, cada vez me sentía mejor.

Con un albornoz puesto, con emblema del hotel, y la toalla enrollada en la cabeza, me dispuse a conectar el ordenador para hablar con mi hermano por videoconferencia.

Mike no tardó en contestar:

—¡Angie, por fin!

—¡Hola, Mike! Perdona, no sé ni qué hora es en Vancouver, igual te he despertado.

—Acaba de amanecer, pero no te preocupes. Cuéntame, ¿qué tal ha ido todo? ¿Dónde estás ahora? —Al ver la cara de mi hermano en la pantalla, no pude evitar romper a llorar. Aunque empezaban a no quedarme muchas lágrimas dentro. Él esperó, paciente, a que me calmase—. ¡Lo siento, Angie! Siento que hayas tenido que pasar tú sola por todo eso.

—No, si sola no estaba —empecé a relatarle lo acontecido durante el día. Él escuchaba atentamente—. ¡Mike, papá parecía un ángel! ¡Créeme, era alucinante! Parecía que dormía… ¡estaba perfecto!

—¿Y mamá?

—No, mamá todo lo contrario. ¡Se abrasó, Mike, su cabeza estaba completamente quemada! —Me tapé la cara con las manos, intentando que aquel recuerdo desapareciese de mi mente—. No pude ver su rostro porque la tenían de espaldas a mí; y me hicieron un favor, te lo juro, si no, no me hubiera quitado esa imagen de la cabeza en toda mi vida. El resto de su cuerpo sí que se salvó, aunque con quemaduras leves. ¡Pobrecita mía, lo que tuvo que sufrir!

—Y, entonces, ¿cómo pudiste identificarla?

—Gracias al tatuaje de las alas que llevaba en la nuca, ¿te acuerdas?

—¡Así que funcionaron! —exclamó de pronto y hasta me pareció ver una ligera sonrisa en sus labios.

—¿Funcionó el qué?

—Nada, nada…

—¡¿Cómo que nada?! Mike, era de lo más extraño que tuviera completamente achicharrada la cabeza y del tatuaje para abajo nada. ¡Déjate de secretitos y dime qué tenía que funcionar! —le exigí.

—¡Está bien, cálmate! Esas alas fueron un regalo de papá para que la salvaran de todo mal.

—¡Lo último que me imaginaba era que papá fuese supersticioso! —dije con extrañeza.

—No era una superstición, tenía más que ver con un afán de protección.

—Mike, tengo la sensación de que tienes muchas cosas que contarme. Cuando todo esto pase, espero que contestes a mis preguntas.

—¡Vale, vale! ¿Cuándo crees que llegarás?

—Esta noche me enteraré de qué vuelo es el primero que puedo coger y los enlaces que tendré que hacer. ¿Has arreglado ya todo con la funeraria de Sooke?

—Sí, ya está todo solucionado. También está avisada la mayoría de la gente, aunque me falta confirmar el día y hora exactos. Tus amigas del trabajo y Julie me han dicho que intentarán venir. Creo que incluso viene tu compañero Matt desde Londres. Tío Philippe llegó ya, con tía Laura y los primos.

—Bien, te llamo después cuando sepa algo más.

—Duerme un poco, se te ve agotada. Hasta luego.

Las siguientes dos horas las invertí en ver el equipaje que mis padres habían dejado en el hotel. Gracias a que mi madre siempre usaba el mismo número de clave para todas sus maletas, conseguí abrirlas y llenarlas con la ropa que había en los armarios. Ya haría limpieza al llegar a casa; en ese momento, no me sentía con fuerzas para tirar nada de ellos, aunque eso supusiera tener que pagar por exceso de equipaje.

Rescaté un vestido de verano de mi madre, que a veces me prestaba, y me lo puse; aún llevaba impreso su olor y eso le dio una punzada a mi corazón.

Al tener la balconada abierta, el calor dentro de la habitación empezó a ser agobiante. Poco a poco, se dejaron de oír las voces de la gente en la piscina, me asomé y pude ver cómo recogían las hamacas y preparaban todo para el día siguiente. Pensé que sería un buen momento para salir por aquellos jardines, dar un paseo y tal vez preguntar en recepción si a mis padres se les había ocurrido dejar algo en la caja fuerte del hotel. Mi padre tenía esa costumbre en todos los sitios donde nos alojábamos; allí solía dejar la documentación, las tarjetas que no fuese a utilizar y dinero local.

Cogí la llave, cerré la balconada y conecté el aire acondicionado para no pasar demasiado calor por la noche, aunque aún no había decidido si me metería en la cama a dormir; no era una idea que me apeteciese demasiado. Después, me dirigí a la recepción.

—Buenas tardes, soy Angie Urech y estoy ocupando la *suite* 1210. Me gustaría saber si mis padres dejaron alguna cosa guardada en la caja fuerte del hotel.

—Un momento —dijo la recepcionista—, avisaré al director.

Me quedé aguardando mientras miraba el arte africano que había expuesto en un lateral del *hall* de entrada; máscaras de teca, ébano y otras maderas locales, ricos ornamentos con filigranas de colores, guerreros tallados y joyería local en oro mate. Al oír mi nombre, me giré.

—Señorita Urech, soy Damian N'Gie. Bienvenida al Gran Hotel Nakuru Lake.

—Gracias —respondí.

—El accidente ha sido una desgracia para nuestro país. Sentimos que una pareja de clientes nuestros se encontrase entre las víctimas. Por otra parte, la esperábamos esta mañana temprano, ¿ha habido alguna complicación con el vuelo de llegada?

—No, simplemente tenía que dejar todo listo para que fueran preparando a mis padres y poder irnos cuanto antes a Canadá. Luego estaba todo el tema de la burocracia, demasiado papeleo que rellenar.

—Comprendo —respondió—. Le han dado la *suite* que tenían sus padres. ¿Está todo bien? ¿Es de su agrado?

—Sí, todo es perfecto. La habitación es preciosa, bueno... el hotel es maravilloso.

—Deseamos que, a pesar de las circunstancias, se encuentre a gusto en su estancia aquí. Y, ahora, dígame, ¿en qué puedo ayudarla?

—Quería preguntarle si alguno de mis padres guardó algo en la caja fuerte del hotel.

—En efecto, así es. Ya había dado aviso en recepción de que la avisaran antes de salir, en caso de que yo no estuviera. Si necesita abrir la pequeña caja blindada de la habitación, le enviaré a alguien de seguridad para que se la desbloquee.

—No, esa no hace falta. Mis padres nunca dejaban metido nada en esas.

—Acompáñeme entonces a mi despacho. Únicamente me tendrá que firmar una autorización para acceder a ella y le daré la llave para que pueda abrirla.

Le seguí hasta su despacho y me hizo entrega de una pequeña llave con el número nueve, grabado, y el resguardo que mi padre rubricó. Me acompañó junto a un guardia de seguridad del hotel, a través de un pequeño tramo de escaleras que bajaban desde la recepción, y accedimos a una habitación con puerta blindada de cristal. Introdujo un código en el dispositivo digital que había en la pared y la puerta se abrió.

—Estaremos aquí fuera para abrirla cuando termine —me dijo.

Accedí a la estancia y busqué, entre todas las cajas fuertes, la que tuviese aquel número. Cuando la encontré, metí la llave en la cerradura, la abrí y miré dentro; solamente había un sobre con dos palabras escritas por mi padre: *«Para Michael»*.

El sobre pesaba algo y estaba cerrado y lacrado; una marca habitual de papá en sus escritos, ya que se negaba a la evolución informática. Únicamente se ponía ante un ordenador para hablar con nosotros a través del Mac de mi madre. Incluso dudaba que hubiese llegado a encender la Blackberry que le había regalado las navidades pasadas. Era un completo inútil en materia tecnológica y no le preocupaba en absoluto dejar de serlo. Más de una vez le dije que se fuese haciendo un archivo informático de documentos para tener controlados los trabajos que había realizado a lo largo de su vida; me ofrecí, incluso, a escribírselo yo misma, pero siempre sonreía y me contestaba que ya lo tenía todo guardado en el disco duro de su memoria y en sus notas a mano. Y era verdad, tenía una mente lúcida y brillante, se acordaba de cualquier pieza que hubiera tocado, por insignificante que fuera, y conocía detalles sobre muchos artistas y las obras que realizaron que traspasaban el simple hecho de haber leído sobre ello. Tenía también un olfato especial para descubrir misteriosos frescos debajo de capas y capas de pintura, con lo que realzaba el valor de las obras en cuestión. Muchos museos solo le tenían como observador de los cuadros que les entraban en sus talleres para determinar, a simple vista, si creía en la posibilidad de que ocultasen algún tesoro inédito que pudiese revalorizarlo.

Volví a mirar en el interior de la caja para asegurarme de que no había pasado por alto alguna otra cosa. Cuando vi que eso era todo, me guardé el sobre en el bolso e hice un gesto con la mano para que me viera el director del hotel y me volviera a abrir la puerta.

—Tome la llave, ya no la voy a necesitar —dije, devolviéndosela.

—Acaban de enviarme de recepción un mensaje para usted —dijo—. La está esperando alguien.

—¿A mí? —pregunté extrañada.

—El señor Van Milaray se encuentra en el bar situado en el *lobby*. ¿Conoce a alguien con ese apellido?

—¡Ah, sí, William! —Pensé que llegaría más tarde.

El director me acompañó hasta el *hall* y me indicó dónde estaba el bar. Era un espacio amplio y abierto, con cómodos sillones, que atraía toda la atención desde que se accedía por la entrada principal.

—Me despido de usted aquí —dijo, estrechándome la mano—. En el momento en que se vaya, limítese a firmar la salida. Todos los gastos están pagados y mandaré que hagan el reembolso, en su tarjeta de crédito, de los días de estancia que no se cubrirán. También hay una mesa reservada a su nombre, para su acompañante y para usted, en nuestro restaurante Masai Mara. Están invitados a cenar por gentileza del hotel.

—Gracias, aunque mi estómago se encuentra aturdido todavía.

—Créame, las especialidades locales la sorprenderán. Adiós y buen viaje de vuelta.

—Gracias de nuevo.

Fui caminando hacia la entrada de aquel gigantesco bar, abierto a la vista de todos. En un principio no conseguí verle, no estaba sentado en los altos taburetes de madera que rodeaban la barra, donde un camarero preparaba cócteles para un grupo de personas. Tampoco se le veía mirando a través de los amplios ventanales que separaban el bar de la zona ajardinada que había en el exterior. Tal vez se encontrase afuera, donde había asientos de mimbre con cojines.

Sin embargo, al torcer la cabeza para buscarle de nuevo por la sala, fue cuando le vi sentado al final del bar. Él sí que me había localizado a la primera y su intensa mirada dorada se clavó en mí.

Se había acomodado en un clásico sillón orejero de envejecido cuero marrón, con una pierna cruzada sobre la otra. Sus brazos descansaban en los reposabrazos mientras apoyaba su barbilla sobre la mano derecha. Según caminé hacia él, observé que ya no llevaba puesto el uniforme de su compañía; había cambiado su atuendo por unos pantalones de lino en color beige y un polo de manga corta en tonos anaranjados que resaltaba su tono de piel. El tintineo de mi llamador empezó a sonar con cada uno de mis pasos. Poco antes de llegar a su altura, se levantó del asiento con una sonrisa ladeada en aquellos labios carnosos y apartó, sin ningún esfuerzo, un sillón que tenía al lado para que me sentase junto a él.

—Bonito vestido, Angie —apreció.

—Era uno de los favoritos de mi madre. A veces se lo cogía prestado. Me gusta llevarlo, así siento como si todavía estuviera conmigo.

—¡Estás preciosa! —aquella afirmación me hizo ruborizar un poco. Un camarero se percató de la señal que William le hizo y se acercó a nuestra mesa—. ¿Qué te apetece tomar?

—Una limonada bien fría.

—Limonada para la señorita y a mí me trae otra agua con gas, por favor.

Cuando el camarero se marchó, deslizó hacia mí un sobre que había sobre la mesa que teníamos enfrente.

—Aquí lo tienes todo; los permisos sellados, copias de las autorizaciones, los *tickets* de carga especial y tus billetes. Sales mañana a las cuatro de la tarde en nuestro vuelo a Londres. A la una de la madrugada estarás embarcando para Vancouver en un avión carguero de tu compañía, es lo más rápido que te he podido conseguir.

—Nunca he visto un carguero por dentro. Ni siquiera sabía que teníamos en mi empresa.

—Suelen hacer vuelos nocturnos. Me he aprovechado de tu condición de tripulante de vuelo para que te expidieran un billete especial. Nunca un pasajero de pago podría tomar uno de esos, pero, a veces, los pilotos de este tipo de aviones se llevan a algún familiar con ellos y entonces se les saca un billete de características similares. Tienen pocos asientos, pero confortables, ya que están pensados para el descanso de los técnicos de vuelo. Si todo va según lo previsto, estarás aterrizando en Vancouver a las tres de la madrugada local. Algo menos de veinticuatro horas.

—Sí, bueno, luego las completaremos, porque para celebrar el funeral hay que ir hasta un sitio donde vivían mis padres últimamente; o sea, que habrá que añadirle alguna hora más entre el viaje en avioneta y el trayecto en coche hasta el tanatorio.

Mientras el camarero dejaba las bebidas sobre la mesa, guardé aquel sobre en el bolso. William extendió un colorido billete dentro de la pequeña carpetita que el camarero colocó con discreción al lado de su vaso de agua. Aclaré mi garganta después de beber un largo trago de mi limonada y con voz temblorosa le pregunté:

—¿Puedes... quedarte a cenar conmigo aquí esta noche? —No sabía por qué me temblaban hasta las rodillas cuando se lo pregunté, casi sin pensar.

—¿Me has leído el pensamiento? —dijo, mientras clavaba aquellos impresionantes ojos sobre mí con cara de incertidumbre—. Eso mismo iba a pedirle yo, señorita Urech Montreaux.

—Resulta que estamos invitados por el director del hotel. Yo apenas tengo hambre, pero no quiero declinar su amable ofrecimiento.

—Acepto encantado. Pero la próxima vez yo seré más rápido —respondió, mientras me guiñaba un ojo.

¿Es que acaso pensaba que habría una próxima vez? ¡Dios, me iba a dar un síncope! ¿Y estaba loca o qué? No sabía nada de la vida de aquel hombre. Quizás estuviese casado y con hijos, aunque anillo no llevaba. Tampoco tenía por qué estar casado. Pero si alguien estuviera esperándole en su casa, no habría dicho que sí tan rápido para cenar conmigo. Era imposible que alguien como él estuviese solo.

—Podemos ir yendo, si quieres —continuó diciendo mientras disimulaba una pequeña sonrisa—. ¿Desde cuándo no pruebas bocado? —preguntó, apurando su agua.

—¿Decentemente, te refieres? Creo que lo último caliente que tomé fue la cena del avión en mi último vuelo de hace unos... cuatro días.

—¿Y tú le llamas a eso algo decente? —se rio abiertamente. ¡Dios, qué sonrisa más bonita tenía!—. ¿Dónde te apetece cenar? —preguntó—. En este hotel hay varios restaurantes.

—Parece ser que nos han reservado mesa en uno que se llama «Masai Mara».

—Lo conozco, te gustará.

Terminé de un trago mi limonada y nos levantamos.

William tenía el cuerpo fibroso, característico de su sangre africana. La espalda y los hombros anchos y, aun sin estar tan fuerte como mi hermano, era tan alto como él.

—¿Has visto ya los jardines de este hotel? —preguntó, mientras apoyaba su mano en la parte baja de mi espalda para que caminara a su lado.

—No, todavía no. Se ven preciosos desde la habitación.

—Sí que lo son, te encantarán. —E hizo un gesto con la cabeza en dirección al exterior, sujetando la puerta para que pasara delante de él.

Salimos por una puerta acristalada y el aire templado de las primeras horas de la noche nos abrazó. Las luces que guiaban el camino iban acorde al tipo de jardín del que se trataba. El primero que atravesamos era de tendencia zen, con luces ahumadas encerradas en farolillos bajos, hechos de papel de arroz.

No pude evitar fijarme en el porte elegante de William a cada paso que daba mientras caminábamos. De nuevo, un golpe de aire cálido hizo que apreciase su perfume hasta embriagarme por completo.

El paisaje cambió de repente, al pasar un puente que había encima de la piscina, mostrando un jardín de tendencia tropical con focos dirigidos directamente hacia frondosas especies vegetales. El camino continuaba zigzagueante, alejándose del edificio principal de aquel complejo hotelero, hasta llegar a un decorado típicamente africano con cabañitas individuales, las cuales imaginé que serían bungalós tematizados para los clientes del hotel. La iluminación en ese lugar la proporcionaban simuladas antorchas de luz artificial. Ante nosotros apareció el restaurante, custodiado por dos inmensas estatuas talladas en madera que representaban a guerreros masai, ataviados con traje típico y lanzas. Entramos y el *maître* nos condujo directamente a una mesita en el interior del local, después de decirle que teníamos una reserva a mi nombre. El salón era diáfano y circular, con grandes ventanales corredizos que se encontraban abiertos de par en par, y cuyo eje central estaba presidido por un baobab milenario de gran tamaño.

Nos recomendaron una degustación de platos típicos keniatas que iban trayéndonos en platitos individuales y que parecían no terminarse jamás. Probé todo lo que me iban poniendo delante, mientras William se deleitaba en cada bocado de manera pausada. Antes de empezar cada platillo realizaba el mismo ritual; con los ojos cerrados, juntaba primero sus manos por encima del plato sin que sus dedos se llegasen a tocar y después, tomando una inspiración profunda, empezaba a comerlo lentamente. En cierto modo, me recordaba a las oraciones que mi abuela María hacía antes de cada comida para bendecir los alimentos.

Él fue explicándome qué era cada uno de los platos que nos iban trayendo:

—Esto es matoke, plátano verde con ajo, cebolla, pimienta y carne. Pruébalo con un poco de salsa de cacahuetes. Esto otro es trucha ahumada. ¡Cuidado con la salsa de rábanos, es bastante picante!

—Me gusta el picante. Nuestra asistenta es mexicana y tenemos el paladar achicharrado. —Se rio a carcajadas con el chiste—. ¿Esto son ostras? —pregunté, cogiendo una.

—Sí —respondió.

—¡Qué pequeñas son!

—Son ostras enanas de Mombasa. Y este es el famoso cordero de Elmolo, en este restaurante lo cocinan especialmente bien.

Yo estudiaba su anguloso rostro y su mirada intensa. Parecía muy seguro de sí mismo y eso me aportaba serenidad. No me atrevía a preguntarle la edad, pero aparentaba alrededor de treinta y tantos.

Para el postre me pedí un tiramisú de amarula, típico licor africano, y él solo pidió rooibos para ambos.

—Con esta infusión dormirás plácidamente esta noche —dijo después de servirla.

—Jamás ceno tanto, voy a tener una digestión superpesada. Además, no creo que pueda pegar ojo después de lo de hoy. Estoy dudando entre acostarme en el sofá o en una de las tumbonas de la terraza.

—No te recomiendo que salgas al exterior ni aun con repelente contra los mosquitos —me previno, negando con la cabeza.

—Entonces, decidido, gana el sofá por mayoría absoluta; con todas las luces encendidas y la televisión conectada con el volumen a tope.

—Te da miedo dormir en su *suite*, ¿verdad? Si lo prefieres, les pido que te cambien a una habitación más pequeña.

—Bueno... —y no pude evitar mirar al suelo— intimida un poco, pero para una noche no merece la pena el lío. Creo que lo podré superar.

—Acércate un momento. —Su imposición me pilló desprevenida, cuando le vi hacer un gesto con sus dedos, pero aquella voz grave y exótica resultaba irresistible.

Adelanté mi cabeza todo lo que pude por encima de la mesa y él acortó la distancia conmigo. Entonces, apoyó los dedos índice y corazón de su mano derecha en mi frente, entornando sus ojos durante unos segundos. Apenas ejerció presión, pero, aun así, sus dedos me transmitieron un calor placentero.

Al ratito, los separó de mi frente, acomodándose de nuevo en su asiento.

—¡Ya está! Esta noche no tendrás problemas de sueño, dormirás del tirón —dijo con total convicción.

—¿Ah, sí? —me lo quedé mirando con cara de incredulidad—, mira que si funciona, acabas con el negocio de somníferos de la industria farmacéutica.

Él se limitó a lanzarme una sonrisa burlona.

Apuramos nuestra infusión y llamé al *maître* para ver si tenía que firmarle algo. Este negó educadamente. William dejó sobre la mesa otro par de billetes de propina, despidiéndose en lo que me pareció que sería swahili o algún otro idioma local.

De vuelta al edificio principal bostecé unas cinco veces seguidas, escuchando sus risitas por lo bajo.

—Tu apellido es holandés, ¿verdad? —me atreví a preguntarle.

—Sí, eres muy observadora.

—¿Y naciste allí o aquí en Kenia?

—Nací... en África.

—Pues me imagino que hablarás muchos idiomas, ¿no? Me resultó curioso oírte dar el mensaje en francés para localizarme en el avión. Además, entre los dialectos de por aquí y la facilidad con la que aprenden idiomas los holandeses...

—Sí, hablo... diversas lenguas. —Y volvió a soltar otra media sonrisa pícara.

Parecía como si al concretar tan poco, no quisiera que indagase mucho en su vida privada, así que decidí mantener la boca cerrada durante el resto del paseo.

Llegamos al *hall* de entrada del hotel y William miró la hora en su reloj. Me acompañó hasta los ascensores, donde un botones solícito pulsó el botón de llamada.

—Son cerca de las diez de la noche. Dormirás aproximadamente unas once horas. Mañana pasaré a buscarte alrededor de las doce del mediodía. No te preocupes por el equipaje, mandaré a alguien para que lo recoja y lo cargue en el coche que enviará el consulado.

—¡Once horas! Yo creo que dormiré cinco y de milagro. A ver... ¡Ahhh! —bostecé de nuevo sin poder evitarlo— quién gana la apuesta...

Las puertas del ascensor se abrieron.

—¡Eso, eso, a ver! —continuó sonriendo—. Mañana me lo cuentas.

—Buenas noches, William —le dije, desde el interior del ascensor.

—Buenas noches, Angie, y felices sueños. —Siguió mirándome con las manos metidas en los bolsillos hasta que las puertas se cerraron.

Regreso a Vancouver

Una intensa luz entraba por la balconada. Me levanté a tientas, tapándome los ojos con la mano para correr un poco las cortinas y evitar ese chorro de vida solar que me había despertado. Fui al baño y al regresar a la cama vi que el reloj de la mesilla marcaba las 10:46.

Ni que me hubiera bebido una botella entera de licor de amarula, ¡qué manera de dormir! Tenía poco más de una hora para prepararlo todo.

Hice un capuchino con una máquina que había en la habitación y corrí hacia la ducha mientras recapitulaba lo acontecido la noche pasada; recordé haber abierto la puerta de la *suite*, apagar el aire acondicionado, desnudarme de camino a la cama y caer sobre ella como un tronco. No llamé a mi hermano, no dejé ninguna luz encendida y la televisión estaba apagada.

¡Michael! Tenía que enviarle por lo menos un mensaje al móvil para que supiese a qué hora aproximada llegaría. Mientras me secaba, escribí un mensaje rápido en el móvil:

> Salgo en un rato de Nairobi. Llegaré a VAN a las 3:00 a. m., en un carguero de Canadairlines. Te llamo mejor desde Londres. XXX.

Menos mal que había dejado listo todo el equipaje de mis padres la tarde anterior. Volví a meter en mi maleta el neceser y mi indumentaria de clima frío, y vacié todo lo de mi bolso bandolera dentro del Birkin que mi madre había dejado en la *suite;* era un pecado mantener un bolso así aplastado durante veinticuatro horas.

Bajé a la recepción para hacer el *check out* de la habitación y mientras esperaba, apoyada en el mostrador para ser atendida, escuché en mi oído a modo de susurro:

—¡Buenos y descansados días, Angie!

—¡Ay, Dios, qué susto! —me sobresalté—. Buenos días para ti también, William. ¿Se puede saber qué conjuro lanzaste sobre mí anoche?

—¿Conjuro? ¿A qué te refieres? —dijo, jugando con las gafas de sol que llevaba en la mano.

—¡He dormido casi trece horas... seguidas!

—Te lo dije. —Y sonrió de manera burlona.

—Tienes unos dedos peligrosos, ¿lo sabías? —dije, señalándole con mi dedo índice.

—Me han dicho muchas veces eso, pero no precisamente de los dedos. —No pude evitar fruncir el ceño ante aquella respuesta—. Entonces, creo que he ganado la apuesta, ¿cierto?

—Es verdad, has ganado, pero no llegamos a decir qué nos jugábamos. ¿En qué estás pensando? —continué la broma, sabiendo que me quedaban pocos minutos hasta que nos despidiéramos para siempre.

Me hizo esperar un rato, hasta que volvió a acercarse a mí, susurrándome de nuevo:

—Lo meditaré y te lo haré saber a su debido momento, ¿te parece?

Un escalofrío me recorrió de arriba abajo y noté un nudo en el estómago. ¿Acaso albergaba la remota idea de volver a vernos otra vez? ¡Qué tontería! Mejor que no me hiciera ilusiones.

—Aquí tiene su tarjeta, señorita Urech. Todo lo referente a la devolución del pago que había hecho su padre ya, y que no será disfrutado, se le reembolsará en esta tarjeta de crédito —dijo el jefe de recepción—. ¡Que tenga un feliz vuelo de vuelta a su casa!

—Gracias. —Aunque feliz, precisamente feliz, no es que fuera a ser.

—Marchémonos. Ya está todo tu equipaje metido en el coche —dijo mi hipnotizador particular.

El chófer del consulado me saludó y nos abrió la puerta para que entrásemos.

—Bueno, y aparte de dormir como una marmota, ¿has desayunado algo?

—Tomé un café en la habitación. —Todavía mantenía ese sabor cremoso y dulce en mi boca—. No llevas puesto tu uniforme —observé—. ¿No trabajas hoy?

—Entro en el turno de noche.

—¿Tienes casi todo el día libre y lo inviertes en perderlo conmigo? Con un día tan bonito, seguro que puedes hacer cosas mejores.

—Lo invierto en perderlo con la mejor cliente que he tenido en todo el tiempo que llevo trabajando para esta compañía. Además, tus padres merecen el esfuerzo, trajeron a la Tierra un bello ángel, Angie. —William mantuvo sus ojos fijos en los míos durante unos segundos y, de nuevo, mi corazón dio un vuelco—. Por la mañana temprano he ido al aeropuerto para esperar a que llegasen los féretros, cuando estés sentada ya estarán ellos embarcados.

—Es extraño cuando estás dentro del avión y sabes que en la bodega va un ataúd. Una vez tuvimos el caso de una persona que quiso desembarcar al ver por la ventanilla que metían uno en su vuelo. No comprendo por qué la gente es tan supersticiosa con ese tema. Pasa lo mismo cuando se ve un coche fúnebre; la gente se pone nerviosa, toca madera y mira para otro lado por si acaso la muerte se fuese a girar para ir a por ellos. Tienen miedo de lo único que es seguro en esta vida y es que esa muerte algún día vendrá, nos atrapará y, entonces, seremos nosotros los que seamos observados por otros ojos supersticiosos.

—La gente se protege de lo que no quiere que le pase. Es normal y... humano.

—Pues yo no le tengo miedo a morir. Lo que me da miedo es pensar que se me está pasando demasiado rápido el dolor por la muerte de mis padres. Noto como si estuviera insensibilizada y que en vez de haber pasado pocos días desde que fallecieron, hubieran pasado semanas o incluso meses. Eso no es normal, no es muy humano que digamos. —Giré la cara para mirar por el cristal el paisaje que iba pasando rápidamente. Tal vez, solo pretendía esconder la vergüenza por aquella confesión.

—Tu pena va siendo liberada, Angie. Has llorado mucho en estos días y eso te ha sanado, en cierto modo. Aún te queda mucha herida por cerrar, pero no tardará en hacerlo. El compromiso adquirido con tus padres te va ayudando a pasar el duelo, poco a poco. Nada de lo que has hecho hasta ahora es fácil. Muchas personas serían incapaces de recorrer medio mundo para ir a buscar a sus seres queridos y verles como nunca querrían verles; postrados, inertes, sin vida. Tú, además, has tenido que ver el horror por el que tuvo que pasar tu madre. No eres menos humana que los demás, es que tú eres más fuerte que ellos. Eres un gran ser terrenal. —Noté su mano cálida sobre la mía, apretándomela con ternura. Me recorrió un ligero escalofrío y me volví para mirarle—. Me alegro de haberte conocido y haber podido compartir contigo el momento tan íntimo y personal por el que estás pasando. Me ayuda a entenderos mejor.

—¿A quién? —pregunté—. ¿A las mujeres?

Parpadeó unos segundos y con un pequeño bufido socarrón dijo:

—Sí... supongo que... a cierta clase de hembras. —Entonces, soltó mi mano.

La limusina del consulado aparcó en segunda fila en el área autorizada para los vuelos de salida. William hizo señales a uno de los mozos de maletas del aeropuerto y este colocó todo mi equipaje sobre el carrito.

Nos dirigimos directamente hacia el mostrador de facturación de primera clase de la compañía Afriqueair. William me pidió el billete y el pasaporte y se coló por detrás del mostrador, mientras le indicaba a la azafata dónde colocarme. Noté que ella se sonrojaba cada vez que William le dirigía la palabra, a pesar de su semblante serio y la expresión de dejar claro quién era el jefe.

—Aquí tienes tu tarjeta de embarque y tu documentación —dijo, alargando el brazo por encima del mostrador—. Vamos, te invito a un café.

Se colocó su tarjeta de identificación aeroportuaria y de esa manera pasamos el control de pasaportes sin dilación. De nuevo, otra mujer, esta vez policía y de color, la cual revisaba mis documentos, se dirigió a él en una lengua local. Él se mantuvo serio, mientras ella intentaba llamar su atención con estrategias femeninas. Las contestaciones de él eran secas y cortantes, pero lo que era una contradicción, y ni él mismo lo sabría, es que ese tipo de actitud distante enciende a menudo la chispa del deseo en algunas mujeres.

Pasamos, por fin, y me entretuve en revisar mi tarjeta de embarque según íbamos hacia una cafetería cercana a mi puerta.

—¿1L?

—Sí, tus padres viajaban en clase ejecutiva, no ha sido difícil canjear sus billetes por uno para ti en primera. Estarás sola en esa cabina, nadie más viajará hoy en ella.

—¡Qué desperdicio de vuelo! Y qué pena que vaya a ir sola… arriba.

—Intento así compensarte por el vuelo que vas a pasar en el carguero —explicó.

Nos sentamos en una mesa libre que tenía taburetes altos de madera. William pidió dos capuchinos en la barra y los acercó, apurando así el poco tiempo que quedaba antes de emprender el camino de vuelta a mi vida.

—Todo está preparado para cuando llegues a Londres. Tú solo preocúpate de localizar el mostrador de facturación de tu compañía. Esos vuelos salen desde hangares y ellos te llevarán hasta allí por la zona de servicios internos. Cualquier problema que pudieras tener, me llamas. —Se sacó una tarjeta personal de su cartera y, deslizándola por la mesa, la dejó bajo mis dedos.

La levanté y leí:

WILLIAM VAN DER MILARAY
33, Chyulu Mount St 254 2 027 57 6780. Tel.
Nairobi (Kenia) 254 07233 16100. Cel.

—Lo tendré en cuenta, pero no creo que te pudiera llamar a esas horas. Me las apañaré.

—Lo sé. De todas formas, llámame para lo que necesites, ¿de acuerdo?

Sonreí desesperanzada. ¿Por qué no podía encontrarse viviendo más cerca de mi casa y no en la otra parte del mundo?

—¿Te puedo preguntar una cosa, William?

—¡Aja! —exclamó, asintiendo con la cabeza.

—¿Qué edad tienes? —me atreví a decir.

—¿Qué edad crees que tengo?

—¡No sé, alrededor de treinta y cuatro… quizás!

—¡¿Tan mayor parezco a tus ojos?! —se sorprendió—. Voy a tener que solucionar eso.

—Perdona, igual te ha molestado la pregunta —me abochorné un poco por la indiscreción—. Mi madre y mi hermano Mike odian que se hable de su edad, odian todo lo que sea cumplir años y odian cualquier referencia a ese tema. No tenía que haberte dicho nada, lo siento.

—No, si no me molesta que lo hayas preguntado, me encanta cumplir años. —cogió su credencial y me la enseñó.

> WILLIAM VAN DER MILARAY
> AFRIQUEAIR. JEFE DE ESCALA
> AEROPUERTO INTERNACIONAL DE NAIROBI
> #221760. 24/01/1982

—Aquí dice que tengo veintiocho. ¿Y tú, cuántos tienes? —preguntó, en revancha.

—Diecinueve. Aunque cumplo veinte dentro de un par de meses —me apresuré a contestarle.

—Tú también pareces mayor de la edad que tienes. Eres... más resuelta y madura.

—Será por todo el tiempo que paso sola. Viajar me permite conocer mundo, pero pago un alto precio al pasar tanto tiempo conmigo misma. Además, mis padres llevaban un par de años viviendo en una casa de recreo que tenemos en isla de Vancouver, en un precioso pueblecito de pescadores. Por mi trabajo decidí quedarme a vivir en la casa de la gran ciudad y así aumenté mis momentos de soledad.

—Y tu hermano, ¿a qué se dedica?

—Estudia en Seattle. Acaba de terminar la carrera y está a punto de entregar su tesis doctoral. El año que viene tenía pensado volver a Vancouver para vivir con nosotros y disfrutar de un año sabático. Pero, ahora, con todo esto que ha pasado, no sé qué decidirá hacer. Él tenía una relación muy cerrada con mi padre. No sé qué camino tomará.

Un anuncio por la megafonía del aeropuerto puso fin a nuestra conversación. Avisaban del embarque para el vuelo de la compañía Afriqueair con destino Londres, Heathrow. William se levantó del asiento, cogió mi maleta y anduvimos hasta la puerta de embarque para los pasajeros de primera clase.

—Bueno, Angie, hasta aquí te acompaño. Voy a bajar a ver la bodega y comprobar que les hayan embarcado correctamente. —Me hizo entrega de la maleta.

—Tu ayuda ha sido inestimable en estos momentos. Además, has conseguido que mi pena supiera menos amarga. Muchísimas gracias por todo, William, de corazón.

—De nada, bella Angie. Ha sido un placer conocerte. —Me tomó por la cintura con un brazo y me besó en la mejilla, posando sus labios carnosos y templados contra mi cara más tiempo del necesario. Sentí otra sacudida en mi cuerpo y pude notar las miraditas de sus dos compañeras mientras esperaban impacientes a que les diera mi tarjeta de embarque.

—Cuídate, William —dije, agarrándole por su brazo musculoso, mirando por última vez sus dorados ojos e intentando grabar en mi memoria su aroma para no olvidarme de él jamás.

—Tú, también. —Y me guiñó un ojo.

Me giré y entregué mi tarjeta de embarque. No quise mirar atrás por miedo a que se hubiese ido ya, pero cuando accedí a través de la pasarela de unión con el avión, pude verle reflejado en el cristal de las puertas, observando cómo me alejaba.

Una azafata me llevó hasta mi asiento y me dio la bienvenida a bordo, mientras me agasajaba con una bebida y toda clase de detalles que harían mi vuelo más agradable. Coloqué mi maleta en el portaequipaje y saqué mi ordenador para disponerme a grabar los datos de William.

¿Acaso pretendía volver a verle en alguna ocasión? No sé en qué estaba pensando. Era la primera vez desde mis años de instituto, en que salí con aquel idiota de Peter Scott, que me volvía a atraer algún hombre de aquella manera. Aunque, realmente, Peter no se podía decir que fuese un hombre, con dieciséis años como tenía por aquel entonces, pero ambos perdimos la virginidad juntos y eso era algo que te marcaba de por vida. Al igual que el hecho de pillarle con las manos en la masa con una de tus compañeras de clase te deja huella también. Después de aquella desafortunada relación, me embarqué en algunos rollos esporádicos, con cama incluida, sin la más mínima intención de coartar mi libertad con espabilados a los que se les pudiese abrir la bragueta de manera tan facilona con cualquier otra.

Así que cerré la tapa del ordenador de golpe, sin copiar su teléfono. ¿Para qué hacerme ilusiones, si lo más seguro es que no fuera a verle otra vez? Yo no tenía pensado volver a Kenia, demasiados malos recuerdos que borrar y él no había sido capaz de pedirme mi número de teléfono; con lo cual, mejor olvidarle.

Las horas pasaron y, aunque apenas comí, conseguí dormir un poco mientras la pena me seguía embargando al recordar la estampa de mi madre fallecida y el no haberla podido besar como hice con mi padre.

Una hora antes de la llegada, la azafata me ofreció una tetera de rooibos caliente con unas pastas. Lo encontré adecuado para las horas que eran y tremendamente reconfortante. Después, me cambié de ropa en el baño que disfrutaba para mi uso personal y saqué mi gabardina de la maleta.

El avión aterrizó en Heathrow a la hora prevista, lo que me dejaba bastante margen para localizar el mostrador con el logotipo de mi compañía. El auxiliar de tierra que estaba de guardia me atendió cuando me identifiqué como personal de la empresa.

—¡Ah, sí! Angie Urech y los dos ataúdes desde Nairobi. —Imprimió una tarjeta de embarque con fondo rojo y con el encabezamiento que decía: «CARGO PAX». El equipaje de mis padres lo llevaban directamente hasta el carguero junto con los ataúdes—. Déjame el papel de salida que la policía te ha entregado junto con el pasaporte.

Le hice entrega de lo que me pedía y encendí el teléfono para intentar hablar con Mike antes de subirme al avión.

—¡Hola, Angie! ¿Cómo va todo? ¿Ya has llegado a Londres?

—Sí, acabo de aterrizar. Me están arreglando los trámites para coger un vuelo en un carguero de mi empresa. Parece ser que llevan asientos de descanso para los técnicos, según me contó William.

—¿William? ¿Quién es William?

—Es el jefe de escala de Nairobi, el que me ha ayudado con toda la tramitación allí. Ya te contaré. Este es el primer vuelo que enlaza con Vancouver. ¿Estará lista la avioneta para cuando lleguemos?

—Sí, ya he hablado con Orson. Aterrizas a las tres de la madrugada nuestra, ¿no es cierto?

—Espera un momento —le pedí al auxiliar que me confirmase la hora de llegada exacta a Vancouver—; en efecto, a esa hora.

—Bien, pues allí estará él. Después, un par de coches os esperarán a la llegada al aeropuerto de Victoria. Yo estoy en Seattle y salgo ahora en ferri con los chicos hacia la isla. Mañana os estaré esperando en el tanatorio. —El auxiliar me hizo un gesto con la mano, señalando el reloj.

—Te tengo que dejar, creo que ya me llevan al carguero. Nos vemos en Sooke, Mike.

Desconecté el móvil y me dispuse a seguir al auxiliar que se iba colocando un chubasquero reflectante por el camino. Me guio por diversos pasillos a través de la zona interna del aeropuerto. Bajamos unas escaleras que nos llevaron directamente a los muelles de las maletas y cogimos un coche. Nos alejamos de la terminal principal para acceder a unos hangares que estaban en mitad de la nada. Poco a poco, fui adecuando mi vista a la oscuridad y logré ver un Boeing 747 con todas las puertas de las bodegas abiertas de par en par. El ajetreo de trabajo a su alrededor era constante. Los carros que cargaban los contenedores funcionaban a pleno rendimiento, estibando cada uno de ellos en su lugar correspondiente. De repente, vi los ataúdes de mis padres cargados sobre un carro especial y listos para ser subidos a lo largo de una cinta de maletas. Le pedí al auxiliar de tierra que por favor me parase un momento cerca de ellos. Accedió, pero antes me obligó a ponerme un chaleco reflectante. Dejó el motor del coche encendido y yo bajé. Me acerqué hasta ellos, posé un beso en mis dedos antes de tocar sus féretros y esperé a ver cómo les metían dentro del avión. En ese momento, alguien se me acercó por detrás y tocó mi hombro.

—¿Angie? Soy Henry, copiloto de este vuelo. Coge tus cosas y ven conmigo —estrechó mi mano con fuerza—. Está bien, ya la acompaño yo arriba —le dijo al auxiliar, subiendo un poco la voz para que le escuchase por encima de todo el alboroto que había.

En lo alto de las escaleras otros dos técnicos estaban hablando, eran el capitán y un mecánico de vuelo. Todos me dieron el pésame, sin indagar en la situación que me había llevado hasta allí. Agradecí la discreción.

El espacio en el interior de aquel coloso estaba dividido por zonas de carga, perfectamente separadas para presurizarlas o no, dependiendo de lo que llevasen en su interior.

—¡Adelante, Angie! —Henry me llevó hasta la zona de asientos de descanso, situados en el piso superior del avión, cerca de la cabina de vuelo. Eran asientos parecidos a los que llevábamos en los aviones comerciales para la clase ejecutiva—. Siéntate donde quieras, en ese armario encontrarás mantas y almohadas y en el *galley* tienes cosas para beber o comer. Sírvete lo que necesites.

Todos estuvieron dándome conversación hasta que el personal de tierra subió para hacer que el capitán les firmase las hojas de carga y de repostado de combustible.

Después de cerrar las puertas, se metieron en la cabina.

En alguna ocasión había montado en un Boeing 747, el famoso Jumbo. Esa máquina grandiosa llevaba construyéndose más de cuarenta años y aún seguía volando. La carrera de despegue en aquel avión se hacía eterna, parecía que le fuera a ser imposible levantar el vuelo, elevar los miles de toneladas que cargaba y emprender la ruta. Pero tras conseguir la velocidad adecuada, el despegue se convertía en algo majestuoso. Mi padre adoraba los Jumbos, los comparaba con águilas imperiales. Me alegraba que el último vuelo de ambos, antes de reposar en su eterno lugar de descanso, fuese a ser en uno de ellos.

En cuanto estuvimos arriba y pasaron los veinte minutos aproximados que se tarda en alcanzar el nivel de crucero, me levanté para hacerme con una botella de agua y un par de vasos de plástico del *galley*, la cocinilla de trabajo donde había alimentos, bebidas y menaje variado para usar durante el vuelo.

Volví a mi asiento para tumbarme y conecté mi iPod para conseguir relajarme un rato escuchando música. Mi primer anfitrión ocupó una de las butacas, al otro lado del pasillo que nos separaba. Rápidamente, entró en fase profunda de sueño, con ronquidos incluidos.

Miraba las horas pasar y deseaba tener allí cerca a mi hipnotizador particular, que con su imposición de dedos consiguiese que durmiera, aunque solo fuera un rato, ya que a saber cuándo volvería a poder meterme en una cama.

William seguía ocupando mi mente la mayor parte del tiempo. La imagen de aquel mulato atractivo y su acento exótico me hacían estremecer.

Cuando ya llevábamos más de la mitad del vuelo y cambiaron de turno los técnicos, aproveché para encender mi ordenador e intentar poner en orden todas las preguntas que le tenía preparadas a mi hermano:

> ¿Cómo sabía que el tatuaje de mi madre simbolizaba la salvación contra todo mal?
>
> ¿De qué mal se trataba?
>
> ¿Qué rollo me soltó referente a los beneficios del enterramiento frente a la incineración?
>
> ¿Qué significado tenía ese saludo especial que hacía con Orson y sus amigos?

Mi hermano siempre había aborrecido todos los asuntos de hermandades de universidad y lo único que parecía ese saludo era, precisamente, eso, el típico de los miembros de esa clase de grupos. Aunque Orson y mi padre ya eran un poco vejetes para seguir haciéndolo con él.

> ¿Por qué Orson odiaba tanto a mi madre?

Quizás de esto no se había ni percatado Michael, pero yo era algo que no me quitaba de la cabeza. Orson era muy diplomático y en mí esa virtud brillaba por su ausencia; seguramente, se iría por las ramas, como hizo la última vez que nos vimos en Vancouver, pero tenía que intentar enfrentarme con él cara a cara y preguntárselo.

> ¿Qué tenía de especial su vigésimo cuarto cumpleaños, para celebrarlo, que no habían tenido los anteriores?
>
> Y, por último, ¿por qué parecía que todos guardaban secretos que no me habían contado?

Esto era lo que más me dolía de todo. ¿Acaso me veían como a una cría todavía? Pues de los dos, yo era la que trabajaba desde más joven y la que más tiempo había vivido sola. Aun así, no entendía por qué me habían mantenido al margen, pero estaba segura de que algo me ocultaban y también estaba segura de que, tarde o temprano, lo descubriría.

La batería de mi ordenador duró menos de lo que esperaba, por lo que decidí apagarlo y volver a ponerme el iPod con la música; esta vez, bien alta, para intentar apaciguar mis pensamientos. El cansancio empezó a hacer mella en mí, pero ya era demasiado tarde para dormirme, tendría que esperar hasta que todo finalizase.

En la aproximación al aeropuerto de Vancouver, el cielo que sobrevolábamos prometía tormenta. Y aunque yo adoraba ese clima húmedo que hacía que todo oliese a frescor y a vida, deseaba que en Sooke saliese el sol para recibir a mis padres como se merecían.

Mi misión había sido completada, ahora todo quedaba en manos de Orson y de Mike.

El velatorio

Aproveché para ir a la cabina de vuelo a despedirme de los técnicos, mientras el mecánico esperaba que acoplasen la escalera para poder abrir la puerta del avión. El piloto me dijo que me estaba esperando un vehículo para transportar los ataúdes, junto con el resto del equipaje, y acercarme hasta la avioneta que me llevaría a la isla.

Cuando bajé por la escalerilla en busca de mis padres, el frío de la madrugada azotó mi rostro; lo cual agradecí, ya que consiguió espabilarme y reducir el abotargamiento que tenía mi cuerpo por llevar metida tantas horas dentro de un avión.

Varios mozos de la terminal de carga ya habían colocado los féretros y todo el equipaje en un remolque alargado, acoplado a un pequeño furgón que lo arrastraba. Me senté en la parte delantera junto con el conductor y otro operario, y tardamos pocos minutos en llegar hasta la zona donde se encontraban los *jets* privados. A esa hora tan temprana solo una avioneta minúscula, en comparación con la mole que me había traído desde Londres, mantenía las luces encendidas. Cerca de la escalera desplegada esperaba Orson, vestido con un clásico y elegante abrigo de lana azul oscuro.

Cuando paramos, me bajé de aquel vehículo y se acercó hasta mí para abrazarme.

—¡Hola, pequeña! —dijo, mientras me besaba en la frente—. ¿Qué tal ha ido todo?

—Dentro del horario.

—¿Cómo te encuentras? —preguntó, alzándome la barbilla para comprobarlo por sí mismo.

—Soportándolo de la mejor manera que puedo. Empiezan a no quedarme lágrimas dentro. Ahora solo deseo que el funeral acabe pronto y que puedan descansar en paz de una vez por todas.

—Lo intentaremos. —Orson se separó de mí para mirar los ataúdes, mientras los mozos de carga los colocaban dentro de la bodega de la avioneta privada junto con el resto de las maletas.

Después de haber estado volando dentro de aquella mole gigante que era el Jumbo carguero, parecía que ese avioncillo pudiera meterse dentro de aquella inmensa barriga aérea.

Orson me animó a subir y en pocos minutos despegamos hacia la isla.

Media hora escasa nos separaba del aeropuerto internacional de Victoria, la capital de isla de Vancouver. Los asientos de la avioneta resultaron ser realmente cómodos, pero no me convenía dar ni una cabezada, si no, me levantaría atontada y el resultado sería nefasto. En ese momento, Orson se dirigió a mí:

—Necesitamos saber en qué estado se encuentran sus cuerpos para saber si pueden ser expuestos en el velatorio o no.

—Michael ya lo sabe. Papá está perfecto, pero mamá tiene la cabeza completamente quemada. Su cuerpo no está mal, pero será imposible mostrarla.

—¡¿Solamente se quemó la cabeza?! —preguntó, extrañado.

Entonces, recordé las palabras de Michael con respecto a la protección que suponía aquel dibujo en la nuca de mi madre y decidí comprobar si podía sonsacarle algo más a Orson.

—Sí, según parece el tatuaje de las alas hizo su función. El resto del cuerpo sufrió solo alguna quemadura sin importancia.

Esperé pacientemente su reacción. Se mantuvo serio y pensativo y tras mantenerme un pulso con la mirada, desvió la suya para aclararse la garganta y mirar por la ventanilla.

—Uriel sabía bien lo que hacía —contestó con rotundidad.

—Orson, contéstame a una pregunta: ¿de qué mal se supone que quería proteger mi padre a mi madre? —Él pestañeó durante un segundo y después respondió:

—Tu padre siempre se sintió demasiado... protector con ella. Yo diría que incluso más que con sus propios hijos. —Noté cierto tono despectivo en sus palabras.

—Pero mamá no era una persona débil e indefensa. ¿Que temía él que le fuera a pasar?

—¡No sé, nunca entendí tanta preocupación por su parte! —empezaba a sonar un tanto déspota y decidí jugármela a una carta.

—A ti nunca te agradó mi madre, ¿verdad?

De repente, levantó la cabeza y sus ojos azules se tornaron del color del hielo polar, perforándome con su gélida mirada. Su rostro se endureció y noté cómo apretaba la mandíbula con tanta fuerza que hasta creí oír un chasquido.

—¡Pequeña! No me lo tengas muy en cuenta, pero... tu padre era demasiado bueno para cualquiera. Se fijó en Catherine y nunca entendimos muy bien por qué. Sabíamos que se condenaba al aislamiento al desear estar a su lado. Solamente se entregó en cuerpo y alma a su profesión y a ella. Y... nos abandonó.

—Papá fue un gran padre. ¿A quién abandonó? ¿De quién hablas? —No sabía bien a quién se refería, si a los frailes de la congregación o a algún tipo de asociación a la que perteneciese y de la cual yo no tenía conocimiento. Si esto último fuese así, ¿estaría implicado mi hermano en ello?

Las luces de cinturones se encendieron, recordándonos que quedaban escasos minutos para aterrizar.

—Iré a la cabina de mando a ver si todo está preparado para nuestra llegada —dijo secamente. Era una mala excusa para cortar nuestra conversación. Seguro que la imagen que empezaba a formarse de mí no era la de la cándida niñita que había conocido hasta ahora, sino que empezaba a comportarme como una fastidiosa metomentodo.

Casi agradecí que se acabase nuestra pequeña charla, puesto que estaba empezando a meterme en terreno pantanoso y no sabía muy bien cómo salir de allí. Lo único que tenía bien claro, y empezó a martillearme el cerebro, era que algo me indicaba que no tenía que dejar a Orson a solas con el cuerpo de mi madre ni por un momento. Parecía que su adoración por mi padre dejaba a este menos indefenso; pero aquel odio hacia mi madre, que me había mostrado de manera tan palpable, me obligaba a pensar que ella sí que necesitaba, aún después de muerta, esa protección que papá le quería dar. Intuía que debía ser yo su amuleto de protección hasta el momento de la incineración; después de eso, me darían las cenizas y ya nadie más tendría acceso a ella. Me la llevaría a casa junto a papá y las tendría a buen recaudo.

Quizás el *jet lag* y tanto cambio de avión y de husos horarios estaban empezando a cobrar vida en mi cerebro resacoso de cansancio, pero debía mantenerme alerta.

Orson se metió en la cabina no solo para hablar con el piloto, sino también para aterrizar junto a él; evitando así cualquier cañonazo más de preguntas inoportunas. Me resigné ante su cobardía y, cuando la avioneta paró los motores, observé que cerca de la escalerilla había estacionados dos coches fúnebres esperando su cargamento. Decidí ponerme rápidamente la gabardina y coger el bolso para intentar ir en el mismo coche en donde metiesen el ataúd de mi madre. Me crucé con él cuando salía de la cabina para recoger sus cosas. Ni siquiera se dignó a mirarme. Tampoco lo deseaba.

El piloto salió para abrir la puerta y nada más desplegar los pasamanos telescópicos de la escalerilla, salté como impulsada en dirección a la bodega, que ya estaba abierta, buscando a los operarios de la funeraria que se disponían a colocar los féretros en el interior de los automóviles.

—¡Esperen un momento! —grité a los cuatro personajes vestidos con uniforme color gris ceniza y corbata negra.

Localicé con la mirada el ataúd de mi madre, que era bastante más pequeño.

Desde ese momento no me separaría de ella. Después, deposité un beso con mis dedos en el féretro de mi padre, susurrando unas palabras que sonaron a plegaria:

—Perdóname, papá, pero ella me necesita más que tú.

Acompañé a los operarios hasta el coche en el momento en el que Orson descendía de la avioneta con su maletín. Al cruzarse conmigo, instintivamente, posé mi mano sobre el ataúd de mi madre.

—Nos está esperando un chófer afuera para llevarnos al tanatorio, Angie, ¡vamos!

—No, gracias, Orson, prefiero ir con los señores en... este coche fúnebre —recalqué, señalando con la cabeza el vehículo que me interesaba.

—¡Pero, señorita, en este coche solo pueden ir dos personas en la parte delantera! —dijo uno de los hombrecillos de la funeraria.

—Compréndanme, no puedo separarme de ellos aún. Son mis padres y he hecho un largo trayecto —poco a poco, conseguí que la cara les fuera cambiando—; déjenme que vaya con uno de ustedes, por favor. El otro puede irse con mi acompañante en la limusina hasta el tanatorio. Les estaré muy agradecida.

Pronuncié estas últimas palabras como si estuviera a punto de echarme a llorar, lo cual no me costó mucho, dada la situación. Desde luego, ya le hubiera gustado a mi profesora de teatro en Secundaria, la señora Brown, haber presenciado esa actuación.

—¡Bien, de acuerdo! Si al señor no le importa... —dijo el operario que parecía no ser el conductor, lanzando una mirada de soslayo a Orson, que elevó la mirada al cielo aún oscurecido y concluyó de manera tajante:

—¡Está bien! —mostró cierto enfadado—. Terminen de colocar eso en su sitio y acompáñeme, nos acercarán en el minibús hasta la terminal.

Antes de que se le ocurriese a alguno cambiar de opinión, decidí meterme corriendo en el lado del copiloto y cerré la puerta de golpe. Cuando los portones de ambos coches fueron cerrados, el minibús se fue y mi acompañante se subió para arrancar, me saqué un billete de cien de la cartera y se lo enseñé mientras le decía:

—Esto será suyo si llegamos al tanatorio mucho antes que la limusina. —El conductor se quedó sorprendido mirando el billete y arrancó hasta llegar a la barrera aeroportuaria de servicios oficiales y gente VIP para enlazar, acelerando progresiva y rápidamente, con la autovía que nos llevaría hasta el tanatorio de Sooke, que estaba a media hora de camino.

El hombre del traje gris se había ganado el billete, al menos, le habíamos sacado veinte minutos a Orson. La gente del otro coche fúnebre pensaría que el estado de los cadáveres tenía que ser nefasto para querer llegar con esa prisa al tanatorio. Y por la policía de carreteras no hubo que preocuparse, ya que al ver pasar semejantes vehículos el reclamo era el mismo que con una ambulancia, prioridad absoluta.

Cuando llegamos a la parte trasera del edificio, le dije al conductor que me pusiera en contacto con la persona encargada de llevar a cabo los preparativos del funeral de mis padres.

Pasaban pocos minutos de las cinco de la mañana y quería arreglar todo antes de ver a Mike; lo más seguro era que Orson le hubiera llamado ya y que echase por tierra mi decisión. Cuando todo estuviera como yo deseaba, le podría explicar mis temores.

Conseguí colarme hasta dentro de lo que era la zona reservada al personal funerario; los cien dólares seguían surtiendo efecto. Una mujer joven, vestida con chaqueta y falda del mismo color que el uniforme de los operarios, salió al encuentro de los ataúdes y el conductor me la presentó como la encargada del oficio y arreglo de la ceremonia de mis padres. Me apresuré a parar el ataúd de mi madre antes de que continuase camino fuera de mi vista.

—¡Buenos días! Soy la hija de estas dos personas que se disponen a preparar. Acabo de llegar de África con ellos.

—¡Buenos días! La estábamos esperando, pero esta zona es restringida, no puede pasar. Su hermano ya se ha encargado de todo, si quiere, acompáñeme y la llevaré junto a él. Creo que estaba en la cafetería.

—No se preocupe, le buscaré yo. Solo quiero saber si va a ser usted la única encargada del tema de mis padres.

—Seremos otro compañero y yo, al mediodía me turnará. ¿Por qué necesita saberlo?

—No sé si mi hermano les ha dicho en qué estado se encuentran mis padres.

—Sí, esas han sido sus últimas indicaciones. El ataúd de su padre puede estar abierto durante el velatorio, pero el de su madre no.

—Así es. Solo quiero que me aseguren una cosa: que nadie, absolutamente nadie, salvo el personal de aquí, mi hermano o yo misma estaremos en contacto con el féretro de mi madre. ¿Me ha comprendido?

—Perfectamente. ¿Alguna petición especial en cuanto a su padre?

—No, solo saber qué ocurre ahora que les pierdo de vista hasta que les vuelva a ver en la sala. Quiero estar informada en todo momento hasta que me entreguen sus cenizas. ¿Se acordará?

—Sí, claro que sí. Informaré a mi compañero para que así lo haga, no se preocupe. Ahora, simplemente, se revisará en qué estado se encuentran, se les sacará del contenedor especial en el que han estado metidos para el traslado, se procederá al embalsamamiento de su padre y a ambos se les colocará en los féretros elegidos por su hermano. Después, como la sala refrigerada ya está preparada con todas las flores, les llevaremos allí.

—¿Tiene alguien más, aparte de ustedes, acceso a esa sala?

—No, es una sala especial de conservación. Los pueden ver solo a través de un cristal desde la sala de los familiares. Debido a la causa del fallecimiento y después de tantas horas de viaje, no podemos dejar los féretros expuestos en sala abierta hasta que sea la hora de la cremación.

—Y en el momento de sacarlos, ¿qué hacen?

—Les avisamos por si quieren despedirse por última vez antes de cerrar la tapa. Después, vamos directamente con ellos a la sala de cremación. No habrá oficio sacramental por petición expresa. Ustedes nos acompañan hasta ver que los féretros entran en el horno crematorio y ya solo les toca esperar algunas horas para poder entregarles las dos urnas con las cenizas de ambos mezcladas.

—¿Con las cenizas mezcladas? —pregunté extrañada—. No sé a qué se refiere.

—La voluntad de sus padres fue juntar sus cenizas y dividirlas en dos urnas a partes iguales. Su padre incluyó esta cláusula en el contrato de decesos en el supuesto caso de que falleciesen ambos a la vez, como así ha sido.

—¿Mi padre? —dudé—. Dirá mi hermano.

—No, fue su padre. El señor Urech contrató nuestros servicios hace exactamente un año; y entre otras muchas, esta posibilidad la dejó establecida de antemano.

—¿Y especificó qué quería que se hiciera con las urnas?

—Solamente sabemos que no quería columbarios. Dijo, claramente, que hiciéramos la entrega de una urna a cada uno de sus hijos. Hasta ahí llega nuestro trabajo, lo demás lo desconocemos. Igual hicieron algún testamento que le saque de la duda. De cualquier manera, si necesitasen nuestros servicios más adelante para contratar un nicho, estaremos siempre a su disposición.

—Gracias por el ofrecimiento, pero no creo que vaya a hacer falta, parece ser que mi padre lo dejó todo bien organizado. Ahora, les dejo trabajar. Por favor, avíseme para ser la primera persona que entre en la sala de familiares y la única, junto con mi hermano, que se despida de mis padres antes de partir hacia la sala de cremación.

—Descuide. Así lo haremos.

Al salir, la claridad de un nuevo amanecer rozó mi cara. El día estaba algo cubierto en Sooke, pero las nubes iban dispersándose poco a poco. Ojalá saliese el sol el tiempo suficiente para darles su despedida a mis padres en el lugar en el que disfrutaron sus últimos años.

El olor a humedad y a hierba recién cortada, procedente de los jardines que nos rodeaban, me emocionaron de nuevo. Pero tenía que controlarme y conseguir rápido un paquete de pañuelos de papel, ya que no me quedaba ni uno en el bolso.

Dando la vuelta al edificio poligonal para intentar ver si ya había llegado Orson, escuché mi nombre a lo lejos. Era Mike, que corría a mi encuentro. Llevaba un chaquetón de paño en color crudo, con el cuello levantado para resguardarse del frío de la mañana.

Corrí hacia sus brazos y me agarré a él, ansiosa. No sabía si debía contarle mis inquietudes con respecto a Orson. Pero estaba segura de que, a lo largo del día, se daría cuenta de mi actitud extraña si no lo hacía, así que no podía dejarle pensar que el trastorno del viaje me había convertido en una lunática aferrada al ataúd de su madre. Necesitaba que comprendiera mi comportamiento.

—¡Angie! Yo también me alegro de verte, pero suelta un poco que me ahogas —dijo, después de apartar su cara unos centímetros de la mía.

—¿Ha llegado ya Orson?

—Aún no, pero estará a punto de llegar. Me ha llamado desde el aeropuerto. ¿Qué te ocurre? Dijo que parecías algo alterada. Y, ¿dónde estabas metida? Vi llegar los coches fúnebres y te he estado buscando por todo el edificio.

—Vamos a dar un paseo por el cementerio —dije, mientras me agarraba a su brazo—, necesito contarte algo.

—¡Vaya unos sitios que te buscas para charlar! Me lo puedes contar en la cafetería. Además, te vas a congelar, llevas poca ropa.

—¡No importa, llevo un día entero metida en un tubo! —exclamé, apartándome de él—. Necesito respirar aire fresco y oxigenar mis neuronas. Allí no nos molestará nadie.

—Eso garantizado, el silencio ahí es sepulcral —dijo, mientras conseguía sacarme la primera sonrisa del día.

Caminé a paso ligero en dirección al camposanto. De lejos, ya se empezaban a ver lápidas perfectamente alineadas unas con otras. Era la primera vez que entraba en aquel cementerio, con el mar de fondo y olor a salitre en el ambiente. Se apreciaban unos pocos cipreses y sauces llorones bordeando los muros forrados de nichos encalados y podía sentirse la paz calma y serena que me arrullaba cada vez que pisaba un lugar como aquel.

Yo sentía debilidad por los cementerios y, de hecho, era una excursión a la que mis compañeros evitaban sumarse en cuanto lo mencionaba. Una vez que estuvimos durmiendo en Buenos Aires por trabajo, les convencí para ir a ver el famoso cementerio de La Recoleta, una maravilla de recorrido entre mausoleos ricamente ornamentados que guardaban en su interior, a plena vista, féretros tallados en maderas nobles. No se podían creer que fuese uno de los *tours* más famosos de aquella ciudad y que oleadas de turistas fueran a pasearse por aquellas laberínticas calles; no solo por el placer de ver las tumbas de muchos personajes famosos allí enterrados, sino por el morbo que les producía pasear por aquel lugar sin invitación previa, ya fuese como actor principal o como figurante.

A partir de entonces, mis excursiones por los cementerios de Europa habían sido hechas sin más compañía que un buen libro.

Oía los pasos de Michael por detrás de mí, dando grandes zancadas para alcanzarme. Cuando accedimos al comienzo del paseo en donde se veían las primeras lápidas, aminoré el ritmo para esperarle.

—Nunca había visto a nadie entrar con tanta urgencia en este sitio —dijo—. Lo normal es ir refrenando el paso o no querer ni entrar. ¡Francamente, estás de lo más extraña!

—Ya deberías saber que me encantan los cementerios para pasear —confesé.

—¿Ah, sí? ¡Pues no lo sabía! ¿Acaso te va lo neogótico?

—¡Michael! —fruncí el ceño mientras le golpeaba en el hombro—. Quiero contarte algo antes de que llegue Orson. Y no quiero que nada de lo que hablemos ahora lo comentes con él, ¿entendido?

—Sí, sí, vale. ¿Qué ocurre?

—No sé si te habrás dado cuenta alguna vez de la animadversión que Orson mostraba hacia mamá. Yo ya hablé con papá en alguna ocasión de esto. Hoy, según veníamos en la avioneta, se lo he preguntado y su contestación ha sido horrorosa, Michael, creo que la odiaba más de lo que me imaginaba. Bueno, en realidad, hubiera odiado a cualquiera que se hubiera casado con papá. Su veneración hacia él me resulta enfermiza y... temo que quiera hacerle más daño al cadáver de mamá o incluso que no llegue a ser incinerado o expuesto junto al de él, como era su voluntad. Por eso estaba allí dentro hablando con la encargada de los preparativos para el funeral, le he dicho que no quiero que nadie, absolutamente nadie, salvo tú y yo tengamos contacto directo con sus ataúdes.

—¡Pero, Angie, muchísima gente va a acercarse hoy, sobre todo, a ver a papá! —exclamó—. ¡Querrán despedirse!

—¡Está bien! Encárgate tú de él, eso no me preocupa —elevé la voz—. Pero el ataúd de mamá solo lo tocaremos tú y yo. Me da igual si la gente piensa que soy una loca demente que no me quiero apartar de su lado. Cuéntales que me cuesta desprenderme de ella y que respeten mi duelo. ¡No importa lo que te inventes! Pero no pienso separarme de ese ataúd hasta que entre en el horno crematorio junto con papá, ¿de acuerdo?

—¡Vale, vale! —Levantó las manos.

—Y esperaremos aquí las horas que hagan falta hasta que nos entreguen sus urnas, y solo tú y yo las tocaremos, ¿entendido?

—¿También vas a dormir con ellas? —preguntó de manera socarrona.

—Si hace falta, sí. ¡Y no te rías, que no le veo la gracia!

—De todas formas, una vez cremados sus cenizas estarán unidas y repartidas en dos urnas. Ya no serán las de él o las de ella, ¿lo sabes?

—Sí, me lo ha dicho la encargada. Lo cual me tranquiliza, porque todos parecéis darle más importancia a papá; así que ella ya no estará sola y le tendrá a él para protegerla.

Michael sonrió de soslayo.

—Tampoco te preocupes tanto, realmente van a estar todo el tiempo detrás de un cristal. No podrá tocarles nadie.

—Ya. Eso me recuerda que he quedado con la encargada para que seamos nosotros los primeros que entremos en la sala de familiares. Vamos, no vaya a ser que acaben antes de lo previsto y no nos pillen allí. —Michael se quitó su chaquetón y me lo echó por los hombros. Olía a él, a su perfume habitual—. Lo que más me fastidia es que con las prisas de llegar aquí antes que él, no he podido pasarme por casa para darme una ducha y vestirme con algo más decente. Seguro que huelo que apesto.

—Bueno, no hueles peor que muchos de los que viven por esta zona. —Y empezó a carcajearse mientras miraba a ambos lados del paseo que recorríamos de vuelta.

Le di un empujón para que perdiera el equilibrio, pero solo conseguí hacerme daño en la muñeca.

—¡Debilucha! —Y me empujó suavemente en respuesta.

—Siento haberte dicho todas esas cosas sobre Orson —dije entre dientes—. Sé lo unidos que estáis, pero es que a mí no me inspira ninguna confianza.

—¿Qué te hace pensar que tenemos una relación especial?

—He observado que cada vez que os veis, al igual que hacían papá y él, os saludáis de una manera muy peculiar. ¿Se trata de algún saludo de hermandad o algo por el estilo?

—No —contestó de manera esquiva—. Simplemente, es un saludo entre amigos.

—¿Amigos... chicos? —pregunté, suspicaz.

—Sí —dijo, asintiendo levemente con la cabeza.

—Pues también saludas así a Zaffie. Incluso papá lo hacía. Y ella no tiene nada de chico, ¿o me equivoco y ahora resulta que es un transexual?

Michael hizo un alto en el camino y se mordió el labio inferior. Después, se giró hacia mí para decirme:

—¡Estás realmente extraña, hermanita! —Y arqueó las cejas—. Una de dos, eso o muy celosa.

Fruncí el entrecejo y, avergonzada, bajé la cabeza, continué andando y cambié de tema.

—Lo peor de todo es que Orson es nuestro abogado y voy a tener que tratar con él más de lo que me gustaría.

—Tranquila, yo estaré más en contacto con él al estar en Seattle. Evitaremos que tengas que verle hasta que se haga el reparto de la herencia o solo si tienes que firmar algún documento importante.

—Te lo agradezco. No me apetece pasar a su lado un minuto más del necesario. Por cierto, la encargada me ha dicho que papá no había establecido en la póliza que subscribió con ellos qué hacer con las cenizas. Solo saben que deben entregarnos una urna a ti y otra a mí. ¿Se te ocurre algo? ¿Qué vamos a hacer después con ellas?

—Orson guarda un testamento firmado por ambos con sus últimas voluntades. Ha de ser leído ante notario y vale con estar presente solo uno de nosotros. A partir de que cumplamos sus deseos, se podrá dar paso a la lectura de la herencia. Así que cuando te encuentres fuerte para afrontar su presencia, nos vamos a su despacho y procedemos a su lectura. No hay prisa.

Asentí con la cabeza, le cogí del brazo para agarrarme y terminamos así nuestro camino de vuelta al edificio que albergaría a mis padres durante las próximas horas en la que sería su despedida final de familiares, amigos y conocidos.

Aún no había mucho trasiego de gente por el pasillo del tanatorio que comunicaba con las salas. Nos acercamos a la recepción, decorada con dos grandes centros de flores blancas a cada lado, y Mike preguntó a una de las señoritas que estaban allí sentadas:

—¿Podría decirme si ya está preparada la sala del señor Urech y la señora Montreaux?

La recepcionista tecleó en el ordenador y contestó:

—No, aún no les han llevado.

—¿Podría decirles que nos avisen, por favor? Estaremos en la cafetería esperando.

—Avisaré a la gerente, no se preocupe —dijo al tiempo que le enviaba una sonrisa demasiado seductora a Michael, teniendo en cuenta el lugar en el que nos encontrábamos y la posibilidad de que yo fuese su pareja.

Entramos en la cafetería y al fondo vimos a Orson, sentado solo en una mesa y hablando por el móvil. Había otro par de mesas ocupadas por gente que no conocía y de pie en la barra estaban mi tía Claire, el tío Philippe y su mujer, Laura.

—¡Angie, por fin! —la voz grave de mi tío tronó en todo el salón y su barba poblada me raspó las mejillas al besarme. Esa espesa barba le daba un aire bonachón. En cierto modo, me recordaba al abuelo Jean Paul, tan elegante, cariñoso y atento, aunque más grande y con mucho más pelo en la cara.

—¡Hola, tío! —fui incapaz de poder articular una palabra más y me mantuve abrazada a él durante un rato.

—¿Cómo te encuentras? —dijo al cabo de un rato.

—Mejor ahora que estoy con vosotros.

La siguiente en pasar a besarme fue mi tía Laura, encaramada sobre sus inseparables tacones. Más que por coquetería, lo hacía por necesidad, ya que medía escasamente metro y medio y necesitaba alzarse un poco por encima de los adolescentes a los que impartía clases en el instituto St. Michelle.

—¡Angie, querida, lo siento mucho! Antoine y Monique vendrán esta tarde —dijo, abrazándome con ternura.

No recordaba la última vez que había visto a mis primos, ya que no pudieron venir a la fiesta de mis padres. Antoine solo era un año menor que yo y acababa de empezar la carrera en el Instituto Nacional de Tecnología de Boston. Me apetecía saber cómo lo llevaba, siempre había sido muy inteligente y estábamos seguros de que llegaría lejos. Su camino en la vida no iba ligado a estar pendiente del negocio de la familia; creo que, en cierto modo, eligió algo radicalmente distinto para conseguir estar lo más alejado posible de ese mundo.

La que sí parecía que fuera a tomar las riendas del legado de mi abuelo era Monique, mi prima pequeña. Solo tenía catorce años, pero era una artista en corte y confección. De niña, mi madre la entretenía haciéndole dibujos, recortando telas con ella, cosiendo y vistiendo a todas sus muñecas y también a las mías. Mamá albergaba esperanzas de convertirme en una buena costurera, pero yo odiaba coser; a cambio, le agradó saber que yo había heredado su buena mano para el dibujo.

Tía Claire fue la última en echarse sobre mí para abrazarme. Empezó a llorar sin parar y me contagió, así que nos consolamos mutuamente. Por detrás de ella apareció alguien llamándola por su nombre y acariciándole el hombro. Nos secamos las lágrimas y después nos presentó:

—Angie, este es Simon Luderick, colega y... amigo mío. —Él estrechó mi mano y me dio su pésame. Entonces, supe que ese era el nuevo amante del que nos había hablado a mi madre y a mí.

Tía Claire siempre se había hecho la dura con los hombres, escudándose en su profesión. Nunca le conocimos muchos novios formales y los que tuvo le duraron poco; sin embargo, lo que tenía este de especial era que trabajaba en lo mismo que ella y que, además, era la primera vez que traía a alguno a un evento familiar. No es que se tratase del escenario perfecto para presentarle, pero al menos prometía durar algo más que con los otros. Ahora que había perdido a su hermana, con quien tenía una relación tan estrecha, solo deseaba que Claire se uniera a alguien para no quedarse como la perfecta solterona de oro, amargada y encargada de ocuparse de sus sobrinos y de los hijos de estos.

Les conté a todos, de manera resumida, mi viaje exprés. Intenté adornar la parte del reconocimiento de mi madre, pero mis tías no pudieron evitar soltar un grito ahogado, llevándose, horrorizadas, las manos a la cara. Tía Claire estaba destrozada. Con lo fuerte que era, la notaba demasiado sensible. No quería ni pensar lo que hubiera sido haberla dejado ir hasta allí a ella sola, se hubiera desmayado por completo al ver aquella estampa de su querida hermana. Aunque, menos mal que en esos momentos yo tuve el apoyo de aquellos desconocidos, especialmente de William.

¡Ay, Dios! Otra vez me venía a la mente aquel hombre. Seguramente, de haber ido Claire a Nairobi, hubiera tenido el mismo apoyo y lo hubiera conocido a él también. Quién sabe si hubiera aparecido como sustituto de Simon a su vuelta.

La encargada del tanatorio entró en la cafetería y se paró ante nosotros.

—Ya lo tenemos todo preparado, señorita Urech. Si es tan amable de acompañarme un momento —girándose hacia mi familia les dijo—: Enseguida vengo a buscarles a ustedes.

Me levanté de la silla, cogí el bolso y la seguí. Mike se había ido a hablar un momento con Orson, por lo que preferí no avisarle e ir yo sola.

Salimos de la cafetería y me guio a lo largo del pasillo que hacía de nexo con las distintas salas de velatorio. Era la primera vez que estaba en un sitio como aquel. Cuando mis abuelos murieron, nosotros éramos muy pequeños y mi madre nos dijo que un tanatorio no era sitio para niños. Ella quería que mantuviésemos en nuestra mente la imagen de los abuelos alegres y llenos de vida.

Caminamos por una amplia galería de techos rectos, cuyo acristalamiento permitía que entrase toda la luz natural que el día era capaz de ofrecer, así como disfrutar de los jardines exteriores que separaban el tanatorio del pequeño cementerio. Las puertas de cada sala estaban numeradas y tenían un cartel con el nombre del fallecido. En alguna de ellas ya se empezaba a ver movimiento de gente entrando y saliendo. La encargada paró frente a la sala 101, con los nombres de mis padres escritos sobre un cartel plateado. No pude evitar posar las yemas de mis dedos sobre él según abría la puerta con la llave.

Las luces estaban encendidas y olía a ambientador de lavanda. Era una amplia sala de estar con dos sofás, varios sillones individuales repartidos por la misma y una puerta que daba acceso a un aseo. La decoración era sencilla, con un par de percheros de pie en acero inoxidable mate y varias lámparas repartidas por la estancia sobre mesitas de cristal. Al fondo, se abría una estancia sin puerta, ajena a la sala principal, pero que atraía toda la atención. Cuando entré en ella, solamente pude ver una inmensa luna de cristal, montada sobre un murete de madera que invitaba a mirar a través de ella hacia el interior de la habitación en donde estaban colocados mis padres. Frente al cristal había un sofá de dos plazas. Sentada allí podría ver los féretros y vigilar cuando se acercase Orson.

El cuarto de estar permanecía bien iluminado, pero en la zona de velar en la que yo me encontraba tan solo había unos pequeños focos integrados en el techo que emitían una luz de posición en neón azul, permitiendo la intimidad del momento. Aquella luz te acogía y envolvía en un instante único, al tiempo que permitía ver por última vez al ser querido en el interior de la sala mortuoria.

Ambos estaban rodeados por múltiples coronas y centros de flores que aportaban algo de color a aquella iluminación tan mortecina. El ataúd de mi madre tenía cerrada la tapa de madera de roble sin mucho ornamento. El de mi padre era de igual calidad, pero estaba abierto. Se le veía allí tumbado, como si durmiese; tan guapo como era y pareciendo incluso que sonriera. Me mantuve allí un rato, mirándole y recordando muchos de los momentos que compartimos juntos y muchas más gotas saladas comenzaron a descender por mis mejillas. Por suerte, la encargada me ofreció una caja de pañuelos de papel que reposaba sobre una de aquellas mesas de la sala, lo que le agradecí con un movimiento de cabeza.

Cuánto les iba a echar de menos a los dos. ¿Por qué tuvieron que acabar de aquella manera tan trágica? No era justo. No lo era en absoluto. Pero... ¿acaso éramos dueños de nuestro destino? ¿Acaso podíamos evitarlo de algún modo?

Después de reponerme un poco y de sonarme la nariz con discreción, le pedí a la encargada que se fuese a buscar a mis familiares tras haberle dicho que todo estaba como yo quería.

Los primeros en llegar fueron Mike y mis tíos. Colgué mi bolso y la gabardina en uno de los percheros que había situado en una esquina de la salita de estar y les vi pasar a verles, uno a uno. Mike se quedó rezagado, tragó saliva y me miró fijamente a los ojos. Hasta el momento había controlado su tensión, pero ahora llegaba el momento de encontrarse cara a cara con la cruda realidad.

Tío Philippe salió rodeando con sus brazos a mis tías que lloraban, desconsoladamente, sobre las solapas de su chaqueta. Mike respiró hondo y se esforzó por dar los pasos necesarios para poder encontrarse de frente con nuestros padres. Yo aproveché para tomar asiento en el sofá que había detrás de él.

Después de observarles durante unos minutos, se giró, apoyándose en el poyete que dividía la luna de cristal del muro bajo. Me mantuve con las piernas cruzadas, esperando su reacción, él bajó la mirada y sonrió levemente mientas se le escapaba un leve suspiro.

—¿Qué hora es? —Llevaba tantas horas despierta que había perdido la noción del tiempo y yo solamente usaba reloj de muñeca cuando me subía al avión para trabajar.

Él miró su Bulgari de correa de caucho de soslayo y contestó:

—Casi las siete. En breve empezará a llegar todo el mundo. ¿Te vas a quedar ahí sentada?

—Sí, estaré aquí... custodiándoles —alargué cada silaba de la última palabra.

Mike cabeceó de lado a lado al tiempo que hacía una mueca de resignación. De repente, y sin haber escuchado siquiera sus pasos, Orson apareció en el umbral de entrada.

Lanzándome una mirada cautelosa, preguntó:

—¿Puedo? —Hizo una ligera señal con la cabeza hacia el lado que le interesaba.

Yo levanté mi mano derecha invitándole a acercarse, mientras arqueaba las cejas en señal de aprobación. Mike se apartó del poyete para dejarle sitio y se giró para contemplarles, de nuevo, junto a él.

Teniéndoles de espaldas no podía ver sus rostros, por lo que me incorporé de mi asiento y me recosté con el hombro sobre un lateral del amplio ventanal, sin quitarle ojo al perfil de ninguno de los dos. Orson se mantuvo impertérrito, ni siquiera pestañeaba. No mostró ni una mueca de dolor, no hizo ningún comentario ni una alusión al cuerpo de su amigo. Por el contrario, Mike sí que movía sus ojos; pero era curioso que no llorase, que no mostrase ni siquiera una pizca de dolor. Lo normal en ese caso hubiera sido que se derrumbase ante la imagen de su padre muerto; y más, sabiendo que a su lado yacía su madre oculta, al no poder ser mostrada ante los demás debido a su desfiguración.

Lo normal era lo que les había pasado a mis tíos; derrumbarse, sentir impotencia, que te pesase la pérdida del ser querido, que te molestase el no poder volver a tenerle junto a ti, que te confundiese el modo en que murió y lo que pudo haber sufrido. Todo ello se convertía, de manera espontánea, en llanto, en pena, en desconsuelo, en rabia; cualquier sentimiento era válido y mucho más viniendo de un hijo.

En mi caso, yo ya había pasado por lo peor; y aunque empezaban a no quedarme lágrimas, seguía llorando y seguiría hasta que fuese capaz de superar su pérdida. Tras cumplir mi misión, veía a mis padres descansar en paz; con lo cual solo necesitaba que todo aquello acabase pronto y poder dejar a mis padres donde quisiera que hubieran decidido en vida. Mi padre ya lo había dejado escrito; por lo que estaba descubriendo sobre él, la previsión era una de sus cualidades y mi madre le apoyaba, de manera que una vez cremados, ambos mantendrían sus cenizas unidas, eternamente.

Aun así, quedaban muchas más cosas que solventar tras el funeral; documentación, herencia, organización de todas sus cosas. Y, lo peor de todo, volver a nuestra casa sabiendo que nunca jamás volveríamos a verles entrar por la puerta.

Que el tiempo todo lo cura era una certeza, pero a saber cuánto tiempo necesitaría yo para curar aquella herida tan profunda.

Orson salió de su trance personal y me miró, parpadeando y clavando sus fríos ojos azules en mis pupilas. Entrecerré un poco los ojos y rocé instintivamente mi llamador.

—Muchas gracias por venir, Orson —dije, retándole con la mirada—. Mi familia lo apreciará cuando les diga que has estado aquí.

Sin mover un ápice la dura expresión de su cara, se giró hacia mi hermano y le dijo:

—Los demás están a punto de llegar. Te veré en Seattle. ¡Angie! —Hizo un leve movimiento de cabeza sin mirarme cuando pasó a mi lado y dirigió sus pasos hacia la puerta de salida.

—¡Orson! —contesté.

Me di la vuelta para seguirle con la mirada y ver cómo se alejaba de nosotros, sin despedirse de nadie ni mirar atrás. Solté una larga y sonora bocanada de aire y, por fin, toda la tensión que mantenía desde hacía unas horas pudo escapar.

—Una manera muy diplomática de echarle —dijo Michael, al tiempo que me giraba hacia él.

—Y eso que la diplomacia nunca ha sido mi fuerte. ¿A quiénes se refería cuando dijo que los demás están a punto de venir? —quise saber.

Mike tardó un rato en contestarme:

—¡A los chicos, Angie, a mis amigos!

—No sabía que les conociera y mucho menos que tuviera contacto con ellos.

—En alguna ocasión me han acompañado a visitar a Orson a su casa para recoger o llevarle papeles que me pedía papá. Además, la casa de Orson está en la misma zona residencial donde vive Raffaele. Conoce a su familia y también les lleva los asuntos legales.

—¡Vaya, qué casualidad! ¿La misma casa a la que nunca nos invitó a ir ni a mamá ni a mí cuando estábamos en Seattle? —Por lo visto, el *jet lag* empezaba a causar efecto y me provocaba una especie de acritud en el carácter.

Michael meneó su cabeza, como dándome por imposible, y se lanzó a la salita a saludar a algunos familiares de mi madre que acababan de llegar.

Yo nunca me comportaba de manera tan ácida y mucho menos con mi hermano. No sé si sería la manía repentina que le había tomado a Orson o que llevaba varios años con cierto resquemor por haberse visto interrumpida la relación tan buena que tenía con Mike al haberse ido a Seattle a estudiar.

Desde que se marchó, solo nos veíamos tres o cuatro veces al año y durante muy pocos días. Él ejercía de perfecto hermano mayor, interesándose por mi condición laboral o sentimental; pero mis respuestas acababan rápido, ya que mi trabajo no le agradaba en absoluto, debido a su terror a volar y, en cuanto a mi vida amorosa, los chicos con los que me relacionaba últimamente no merecían tanto la pena como para ser tenidos en cuenta.

Cada vez que yo quería indagar en cómo le iban las cosas y si salía con alguien, ni me contestaba; se limitaba a sonreír y a cambiar de tema, por lo que me tenía bastante confundida.

A lo largo de los cuatro años que había estado fuera, solo en tres ocasiones vi a su pandilla de amigos íntimos. Los dos primeros años fueron invitados por mi madre a venir a nuestra casa de Vancouver para celebrar el Día de Acción de Gracias. Por aquel entonces, yo tenía quince años. Todos ellos eran deslumbrantemente guapos; aunque, por suerte, ninguno parecía saberlo.

Eran naturales, cercanos y no te hacían de menos. Se comportaban relajadamente y se mascaba un aire distendido cada vez que aparecían por casa. Gabriel no paraba de bromear con mi hermano y de contar anécdotas graciosas, al tiempo que Joph y Zaffie, los más callados y discretos del grupo, intentaban que dejase de llamar la atención, metiéndose con él de manera continuada y provocando una ficticia y divertida pelea. Raffaele, que parecía el más serio y cabal de los cuatro, se mostraba atento conmigo y, lejos de tratarme como a una chiquilla, se dirigía a mí como si fuese un adulto más, manteniendo conmigo temas de conversación bastante más interesantes que aquellos a los que me tenían acostumbrada mis compañeros de instituto.

Mi madre pensaba en ellos cada vez que celebrábamos los grandes eventos del año, como Navidad y fin de año, aunque solo en aquellas dos ocasiones pudieron venir. Mamá no quería que estuviesen solos y lejos de sus familias en días tan especiales, pero la mayoría de las veces, o bien se desplazaban a sus casas para estar con los suyos, o bien decidían hacer algún viaje. Mike nunca les acompañaba porque se movían en avión; con lo cual era el momento adecuado para pasar unos días junto a nosotros.

Mamá también intentaba agradecerles, con aquellas invitaciones, la buena acogida que le hicieron la primera vez que les conoció. Aquello lo viví yo misma en el viaje a Seattle que realicé con mis padres para acompañar a Mike a establecerse en la residencia universitaria donde viviría a partir de entonces.

La residencia de estudiantes estaba dirigida por Stuart, un amigo de mi padre de la congregación de jesuitas. Stuart había sido también huérfano del centro, pero tomó los hábitos a edad temprana. Años después, dejó la orden para casarse con una mujer.

El día que llegamos con Michael a la residencia universitaria, Stuart prometió encargarse de mi hermano y nos llevó a conocer a los que sabía que eran los más competentes y estudiosos de todos, para que le pusieran al día de los horarios establecidos y normas a seguir; coincidiendo, además, que eran compañeros de la misma clase en la que estaría Mike.

Salimos por la puerta del despacho de Stuart para dirigirnos a la sala común y les vimos sentados alrededor de la chimenea que ocupaba un lateral entero del salón. El director se acercó a ellos y los cuatro se pusieron en pie para saludarnos. Llamaban la atención sus exquisitos modales, nada de lo que te esperas en alumnos de diecinueve o veinte años. Más que estudiantes, parecían jóvenes profesores de universidad. Desde el primer momento conectaron con Michael, dejando a mi madre tranquila al saber que estaría en buenas manos y, desde aquel instante, la unión de ellos cinco fue total y nadie entraba ni salía de su círculo privado.

Lo malo era que, en aquellos cuatro años, Mike perdió todo el contacto con la gente de Vancouver. Tampoco es que hubiera tenido muchos amigos íntimos allí; nunca salió demasiado, era hogareño y estudioso y la adolescencia la había pasado sin que apenas se le notase. Siempre fue más maduro, equilibrado y responsable que los chicos de su edad, por lo que al conocer a los cuatro de Seattle había dado con la horma de su zapato y nunca nos extrañó la estrecha relación de amistad que mantenían todos ellos. Definitivamente, estaban hechos los unos para los otros.

Tanto Zaffie como Joph y Gabriel procedían de Montana y también vivían en la residencia. Sin embargo, Raffaele vivía en la casa que sus padres tenían a las afueras de Seattle. Su acomodada familia era de ascendencia ítalo—americana y él era hijo único; sus padres habían decidido quedarse a vivir en Nueva York desde hacía unos años, ya que se dedicaban al mundo bursátil.

Mi hermano y él habían hecho la misma especialización de su carrera y en más de una ocasión mi padre se había trasladado a Seattle para ayudarles en los trabajos que presentaban.

Raffaele apreciaba muchísimo a papá y, físicamente, era el que más llamaba la atención; tan alto como Mike, pelo negro, corto aunque agraciado, ojos muy azules y tez clara, de facciones perfectamente moldeadas, nariz recta, labios finos y manteniendo siempre un aire de sosiego, paz y serenidad que hacía que te encontrases muy a gusto estando cerca de él.

Jophiel y Gabriel parecían casi gemelos, tenían un gran parecido físico al ser los dos rubios, de ojos verdes y de complexión muy atlética. Solo se diferenciaban porque Jophiel llevaba el pelo algo más largo que el otro y porque el carácter dicharachero y bromista de Gabriel chocaba con la introversión de su amigo.

Todos ellos seguían una moda parecida al vestir, casual pero estudiada, lo cual les daba un aire de moderna elegancia.

Zaffie era una persona dulce y callada. Llamaba la atención verla junto a aquellos cuatro torreones con los que pasaba la mayoría del tiempo. Tenía el pelo corto y castaño, era delgada, de tez bastante clara, pero de extrema belleza. Resultaba muy curioso observar cómo, aun siendo ella la única mujer en el grupo, no la arropaban más que a Michael. Incluso, ella misma parecía una especie de guardaespaldas de mi hermano. Al principio, pensé que se trataba de un mero tema de protección al ser más pequeño que ellos, pero resultó que todos tenían la misma edad. También barajé la posibilidad de que quisieran conseguir beneficios personales al saber que era hijo de un renombrado conocedor del arte eclesiástico, iconográfico y de varias lenguas muertas, lo que les podría ayudar en sus estudios, pero, tampoco. Según mi padre, cuando alguna vez se lo mencioné, dijo que tanta atención simplemente era por el hecho de hacer que Mike no se encontrase tan desplazado en Seattle al estar lejos de su familia.

En ese momento, Michael llegó hasta mí, sacándome de mis ensoñaciones y acompañando a mis dos ancianas tías abuelas recién llegadas de Montreal. Las saludé. Venían acompañadas por su cuidadora particular y ambas se acercaron a verles, hablando entre ellas en francés y recordando a mis padres en todo momento.

Michael aprovechó para dirigirse a mí y decirme:

—¿Te encuentras con ganas de hacer un poco de relaciones públicas o prefieres que yo lidie con eso?

Le dije que quizás salir un poco para saludar personalmente a la gente que iba llenando la sala no le haría mal a mi madre. Además, Orson ya no estaba por allí.

Los amigos de Michael

Empecé a ver caras conocidas. Saludé a muchos y agradecí la presencia a todos los que entraban a la sala de estar. Vi como las tías abuelas y algunos primos lejanos de mi madre se sentaban junto a mis tías, Claire y Laura. Algunas personas se acercaron para ver por última vez a mis padres y otras lo evitaron a toda costa, pero siempre que aparecía gente que no me sonaba me acercaba detrás de ellos para indagar de qué les conocían; o bien eran sacerdotes de los templos en los que mi padre dirigió grupos de trabajo, restauradores que habían trabajado junto a él, directores de museo, o bien amigas de mi madre de su época de estudiante de diseño o alguno de sus alumnos de reiki.

Me resultó curioso que no hubiese religiosos de la congregación de huérfanos en la que se había criado mi padre. Hacía unos años que el padre Sebastian había fallecido de un repentino ataque al corazón. Papá se enteró de su muerte estando de viaje, pero consiguió trasladarse a Seattle para asistir a su funeral.

El padre Sebastian fue lo más cercano a un padre que él había tenido. Yo nunca le conocí, realmente, a nadie de aquel orfanato. Papá mantenía el contacto con ellos, pero nunca nos invitó a ver aquel lugar ni a conocer al resto de los jesuitas que lo acogieron y cuidaron. Ninguno de ellos tampoco vino a casa nunca. Yo pensaba que era su manera de mantener en secreto su condición de niño abandonado y no querido. Además, mi padre jamás intentó escarbar en su pasado, como mucha gente huérfana siente la necesidad de hacer alguna vez en su vida. Por otra parte, la vida monacal y tranquila de los frailes invitaba a respetar la relación íntima de mi padre con ellos, sin que él quisiera que nos inmiscuyéramos en ella ni ellos tuvieran intención alguna de compartirse con otros que no fueran sus protegidos.

Las horas fueron pasando. Busqué a Michael con la mirada y le vi en el pasillo exterior saludando a mi amiga Julie y a mis compañeros de vuelo, Barbara, Andrea y Matt, que acababan de llegar. Según me acerqué a la puerta para encontrarme con ellos reconocí también a David, el prometido de Andrea y hermano de Barbara, así como a los padres de Julie. Todos me saludaron con cariño, en especial Matt, aunque me regañó, de paso, por no haberle avisado de que había estado en Londres y así haberse acercado al aeropuerto a verme.

—¡Incluso podía haberte acompañado a Kenia! —exclamó enfadado—. Te hubiera resultado menos duro.

—Matt, en ese momento prefería estar sola y ahora lo agradezco —justifiqué.

Julie se puso a llorar sin parar en cuanto se abrazó a mí, adoraba a mis padres. Estaba como en estado de *shock* y le recomendé a sus padres que no la dejaran acercarse a que les viera.

Barbara y Andrea seguían desconcertadas desde que se habían enterado de todo.

—David empieza a parecerse a tu hermano —me susurró Barbara—. Se ha vuelto un poco paranoico con lo de que no volemos. Desde lo del accidente aéreo de tus padres no hace más que decirle a Andrea que quizá sería interesante que, después de la boda, dejase de volar para localizar un trabajo que la mantenga todos los días durmiendo en casa.

—No es mal consejo, sobre todo, por el tiempo que pasará alejada de su familia con este trabajo y más si pretenden tener hijos algún día —contesté—. ¿Hasta cuándo os quedáis?

—Michael nos ha dicho que la cremación será a las cuatro de la tarde. Cogeremos el último vuelo hacia Vancouver que sale a las seis. Pero, si necesitas que nos quedemos, nosotras no volamos hasta pasado mañana por la noche.

—No, no, todo lo contrario. Os lleváis a Matt con vosotras, ¿verdad?

—Sí, él vuela dentro de cuatro días. Ha venido en sus días libres.

—¡Perfecto! Gracias, Barb —dije, abrazándola.

Al alzar la vista por encima del hombro de mi amiga, les vi llegar. Eran el grupo de amigos de mi hermano en la universidad laica de estudios religiosos Dom Paul Renaudin. Volví a tener la misma sensación de aquella primera vez que les vi juntos, se hacía difícil imaginártelos por separado, ya que formaban un conjunto tan perfecto que armonizaba al verlos unidos.

Entraron por una de las puertas acristaladas de aquel largo pasillo. Raffaele sostenía la puerta para que pasaran todos los demás. Los tres chicos se colocaron a espaldas de la única chica del grupo, caminando en nuestra dirección a lo largo de la amplia galería recubierta con suelos y paredes de mármol. Los rayos de sol, que por fin se abrían paso entre las nubes y que rebotaban contra los cristales de aquellos grandes ventanales, caían sobre ellos. Los chicos lucían abrigos cortos, mientras que Zaffie llevaba uno largo hasta los pies y botas de tacón alto que le hacían acortar la diferencia de altura con respecto a sus amigos. Con paso grácil y firme se fueron aproximando hacia donde yo me encontraba. Sin dejar de mirarme, y sin dejar de mirarles todo el mundo que con ellos se cruzaba, llegaron y se colocaron frente a mí, formando una fila perfecta.

Julie consiguió reprimir de golpe su incontrolable llanto. Sus padres aprovecharon para acercarse a ver a los míos. Barbara y los demás se apartaron un poco para dejarles paso, al tiempo que no les quitaban ojo de encima.

El primero en acercarse a mí fue Gabriel.

—Angie, siento muchísimo lo ocurrido a tus padres y quiero que sepas que puedes contar conmigo para lo que necesites. —Me besó en la mejilla y me dio un abrazo que hizo que me llegase el aroma dulzón, fresco y revitalizante de la jara campestre.

Joph fue el siguiente. Limitándose a darme otro abrazo mientras controlaba su fuerza, ya que su volumen había aumentado desde la última vez que le vi; y eso había sido hacía más de tres años. Me susurró al oído su pésame y cuando aflojó su abrazo, solo pude devolverle una tímida sonrisa. Después, pasó a abrazarme Zaffie, manteniéndose pegada a mí durante largo rato.

Al adelantarse, observé que David y Matt no pudieron reprimir una mirada de aprobación.

No me acordaba de lo bella que era. A veces, mi madre y yo nos recreábamos en la idea de que fuese la pareja de Michael.

La verdad es que parecía importarme más a mí su vida sentimental que a él mismo. Michael nunca había sido visto con ninguna chica; ni en el instituto ni en nuestro vecindario ni, tampoco, que me llegase la noticia a través de nuestros conocidos. Y no es que no lo valiera, todo lo contrario, siempre le gustó hacer deporte y mantenía un tipo robusto y sano que hacía que fuese la locura para muchas de mis amigas, que no dejaban de babear cada vez que Michael revoloteaba alrededor nuestro. Aunque, ahora, Michael estaba un poco desmejorado por lo ocurrido y andaba de acá para allá sin posar sus bellos ojos color miel más de dos segundos sobre la misma persona.

—¡Vale, Zaffie, déjala respirar! —Michael asomó la cabeza por detrás de su amiga y tiró de ella con suavidad para separarnos.

—Siento lo ocurrido, Angie —dijo ella con su voz aterciopelada.

—Gracias, muchas gracias por venir —le dije, mientras mantenía agarradas mis manos entre las suyas y me miraba tiernamente con aquellos maravillosos y atípicos ojos color violáceo.

—¡Llegáis tarde, chicos! —dijo Michael, dirigiéndose a Raffaele—. ¿Problemas durante el vuelo, Fael?

—No, solamente un poco de turbulencia y burocracia aduanera —contestó Raffaele con su voz profunda y grave.

Después, se giró hacia mí y retirando delicadamente mis manos de las de Zaffie las levantó suavemente y besó el dorso de ambas, al mismo tiempo que realizaba una pequeña reverencia.

—Te acompaño en el sentimiento, Angie —dijo, mirándome fijamente—. Y deseo que pronto te recuperes de tan repentina pérdida.

—Gracias, Raffaele, gracias por venir y estar aquí con nosotros en estos momentos. —El azul intenso de su mirada me atravesó por completo y tuve que pestañear un poco para tomar consciencia del lugar en el que me encontraba—. Lástima que hayáis tenido turbulencias durante el vuelo.

—No te preocupes, hubiese sido peor para este hermano tuyo tan poco dado a volar. Curioso que su bella hermana pequeña recorra en poco más de setenta y dos horas la mitad del mundo. ¡Te debería dar vergüenza, amigo! —Miró en dirección a Mike que se encontraba cerca de nosotros—. Solo te delatan las ojeras que tienes, se nota que hace mucho que no descansas —dijo, acariciando con su pulgar la parte baja de mis ojos y permitiéndome notar su calidez.

—Ya descansaré cuando haya pasado todo. —Tuve que retirar la mirada de aquellos impresionantes ojos azules que empezaban a aturdirme demasiado.

—Te reconfortaremos entre todos. —Y sonriendo, de manera sensual, besó mis mejillas al tiempo que entornaba sus ojos y un escalofrío me recorría la espalda.

¡Desde luego, estos chicos no pasaban inadvertidos!

—Bueno, ya habéis visto a mi hermana. Entrad a ver a mí... mis padres —rectificó.

—Ya les acompaño yo, Mike. Tú quédate para saludar a los primos, que vienen por ahí con el tío Philippe.

Les señalé el camino hacia dentro de la sala para que fuesen delante de mí y al pasar cerca de Julie y de Barbara vi que estaban a punto de babear.

—¡Cerrad la boca, chicas, que os van a entrar moscas! —dije en un tono audible solo para ellas.

—¡¿Estos son los famosos amigos de Michael?! —exclamó Julie—. ¿Cómo es que nunca me los has presentado?

—Es que hace más de tres años que no los veía —contesté, mientras Julie seguía con cara de boba viéndoles entrar en la sala.

—Insinuaste que eran guapos, pero son mucho más que eso —dijo Barbara—. ¿De dónde han salido? Creo que me está subiendo la fiebre solo de verlos, ¡son irresistibles! —Barb hizo el gesto de llevarse la mano a la frente.

—¡Tú estás tonta! —dijo malhumorado Matt, al tiempo que le daba un codazo—. Tampoco creo yo que sean nada del otro mundo. La que sí que está un rato buena es ella, ¿verdad, David?

David evitó contestarle y se puso a hablar con su novia.

—Sí, sí, vale —respondió Barb—. Pues tú quédate con ella, que entre Julie y yo nos repartimos a esos tres y a Michael. No te importa, ¿a qué no, Angie?

Me giré sin contestar, yendo hacia donde sabía que estaría el grupo.

Les encontré frente al cristal, muy estirados y con los ojos cerrados. Los brazos los mantenían caídos a lo largo del cuerpo con las palmas de las manos abiertas hacia delante. Me acerqué con sigilo para apoyarme en el umbral de la entrada y mirarles. Casi ni respiraban, parecía que estuviesen en estado de meditación. No quise interrumpirles, pero si alguien se acercaba y los veía en aquella postura, se extrañaría.

Había pasado mucho tiempo desde la última vez que los había visto en mi casa. Sus facciones resultaban más angulosas. Tanto Joph como Gabriel estaban mucho más fuertes y la barba de tres días que ambos lucían endurecía sus rasgos. Zaffie llevaba el pelo con un corte asimétrico de media melena y también parecía ser carne de gimnasio, puesto que estaba bastante más fibrosa, como mi hermano. A él ya estaba acostumbrada a verle; sin embargo, esperaba que no estuviese tomando anabolizantes, ya que cada vez ensanchaba más. Raffaele era el que estaba más cambiado, no solo porque pareciese un nadador profesional con aquella espalda tan ancha, a pesar de estar delgado, sino porque parecía mayor que los demás. Quizá solo fuese el hecho de que a nivel físico estaba muy trabajado, la gente deportista siempre parece mayor de lo que en realidad es.

Me sobresalté cuando Michael tocó mi hombro.

—¡Ay, me has asustado!

—Los primos están ahí fuera esperando a que salgas —dijo—. No se encuentran con ánimo suficiente para entrar y ver a papá.

—Ahora salgo —respondí—. ¡Oye, Michael! ¿Qué hacen aquí parados? —le susurré al oído.

—Déjales, están rezando —Mike tiró de mí para no importunarles—. Acabarán dentro de poco.

—¡Pues vaya una manera más rara de rezar que tienen! Por cierto, ¿avisaste a los frailes de Seattle del fallecimiento de papá?

—Creo que Orson les envió una tarjeta con la fecha y la hora del funeral.

—¿Y por qué no les avisó directamente? Es extraño que no haya venido nadie de allí.

—Igual aparecen más tarde, todavía quedan unas horas hasta la cremación. De momento, han enviado una corona de flores —contestó, mientras seguía tirando de mí.

Salí fuera de la sala de velatorio y mis primos vinieron a saludarme y a darme el pésame. Se les veía bastante afectados, por lo que me puse a hablar con ellos de sus estudios.

Al rato, vi pasar por detrás de mí a Michael y a sus amigos en dirección a la zona exterior del edificio.

El día avanzaba y la gente iba llegando de manera escalonada. Hubo un momento en que la sala de estar estuvo tan abarrotada que parecía el metro en hora punta; cuando eso ocurría, aprovechaba y me metía a ver a mi padre, sentándome en el sofá para dejar de hablar con todo el mundo y poder descansar algo.

A menos de una hora para la cremación, se presentó la encargada junto con un señor de mediana edad para decirme que él la sustituiría hasta el momento de hacernos entrega de las urnas de nuestros padres. Ella misma le recordó que no se olvidara de avisarme, personalmente, para poder estar presente antes de cerrar el ataúd de nuestro padre. Salieron juntos y yo me fui a buscar a Michael, que llevaba desaparecido un tiempo.

—¿Habéis visto a Mike? —pregunté a mis amigas, que hablaban en ese momento en el pasillo con nuestra asistenta, Anita.

—Estaba en el *hall* de entrada —respondió Andrea—. David le vio con sus amigos allí hace media hora.

Entonces Barbara y Julie se apartaron un poco para hablar conmigo:

—Ahora que no nos oye nadie, confiesa —dijo Barbara con su desparpajo habitual—. Tu hermano no va a ninguna universidad, ¿verdad? Está en una agencia de modelos y han venido a darle el pésame todos sus compañeros, ¿a qué sí?

—Pero ¿qué dices? —respondí, confundida.

—Pues que cada vez aparecen más tíos buenos por aquí. Y nosotras encantadas, ¿verdad, Julie? —Esta última asintió repetidas veces con la cabeza—. Eso sí, estos tienen poco futuro porque son muy serios y bastante tímidos; no paran de mirar, pero no se atreven a entrar.

—¿De quién hablas? —quise saber.

—De esos cinco que están ahí fuera —respondió Julie, indicándome hacia dónde mirar—. Además, parece que vengan de grabar un anuncio publicitario de Benetton, cada uno va vestido de un solo color.

—¡Es verdad! —exclamó Barbara—. No me había fijado. Rojo, azul, verde, negro... ¡Oh, vaya, qué pena! Si no fuera porque hay uno vestido solamente de blanco y ninguno que vaya de amarillo, diría que van disfrazados de anillos olímpicos.

Ambas empezaron a reírse con las ocurrencias de Barbara.

Fijándome con atención hacia donde me señalaron, pude ver a cinco chicos esbeltos, parados en el jardín que había frente a la cristalera más cercana a nosotros. En efecto, cada uno vestía de un solo color de arriba abajo. Se movían como si esperasen a alguien, aunque no apartaban su mirada de donde nos encontrábamos nosotras. Ignoraba si serían capaces de vernos bien, pues el reflejo del sol contra los cristales posiblemente se lo impediría. A pesar de ello, me sentí vulnerable e intimidada, como si fuesen capaces de desnudarme con la mirada. En ese momento, el que más llamaba la atención de todos, por ser el único rapado al cero y que para colmo vestía íntegramente de color azul eléctrico, clavó sus penetrantes ojos sobre mí mientras sonreía de manera perversa.

Incomodada, me giré para evitar mantener el contacto visual con aquel tipo, aferrándome a mi llamador para restablecer el sentido que durante unos segundos me pareció haber perdido.

—¿Sabéis si llevan mucho tiempo ahí? —alcancé a preguntarles a mis amigas.

—Más de dos horas —respondió Barbara—. Y por nosotras, como si se quedan toda la tarde. Hasta las seis no despega el avión —volvió a reírse.

—¿Qué os hace pensar que sean amigos de mi hermano? —pregunté, sin poder evitar mirar fuera otra vez.

—Mike y los otros estuvieron hablando con ellos durante un buen rato —respondió Julie—. Eso sí, amigos, amigos, no sé yo si serán. Más bien parecía que discutían.

En ese momento, el nuevo encargado se acercó hasta donde estábamos y me dijo:

—Va siendo la hora. ¿Estará usted sola cuando lo cerremos?

—No, entraré con mi hermano —contesté.

—Pasaré a buscarles en unos minutos.

Tuve que dejarlas allí para ir en busca de Michael.

Me dirigí hacia la entrada del edificio y no tardé en encontrarle sentado junto a sus amigos en unos sofás que había cerca de una fuente recubierta de mosaico, con teselas en donde el color índigo primaba. Se notaba cierta calma con respecto a la zona tan ruidosa que acababa de abandonar.

Cuando llegué a su altura, Raffaele se levantó de su asiento.

—¡No te levantes, por favor! —le dije, mientras intentaba que se volviera a sentar, aunque se mantuvo de pie a mi lado—. Habéis sido los más listos, no hay quien esté allí con toda la gente que hay. Mike, dentro de poco van a venir para que nos despidamos de ellos y cerrarán el ataúd de papá. Les he dicho que solo estaremos tú y yo.

—Bien, pero a ver cómo se lo toma Claire, quería poner un par de rosas sobre los féretros.

—No os preocupéis, nos encargaremos nosotros —dijo Raffaele—. Les haremos entender que queréis pasar ese momento a solas con ellos y nadie os importunará.

—Gracias, Raffaele, será de gran ayuda —respondí con una sonrisa en los labios que me fue correspondida.

Todos se levantaron para regresar a la sala con nosotros.

El encargado nos alcanzó y nos dijo que le acompañásemos. En ese momento en que la gente empezaba a salir para dirigirse hacia la zona del crematorio, los chicos se parapetaron entre ellos y nosotros, dándonos tiempo a Mike y a mí para desaparecer junto al encargado.

Entramos en la cámara fría a través de una puerta que estaba al lado de la sala y que aquel hombre abrió con llave. La temperatura en aquel lugar era muy baja y dos operarios uniformados nos acompañaban aguantando la tapa. Las cortinas que colgaban a los lados de la luna de cristal, que daba a la sala contigua, estaban corridas, alejándonos de las miradas curiosas que pudieran permanecer aún en la sala de los familiares. Por segunda vez me encontraba tan cerca de mi padre que podía tocarle. Me incliné para besarle en la frente; estaba gélido, pétreo, pero de nuevo una ligera corriente alcanzó mis labios en el momento en el que una de mis lágrimas rodó por mi mejilla, precipitándose hasta él. Después, posé otro beso y alguna que otra lágrima que también se me escapó directamente sobre el ataúd de mi madre.

Al menos, se llevarían una parte de mí con ellos.

Mientras me dirigía hacia uno de los centros florales para coger unas rosas rojas y ponérselas enganchadas de los pomos, vi a Mike con los ojos cerrados posando sus manos sobre ambos féretros, ya cerrados, mientras las lágrimas le corrían por las mejillas; por fin comenzaba a dar rienda suelta a sus emociones.

Le abracé por la cintura para caminar junto a él detrás de los ataúdes que iban montados sobre unos carritos tirados por los operarios. A nuestra espalda se colocaron muy pegados Raffaele, Zaffie, Gabriel y Joph, creando una especie de muro de contención frente a la gente que nos seguía en dirección al área de cremaciones. Esta se encontraba en una pequeña capilla con bancos de madera. Ningún sacerdote oficiaría misa alguna, puesto que mis padres así lo ordenaron. Al fondo de la sala, cerca de un pequeño altar, se encontraba la entrada al horno crematorio.

Nos dirigimos hacia allí y, uno detrás de otro, fueron introduciendo los ataúdes; bajando después una plancha de metal, con un cristal, a través del cual pudimos ver los primeros fogonazos que se produjeron para incinerarlos.

Aquello consiguió cortarme la respiración durante unos segundos y algo parecido tuvo que ocurrirle a Mike, ya que me apretó contra su pecho con fuerza, mientras su cara se hundía en mi cabello y su llanto acompañaba al mío. Tan solo un minuto después bajó otra plancha de metal, esta vez sin cristal alguno, lo que terminó por alejarlos de nuestra vista, para siempre.

A partir de ese momento, el vacío que sentimos fue total.

Poco a poco, la gente se fue yendo. Mis tíos y primos regresaron a Vancouver junto con Anita, Claire y su amigo. Mis compañeros y Julie con sus padres cogían también el mismo vuelo.

—No hace falta que os quedéis —dijo Mike a sus amigos—. Nos dijeron que tardarían unas horas hasta que nos entregasen las cenizas. Angie quiere que esperemos aquí hasta que nos saquen las urnas. Marchaos vosotros y mañana nos vemos —les dijo.

Finalmente, nos quedamos Mike y yo solos.

—¿Cuándo regresarás a Seattle? —le pregunté.

—Quizá en un par de días. Aunque, si necesitas que me quede contigo, me puedo ir más tarde.

—No, vete cuando tengas pensado. Yo volveré a casa y, a lo mejor, me voy a trabajar para desconectar. No me apetece mucho estar sola en Vancouver.

—¿Prefieres que te acompañe? Puedo tomarme unos días libres.

—No, mejor será que te vayas cuanto antes a Seattle y veas cuales fueron las últimas voluntades con respecto a sus cenizas. Siento como si aún faltase por ubicarles definitivamente; y hasta que eso no esté acabado, no me quedaré tranquila. No sé por qué me da que papá no hubiera querido permanecer dentro de un jarrón como si del genio de la lámpara maravillosa se tratase.

—Entonces, será lo primero que haga cuando llegue allí —dijo Mike.

Había oscurecido ya cuando el encargado pasó a buscarnos por la cafetería para poder entregarnos las urnas. Nos llevó por el interior del edificio hasta otro anexo a este, donde había un mostrador en el que se indicaba, sobre un cartel escrito, el horario de recogida.

Las tenían ya preparadas y nos dieron una a cada uno. Me sorprendí al ver que no se trataba del típico jarrón de cenizas de muerto, sino que eran unas cajitas en madera de caoba, elegidas por mi hermano, y que disimulaban su contenido ante los ojos de cualquiera.

¡Por fin se había terminado todo y regresábamos con ellos a casa!

La casa de la isla

El día había sido demasiado largo y yo estaba agotada. Las urnas, protegidas cada una en una funda de plástico y aún templadas, reposaban sobre mi regazo mientras nos dirigíamos en el coche de Mike a la casa de la playa.

Cuando llegamos, Michael se adelantó para abrir la puerta y encender las luces. Yo me arrastré hasta el interior como pude y sobre un aparador del salón dejé las dos cajitas; después, me tumbé en el sofá tras lanzar los zapatos por encima de la mesa de centro.

—¡Qué dolor de pies! Ya ni los siento —exclamé.

—Levanta de ahí y métete en la cama, que estarás mejor. —Mike tiraba de mi brazo mientras con el otro cargaba mi maleta de viaje y mi bolso.

—¡Déjame, aquí estoy bien! —refunfuñé—. No puedo mover las piernas ni para subir un escalón.

—Si quieres, te subo a cuestas con el brazo que me queda libre, pequeñaja.

—Te creo capaz de hacerlo, pero no, gracias. Solo déjame aquí un rato.

—Está bien, subiré esto y, luego, encenderé la chimenea. —Se alejó escaleras arriba con mi equipaje.

Mike era el hombre perfecto, tan protector y cariñoso. Llegaría a ser un magnífico padre para sus hijos. Seguía llamándome la atención saber si esa idea entraba dentro de sus planes de futuro.

—¡Abrígate con esta manta! —La dejó sobre el sofá cerca de mí, salió fuera para meter las maletas de mis padres y, después de cerrar la puerta, se acuclilló delante de la chimenea para empezar a meter troncos de madera, al tiempo que prendía fuego a un buen montón de ramas secas—. En unos minutos tendré listo esto y prepararé un té.

—¡Oye, Mike! ¿Te puedo hacer una pregunta íntima?

—¡Dispara, forastera!

—¿Eres gay? —pregunté sin más preámbulos y hasta yo me sorprendí por haber sido tan directa.

De pronto, se giró para mirarme.

—¿Qué te hace pensar que yo sea gay? —dijo, esbozando una sonrisa pícara.

—No sé, nunca has tenido novia, que sepamos, ni has hecho comentario alguno de posibles candidatas a serlo. Siempre has levantado pasiones entre mis amigas y tú, en cambio, nunca te has interesado por ninguna de ellas. Y, por otro lado, está esa panda de amigos tuyos.

—¿Qué les pasa a ellos? ¿También te parecen gais? —No dejó de atizar el fuego que ya había empezado a levantar sus llamas y a calentar la estancia.

—Desde luego formáis un grupo bastante peculiar y es curioso que siempre estéis tan unidos. Además, se mueven alrededor tuyo como si fueses su protegido. La que me confunde es Zaffie, no sé qué pinta entre tanto hombre y, encima, sin ninguna otra amiga que la acompañe; así que solo se me ocurre que sea el contrapunto femenino de un grupo de amigos gais, donde tú figuras como su líder.

—¡Caray, Angie, con qué buenos ojos me miras! Haces que me sienta como una estrella de Hollywood a su paso por la alfombra roja rodeado de príncipes; bueno, en este caso y según tú, princesas celestiales —dijo, abriendo sus manos en forma de abanico.

—Más que estudiantes de religión, parecéis modelos de Vogue.

—No estudiamos religión, sino historia de las religiones. Cualquiera que te oiga pensaría que somos seminaristas —dijo, incorporándose.

—¡Sí, vale, lo que sea!

—Pues quédate tranquila, hermanita, que ni mi mente ni mi corazón están pensando en tener sexo o algún otro tipo de relación sentimental con ninguna mujer y, muchísimo menos, con hombres; que, dicho sea de paso, no me atraen en absoluto —recalcó—. Soy un espíritu voluntariamente solitario y no tengo la más mínima intención de cambiar ese estado.

—¡Hombre, supongo que alguna vez te plantearás tener una pareja e hijos! —exclamé—. Habrá que aumentar la familia algún día, que ahora nos hemos quedado bastante solos. Y al ser tú el mayor, sería más lógico que me adelantases en eso, ¿no crees?

Entonces, se paró en seco mientras iba camino de la cocina para calentar el agua, se giró y, mirándome seriamente, contestó:

—¡No, Angie! ¡¡Hijos no se me va a ocurrir tener jamás!! —dijo, de manera cortante mientras la mandíbula se le tensaba.

Había llegado demasiado lejos con mis preguntas, así que para relajar el ambiente dije:

—De acuerdo, pues para mí todo el trabajo de ampliar la familia. Seré yo la que te haga tío algún día.

Al menos había conseguido que relajase el semblante y que con un esbozo de sonrisa me preguntase:

—Y, ¿alguna información que puedas darme referente a con quién tienes pensado ampliar la familia? —Se apoyó en el dintel de la puerta, cruzándose de brazos—. Es justo que yo también quiera saber.

—De momento, no hay ningún candidato en escena, lo siento.

—Pues tu amigo Matt no te quitaba ojo de encima. —Hizo la observación.

—Tampoco se lo quitaba a Zaffie. Bueno, a ella no se lo quitaba nadie, ¡es increíblemente guapa!

—Sí, está acostumbrada a levantar ese tipo de pasiones. Por eso es por lo que no la dejamos sola, así evitamos tener que librarla de los moscones.

—Pero con uno de vosotros bastaría. Aunque, de ese modo, confundís a la gente y al veros a tanto chico con una chica sola, dais que pensar con quién estará ella saliendo, ¡no es mala estrategia!

—Esa no es nuestra intención —negó con rotundidad—. Y para tu información, ella no sale con ninguno de nosotros. No sale con nadie.

—¡Eso le va a encantar a Julie cuando lo sepa! —exclamé.

—¡Ah, no! —Levantó las palmas de las manos—. ¿Sigues con ese rollo de intentar liarme con ella?

—Bueno, no era yo la única que quería, mamá también lo pretendía y casi más que yo. Total, invitarla alguna vez a ir al cine y a cenar algo, cuando estés por Vancouver, no te va a hacer ningún mal.

—¡Por supuesto que no! —enfatizó—. Pero, quizás, tendría que acabar quitándomela de encima y, sinceramente, no tengo ganas de ningún tipo de escenita con nadie y menos con tu mejor amiga.

—Tal vez alguno de tus colegas no le haga tantos ascos a la pobre. No tenía pensado hacerlo, pero a lo mejor la invito a tu cumpleaños y a ver si alguno se interesa más por ella que tú. Julie, además de inteligente, es dulce y supersimpática.

—Si yo aprecio todas sus virtudes, solo que no estoy interesado ni en ella ni en nadie, a ver si te enteras. —Comenzó a dar paseos cortos por la estancia—. Y de mis amigos, olvídate, te aseguro que no están interesados tampoco en salir con nadie.

—¡Oye! No estaréis metidos en alguna secta, ¿verdad?

—¡Pero... qué tonterías dices, Angie! ¿Por qué piensas eso?

—Yo que sé, me tenéis confundida. ¡Ni tus amigos ni tú os comportáis como la gente de vuestra edad! No salís con nadie, no os interesan las chicas ni a ella los chicos. No sois gais, pero pasáis del tema. ¿Os habéis acostado alguna vez con alguien?

—¡¡Angie!! ¡Eso no es de tu incumbencia! —gritó.

—¿Acaso quieres acabar tan solo como Orson? Porque, al final, es lo que conseguirás. No creo que sea una buena influencia para ti, Mike. En cuanto pase todo el tema de la herencia, cambiaremos de abogado. No quiero que él nos siga llevando los temas legales de la familia. Tiene el control absoluto sobre nuestras vidas.

—Pero... ¿tú te has vuelto loca? ¿Y, ahora, por qué la emprendes contra él? ¿Y por qué te preocupa tanto la vida íntima de mis amigos?

—Puede ser porque hacéis cosas extrañas, impropias de la gente de vuestra edad. Oráis sin importaros dónde ni delante de quién.

—¿Y qué tiene de malo rezar? Muchos jóvenes lo hacen y nadie se extraña por ello.

—Sí, en la intimidad de sus casas o cuando van a misa. También os saludáis de manera extraña y muy personal. Y en tu caso, vistes un poco más informal, pero ellos parecen sacados de un catálogo de Burberrys, tan atípica y elegantemente para los años que tienen; hablan como si tuvieran treinta, se visten como si tuvieran cuarenta y se comportan como si tuvieran cincuenta.

—¡Francamente, estás rara! —exclamó, derrotado—. Debe ser el cansancio. Iré a preparar el té. ¡Por cierto! —dijo mientras se giraba—. Has comentado algo sobre una invitación a mi cumpleaños. ¿Sigues pensando en hacer la dichosa fiestecita? ¡No serás capaz después de la tragedia que acaba de ocurrir! —espetó, cruzándose de brazos.

—Diariamente ocurren tragedias y no por eso se para el mundo —hablé sin mirarle a la cara—. La vida sigue y nosotros avanzamos con ella. Tu cumpleaños llegará y lo celebraremos como estaba previsto. Además, para uno que le hacía ilusión a mamá y a papá, tanto como a mí, haz el favor de dejar que te lo prepare. Y no admito un no por respuesta ni una ausencia por tu parte, porque soy capaz de enviarte a esos tres bigardos que tienes por amigos tuyos para localizarte allá donde estés y traerte a rastras si hace falta, ¡así que no me tientes, por favor! Ya supe, por Zaffie, que intentaste que no me cogieran el teléfono para hablar con ellos, ¡lo cual es de una bajeza que no te honra, la verdad!

—¡Menuda bocazas! Lo que es una bajeza es que se ande chivando a mis espaldas. Ya le preguntaré yo, cuando la vea, a quién guarda más lealtad. Ahora, siéntate y relájate, que te veo un poco tensa, vuelvo enseguida. —Se giró y se perdió con sus pasos camino de la cocina.

Me quedé mirando el fuego, cuyas llamas bailaban sin parar. El calor que desprendían se acomodó en mi cuerpo y un sopor agradable me envolvió. Calculé el tiempo que llevaba sin pegar ni ojo y me pareció excesivo.

A pesar de que llevaba casi dos años de azafata de vuelos transoceánicos y de que nuestro organismo se recuperaba de los cambios de huso horario en un tiempo récord, comparándolo con cualquier otra persona, lo de esta vez había sido una machada en toda regla.

El cansancio, la fatiga y el *jet lag* sucumbieron a las llamaradas azules y grana que se elevaban dentro de la chimenea. No pude mantener más tiempo abiertos mis párpados y mi mente paró su actividad.

—¡Angie... Angie! —escuché a Michael entre sueños—. Toma el té caliente antes de dormirte, te sentará bien. ¿Te apetece un sándwich o un trozo de bizcocho?

—No, no, nada de comer. Tengo el estómago completamente cerrado. —Él me tendió la taza humeante y se sentó a mi lado, se quitó los zapatos y se abrigó con parte de la manta, mientras me rodeaba con su brazo libre, sosteniendo en la otra mano su propia taza.

—Con limón y miel, como a ti te gusta —oí que decía.

Bebí un poco y el líquido caliente bajó por mi garganta, templándomela con su exquisito dulzor. Mantuve la taza entre mis manos y apoyé la cabeza sobre su pecho.

—Siento haberte molestado con tanta pregunta —susurré.

—No te preocupes. Es normal que sientas curiosidad. Llevamos años que no hemos tenido tiempo para contarnos nada; así que perdóname tú a mí por haberte tenido tan abandonada. Los estudios me han absorbido por completo y en esta última etapa de formación me siento alejado de todo lo mundano y centrado, únicamente, en un crecimiento espiritual que me hace olvidar ciertas cuestiones terrenales. Lástima que lo único que me haya bajado de las nubes haya tenido que ser ese maldito accidente. Al menos, quiero creer que con la fiesta de sus bodas de plata les hicimos una especie de despedida; o quizás sea una manera demasiado pobre de rellenar el inmenso vacío interior que siento tras su pérdida.

Alcé la mirada, somnolienta, para posarla sobre él con cara de incredulidad, ya que mi hermano siempre me pareció bastante más cartesiano que todo eso; pero, al mismo tiempo, reafirmando el hecho de que yo sentía lo mismo que él.

La voz de Michael se alejaba, poco a poco, mientras mi mente enlazaba imágenes respecto de lo que contaba y mis propias ensoñaciones previas a la vigilia; gente a la que hacía tiempo que no veía, saludándome durante el funeral, el ataúd de mi madre, los amigos de Mike rezando, la mirada penetrante de aquel chico extraño en el jardín del tanatorio, cuya sonrisa siniestra me perturbaba, la hermosura de mi padre aun después de muerto... y muchas otras imágenes inconexas de lo acontecido en ese día que me arrullaron en un duermevela que consiguió vencerme por completo.

Michael me quitó de las manos la taza de líquido que seguía aún caliente y me cogió en brazos. Por un instante, recordé a mi padre cuando de pequeña me llevaba del sofá a la cama, medio dormida, y después mi madre nos arropaba a Michael y a mí, despidiéndonos con un beso y un deseo de buenas noches: «¡Soñad cosas bonitas, ángeles míos!».

La evocación de un patio andaluz con balcones cubiertos de flores me embargó por completo al sentirme envuelta en el aroma a jazmín transportado por la suave brisa que rozaba mi cara.

Entreabrí los ojos y una tenue luz alcanzó mis párpados. Los cerré pesadamente, aunque los volví a abrir al percatarme de que el aroma se mantenía en el cuarto y de que la suave brisa provenía del aliento fresco de alguien que estaba a escasos centímetros de mí, observándome de cerca; demasiado cerca, tal vez.

Las persianas de la habitación estaban medio bajadas y apenas dejaban pasar la luz exterior; por un momento pensé que sería Mike, pero, poco a poco, pude apreciar el rostro afable de alguien que no me esperaba encontrar allí.

—¡Raffaele! —estirándome sin timidez, restregué mis ojos y me incorporé un poco para apoyarme sobre los almohadones.

—*¡Buonasera, principessa!* —respondió él.

—¿Qué haces aquí? —Revisé la habitación con un simple vistazo, esperando encontrarme en algún rincón a todo su clan de amigos—. ¿Y los demás?, ¿dónde están?

—Estamos solos —respondió—. Perdona si te molesta que haya irrumpido en tu cuarto de este modo.

—No, no te preocupes. Es que se me hace extraño verte separado del resto. Me he acostumbrado a veros siempre en grupo.

—Quería ver si te encontrabas bien, dado que casi está anocheciendo y me ha llamado tanto la atención tu rostro plácido y sereno que he sentido la necesidad de parar a observarte. No te habré despertado, ¿verdad?

—¡No, qué va! Casi diría que has hecho más real el sueño en el que estaba inmersa. Hueles como el aroma que percibía en él.

—Espero que fuese un aroma agradable. No me gustaría haber perturbado tus sueños.

—Jazmín —confirmé—. Siempre hueles como un patio lleno de jazmines.

—¡Gracias por el cumplido! —sonrió—. Tú eres más hermosa que cualquiera de ellos.

Me hizo soltar una carcajada, porque era lo último que hubiese pensado que diría al verme medio adormilada aún.

—Pues te aseguro que no me siento como ninguna flor. Tal vez, después de una ducha, me sienta tan fresca como si el rocío de la mañana se hubiera posado sobre mi piel. —Mantuve la sonrisa en los labios y entorné los ojos, acomodándome en el despertar—. Acabas de decir que está casi anocheciendo, ¿qué hora es?

Y echando un rápido vistazo a su cronógrafo, contestó:

—Las cinco menos diez de la tarde.

—¡Dios! ¿Tanto he dormido? ¡Son casi quince horas! —exclamé.

—Las quince pasaron hace un rato. Según Michael, te metió en la cama a las diez de la noche. No quería dejarte aquí sola mientras íbamos al supermercado y ha preferido que nos quedásemos Jophiel y yo para que no te encontrases la casa vacía al despertar.

—A veces, me sigue tratando como si fuera una cría —dije, un tanto ofendida—. Siempre me despierto sola en los hoteles de medio mundo. Aunque... la verdad es que no me encuentro nunca a nadie tan atractivo mirándome fijamente cuando despierto —confesé.

Me devolvió una mirada tan cautivadora que me hizo desear parar el tiempo y quedarme allí, llenando mi alma con la energía que transmitía.

De pronto, la luz del cuarto se encendió con brusquedad y me sobresalté, teniendo que taparme los ojos con las dos manos.

—¡Creía que no ibas a despertar nunca, dormilona! —la voz de mi hermano sonó como un taladro dentro de mi cabeza.

—¡Michael, bruto, casi me destrozas las pupilas! —exclamé.

—A quien se las voy a destrozar, por no quitarte ojo de encima, va a ser a este espabilado. —Hizo un movimiento con la cabeza en dirección a su amigo—. Raffaele, ven conmigo a la cocina un momento, por favor, tenemos que hablar de un asunto importante.

—¡Desde luego, eres el perfecto aguafiestas! —dijo Raffaele mientras se levantaba del borde de mi cama—. ¿No dijiste que no nos apartásemos de ella?

—Os dejé aquí, a Joph y a ti, para que no se encontrase la casa vacía cuando se despertase; no para que la vigilases tan de cerca —enfatizó mi hermano.

—A ver si ahora no voy a poder pasar un rato a solas con una chica guapa —continuó diciendo Raffaele, mientras encendía la pequeña lámpara de mi mesilla, que emitía una luz ahumada, y apagaba la del techo para que no continuase molestándome.

—No con mi hermana, desde luego —le contestó Michael de manera cortante.

—¡Parad de una vez los dos! —ordené, alzando la voz—. Y, ahora, salid de aquí que tengo que ducharme y arreglarme un poco.

—Tómate tu tiempo que todavía tengo que preparar la cena —dijo Mike.

Y ambos salieron de mi habitación con gesto ceñudo al enfrentar sus miradas.

¡Vaya pique más tonto que se había cogido mi hermano con su amigo! No entendía por qué se había puesto así.

Hasta donde yo sabía y descartando lo de que fuesen homosexuales, como ya pareció haberme dejado claro, Raffaele estaba libre. ¿O... no? ¿A quién trataba de defender Mike? ¿A su amigo o a mí? Se lo preguntaría más tarde, porque ya era hora de que dejase de tratarme como a una niña pequeña.

Además, ni en el mejor de mis sueños hubiera podido imaginarme que alguien como Raffaele mostrase interés por mí; y menos con el aspecto que tenía después de casi tres días sin haber podido pisar una ducha.

Me levanté de la cama y fui al armario en busca de algo que ponerme. Había ropa interior, bikinis y unas camisetas y vestidos de verano, ya que yo por Sooke rara vez aparecía en época fría. Por suerte, mi madre aprovechaba para guardar allí mucha de su ropa de temporada y pude elegir, entre todo lo que había, algo cómodo y abrigado que ponerme.

La ducha repuso mis músculos aletargados y me despejó, permitiéndome analizar, de nuevo, la reacción tan exagerada que había tenido mi hermano.

Era verdad que quizás fuese frívolo por mi parte comportarme de aquel modo e incluso cruzar unos piropos con uno de sus mejores amigos en el momento tan triste por el que pasaban nuestras vidas; pero lo que estaba claro, y así me lo hicieron ver mis padres siempre, era que la vida continúa para aquellos que se quedan y que hay que disfrutarla, sobre todo, si lo que te aporta es felicidad.

En aquella última semana habían flirteado conmigo dos hombres, a cuál más atractivo, a los que no sabía si volvería a ver en mi vida y que me hicieron olvidar, por un momento, el dolor tan profundo que sentía en mi corazón; con lo que me podía permitir un poco de frivolidad sin miedo a acabar en el infierno por responder a sus halagos.

Vale que Mike no estuviera interesado en nadie, pero a mí no me amargaban los dulces.

Me cepillé los dientes, cuando salí de la ducha, y sin secarme el pelo me hice un moño alto y me puse un jersey de lana esponjosa, en color marfil y cuello vuelto, y unos pantalones *strech* en tono tierra. Me vaporicé con mi perfume habitual, me calcé unas botas planas, mullidas y cortas, también de mi madre, y salí de la habitación.

Al bajar las escaleras, oí de fondo el murmullo de la televisión. Joph escuchaba con atención las noticias de las cinco, mientras Gabriel y Zaffie jugaban una partida en el ajedrez hecho de piezas de alabastro que mi padre se trajo de Tikal, en Guatemala, cuando fue a restaurar unos frescos encontrados sobre la civilización Maya.

A pesar de estar puesta la calefacción, el fuego de la chimenea reflejaba un ambiente cálido y acogedor.

—¡Buenas noches a todos! —saludé desde la puerta.

—¡Angie, ya tienes mejor cara! —exclamó Gabriel—. Ahora, a ver cómo regulas tu sueño con todo lo que has dormido.

—¡La noche es joven! —dije, apoyándome en el dintel de la puerta—. Igual, después de la cena, me veo una tanda de películas cómicas para pensar poco y reír algo. Voy a por Mike, ¿sabéis si está en la cocina?

—Sí —respondió Joph—, Raffaele le acompaña de pinche. No han querido que entrásemos a ayudarles. Parece que preparan un banquete de primera.

—Por cierto, no dormisteis aquí anoche, ¿verdad?

—No, estamos alojados en Sooke, en un hotelito familiar con vistas al mar —contestó Gabriel.

—Voy a regañar a mi hermano, ¡qué poco hospitalario! —exclamé—. En esta casa hay espacio suficiente y podéis quedaros aquí.

—No te preocupes. Nos quedaremos solo una noche más —dijo Zaffie—. Mañana temprano regresamos nosotros cuatro a Seattle. Todo el tiempo que podáis estar Michael y tú a solas, aprovechadlo.

—De acuerdo, pero ya lo sabéis si venís otra vez —dije a modo de invitación—. Voy a ver cómo van y cuando esté todo listo, os aviso para cenar.

Llegué a la cocina, que estaba al final del pasillo derecho, guiándome por el delicioso aroma que había en el ambiente. Y cuanto más cerca me encontraba de aquella puerta cerrada, más clara se oía la voz de Michael discutiendo acaloradamente.

Conseguí abrir con cuidado, sin que se notara, y accedí al pequeño comedor que había antes de entrar a la cocina. La luz en aquel *office* estaba apagada, por lo que pude ocultarme sin problema. El banco rústico de madera lacada me tapaba, en caso de que desviasen la mirada hacia mí; sin embargo, me agaché, simulando que buscaba algo en la estantería donde mi madre guardaba sus libros de cocina. Así, si me pillaban escuchando, al menos, no me moriría de la vergüenza.

—¡Te digo que te mantengas alejado de ella, Fael! ¿Lo entiendes? —la voz de Mike no parecía en absoluto amigable.

—¡Michael, tranquilo! —exclamó Raffaele, intentando apaciguarle—. ¿Qué tiene de malo que me relacione con tu hermana?

¡Dios, hablaban de mí!

—¡¡Tú ya sabes lo que tiene de malo!! No puedes y no debes verla nada más que como a una humana cualquiera, ¡así que no me hagas tener que repetírtelo de nuevo!

—Pero para mí es más que eso —argumentó Raffaele—. Es una mujer excepcional, digna del padre que tuvo. Y no he podido evitarlo, Mike. Me sentí atraído por ella desde el día en que la conocí.

En ese momento, uno de los taburetes que rodeaban la isleta central donde se guisaba cayó al suelo de manera estrepitosa.

Alzando un poco la cabeza vi a Mike, completamente furioso, agarrando por el cuello de la camisa a Raffaele.

—¡¡No quiero que te acerques a ella!! ¡¡Te lo prohíbo terminantemente!! —gritó—. ¿Me oyes? ¡¡Estás enfermo!! ¡No puedes hacerle eso, no te lo permitiré!

—Michael, cuando la conocí era muy joven, pero, poco a poco, se ha convertido en una mujer muy hermosa. No lo pude evitar y tú lo sabes. Lo mismo le ocurrió a tu padre con tu madre.

—¡¡Eso fue distinto, maldita sea!! —enfatizó Mike, soltándole mientras le empujaba de manera brusca—. Mi madre no tenía a nadie que la defendiera como yo puedo hacer con Angie.

—¿Por qué te lo tomas de ese modo? —preguntó el amigo de mi hermano—. He visto cómo me mira ella a mí también. La atracción es mutua.

—Ella es demasiado joven y tú deslumbras a cualquiera. ¡Ve y hazlo con alguna otra, pero no con ella! ¿Me has comprendido? No dejaré que condenes su vida eternamente.

Ya había escuchado suficiente. Michael cada vez se estaba enfureciendo más y temía que hiciese algo de lo que más tarde se pudiera arrepentir. No sé a qué venía todo aquello, pero tenía que pararlo.

Me levanté e hice ruido en la puerta que estaba cerrada detrás de mí, como si acabase de entrar, mientras bostecé, simuladamente, antes de dirigirme a ellos:

—¡Hola, chicos!

Mike, en ese momento, se giró hacia mí y preguntó con cara de pocos amigos:

—¿Llevas mucho tiempo ahí parada?

—No, acabo de llegar. Los otros me dijeron que estabais aquí preparando la cena. Vengo a ver si puedo echar una mano. ¿Qué estás cocinando?

—Guiso de toro. Casi está listo —respondió, relajando un poco más el tono y dirigiéndose a la encimera para desconectar la placa de inducción donde tenía colocada la olla exprés.

—¿Toro? Nunca lo he comido. ¿Y venden esa carne por aquí? —pregunté, extrañada, ya que en aquella isla se consumía, sobre todo, pescado y marisco.

—Mamá la guardaba congelada —respondió, sin mirarme.

—¿Y a qué sabe? —pregunté de nuevo.

—Parecido al buey —indicó Raffaele, mientras volvía a poner en su sitio el taburete que se había caído al suelo durante la discusión—. Es una carne recia, pero muy suculenta si se prepara bien y tu hermano es un experto cocinándola.

—¡Qué halagador! —quise templar el ambiente con aquel comentario—. ¿Verdad, Mike?

—Sí, súper —contestó mi hermano, al tiempo que soltaba una mueca de desagrado.

—¡Huele rico! —Y me acerqué al centro de la cocina intentando ponerme en medio de los dos.

—Mejor sabrá. —Mike soltó la frase que mi madre usaba cada vez que alabábamos alguno de sus platos—. Ya que estás aquí, quédate conmigo y me ayudas a preparar el postre. Raffaele irá a montar la mesa en la terraza cubierta.

—No sé si encontrará las cosas, mejor la pongo yo.

—¡No! ¡Tú te quedas aquí conmigo! —ordenó—. Fael y los demás se las apañarán.

Al pasar cerca de mí, Raffaele esbozó una ligera sonrisa y salió por la puerta sin hacer comentario alguno.

Cuando oí sus pasos alejarse, me giré hacia mi hermano para preguntarle:

—¿Te encuentras bien, Mike? Me ha parecido que discutíais según venía hacia aquí.

Esperó un rato antes de darme una contestación, mientras cerraba la nevera después de haber sacado el queso blanco para preparar el postre.

—Angie, ¿sería mucho pedir que intentes no relacionarte demasiado con los chicos de mi pandilla? Especialmente con Raffaele.

—Son amigos tuyos, Michael. Me gusta ser agradable.

—Me refiero a nivel íntimo, si es que llegase a gustarte tanto como para pensar en enrollarte con él. Sé lo persuasivo que puede llegar a ser y mi deber es protegerte contra sus artes —advirtió.

Yo me limité a empezar a preparar el postre, en platos individuales, con los ingredientes que me presentó por separado: queso fresco, miel y nueces de macadamia.

—Parece que estuvieses hablando de un casanova cualquiera.

—Raffaele tiene muchas virtudes, pero… en ese terreno te tengo que prevenir. No quiero que te rompa el corazón o, peor aún, que se apropie de él.

—Ya me cuidaría yo —confirmé—. No debería preocuparte tanto, es íntimo amigo tuyo; además, he de reconocer que me halaga su manera de tratarme —me sinceré—. Mejor si me enrollo con él y no con un perfecto desconocido, ¿no crees?

—¡Angie, hazme caso, por favor, y no bromees con esto! —dijo al tiempo que daba un golpe con el puño sobre la encimera—. Sé que me comporto como el típico hermano mayor, pero Raffaele no te conviene en absoluto. Cualquier otro mortal no me preocuparía tanto como él o alguno de los otros.

—Lo planteas como si fuesen pervertidos sexuales. Más que prevenirme, me estás asustando, la verdad. ¿Y qué es eso de mortal? ¿Por qué hablas así? Mortales somos todos.

Mike dejó de preparar la guarnición de cebollitas francesas caramelizadas que se disponía a cocinar y se acercó a mí.

—No es mi intención asustarte, lo siento. Y no es tanto por lo que pueda hacerte estando contigo, como por lo que tú puedas llegar a sufrir si te relacionas con él. No dejes de pensar en mis palabras si te encuentras alguna vez tentada de estar a solas con Fael más tiempo de la cuenta —se separó de mí y volvió a retomar su trabajo en la cocina—; además, no hay nada peor que prohibirle a alguien algo para que salga corriendo en esa dirección, en vez de en la contraria. Así que míralo de modo preventivo, ¿lo harás?

—Bien, lo tendré en cuenta —respondí para tranquilizarle.

Continuamos con nuestras labores culinarias, evitando seguir hablando de ese tema.

Había que reconocer que estaba sorprendida por lo que había escuchado hablar entre ellos, pero si Mike me prevenía de aquel modo, sería por algo; y, por suerte o por desgracia, él le conocía mejor que yo.

Todo aquello me mantuvo callada durante buena parte de la cena.

La mesa con velas la prepararon entre todos, en la terraza cubierta que daba acceso directo al embarcadero en el que mi padre tenía atracado su barco. La bahía se veía especialmente bonita aquella noche, reflejando la luz de la luna creciente sobre sus aguas.

Conseguí evitar las miradas que me lanzaba Raffaele. Me preocupaba que Michael se diera cuenta de ello y que se volviera a armar la gorda entre los dos. Mike permaneció serio y pensativo hasta que Gabriel empezó a contar sus chistes más recientes, que consiguieron disipar su mal humor. Cuando terminamos el postre, los chicos se ofrecieron a recoger la mesa y prepararon una infusión, mientras las chicas hablábamos de nuestras cosas.

Comencé a tener frío y me excusé con Zaffie para ir a mi habitación a ponerme algo que me abrigase más.

Al encender la luz, me encontré dentro a Raffaele.

—¡Dios, qué susto me has dado! —el corazón se me salía del pecho—. ¿No estabas en la cocina con los otros?

Saqué una chaqueta del armario, me la puse con dedos temblorosos y me dirigí hacia la salida. Él me cortó el paso y cerró la puerta muy despacio, quedándonos encerrados los dos en mi habitación.

—Será solo un momento —dijo, sin retirar la mano de la puerta.

—Como a Mike se le ocurra subir a buscarme, esto no le va a gustar nada. Ya viste cómo se puso cuando me despertaste esta tarde. —Tragué saliva, intentando disimular la tensión. No sabía si se abalanzaría sobre mí y tendría que darle una patada en la entrepierna; aunque, la verdad, no me apetecía nada hacer eso. Seguro que si se lanzaba sobre mí, yo no alcanzaría ni a soltar medio grito.

—Angie, no tengas miedo, no voy a hacerte nada. Solo quiero decirte una cosa antes de marcharme, porque seguramente no te veré en varias semanas; y eso si sigue en pie lo de la fiesta de tu hermano.

—Sí, sí, lo de la fiesta sigue en pie. Y te agradezco que nos prestes tu casa para hacerla. Por cierto, ¿estás seguro de eso? ¡Igual te la destrozan!

—Mi casa es vuestra casa —dijo—, haría lo que fuera por tu hermano.

«Relativamente», pensé.

Ahora mismo se estaba saltando una orden suya.

La cercanía de Raffaele empezaba a aturdirme, pero recordé la advertencia de Michael e instintivamente di un paso atrás.

—¿Y… qué es lo que necesitas decirme, Fael? —Pensé en llamarle de la manera tan familiar en que lo hacía mi hermano. Quizás eso lo ayudara a mantener las distancias conmigo, por poco que yo lo deseara. La tentación empezaba a ser irresistible.

—No quiero irme sin saber si aceptarías en algún momento que nos encontrásemos tú y yo, a solas. Simplemente, para hablar sin la presión de saber que tu hermano puede ponerse como una fiera.

No sabía qué contestar. Raffaele era de lo más cortés y educado y su rostro emanaba tanto sosiego y calma que, francamente, me costaba imaginar que fuera un pervertido.

—Bueno... si alguna vez necesitas hablar, yo podría ir a Seattle —respondí, evasiva.

—O yo podría ir a visitarte a tu casa en Vancouver. Vas a pasar algunos días allí antes de incorporarte al trabajo, ¿verdad?

¡Ah, no, conmigo a solas en casa ni en broma!, ¡era demasiado riesgo! Además, si Mike se enteraba, era capaz de pillar un avión para corrernos a palos a los dos, solo de imaginarse que estábamos en la cama.

—Es mejor que quedemos a comer en un restaurante —contesté, para salir del paso.

Ya resolvería más adelante si quería quedarme a solas con él más tiempo del necesario. Si no, seguro que caería en sus brazos. ¡Motivos no faltaban!

—¡Vaya, vaya! Michael ha hecho bien su trabajo, ¡¿eh?! Ha conseguido confundirte y que me veas como a un monstruo —dijo, cruzándose de brazos—. No te preocupes, Angie, conmigo puedes estar tranquila. Nunca se me ocurriría hacer algo que tú no quisieras primero. ¡Palabra de honor! —Y cruzó su pulgar sobre los labios y el pecho, al tiempo que me miraba con aquellos hipnóticos y maravillosos ojos azules.

Pero el problema radicaba precisamente en eso, ya que yo no estaba tan segura de que no quisiera que ocurriera algo con él.

Mike me trataba como a una niña, ¿acaso no era ya mayorcita para saber lo que me convenía y lo que no? Ya tenía experiencia suficiente con chicos, hacía meses que no salía ni me acostaba con nadie, la atracción parecía mutua y tenía que llegar el entrometido de mi hermano y chafármelo con no sé qué misteriosa apreciación negativa de aquel galán maravilloso que era capaz de derretir a cualquiera.

—¡De acuerdo! Si quieres, nos vemos en Vancouver pasado mañana. Comeremos en el restaurante Lion d'or de la calle Babylon a la una. Ya sabes mi número. Si no puedes venir, avísame. —Tuve que apartarle hacia atrás, posando mis manos sobre su torneado pecho, mientras él esbozaba una sonrisa victoriosa.

—Allí nos veremos —dijo, abriendo la puerta y echándose a un lado para dejarme pasar.

Salí rápidamente de allí, temiendo encontrar a mi hermano en el pasillo.

Me llevé las manos a la cara para intentar recomponerme de lo que había sido una conversación traicionera, a espaldas de Michael, y no pude evitar apreciar el aroma que se había grabado en mis manos al posarlas sobre la camisa de Raffaele; una suave mezcla de jazmín y miel que embriagaba los sentidos.

¿Por qué todo tenía que ser tan difícil?

Me metí en el baño para lavarme las manos y evitar que Michael percibiese el olor de su amigo en mí. Odiaba mentir de esa manera, pero no me quedaba otro remedio. Total, quedar a comer con Fael no me haría ningún mal, aunque mi hermano pensase lo contrario.

La noche continuó tranquilamente. Michael no pareció notar la ausencia momentánea de Raffaele y la conversación discurrió en torno a qué película veríamos después de que se marchasen todos al hotel.

Cuando llegó el momento de irse, Zaffie y yo prometimos vernos en Seattle unos días antes de la fiesta de Mike para organizarla.

Todos se despidieron dándome un fuerte abrazo y un beso en la mejilla; excepto Raffaele, que solo pudo estrecharme la mano, ya que Mike se mantuvo muy pegado a mí para evitar que se me acercase demasiado.

A la mañana siguiente, mi hermano y yo deshicimos todo el equipaje de nuestros padres y lo colocamos en los armarios. Vaciamos la nevera y recogimos todo para mantener la casa cerrada, por lo menos, hasta la primavera; momento en el que volveríamos con Anita para hacer limpieza general.

Mientras Mike conectaba la alarma, yo cogí las urnas, el bolso, mi maleta y me metí en su coche. Terminamos yendo a una de las tabernas del puerto para picar algo rápido.

Allí se escuchaba el cantar de las gaviotas, el ambiente olía a salitre, las olas chocaban contra el casco de los barcos y la brisa marina nos acariciaba al caminar. En verano, aquellos detalles te cargaban de energía gracias a los cálidos rayos de sol y la temperatura que se disfrutaba; pero, por esas fechas, con bastante menos gente andando por el muelle y con aquel frío que calaba los huesos, esos mismos detalles tan solo te colmaban de una melancolía arrolladora.

Mientras comíamos ensalada de cangrejo y unas gambas en tempura, le pregunté si se llevaría una de las urnas a Seattle.

—Compré en el tanatorio un maletín para llevar las dos juntas. Creo que lo mejor será que te las lleves tú a Vancouver, hasta que sepamos qué tenemos que hacer con ellas.

—Gracias, me encantará tenerles conmigo en casa —dije, sonriendo—. Pero me imagino que habrá que declararlas en el aeropuerto. Deberíamos salir ya, no vaya a ser que pierda el vuelo por ello.

Cuando llegamos a la terminal, me dijeron que no necesitaba ninguna autorización para transportar las cenizas como equipaje de mano y conseguí la tarjeta de embarque para el vuelo que salía a las dos de la tarde.

—¿Cuándo volverás a trabajar? —me preguntó.

—No lo sé todavía. Ahora mismo me siento incapaz. Descansaré un par de días y luego veré si me incorporo o solicito que me adelanten las vacaciones, si es que fuese posible.

—Bien, pues te llamaré en estos días. Te quiero, hermanita —y me besó en la mejilla antes de darme un fuerte abrazo—, cuídate.

—Tú, también, Mike. Te quiero.

Y emprendí mi marcha camino de la puerta de embarque, junto con el equipaje de mano más atípico que nunca hasta ahora había llevado encima.

Raffaele

Al levantarme a la mañana siguiente, reservé una mesa en el Lion d'or, un pequeño restaurante francés donde mis padres iban a comer cada viernes de los que estaban en Vancouver juntos, y adonde les acompañábamos Mike y yo si estábamos en la ciudad.

Escuché a Anita moverse por la planta baja. Cuando llegué al salón, la encontré rezando frente a las urnas de mis padres, que yo había dejado sobre la mesa la noche antes.

Era una mujer entrañable y una más de la familia. Cuidaba y velaba por todos y en ese momento entendí el trance por el que estaría pasando. Viuda desde hacía doce años, había tenido que sacar adelante a sus hijos ella sola. Yo tenía nueve años cuando mi madre la contrató. Se presentó una tarde, junto con otras, para hacer una entrevista; y fue mi padre quien le aconsejó a mi madre que la eligiese a ella, ya que Anita aseguró hacer un espectacular chili con carne, receta de su familia. Nunca supimos si se lo ganó directamente por el estómago o porque él supo ver la necesidad que ella tenía y las dificultades por las que pasaba en ese momento, estando completamente sola en aquella ciudad y con dos hijos en edad adolescente.

Una vez que empezó a trabajar en nuestra casa, se corrió la voz de la maravillosa asistenta que teníamos. Muchas vecinas le ofrecieron más sueldo para conseguir que se fuese con ellas, pero Anita siempre nos fue fiel. Mi madre confiaba en ella plenamente y la dejaba al frente de toda la casa. Por eso, el día que decidieron trasladarse a la isla sabían que, al dejarme a mí sola en la casa de Vancouver bajo la atenta supervisión de Anita, estaban dejando tanto a su hija como a sus bienes en las mejores manos posibles.

En los viajes que mis padres emprendían durante semanas enteras, Anita se comunicaba con mi madre por ordenador, poniéndola al día de lo ocurrido a lo largo de la semana. Ella se encargaba de llamar a la gente de mantenimiento cuando se les necesitaba, sabía qué comprar para tener abastecida la nevera y la despensa y, aunque mi madre cocinaba cuando estaba en casa, Anita era su sustituta en caso de que ella tuviera el día ocupado con sus cursos. Aprendió todo lo referente a cocina española de mano de mamá, que a su vez fue enseñada por mi abuela María. Anita guardaba todas sus recetas escritas a mano y en ese momento me acordé de que tenía que pedirle que me las dejara copiar. Michael tenía un don especial para la cocina, pero yo seguía una receta hasta con el plato más sencillo porque siempre se me olvidaba algo que, en algunos casos, variaba su sabor por completo.

Cuando Anita dejó de rezar, limpiándose unas lagrimitas con el dorso de la mano, me acerqué hasta ella.

—Anita, hoy no comeré en casa.

—¡Ay, mijita, estás ahí! —contestó, sobresaltada—. ¿Y llegarás tarde?

—No creo. Lo mismo llamo a Julie por si le apetece pasar a ver una película.

—¡Órale! Pues ahorita mismo les preparo cena a las dos.

Llegué al restaurante diez minutos antes de la hora prevista. El *maître,* tras darme el pésame por la muerte de mis padres, me llevó a una mesita que habían reservado situada en un rincón del salón. Estaba iluminada por una pequeña lámpara de estilo años veinte, con mantel y servilletas de hilo y cristalería de Bohemia, lo que le daba al ambiente un aire romántico y muy íntimo.

Raffaele llegó puntual a la cita. Se quitó el chaquetón marinero para dejárselo al camarero y mientras caminaba en mi dirección, mantuvo su mirada sobre mí, esbozando una sonrisa cautivadora, como era costumbre en él.

A su paso por una de las mesas que ocupaban tres señoras de mediana edad que se disponían a almorzar, estas se giraron para posar la vista en su anatomía. La camisa verde desteñida y los pantalones vaqueros de color amarillo que llevaba hicieron que aquellas tres le dieran tal repaso de arriba abajo que hubieran avergonzado a cualquier actor de cine erótico.

Se inclinó para besarme en la mejilla y volví a reconocer en él aquel aroma a jazmín y a miel que ya empezaba a quedarse grabado en mi memoria olfativa.

—¿Qué tal lo llevas? —preguntó mientras se sentaba.

—Algo mejor —respondí—. Aunque me acuerdo de ellos en todo momento.

—Al menos, ya no tienes ojeras. Eso está bien —hizo la observación.

—Creía que me resultaría más difícil dormir en casa, pero todo lo contrario. Sin embargo, de día prefiero pasar tiempo fuera de allí, si no, me entra la melancolía y empiezo a llorar sin poder remediarlo. No sé cuándo seré capaz de recolocar sus cosas. Por el momento, lo he dejado todo como si fueran a entrar por la puerta mañana mismo.

Raffaele se limitó a asentir con la cabeza mientras desplegaba la servilleta para colocársela sobre las piernas. Su vestimenta era bastante más informal que de costumbre y llevaba el pelo un tanto revuelto por el viento con el que amaneció Vancouver aquel día, lo que le daba un aire mucho más desenfadado y juvenil.

—¿Encontraste bien el sitio? —pregunté.

—Sí, internet y los taxis son una maravilla.

—¿Y has conseguido darle esquinazo a mi hermano sin que sospechara?

—Había quedado a comer con Orson y después iban al despacho para leer la última voluntad de tus padres con respecto a sus cenizas. Para cuando me eche de menos, ya estaré de vuelta.

El *maître* nos presentó la carta menú y la de vinos. Rechazamos la segunda y pedimos ensalada y su especialidad de pato con mermelada de arándanos. Para beber yo tomé agua con gas y él pidió leche fría.

Nunca había visto a nadie tan adulto beber leche en cada comida. La noche de la cena en la isla no bebieron otra cosa, salvo la infusión con la que terminamos.

—¿Lo de la leche entre vosotros es una promesa o qué? Tiene que ser muy indigesta al tomarla con alimentos salados.

—No demasiado, el organismo se acostumbra —respondió, dando un largo sorbo de su vaso.

—Mi padre tomaba mucha, también, y Mike le ha copiado. Sin embargo, yo no la puedo soportar; solamente la de soja, con los cereales, y muy de vez en cuando.

Fael se fijó en mi blusa abierta y en el llamador que colgaba de mi cuello reposando sobre mi pecho.

—¡Bonita joya! Aunque no tan bonita como tú —se apresuró a decir.

—Gracias por partida doble —sonreí—. Fue un regalo que le hizo mi padre a mi madre. —Rocé el llamador con la mano para centrarme y tener todos los sentidos agudizados frente a lo que tuviera pensado ir a decirme en aquel encuentro.

Nos sirvieron la ensalada y me limité a empezar a comer, esperando a que sacase cualquier tema de conversación.

—¡Angie! Llevaba algún tiempo esperando a que se produjese algún encuentro entre nosotros y... Bueno, este no ha sido el momento más propicio para ello. Yo esperaba que fuese en la fiesta de cumpleaños de tu hermano en mi casa, pero quizás el destino haya querido cruzarnos antes. Así que lo primero que quiero hacer es darte las gracias por haberte atrevido a quedar hoy conmigo, a pesar de los esfuerzos que hizo Michael para que me evitases a toda costa.

—¿Y tú cómo sabes que mi hermano trató de ponerme en tu contra? ¿Acaso tienes la mala costumbre de escuchar detrás de las puertas?

—Yo no, pero tú sí —afirmó con rotundidad—. Y Michael no solo trató de ponerte en contra mía, sino que lo hizo categóricamente; pero no se lo tendré en cuenta, descuida. Por cierto, eres bastante mala escondiéndote. Menos mal que conseguí enfadarle, evitando así que dirigiera la mirada hacia la puerta del *office*, si no, te pilla allí acuclillada como estabas, detrás del banco de madera y entonces su enojo no hubiera sido lanzado solo contra mí.

Me había pillado y de nada valía ocultarlo.

—¡Bueno... pues sí, os escuché! —Dejé el tenedor sobre el plato y le miré con el entrecejo fruncido en señal de defensa.

—Premeditadamente.

—Sí, premeditadamente, lo reconozco. —Mejor tirarse al río que intentar bordearlo, era más digno.

—¡Eso no está bien, Angie! —Mostró una sonrisa de niño granuja, mientras oscilaba su tenedor delante de mi cara como si fuera la manecilla de un metrónomo.

—¡Vaya, hombre! ¿Para eso me haces venir hasta aquí? ¿Para darme un sermón? Me lo podías haber dicho el otro día.

—No suelo dar sermones, no es mi estilo —respondió.

—De acuerdo. Quise escuchar un poco más, ya que me picaba la curiosidad el saber por qué dos amigos tan íntimos como vosotros peleaban de ese modo; cuando, además, el asunto de la discusión era yo —dije, un tanto exaltada.

—Un poco de curiosidad no hace mal a nadie —dijo, sin más.

Cuando el camarero nos trajo el segundo, Raffaele empezó a comer sin apartar la vista de su plato.

—¿Y bien? —pregunté.

Levantó la mirada, indiferente, y tragó el bocado de pato que se había llevado a la boca.

—¿Y bien... qué?

—¡No te hagas el loco! ¿A cuento de qué era la discusión con Michael?

—Ya lo escuchaste, ¿no? Porque me gustas y mucho.

No esperaba que me lo fuera a decir así de abiertamente y menos, tan pronto. Ni siquiera habíamos llegado a los postres.

—Por eso no discutiría mi hermano contigo. Nunca se ha entrometido en mi vida privada y no sé por qué lo iba a hacer ahora.

Soltó el tenedor sobre el plato, apoyó los codos sobre la mesa, engarzando sus largos dedos y se inclinó hacia delante.

—¡Angie! Me gustaste la primera vez que te vi, no he parado de pensar en ti en todos estos años y cuando me volví a encontrar contigo el día del tanatorio supe que sigo enamorado de ti y, evidentemente, ahora más; ya no tienes quince años ni me van a llevar a la cárcel por gustarme una menor.

Tuve que beber un poco de agua para disimular lo sorprendida que estaba ante tal confesión.

—Ya, pero tampoco Mike discutiría por eso contigo, es más comprensivo de lo que crees.

¡Al menos, eso es lo que yo pensaba!

Raffaele terminó recostándose sobre el respaldo de la silla.

—No parece haberte llamado mucho la atención lo que te he dicho. O estás procesando la información o pasas de mí por completo.

—Primero, la información ya ha sido procesada. Segundo, por el momento, no paso de ti porque resulta bastante difícil hacerlo y tercero, lo que sí que me llama mucho la atención es ver que los dos ocultáis más de lo que decís, puesto que no sois sinceros conmigo; y me fastidia, sobremanera, que me toméis por una imbécil. Como bien has dicho, ya no tengo quince años, así que explícame por qué Mike te demonizó de aquel modo o ahora mismo me levanto y no vuelves a verme, dándole, de esa manera, la razón a Michael.

Entonces, dejando caer los brazos por cada lado, elevó su mirada hacia el techo, sopesó mis palabras durante unos segundos y, suspirando profundamente, dijo:

—¡Angie, lo siento, pero no puedo decírtelo!

—Muy bien —respondí.

Aparté la silla con decisión y me puse en pie, cogí mi bolso y cuando me disponía a darme la vuelta, Raffaele se levantó a su vez y me agarró con suavidad del brazo, diciendo en tono bajo:

—No te vayas, por favor, déjame explicarte algo. —Le miré y mi rabia se esfumó al ver reflejada en sus ojos la necesidad que tenía de hablar conmigo.

Volví a sentarme. Dejando colgado, de nuevo, el bolso en la silla.

El camarero vino hacia nuestra mesa en cuanto vio que me levantaba, nos preguntó si todo había sido de nuestro agrado y a pesar de que los platos estaban casi intactos, le pedimos que retirase todo menos las bebidas y que nos trajese un par de cafés.

—Lo primero de todo que tienes que descartar es que yo sea un casanova, un chulo o cualquier cosa que se te haya pasado por la cabeza.

—Un pervertido sexual.

—Sí, esas fueron tus palabras, pervertido, ¡hay que ver! —exclamó.

—¿Y qué querías que pensara? Las indicaciones de Mike han sido muy claras: no acercarme a ti más de lo estrictamente necesario. Sabe lo persuasivo que eres, de lo cual doy fe, o sea, que te ha visto en acción. Y, además, dijo que condenarías mi vida y que no te lo iba a permitir; eso solo suena a que tienes doble moral o, si no, tú me dirás.

—No tengo doble moral, pero... se podría decir que tengo una doble vida.

Me quedé en silencio durante unos segundos.

—¿Estás casado? —afortunadamente, negó con la cabeza—. ¿Eres un espía en misión especial o algo así? —Aquello hizo que hasta se riese un poco.

—¡No, qué va! —respondió.

—Bueno, pues aclárame algo más porque estoy peor que al principio —dije, intrigada.

—Eso lo tiene que hacer Mike. Yo... podría contártelo, pero... no debo. Se lo debo a él y a tu padre.

—¡Otra vez a vueltas con mi padre! ¡No entiendo nada! —exclamé, comenzando a enfadarme de nuevo.

—¡Angie, escucha! Michael y yo, al igual que el resto del grupo, compartimos esa doble vida. Una vida que te condenaría a ti si llegases a estar alguna vez conmigo, al igual que condenaría a Mike si se enamorase de... tu amiga Julie, por ejemplo.

—¡Oh, no... se trata de una enfermedad venérea!, ¿verdad? —estaba horrorizada—. ¡No será VIH! ¡Dios, Mike no, por favor! ¡Mi pobre hermano con sida, no!

—¡Vaya, muchas gracias por lo que me toca! —ironizó—. ¡No se trata de ninguna venérea, de ninguna enfermedad!

—¡Huy, qué alivio! Me había puesto en lo peor.

—Lo peor no sería para nosotros, sino que... en todo caso, lo sería para vosotras.

—¡O sea, que sí que es algo malo!

—Por el momento, no sabemos muy bien cómo solucionar algunas cosas. Se barajan ciertas posibilidades, pero habrá que verlas más adelante —se dio cuenta de que seguía confundida—. Sin embargo, lo bueno es que en todo momento vosotras sois conscientes de ello —dijo de manera apresurada—. Y si estáis enamoradas porque, si no, no podríais estar con ninguno de nosotros, tenéis una vida a nuestro lado plena y feliz.

—Pues... perdona que te lo diga, pero tu oferta no es que sea muy tentadora. Y mucho menos si te andas con tanto misterio.

—Al menos, he ganado que no dejes de hablarme y salgas corriendo de aquí. Seguramente, estés más confundida que antes, pero créeme si te digo que Mike debe ser el que te lo explique y entonces lo comprenderás todo. Si algún día tengo que ser yo el que lo haga, no será un momento fácil para ti.

—¿Y qué pretendes, que me ponga frente a Michael y le obligue a explicarme por qué narices no deja que me líe contigo?

De repente, comenzó a sonar mi móvil y tardé un rato en reaccionar. Cuando lo localicé en el megabolso de mi madre, me sorprendí, ¡era mi hermano! No sabía qué hacer, si contestar o no. Me decidí a responder, mirando a Fael fijamente a los ojos e indicándole silencio con el dedo.

—¡Hola, Mike! ¿Qué pasa?

—Angie, ¿estás ocupada?

—¡Nooo! Estaba comiendo con... una amiga.

—Algo me había comentado Anita.

«¡Mierda, había llamado a casa!».

—¿Qué quieres? ¿Has visto ya a Orson? —pregunté, sin darme cuenta.

—Pues sí, por eso te llamo. Oye, ¿y tú cómo sabías que iba a encontrarme hoy con Orson?

—Me... dijiste que quedarías con él cuanto antes. Me lo he imaginado —respondí, evasiva.

—¡Ah, ya! Bueno, que sí, que le he visto y... tenemos... un pequeño contratiempo.

Empecé a remover mi café con cuatro cucharadas de azúcar que eché sin darme cuenta y tuve que hacer callar a Raffaele con un gesto, cuando casi se atraganta con el suyo al darle la risa por mi despiste.

—¿Qué clase de contratiempo? ¿No habéis podido leer sus últimas voluntades o qué?

—No, eso no es. Han sido perfectamente leídas. Pero ambos querían que las cenizas ya mezcladas de una de las urnas fueran lanzadas mitad al océano Pacífico desde el embarcadero de nuestra casa en la isla y la otra mitad al viento desde el pico Whistler en Vancouver.

—Vale, ningún problema. A no ser que las normativas ecológicas no lo permitan; en según qué países es ilegal el lanzamiento de las cenizas de muerto en cualquier lugar. ¿Es ese el contratiempo?

—No, eso también está resuelto. El problema es dónde tiene que ser llevada la otra urna.

—¿Adónde? —pregunté, mientras vi que Fael entornaba los ojos y respiraba profundamente con el diafragma en lo que parecía ser una pequeña siesta.

—Al último sitio al que viajaron los dos juntos, siendo enterradas la mitad de sus cenizas en un lugar considerado por las gentes del lugar como sagrado y la otra mitad, echadas al fuego de una hoguera nocturna realizada cerca de ese mismo lugar sagrado. Y, además, hay otra condición: el lanzamiento de las cenizas de ambas urnas debe estar sincronizado las dos veces que se haga.

—Me he perdido, Mike. Explícamelo de nuevo.

—Pues que tenemos que sincronizarnos para ese lanzamiento, tú desde África y yo desde aquí; y, además, ¡en dos ocasiones! —dijo elevando la voz.

—¡No puede ser verdad! ¿Estás bromeando?

—¿Me ves capaz de bromear con este tema? —preguntó—. Por cierto, ¿conozco a tu amiga?

En ese momento me pilló desprevenida.

—¿Qué amiga?

—Con la que estás comiendo.

—¡Ah, no! Es… una compañera del trabajo. Una que no veo hace mucho. No la conoces.

—Angie, ¿pasa algo? Te noto un poco nerviosa.

Tenía que acabar la conversación. Me estaba rayando con lo de tener allí enfrente a Raffaele y al final iba a tener que confesar, complicándonos la vida a ambos.

—¡Pues claro que estoy nerviosa! —grité—. Me va a tocar volver a Kenia otra vez, ¿o vas a ir tú, por casualidad? —mi voz sonó más sarcástica de lo habitual—. Aunque no tendría que ir a Kenia, sino a Tanzania, porque ese fue el último sitio donde estuvieron los dos juntos.

—He estado pensándolo, ya que Orson no ha sido de gran ayuda con ese tema, y creo que da un poco igual. El viaje final lo realizaban de vuelta desde Tanzania, pero el accidente ocurrió en Kenia. Voy a consultarlo con los chicos, pero yo creo que la decisión final la tienes que tomar tú.

¡Ay, no! Iba a ver a los otros y Fael no estaba con ellos.

—Bueno, vale, pues déjame que me lo piense y luego te llamo —dije, apresuradamente, y le colgué.

En ese momento, Fael abrió los ojos y me miró.

—No me apetece nada, pero me tengo que ir —dijo, algo entristecido—. Tendremos que seguir con nuestra conversación en otro momento.

—Eso mismo te iba a decir yo. Va a ir a hablar con los chicos y como vea que no estás allí, igual se extraña.

—Me inventaré algo —dijo—. Aunque para inventiva me ganas tú. Ha estado bien lo de convertirme de repente en una azafata de vuelo —dijo, aleteando sus largas pestañas.

—¿A lo mejor hubieras preferido que le dijera que estaba contigo? —ironicé.

—No, eso no hubiera sido buena idea. Al menos, no por el momento —respondió, cabeceando a ambos lados—. ¿Al final vas a ir a Kenia o a Tanzania?

—Pues no lo sé todavía —me sinceré—. Acabo de llegar de allí y estoy agotada. Antes tendré que resolver todo el asunto en el trabajo, a ver si me acoplan días libres junto a las vacaciones, porque, desde luego, no pienso hacer otro vuelo de ida y vuelta, me moriría. Así que me quedaré por allí un tiempo para hacer algo de turismo y, además, es que no sé ni cuánto tiempo tardaré en cumplir los deseos de mis padres. ¡Vamos, que tengo un lío que no sé ni por dónde empezar a organizarme! Me voy a ir a casa, me daré un baño templado y veré si se me aclaran un poco las ideas.

—¿Puedo estar contigo? —preguntó, aceleradamente. Y le miré sorprendida, ya que no esperaba una insinuación tan directa—. No me malinterpretes, por favor. Me refiero a estar contigo en el pensamiento. Siempre y cuando mantengas alejado ese colgante tuyo, claro.

Me aferré a mi llamador y le miré inquisitivamente.

—Desde luego, te vas acercando cada vez más hacia la línea de la perversión —respondí, sorprendida.

—Algún día te lo explicaré. Pero ten por seguro que yo nunca haría nada que tú no quisieras primero. Por eso te lo pregunto.

—Bueno, tu pensamiento es tuyo y… me halaga que pienses en mí; aunque preferiría que al principio lo hicieras de una manera un poco más romántica, no imaginándome desnuda en la bañera de mi casa y dejando volar tu imaginación gracias a ello.

Raffaele le entregó al *maître* su tarjeta de crédito para pagar y no dejó de sonreír hasta que este se marchó.

—¡Me refiero a una conexión mental, Angie! Si llevas encima ese colgante, interfiere y no puedo comunicarme contigo en la distancia ni saber qué piensas. Por eso lo he dicho, ya que me he imaginado que te bañarías sin eso colgando del cuello. —Siguió cabeceando de lado a lado, mientras dejaba una considerable propina sobre la mesa.

El camarero nos entregó los abrigos y yo cogí el bolso.

Con la boca un poco abierta aún y según nos dirigíamos a la puerta le dije:

—Fael, me alegra mucho haberte visto, pero esta conversación se nos ha ido un poco de las manos; te declaras a mí, pero no es conveniente que estemos juntos, me confundes por completo con el secretismo que os traéis entre manos y por el que tengo que mentir a mi propio hermano, ahora resulta que también eres telépata y, encima, me va a tocar volver a África en breve. Creo que no saldré de la bañera en toda la noche y, sí, no creo que lleve mi llamador colgando; así que, si es verdad tu rollo de comunicador mental, te autorizo a entrar en mi mente cuando quieras —solté toda aquella parrafada casi sin respirar, intentando que se fuera cuanto antes para que levantase la menor de las sospechas entre Mike y sus amigos—. ¡Ah, y por cierto! La próxima vez que quedemos para comer o cenar invito yo, que te traje aquí para hacerlo y te has adelantado.

—¡Así qué habrá una próxima vez! —exclamó, mucho más animado, alargando la última palabra.

—Por supuesto —confirmé, alzando las cejas—. Aún no me has asustado lo suficiente.

—Tenlo en cuenta cuando me comunique contigo más tarde —respondió de nuevo de manera misteriosa.

Salimos del restaurante y Fael paró un taxi antes de agarrarme por la cintura con determinación para darme un beso en cada mejilla de manera sensual, demasiado sensual. ¡Cómo se notaba que era de origen italiano!

—Puedo llevarte al aeropuerto en un momento, no tardo nada —dije, intentando disimular la turbación que sentí.

—No, vete a casa y descansa. Hablamos luego. —Se metió en el taxi y me quedé allí, viéndole alejarse.

El aparcacoches del restaurante trajo mi coche.

Por el camino, no pude parar de darle vueltas a la conversación con Raffaele, a su doble vida, a su declaración a medias y a la esperanza que tenía de que yo consintiese en llevar una relación con él que fuese más allá de la mera amistad que pudiéramos tener al ser mi hermano el nexo entre ambos. Y, aunque hablaba como un loco, no parecía que lo estuviese. Era un chico de lo más educado, interesante y extremadamente guapo y, salvo por lo misterioso que resultaba, empezaba a no importarme que esa relación llegase a algo más, a pesar de las recomendaciones de mi hermano.

Pero, por el momento, mejor olvidarme de todo aquello y pensar en qué hacer con lo del viaje.

La gran duda era ir a Tanzania o a Kenia. Tanzania fue el último sitio en el que estuvieron, pero regresaban de vuelta a Kenia para conocerlo a fondo; y allí, precisamente, fue donde se estrellaron.

Aparqué dentro del garaje de casa, subí por la escalera interior hasta las habitaciones y fui directa al baño de mis padres para abrir los grifos de la bañera. Cuando el agua alcanzó la temperatura adecuada, esperé a que se llenara y añadí sales de baño. Bajé al salón a buscar una barrita de incienso y, antes de encenderla, desconecté los teléfonos de casa y el móvil.

¿Cómo conseguiría hacer yo una fogata en mitad de África sin provocar un incendio? Ni siquiera había encendido nunca la chimenea y eso que lo había visto hacer miles de veces; pero encender un fuego al aire libre era otra cosa y si encima tenía que ser en el mismo sitio sagrado donde fuese enterrada la otra parte de las cenizas, todavía peor, ya que el sitio sagrado debería ser un cementerio o, por lo menos, el terreno de alguna iglesia.

Desde luego, no veía cómo me iban a permitir que hiciese una hoguera allí mismo; e intentar hacerlo a hurtadillas podía ser aún peor, lo mismo terminaban arrestándome. ¡Aunque eso me daba una idea! Igual podía preguntárselo a Ronald, el comisario jefe de la policía de Nairobi; él me podría decir si estaba permitido o no. Claro, eso si acababa yendo a Kenia porque, si no, en Tanzania me tendría que buscar la vida por otro lado o, tal vez, el mismo Ronald me pudiese poner en contacto con algún colega suyo que conociese allí.

Daba igual, ya lo pensaría más tarde.

Me desvestí y me recogí el pelo en un moño para no mojarlo. Coloqué una toalla medio doblada, a modo de almohada, y me quité las pulseras y anillos que me había puesto por la mañana. Entré en el agua templada y puse la ficticia almohada bajo mi nuca. Para no mojar el llamador, me lo quité también, sosteniéndolo en la mano. Necesitaba librarme del cansancio y de la tensión acumulada en aquellos días.

La mente no paraba de darme vueltas para decidir a dónde llevar las cenizas.

El viaje que organizó mi padre fue alrededor de África Oriental, pero realmente solo pisaron dos de aquellos países, entre los que ahora tenía que decidirme. Tanzania o Kenia, Kenia o Tanzania.

Según Mike, estaba en mi mano; así que lo más sensato y cómodo para mí era ir a Kenia, ya que allí sabía dónde alojarme y tanto el director del hotel como Ronald, el comisario, o incluso Daniel, el cónsul, podían asesorarme con respecto a todo lo demás. También podía contar con la ayuda de William. Cualquiera de ellos era un buen contacto y conocían mi historia; sobre todo Damian, el director del hotel, al que no le extrañaría que mi equipaje más llamativo estuviese formado por una urna con cenizas de muertos en su interior.

¡Decidido, entonces! Por la mañana, después de hablar con mi empresa y reservar el hotel y los billetes, vería a quién de todos ellos llamaba primero.

El frío alcanzó mis brazos y solté mi llamador sobre el suelo del baño para meterlos dentro del agua templada. Poco a poco, y con los ojos cerrados, comenzaron a dibujarse en mi mente composiciones cromáticas espontáneas, en las que me recreé; negro... burdeos.... gris oscuro... morado... Disfruté del olor a incienso y eché en falta algo de música relajante, sin poder evitar que mi mente acabase dándole vueltas a la conversación sin sentido que había tenido con Raffaele. ¡Fael! Estaba loca, pero quería probar aquella tontería de comunicarme «telepáticamente» con él; así el día que le volviese a ver no me podría decir que no lo había intentado y sería mi oportunidad de confirmar que en verdad estaba mal de la cabeza.

Gracias a mamá sabía que en estado alfa, que es el estado propio de las meditaciones profundas o, justamente, el que antecede al sueño, la mente se encuentra más abierta a la emisión y recepción de canales energéticos.

Me concentré en la variedad cromática en la que ella nos enseñó a pensar para realizar una meditación de tipo consciente. Se trataba de una relajación del cuerpo y de la mente bastante rápida, en comparación con otras; y aunque la posición no era del todo correcta, pues estar sentado era lo mejor para no dormirse, a mí me valía en ese momento.

Primero, me imaginé teñida de color rojo vivo y brillante desde los pies hasta dos dedos por debajo del ombligo. Me mantuve ahí unos segundos, coloreando la piel con mi mente. Después, subí con el amarillo chillón hasta dos dedos por encima del mismo punto, manteniéndome allí unos segundos más, imaginándome coloreada por él.

Mi cuerpo se relajaba más y más.

El tercer color visualizado fue el naranja vivo, positivo y con todos sus beneficios. Después, verde hasta los hombros, algunos segundos más allí; y mi mente mantenía el camino hacia donde yo la quería llevar. Violeta claro en el cuello, azul celeste en la cabeza e índigo más allá, mucho más allá de mi mente consciente.

Mantuve la atención en índigo hasta que mis párpados consiguieron parar el ligero temblor del que era presa al tener los ojos oscilados hacia arriba, a pesar de estar cerrados.

La respiración se acompasó hasta hacerse prácticamente imperceptible. Y, ahora, solo necesitaba visualizar a Raffaele y comenzar a llamarle mentalmente. Seguro que él no respondería, pero, aun así, mantendría la atención puesta sobre todo lo que pasase por mi cabeza.

Visualicé su bello y sonriente rostro frente a mí; esos ojos azules, ese pelo negro, esa boca... Raffaele... F—a—e—l. Dibujé su nombre imaginando cada letra, escribiéndola en la mente como si de un papel se tratase.

–Nunca creí que te fueses a comunicar conmigo de una manera tan precisa. Te felicito.

Me sobresalté y abrí los ojos de golpe. Parecía que estuviese allí conmigo, pero en el baño no había nadie.

¿Aquellas palabras eran causa de mi imaginación o era él de verdad, respondiéndome dentro de mi cabeza?

–Tranquila, Angie, soy Raffaele respondiendo a tu llamada.

–¿Bromeas? ¡¡Eso es imposible!!

Ya no sabía si cerrar los ojos o no, por lo que empecé a parpadear como una imbécil.

–¡Demuéstrame que eres tú! –exigí.

–Cuando llames a tu hermano, dile que le pregunte a Zaffie qué música quiere que grabes para la fiesta. Ella responderá que de la música se ocupará Jophiel, ya que es un gran «disc jockey».

Me costaba mantener la concentración a ese nivel, no sabía cuánto tiempo más podría aguantar así.

–Ya hemos establecido la conexión, así que relájate y cierra los ojos si quieres, porque a menos que alguno de los dos lo queramos, no dejaremos de comunicarnos –explicó.

–Y tú, ¿cómo sabes que los tengo abiertos? –pregunté de manera confusa.

–Simple intuición.

Cerré los párpados para intentar calmarme por el susto, tras revisar con la mirada que no estaba allí conmigo.

–¿Acaso funciona esto como si se tratase de un teléfono?

–Algo parecido. Solo que mejor porque no te cuesta nada.

–Pero ¿esto es capaz de hacerlo cualquiera? ¡Sería un hallazgo y un gran avance!

–El ser humano tiene la capacidad, pero se está a muchos años de descubrirlo. Hay que entrenarse para ello y, sobre todo, usarlo adecuadamente. La tentación de hacer el mal, a través de este canal, sería demasiado grande para la mayoría de los ocupantes de este planeta.

–¡Pero yo lo he conseguido y soy una vulgar humana! –respondí, emocionada.

–Tú lo has conseguido porque yo te lo he permitido. Y no eres una vulgar humana, eres un ser humano muy especial.

–¿Tan especial como tú?

–Dejémoslo en que yo soy un ser especial.

–¿Seguimos jugando a los secretitos? ¡Vale! –ironicé.

–Espero haber ganado algún punto mostrándote esto, no se lo he enseñado jamás a nadie que no tuviera que hacerlo.

–¿Y... tus amigos y Mike lo saben?

–Sí, lo saben y lo usan –respondió tan tranquilo.

Me parecía increíble que mi hermano conociera aquello y que nunca me lo hubiera contado.

–¿Y... entre vosotros lo practicáis a menudo?

–Todo el rato.

—¿Y, entonces, por qué usáis el teléfono?

—Para disimular.

—¿Por eso parecía que te estabas echando una siestecita en el restaurante mientras yo hablaba con Mike?

—No, eso era para evitar que él notase mi presencia allí contigo.

—¡Espera! —me alerté—. *¿Puede saber Mike con quién estoy en cada momento?*

—Aún le falta entrenamiento para eso.

—¿Y tú qué eres?, ¿una especie de alumno aventajado?

—Algo parecido —respondió, sin más—. *¿Sabes ya adónde vas a dirigir tus pasos en África?* —cambió de tema de manera radical.

—Más o menos. ¡Adivínalo!

—No puedo saberlo si tú no me lo muestras —confesó—. *Por aquí, la gente piensa que mejor que vayas a Kenia.*

—¿Se lo has contado a los pasajeros del avión o qué?

—No, me refiero a los chicos y a tu hermano. Me he alejado un poco de ellos para poder responder a tu llamada y establecer comunicación contigo.

—¡¡Pero eso es imposible, no puede ser que estés con ellos ya!! —exclamé sorprendida—. *Hace menos de una hora que te dejé metido en el taxi. No has podido llegar a Seattle tan rápido.*

—Sí que puedo, pero eso no te lo voy a explicar ahora. Así que no trates de indagar porque no te lo voy a decir.

—¡Vaya, gracias por la sinceridad!

—De nada.

—Entonces, comprobaré si esto que está ocurriendo no es producto de mi imaginación.

—Adelante.

—Pero ahora tienes que decirme cómo tengo que salir de este estado para no tenerte metido en mi mente todo el rato.

—Eso también requiere algo de entrenamiento. Pero, en tu caso, basta con que te cuelgues el llamador de ángeles; no puedo establecer comunicación contigo si lo llevas encima.

–¿Y eso?

– Eso tampoco te lo voy a decir.

La frustración por no recibir más respuestas me empezaba a molestar.

– De acuerdo, pero si quiero volver a conectar contigo, ¿podré o no?

– Ya sabes cómo.

– Pues tápate los ojos que voy a salir del baño para coger el llamador.

– No te preocupes, no puedo verte. La conexión solamente se da a nivel de pensamiento, no visual.

– Eso está bien saberlo. Hasta luego, Fael.

– Hasta ahora, Angie.

Fui saliendo poco a poco del estado de meditación en el que me encontraba.

Bajar a esos niveles de relajación tan profundos te hacía sentir completamente descansada, igual que si te hubieras echado una siesta.

Salí con cuidado de la bañera para no resbalar y justo en el momento en el que iba a recoger el llamador del suelo para colgármelo de nuevo, escuché dentro de mi cabeza mi nombre repetido una vez y otra vez y otra más, subiendo de volumen, a veces rápido y otras veces lento, alargando o acortando las silabas del mismo hasta que consiguió aturdirme tanto que tuve que apoyarme en el marco de la ventana. La estridencia de aquella voz taladraba mis tímpanos, pero conseguí entreabrir la ventana lo justo para que entrase un poco de aire que me aliviase; sin embargo, me alteré mucho más al ver a varios hombres parados en la puerta de entrada a nuestra finca. ¡Oh, no y la alarma sin poner!

Estaban alejados unos de otros, mirando hacia dentro del jardín como si esperasen el momento propicio para saltar la valla o el portón de entrada, pero sin atreverse a ello; y eso que no teníamos perros. Sin embargo, daba esa sensación, como si hubiera algo allí que se lo impidiese de un modo u otro. Desde donde estaban era prácticamente imposible que me vieran bien, pero yo sí podía verles; y si mis pulsaciones habían aumentado por la inseguridad que me daba tener frente a mi casa a varios hombres que parecían ir a allanar mi casa en cualquier momento y conmigo dentro, aumentaron el doble al ver que se trataba de los mismos desconocidos que había visto en el tanatorio tres días antes y que se suponía que habían discutido con mi hermano.

¿Qué hacían en Vancouver aquellos cinco? Igual no funcionaba el timbre y simplemente pasaban por allí para ver a Michael. Miré de nuevo con cautela, agachada como estaba, mientras me tapaba los oídos con las manos para intentar acallar aquella voz en mi cabeza chillando mi nombre sin parar. No había duda, se les distinguía gracias a la vestimenta unicolor que cada uno de ellos llevaba.

Me colgué mi llamador de ángeles del cuello y, en ese momento, la voz de mi cabeza desapareció, lo que me ayudó a centrarme y a reunir el suficiente valor como para salir afuera a ver qué andaban buscando allí.

Me sequé con una toalla lo más rápido que pude y me vestí con la ropa de estar por casa que había llevado al baño; sin olvidarme de coger el móvil que estaba en mi habitación, encendiéndolo por el camino con el número de la policía, listo para ser pulsado en caso de necesidad.

Bajé las escaleras y abrí la puerta con cautela, cerrándola después. Una vez fuera y mientras me dirigía al portón de entrada, vi a través de la valla que ya no había nadie. Aquella era la única entrada que había a nuestra finca. Abrí la puerta de acceso que estaba pegada a la automática de paso para los coches, comprobando que no estuvieran por allí, y como no vi a nadie, volví a cerrar.

Me dirigí a la parte trasera para echar un vistazo alrededor de la casa—estudio de mi padre. Desde el accidente me costaba esfuerzo ir allí, aunque solo fuera a verla de lejos. Aquel era su taller, donde mi padre pasaba la mayoría del día trabajando. Me cercioré de que la cerradura estuviese echada y de que no hubiese sido forzada y decidí volver al interior de mi casa mientras marcaba el número de mi hermano.

—¡Hola, Angie!

—¡Hola, Mike!

—No te lo tomes a mal, pero antes me colgaste —dijo—, ¿te encuentras bien?

—Bueno... —no sabía qué decirle— la verdad es que... —La repetición de mi nombre de la manera tan nítida y estridente en que lo escuché pudo haber sido provocada por la conversación con su amigo, de la cual no le podía hablar y eso, suponiendo que no hubiese sido un producto de mi imaginación. También podía deberse al hecho de haber bajado a unos niveles de concentración tan profundos que hubieran conseguido trastornarme de aquel modo. O, si no, cansancio acumulado, haciéndome escuchar y ver lo que no era.

—¿Te pasa algo? —preguntó, impaciente.

—Hace un rato me di un baño —expliqué.

«No podía intranquilizarle con todo aquello; lo más seguro es que no tuviese mucho contacto con aquellos tipos», pensé.

—Me parece muy bien —comentó.

«Y si le decía, encima, que me había asustado por haber creído verles frente a nuestra casa, se alarmaría sin ninguna necesidad».

—Y, aparte de para mantenerme informado sobre tus hábitos de higiene, ¿me llamas para algo en concreto? No es por meterte prisa, pero se me quema lo que tengo en el fuego.

—Sí, perdona por lo de antes. Lo que te quería decir es que ahora estoy mejor. Sigo cansada y me pilló por sorpresa lo del viaje de vuelta a África, no me lo esperaba. El baño me ha repuesto del todo. Oye, ¿está por ahí Zaffie contigo?

—Sí, ¿por qué?

—Necesito saber un par de cosas sobre la fiesta.

—¿Otra vez con eso, Angie? —dijo en un tono bastante enfadado—. Al final, vas a conseguir que se me queme la cena.

—¡A ver, necesito organizarme! —exclamé, irritada—. Y más, si me tengo que largar de viaje al otro lado del mundo otra vez. ¡Me pasas con ella, por favor! Luego te pones tú, de nuevo, y te cuento lo que he decidido hacer.

—De acuerdo. Espera que voy a buscarla. —Le oí moverse de lugar para localizarla.

—¡Angie! —sonó una voz cantarina.

—¡Hola, Zaffie! Solo quería preguntarte una cosa. ¿Qué tipo de música quieres que grabe para la fiesta? Tendré que dejarla preparada antes de regresar a África.

—No te preocupes por eso. Jophiel se ocupará de todo, es un gran *disc jockey*.

¡Dios, no fueron imaginaciones mías! La conexión de pensamiento entre Fael y yo fue real.

Me quedé petrificada de repente.

«Quizás la repetición de mi nombre fue como un coletazo de sus últimas palabras —pensé—. Pero no quería volver a escucharlo de aquel modo jamás».

De nuevo, un escalofrío recorrió mi espalda.

—Zaffie, ¿está Raffaele ahí con vosotros?

—Sí, le tengo aquí sentado a mi lado. Aunque parece que se divierte con alguno de los chistes que le habrá contado Gabriel, no para de carcajearse solo. ¿Quieres hablar con él?

—No, gracias —respondí. Aquel día ya habíamos hablado bastante—. Pásame a mi hermano, por favor.

—Aquí está —dijo, a modo de despedida.

—Y, bien, ¿qué has decidido hacer con lo del viaje? —preguntó mi hermano.

—Volveré a Kenia. Allí al menos conozco a gente que me puede ayudar a localizar los sitios más adecuados para cumplir con la voluntad de ambos. ¿Para cuándo quieres que lo hagamos?

—Tenemos que intentarlo lo antes posible —respondió él—, porque después nos quedará todo el lío de la herencia, que será otro mar de papeles y de firmas. ¿Cuándo te puedes marchar tú?

—Intentaré salir el viernes, si consigo que me adelanten las vacaciones los de mi empresa. Reservaré habitación en el hotel de Nairobi donde estuve aquella noche, pero mi idea es quedarme una semana allí para hacer algo de turismo.

—Pues, en ese caso, volveré a Vancouver este fin de semana. En el momento en que tengas claro dónde y cuándo hacerlo, organizaré las excursiones a Whistler y a la isla. Hasta mañana, entonces, Angie.

—Bien, hablamos mañana.

Al día siguiente, me levanté descansada por completo. Tal vez ayudó el hecho de dormir con la alarma de la casa conectada, aunque estuve hasta tarde dándole vueltas a lo acontecido con Raffaele. Sin embargo, por mucho que me intrigase lo rápido que llegó a Seattle, aquel asunto de la comunicación mental, el hecho de que mi hermano me lo hubiese ocultado y lo de aquellos cinco que veía por todas partes, había otros asuntos que resolver antes.

Cuando volviese de África, podría indagar más a fondo en la nueva capacidad adquirida, gracias a Fael, y preguntarle a Michael todo lo que necesitase saber.

Por suerte, todo apuntaba a salir perfecto aquel día: mi empresa me adelantó las vacaciones, por lo que contaba con más de una quincena por delante antes de tener que incorporarme al trabajo. Hice una reserva de habitación para dos noches en el hotel Nakuru Lake de Nairobi, con idea de ampliarla en caso de no viajar por el país. Y como los vuelos iban bien de plazas en ambos trayectos, saqué billetes para el viernes y dejé abiertos los de regreso.

Dejé para el final la llamada al comisario de Nairobi, Ronald. El teléfono de su comisaría aparecía en los membretes de uno de los muchos papeles que me hicieron firmar a lo largo de aquel día. Rebuscando entre ellos, cayó al suelo la tarjeta que William me había entregado el último día que le vi. Tal vez, podía llamarle a él primero para que me diera una idea sobre qué hacer o a dónde dirigirme.

En la tarjeta figuraban dos números de teléfono: el de su domicilio particular, en Nairobi, y el de su móvil. Según la diferencia horaria, en Kenia eran las nueve de la noche; me parecía una hora prudencial para llamar a su casa, aunque esperaba no ponerle en un compromiso, en caso de que estuviese casado. Cogí el inalámbrico y empecé a marcar con dedos temblorosos. Noté que se me agarrotaba el estómago y que la sangre se me agolpaba en los brazos. Con la primera señal de conexión, recé por oír al otro lado una voz masculina.

Al tercer timbrazo doble, contestaron:

—*Hello!* —«¡Dios, la voz de una mujer! Lo que me temía».

—Disculpe, me gustaría hablar con... William van der Milaray, por favor.

—Ahora no se puede poner —contestó, secamente, la joven con acento de aquellas tierras.

—Vale, gracias. Adiós.

Me puse tan nerviosa que no fui capaz de darle mi nombre, con lo cual, quizás, llegase a sospechar algo inapropiado en caso de ser su esposa.

Ya no me atreví a llamarle al móvil, no fuera a ser que estuviese a la vista de ella y creyese lo que no era si volvía a escuchar mi voz. Mejor esperar al día siguiente, ya que igual le pillaba en el trabajo. Según mis cálculos, a las once de la mañana en Kenia sería la una de la madrugada en Vancouver; aguantaría despierta hasta esa hora.

Preparé el equipaje para una semana en tierras cálidas y el resto del día lo pasé con Andrea y con Barbara. No quise contarles lo de mi vuelta a Kenia por miedo a que se lo dijeran a Matt y se presentase allí para hacerme compañía; ya se lo contaría más adelante.

Las chicas me invitaron a comer a su casa y por la tarde fuimos de compras para completar el ajuar íntimo de Andrea en su boda. Barbara y yo compramos también algunos conjuntos de ropa interior y terminamos yendo al cine y cenando algo.

Cuando entré por la puerta de mi casa, pasaban unos minutos de las doce de la noche. Me puse ropa más cómoda y mientras preparaba una infusión, cogí el teléfono, sin pensármelo demasiado, y marqué uno a uno los números del móvil de William.

El grado de nerviosismo se acentuó. Tal vez no lo cogiera en el trabajo o, quizás, lo tuviese desconectado, en cuyo caso ya no volvería a llamar a su casa, sino que directamente hablaría con el comisario. Aunque lo peor iba a ser si saltaba el contestador, no sé si me atrevería a dejarle algún mensaje.

Primer ring, ring. Volví a notar el estómago contraído... ring... ring... un sudor frío me atrapó... tercer ring... ring...

—*Hello!* —Era él, era su voz. Los nervios se apoderaron de mí, ascendiendo hasta alcanzar mi garganta. Abrí los ojos de par en par y fui incapaz de articular una sola palabra—. *Hello*! —repitió, impaciente.

Tenía que decir algo antes de que colgase.

—Wi...William, ¿eres tú? —me salió una voz demasiado aflautada.

—Sí, soy yo. ¿Quién es?

—Soy Angie Urech. Estuve en Nairobi hace una semana. No sé si te acordarás de...

—¡Angie, qué sorpresa! —exclamó.

—Igual te pillo mal en estos momentos, imagino que estarás trabajando —seguía temblándome la voz. Tenía que controlarme o solo diría incongruencias.

—No, estoy de vacaciones —respondió.

—Pero ¿estás en Nairobi?

—No, ahora mismo no, ¿por qué?

—Bueno, es que tengo que volver allí en breve y pensé que... quizás, tú podías ayudarme con un asunto un... tanto complicado.

—Dime cuándo llegas y voy a buscarte —se ofreció.

—Pero no estás en Nairobi, igual te viene mal.

—No estoy en Nairobi, pero estoy en Kenia. Y aunque me hubiese pillado en cualquier otro país, también iría a buscarte.

¡Dios, era irresistible!

—Salgo para allá dentro de doce horas, aproximadamente, y enlazo con el vuelo de Afriqueair de las once de la mañana, hora de Londres. Yo creo que llegaré el sábado a las... —Empecé a calcular las horas mentalmente.

—Ese vuelo aterriza pasadas las nueve de la noche. Allí estaré.

—No te preocupes, es tarde a esa hora. Tengo habitación en el Nakuru Lake, iré por mi cuenta y al día siguiente te llamo.

—¿Cuántos días de hotel has reservado?

—En principio, dos noches. Después, esperaba que me recomendases alguna reserva de animales para visitar por la zona.

—Te recomiendo la mejor que existe.

—¿Está muy lejos de Nairobi?

—A unas tres horas y media en coche, pero eso no es distancia en África —respondió.

—¿Cómo se llama? La buscaré en internet para informarme.

—Igoli Nature Reserve, pero no tiene página web, es muy exclusiva. Así que, si me lo permites, cancelaré la reserva que has hecho en el hotel y te quedas en Igoli. A no ser que tengas asuntos que resolver en Nairobi por los que debas pasar allí unos días.

—Pues sí, la verdad es que tengo que solventar algo, pero no sé ni por dónde empezar. Por eso te llamaba, para ver si me puedes aclarar las dudas.

—Soy todo oídos. Cuéntame.

—Hace unos días fue la cremación de mis padres y en su certificado de últimas voluntades dejaron dicho que la mitad de las cenizas de ambos, las cuales ya están mezcladas entre sí y repartidas en dos urnas, fueran esparcidas en el último sitio donde estuvieron de viaje.

—¿Y dónde quieres hacerlo?

—Pues ese es el problema, a mí me toca llevarme para allá una de las urnas. La mitad de las cenizas de esa urna han de ser enterradas en un sitio considerado sagrado y la otra mitad, lanzadas a una fogata hecha cerca de ese sitio sagrado. El tema es que yo no sé hacer una fogata, ni sé en qué sitio sagrado podría intentar hacer una sin que me pillasen; además, desconozco si habrá legislación con respecto a lanzar cenizas de muertos en cualquier lado, ya que aquí en Canadá son bastante estrictos con eso. Tampoco sé, siquiera, si he hecho bien en elegir Kenia.

—Has hecho estupendamente, ¿por qué lo dudas?

—Porque su último viaje fue a Tanzania.

—Sí, pero el avión se estrelló en el actual territorio de Kenia, con lo cual se podría decir que ese fue su último viaje.

—Eso mismo pensé yo y fue por lo que decidí volver allí. Con respecto a los permisos que necesite, puedo llamar al comisario de policía si tú no lo sabes.

—No te hará falta ningún permiso —confirmó—. Pero contéstame una cosa, solo una de las urnas será repartida aquí en Kenia, ¿verdad?

—Sí, las cenizas de la otra debe esparcirlas mi hermano parte al océano Pacífico desde Sooke, en isla de Vancouver, y parte lanzadas al aire desde un monte cercano a la gran ciudad.

—¡Vaya, vaya, qué interesante decisión!

—Se querían mucho.

—Sí, él debía de querer mucho a tu madre para llegar a hacer una cosa así.

—Bueno, fue de mutuo acuerdo, si no, no se hubiera podido llevar a efecto.

William se mantuvo callado durante unos segundos antes de responder:

—¡Entonces, arreglado! Ya tengo localizado el sitio sagrado, yo prepararé la hoguera y mi casa está dispuesta a abrir sus puertas para acogerte todo el tiempo que quieras quedarte con nosotros.

—Pero ¿no me ibas a coger sitio en la reserva? ¿O es que temes que no tengan plaza disponible para mí por ser tan exclusiva?

—Sí, estarás en Igoli. Y sitio disponible para ti hay de sobra, no te preocupes.

—¿Entonces, por qué me hablas de tu casa como sitio para quedarme el tiempo que quiera?

—Porque Igoli es mi hogar —respondió, sin más.

Me quedé de piedra. ¡Vivía en una reserva africana! Igual se trataba de una finca pequeña y allí las llamaban reservas.

—¡Pero, William, no pretendo molestarte ni a ti ni a tu familia! Además, estás de vacaciones. Debes disfrutar con ellos, no estar pendiente de mí. Yo me quedo en Nairobi, de verdad. Te lo agradezco igual —empecé a decir, de manera precipitada.

—¡Para un poco, Angie, ve más despacio! ¿De qué familia hablas? —preguntó, extrañado.

—Bueno, es que... esta mañana, alrededor de las nueve de la noche allí en Kenia, te llamé al primer teléfono que venía en la tarjeta que me diste. Supuse que sería el de tu casa y descolgó una mujer que me dijo que no te podías poner en ese momento. Imaginé que sería tu esposa, me puse nerviosa y no fui capaz de decirle mi nombre ni dejarle ningún recado para ti.

—¡Angie! No hay ninguna mujer en mi vida y yo no tengo familia. La que te cogió el teléfono fue Kitty, mi asistenta; ella y su marido viven en la casa que tengo en Nairobi. Se encargan de cuidármela y tener todo a punto cuando estoy por allí. Seguramente, me pillaste a esa hora guardando el equipaje en el coche, por eso te dijo que no me podía poner.

—¡Oh, vaya! —dije con una risilla nerviosa que se me escapó—. Eso lo aclara todo.

—El sábado te estaré esperando en el aeropuerto. Tú solo preocúpate de subirte a los aviones, de lo demás me encargo yo.

—De acuerdo —le contesté algo más aliviada y, por qué no reconocerlo, emocionada—. Hasta pronto, William.

—Nos vemos, Angie.

Igoli

Aquella noche dormí plácidamente, recordando cada palabra hablada con William. Ya no tenía que temer pasar más tiempo del debido con aquel hombre. No estaba emparejado, así que, si se terciaba, tenía vía libre.

La verdad es que era mala suerte que, de repente, se me presentase la oportunidad de ligar con dos chicos que le quitaban el sentido a cualquiera; y, mucho más, en aquellas circunstancias por las que atravesaba mi vida y que no me permitían centrarme en una sola cosa.

Lo más difícil de todo era decidirme a mantener una relación cercana a mi casa, con alguien demasiado misterioso y, encima, a escondidas de mi propio hermano o lanzarme a lo que pudiera pasar con alguien que me pillaba en las antípodas de donde yo vivía; realmente, ninguna de las dos opciones prometía durar demasiado en el tiempo, por lo que mejor dejar que el destino marcase la pauta a seguir.

Coloqué las maletas en la puerta, cogí una de las urnas bien protegida en su funda a prueba de golpes y miradas ajenas, y metí en un bolso mediano mis efectos personales más necesarios, sacados del Hermès de mi madre. Había tantas cosas en aquel bolso que, sin falta, a la vuelta tenía que revisarlo a fondo.

Pensé en llevarle algún detalle a William por su hospitalidad, pero ya no tenía tiempo de ir a comprarlo a la ciudad. Tampoco conocía sus gustos, por lo que se me ocurrió algo que le recordase a mí cada vez que lo tuviera delante.

Mi padre siempre había sido un amante de las piedras semipreciosas. Muchas de ellas las traía de sus viajes por Brasil. Su colorido y belleza natural ocupaban buena parte de una estantería que teníamos en el salón y cada seis meses mi padre se encargaba de darles un baño de agua salada, energizándolas después con un baño de luna llena y otro de luz solar para revitalizarlas y mantener su color, su brillo y su poder de protección.

De entre toda aquella colección, elegí una preciosa semiesfera de cristal de amatista, de un intenso violeta oscuro, que pesaba alrededor de tres kilos y que parecía la entrada de una cueva en miniatura. La metí protegida con virutas de papel dentro de una caja de cartón y la precinté con cinta adhesiva ancha, haciendo un asa con la misma cinta para poder llevarla mejor.

Después, dejé preparados los billetes y el pasaporte sobre el bolso y llamé a Mike mientras me preparaba un té caliente.

—¡Buenos días, Angie!

—¡Buenos días, hermano! ¿Te he despertado?

—No, aquí nos levantamos antes de las seis de la mañana.

—¡Pues vaya unas horas! ¿Rezáis maitines como en los conventos? —dije, a modo de burla.

—Maitines no, pero hacemos algo parecido.

Me dejó cortada, pero no quise seguir indagando.

—Salgo dentro de un rato hacia el aeropuerto. El avión llegará a Kenia alrededor de las nueve de la noche de mañana sábado, hora local. Y, al final, no me quedo en el hotel de Nairobi. Me han invitado a una reserva de animales a unas cuatro horas de la capital.

—¿Invitada por quién? —preguntó, suspicaz.

—Ya te hablé de William, el jefe de escala en Nairobi de la compañía Afriqueair. Me dejó una tarjeta el último día que estuve con él y le llamé para que me dijera si conocía algún sitio sagrado o si debía pedir permiso antes, para enterrar las cenizas. Parece ser que él vive en esa reserva y dice que ya sabe qué sitio sagrado es el idóneo. Incluso, hará la fogata él mismo para quemar la otra mitad de las cenizas. Es un hombre muy atento y creo que podemos estar completamente seguros de que habrá localizado el sitio perfecto para cumplir los deseos de papá y de mamá. Ya te lo contaré cuando esté por allí.

—Me parece estupendo, eso te facilitará las cosas. Avísame, sobre todo, cuando vayáis a hacerlo para que me dé tiempo a llegar a cada sitio y proceder a la vez. ¡Buen viaje, Angie!

El avión salió puntual. Pasé el vuelo dibujando los diseños de los vestidos para Barbara y para mí, que seríamos las damas de honor en la boda de Andrea. Hice también los de los niños que llevarían las flores y anillos hasta el altar.

Al no ir lleno el vuelo, tuve suerte de no tener a nadie sentado a mi lado y aproveché el espacio para colocar las láminas y lapiceros que cogí del escritorio de mi madre. Cogí también una de sus cámaras réflex. Era un poco antigua, pero seguía sacando buenas fotos; y, ya que no se pudo salvar la que mis padres se llevaron, al menos, yo intentaría inmortalizar parte de los paisajes que vieron por última vez.

Aterricé en Londres con margen para hacer la escala al vuelo de Nairobi. Tenía tiempo de sobra para recoger la única maleta que llevaba como equipaje en bodega y dirigirme a los mostradores de facturación de Afriqueair. Aceptaron mi curioso equipaje de mano sin mayor problema y, durante el vuelo, conseguí dormir unas horas.

Cuando faltaba una hora escasa para aterrizar, me metí en el lavabo para cepillar mis dientes, peinar mi melena recogiéndola en un moño improvisado, perfumarme y darle un toque de brillo con color a mis labios.

No quería pensar en William para no ponerme nerviosa, pero era inevitable hacerlo y más cuando el reencuentro quedaba tan cerca. Esta vez, mi indumentaria, aparte de cómoda, era apropiada para cualquier ambiente; con solo quitarme la cazadora de cuero podría andar por Kenia sin pasar demasiado calor.

El avión aterrizó y puse mi reloj en hora keniata; eran las 21:12 de la noche. Mi estómago volvió a encogerse y toda la tensión se concentró en mi cuero cabelludo, ¡igual había tensado en exceso mi pelo! Demasiado tarde para remediarlo. Me colgué el bolso, cogí la urna por su asa con mi chaqueta bajo el brazo izquierdo y mi regalo en la otra mano. Por la megafonía del avión una mujer advertía a todos los pasajeros, con destino final Nairobi, que recogiéramos el equipaje por la cinta número tres.

Salí, agradeciendo la atención a la tripulación del vuelo, y me dirigí a la terminal. Bajé por una escalera mecánica que llevaba directamente a la cola que se iba formando para pasar el control de pasaportes y, justo cuando acabó el recorrido de aquellos escalones metálicos, al alzar la mirada le vi de pie apoyado contra una columna, mostrando su amplia y hermosa sonrisa.

—¡Angie! —Vino hasta mí, me agarró por la cintura y me dio un beso en la mejilla que me devolvió a la realidad—. ¡Bienvenida a Nairobi, de nuevo!

—Muchas gracias, William —dije, sonrojándome sin poder evitarlo—. Me alegro de volver a verte.

—Yo mucho más —respondió, consiguiendo que el rubor en mi rostro se mantuviese—. ¿Qué tal los vuelos?

—Sin novedad.

Se quitó la tarjeta de identificación del aeropuerto que llevaba colgada del cuello y, colándonos delante de todos, fuimos directamente a una de las filas menos concurridas de gente. Me pidió el pasaporte para dárselo al policía que estaba detrás del mostrador, mientras le mostraba su credencial. Me sellaron el acceso de entrada al país y, después, continuamos hasta la cinta de recogida de equipaje. La maleta ya estaba dando vueltas por ella cuando llegamos, William la sacó y nos dirigimos, directamente, al *parking* de la terminal, hasta parar frente a un impresionante Mercedes clase GL de color dorado que relucía como si fuese nuevo. Metió mi equipaje en el maletero, sin apenas esfuerzo, y yo puse el resto de las cosas en el asiento trasero.

—Bonito coche, parece recién salido de fábrica —dije, cuando arrancó y comenzó a moverlo en dirección a la barrera de salida.

—Sí, me lo entregaron hace unos días.

—No está manchado de barro. ¿Aún no lo has probado en la reserva?

—Este solo lo uso para trayectos largos y por ciudad. En Igoli nos movemos con Land Rovers, *pick—ups* y vehículos especiales de campo para transportar animales, alimentos o para realizar los safaris con los clientes —dijo, mientras dirigía el coche hacia una autopista que se alejaba del aeropuerto y de Nairobi en dirección al sureste.

—¿Qué tipo de safaris hacéis?, ¿de caza?

—No, en Igoli solo hacemos fotográficos. Allí preservamos la naturaleza en su estado más puro. A veces, se nos cuelan depredadores de las reservas contiguas y los tenemos que atrapar, pero lo hacemos con dardos tranquilizantes. Las veces que hay que salir a cazar para alimentarnos, lo hago yo con uno de mis ayudantes.

—¡Qué alivio! —exclamé—. No me gusta nada la gente que caza por afán lúdico.

—Pues ya somos dos. En África hay muchos sitios para ese tipo de actividad; sigue siendo uno de los reclamos turísticos más importantes en estas tierras. En muchos países hay una legislación estricta para ese tipo de caza, ya que, en cierto modo, liberan de un exceso de población; sin embargo, hay que regularlo bien, no se pueden cazar especímenes demasiado jóvenes, sementales o hembras gestantes. Desgraciadamente, el mercado furtivo también es excesivo y se siguen pagando millonadas por cazar algún animal en peligro de extinción por el simple hecho de sacarse una foto con la pieza y creerse más macho que ninguno, o por tener un trofeo en sus casas con el que fanfarronearse ante los demás.

—¡Qué horror! ¿Y no se puede controlar mejor?

—Es complicado. Hay mucho analfabetismo, la mayoría de la población africana pasa hambre y, además, están sometidos tanto por poderes blancos como negros. Se crea, entonces, una amalgama de intereses que hace difícil el concienciar a la gente sobre lo que es moralmente correcto.

—¿Se han colado alguna vez cazadores furtivos en... Igoli? —Me costaba pronunciar aquel nombre, pero él hablaba de su reserva como un lugar con vida propia.

—Sí, en una ocasión. Fue hace mucho tiempo. —De pronto, se puso serio, mantuvo la mirada fija en la carretera y tensó sus brazos, agarrando fuertemente el volante.

—Y, ¿qué pasó?, ¿conseguiste pillarles?

Tardó unos segundos en responder:

—Les di alcance. Se trataba de un grupo de cuatro que habían hecho de las suyas en las reservas de los alrededores y en las dos más importantes de esta parte del continente. Acababa de ocurrir una desgracia en Uganda, en Bwindi, en uno de sus más famosos parques naturales; allí la población de gorilas Beringei, en peligro de extinción, es una de las más importantes del mundo. Todo indicaba que ese grupo de sádicos podían tener algo que ver, era su modo de actuar; piezas pequeñas, principalmente de crías importantes, como la de ese gorila, cabezas de lince salvaje, colmillos de crías de león, fetos avanzados de búfala... En mi caso, fueron a por la cría de una pareja de rinocerontes negros que me traje de Sudáfrica, de la reserva de mi abuelo. El macho era su predilecto y, poco antes de morir, me dijo que los fuera a recoger, ya que quería que yo los tuviera conmigo; era un semental excepcional y su hembra favorita debía viajar con él para que no extrañase demasiado el cambio, así podría estar tranquilo y llegar a procrear también con la otra hembra que vivía en Igoli.

Paró un momento para inspirar y retomar la historia segundos después.

—Aquella noche, cuando volvía a mi *lodge* tras acabar la patrulla rutinaria, noté la agitación en el ambiente. Llegué incluso a sentir la tensión en los músculos de aquel macho, el miedo y la angustia de sus hembras y el dolor infinito de aquella cría recién nacida. Salí volando hacia allí y cuando llegué, alcancé a ver el espectáculo atroz que llevaban a cabo. ¡No es agradable de escuchar, Angie!

Se calló de golpe, tensando la mandíbula y mostrando dureza en su mirada.

—Continúa, por favor —le animé.

—Mientras dos de ellos se dedicaban a cargar la cría muerta en su 4x4, los otros dos, que ya habían conseguido adormecer a las dos hembras, retiraban de manera cruel y salvaje los cuernos del macho que yacía muerto y sus órganos sexuales.

—¡Dios! —me llevé las manos a la boca—. ¿Y para qué los querían?

—En muchas culturas occidentales la idea del cuerno de rinoceronte, especialmente del negro que es particularmente raro, y de sustancias extraídas de sus gónadas, así como el propio pene, hace que crean en poderes afrodisíacos a quienes los consumen o los llevan como amuletos. Se paga mucho por ello en el mercado negro.

—Pero ¿qué hicieron cuando les descubriste? ¡Qué miedo pasarías! ¡Llevarías un arma contigo, al menos!

En ese momento, pareció recuperar un poco el tono relajado y, con la luz de la luna que entraba por el cristal del coche e iluminaba aquella carretera tan oscura, advertí una pequeña sonrisa en sus labios.

—Te aseguro que más miedo pasaron ellos. Intentaron dejar lo que ya habían comenzado y salieron huyendo por donde pudieron, cada uno en una dirección. Pero ese era mi terreno, no el suyo. Fue fácil acorralarles hacia donde yo quise —volvió a callarse de golpe—. Tampoco va a ser agradable esto, Angie, e igual hace que cambies la idea que tienes de mí. Corresponde a una de las naturalezas más salvajes de mi ser.

—Hicieras lo que hicieras se lo merecían de sobra, así que sigue con la historia.

Apartó durante unos instantes la vista de la carretera para mirarme y calibrar si hablaba en serio y, después, continuó:

—Vapuleé a cada uno de ellos con... un par de manotazos certeros. Suficiente para dejarles inconscientes sin llegar a matarlos. La venganza debía ser más dulce y más lenta. —Le creía capaz de cualquier cosa con un par de golpes solamente; su espalda y aquellos brazos daban fe de ello—. Después, les fui colocando, uno a uno, desnudos y atados a la alambrada que me habían destrozado para entrar con el todoterreno; me ayudé de las varas de junco que crecen en los lagos donde habitan los hipopótamos. Más tarde, convoqué a una pareja de leopardos que andaban por Igoli desde hacía un par de días y que por entonces no habíamos conseguido atrapar para sacarlos de allí.

—¿Les convocaste... cómo? —pregunté, intrigada.

—Bueno, hay diversas formas. La llamada de la sangre fresca y humana suele ser una de ellas.

—¡¿Qué hiciste?! —exclamé.

—No mucho más, con los golpes que les había dado sangraban ellos solos. ¿Estás segura de que quieres que continúe?

—Sí, sigue, por favor —contesté, de manera tajante.

—Luego, fue cuestión de dejarles solos ante los leopardos hambrientos —dijo, sin más.

—¿Y... cómo ocultaste todo aquello? No me malinterpretes, a ver —dije, levantando las palmas de las manos—, no critico tu forma de actuar, pero supongo que esa gente tendría familia e igual la policía investigaría por las reservas, sabiendo a lo que se dedicaban.

—No hizo falta ocultarlo. Yo mismo llamé a la policía a la mañana siguiente y les conté todo lo ocurrido sin saltarme una coma. De sus cadáveres quedaba poco e irreconocible. Y por aquí no se aprecia a ese tipo de personas ni a su gente, así que la policía cerró el caso; la ley me ampara como dueño de las tierras y más por haberse cometido un crimen tan atroz contra mis animales. En el 4x4 de aquella gentuza encontraron otros trofeos, aparte de la cría que me mataron; entre ellos, un par de manos y pies cortados de gorila adulto y la cabeza seccionada de un bebé de gorila que identificaron como los asesinados en el parque de Uganda. Además de las cuatro patas cortadas y los dos colmillos de un elefante macho. Eso les incriminaba directamente.

—¡Pero qué gente más odiosa! ¿Para qué querían usar todo eso?

—Hay quien paga millonadas para hacer rituales de magia negra con los sesos de las crías, para exhibir las manos de los monos como ceniceros en sus casas, taburetes para sentarse hechos con patas seccionadas de elefantes o convertirlos en otros objetos decorativos que creen originales en grado sumo.

—Pues me alegro de que vengases a esos pobres animales y que las normativas estuvieran de tu lado. Rara vez la ley del Talión favorece a los justos. ¿Alguna otra vez has tenido incidentes con gente de ese tipo?

—No, nunca más. Se corrió la voz por aquello y, desde entonces, ningún otro humano se ha atrevido a cometer alguna infracción ni en mis tierras ni en las reservas vecinas.

—¿Cuánto tiempo hace que eres propietario de Igoli?

—Más de lo que recuerdo —respondió, de modo impreciso.

—¿Y de dónde le viene el nombre?

—Es como llama el pueblo zulú a Johannesburgo, significa «ciudad de oro». Quise llamarla así en honor a la tierra que mi abuelo protegió antes de morir y que tanto adoraba.

—¿Qué ocurrió con su reserva?

—Sigue allí, cuidada por unos parientes. Aquellas tierras son muy extensas y necesitan más atención que un simple par de ojos. —Volvió a sonreír como si algo le resultase gracioso.

—¿También se dedican a los safaris?

—Prácticamente, todo el mundo que posee una reserva en África se dedica a ese tipo de negocio. Algunos con más actividad que otros. Los animales son un imán que atrae al turismo. La gente viene desde cualquier parte del mundo para relacionarse y conocer este mundo salvaje. Es bonito verles liberarse de sus ataduras con las grandes ciudades que tanto les asfixian y les estresan. Pocas personas salen de una reserva diciendo que no volverían jamás.

—Me dijiste por teléfono que Igoli es muy exclusiva. ¿Qué tipo de gente aceptas en ella?

—Solo a los que son puros de alma y de corazón. —Desvió la vista de la carretera para mirarme.

—¿Y qué tienes?, ¿un detector para descubrirlos? —pregunté, con ironía.

—Algo parecido —y soltó una sonrisilla ladeada—; también permito que venga algún recomendado, como tú, por ejemplo.

—¡Ah, ya veo! O sea, que yo no entro dentro de los puros de alma y de corazón, ¿verdad?

—Te aseguro que los que sí que lo son están ahí detrás y te concibieron a ti, por lo que tienes bastantes papeletas a tu favor para serlo también; suele ser algo que se hereda.

Noté como el coche desaceleraba progresivamente. William puso el intermitente a la izquierda y salió de la autopista. Se veían de frente las luces tenues de lo que parecía una pequeña aldea, cuya calle principal se encontraba repleta de tascas de comida y de gente. Frenó y descendió del coche, pero yo no me bajé hasta que le tuve al lado, abriéndome la puerta.

—¡Vamos, Angie, baja!

—¿Ya hemos llegado? —pregunté, extrañada.

—No, vamos a cenar algo. Aquí se comen unos maravillosos platos vegetarianos. Aún estamos a mitad de camino y cuando lleguemos a Igoli, será demasiado tarde y estarás cansada.

Descendí del coche y nos metimos en un pequeño local con ventiladores en el techo y mesas de madera vestidas con manteles de papel blanco. La luz del recinto era tan tenue como la de las farolas de la calle y costaba acostumbrar la vista al interior. Las paredes estaban totalmente decoradas con grafitis de animales salvajes en blanco y negro y casi todas las mesas estaban ocupadas aquel sábado por la noche.

—¡Mama Ghetta! —gritó William, acercándose a lo que parecía la puerta de entrada a la cocina y que estaba por detrás de un mostrador con cuencos repletos de unas tiras parecidas al beicon frito, aunque mucho más seco—. ¡Mama Ghetta!

—¡William! —De repente, salió una mujer oronda y negra como el azabache, con un delantal blanco, bordado encima de un colorido vestido y un turbante a juego que le cubría la cabeza.

Ambos se abrazaron. Bueno, más bien, ella le abrazó a él; ya que, aunque él la ganaba en altura, no era capaz de abarcar con sus brazos por completo a aquella mole de mujer. En cuanto le soltó, ambos se pusieron a hablar en otra lengua. Se hacía raro oírle hablar fluidamente aquel extraño idioma tan gutural. Él me señaló a la vez que le hablaba y, entonces, ella se percató de mi presencia.

—Angie, te presento a mama Ghetta. Ella ha cuidado de nosotros en Igoli durante muchos años. Fue nuestra cocinera hasta que decidió montar este negocio y ahora quien se encarga de ser nuestro chef es su nieto, Etó. —Ella me estrujó entre sus brazos, también, y luego nos acompañó hasta una de las mesas que había libres—. Quédate aquí, ahora vengo —dijo, mientras apartaba una de las sillas para invitarme a que me sentara—. ¿Te apetece probar el agua de coco? Es muy refrescante.

—Sí, por favor, estoy sedienta.

Salió detrás de aquella mujer, rodeándola con su brazo mientras caminaban y mientras ella regresaba a la cocina, William se fue detrás del mostrador y agarró dos cocos enteros que había dentro de una caja de madera. Los puso sobre la encimera y con un machete que colgaba de un gancho pegó unos cortes en la punta de cada coco para abrir un agujero e introducir una pajita en ellos. Cada coco ocupaba media mesa, cuando los dejó sobre ella.

—¡Salud! —dijimos, al unísono, después de chocarlos para brindar.

El agua de coco refrescó mi garganta. Enseguida apareció mama Ghetta trayendo en una mano dos platos y una cesta de mimbre, con algo tapado por una servilleta, y en la otra mano, una fuente inmensa de algo parecido a cuscús de vegetales.

—¡Buen apetito! —nos dijo y se marchó.

—Creo que es una de las pocas cosas que sabe decir en inglés —dijo William a modo de confidencia.

—¿En qué hablabas con ella antes? ¿En swahili?

—No, en kikuyu. Otra de las lenguas locales.

Comenzamos a comer y en esta ocasión William no llevó a cabo su ritual particular de rezo antes de probar del plato que se le ponía delante. Se dedicó a depositar aquella sémola con verduras dentro de las tortas calientes que había dentro de la cesta.

Cuando acabamos, él mismo se levantó y se llevó la fuente y los platos sucios a la cocina. Mama Ghetta salió de nuevo con él y con un par de platos de postre, mientras él cargaba con una jarra de rooibos y dos tazas de loza.

—Prueba este postre, es uno de mis favoritos. Lleva coco y limón, ¡delicioso! —me contaba esto mientras nos servía una taza de infusión a cada uno.

Terminamos nuestra suculenta cena y William se despidió de ella, a la vez que se sacó varios billetes de la cartera y se los puso en la mano. Ella hizo el amago de devolvérselos, pero él insistió, hablando con ella en aquella extraña lengua local. Después, la besó en la mejilla, cariñosamente, y ella nos volvió a dar otro megaabrazo a cada uno.

Subimos al coche y continuamos por la misma autopista por la que habíamos llegado.

Pasé el resto del trayecto contándole cómo fue todo durante el funeral y el vacío tan grande que sentí cuando aquella plancha de metal del horno crematorio les apartó definitivamente de mi vista. También le hablé de Julie, de mis compañeras de vuelo y de la boda de Andrea.

William sí que me daba la suficiente confianza como para contarle mi reciente hallazgo y las numerosas dudas que tenía referente a la vida de mi hermano y de sus amigos. Quizás, más adelante, lo hiciese.

Salimos de la autopista, tomando otro desvío hacia una carretera de montaña que ascendía por un camino sinuoso. Después, fue descendiendo por un terreno angosto y recubierto de vegetación, la cual rozaba los laterales del coche al pasar. Cuando salimos de ese estrecho camino, las luces enfocaron una gran planicie que partía hacia dos direcciones opuestas. William fue a la derecha y, pasados otros cinco minutos de alambrada a ambos lados, se paró frente a un portón alto de forja negra que estaba cerrado. Sacó un mando a distancia de la guantera y la puerta se abrió de par en par a nuestro paso. Sobre una de las columnas pude leer el nombre de la finca, en una placa trabajada con letras mate en color dorado y un marcado estilo colonialista.

«IGOLI NATURE RESERVE»

William giró el rostro hacia mí, según franqueábamos el portón y, sonriéndome, dijo:

—¡Bienvenida a Igoli, Angie!

Le miré, devolviéndole la sonrisa. El portón se cerró a nuestro paso y durante otros diez minutos William condujo a través de un camino terroso. Solo se alcanzaba a ver vegetación y una densa oscuridad. Reduciendo la velocidad pasó, con sumo cuidado, por un puente de unos veinte metros de largo y sin barreras laterales, cruzando lo que parecía un riachuelo. Pasados unos minutos, paró el motor cerca de una zona habitada e iluminada artificialmente. Bajamos del coche y de la nada vi aparecer a un hombre que abrió la puerta del maletero, sacó mi maleta y con un único y rápido movimiento se la subió a lo alto del hombro para cargarla. Yo saqué de la parte trasera la urna, mi bolso, la cajita con el regalo para William y la chaqueta de cuero que me puse sobre los hombros, ya que era increíble lo que bajaba la temperatura de noche en aquel lugar, aun siendo una estación calurosa.

William se puso a indicarle algo a nuestro porteador y, girándose hacia mí, dijo:

—Eso sí era swahili.

Fuimos a través de un camino de grava fina que pasaba al lado de una pequeña piscina, colocada en una zona elevada y protegida por una valla, hasta una zona bastante oscura en donde solo se oía el ruido de los grillos. Ascendimos desde allí, a través de un pasillo exterior de madera que lo rodeaba, hasta la entrada principal de una gigantesca construcción de varias plantas con forma de típica cabaña africana. Cuando, prácticamente, estábamos a dos alturas y en la parte trasera de donde empezamos a subir, traspasamos una preciosa puerta de madera maciza y cristal templado que daba al amplio *hall* de entrada de una vivienda independiente. Desde aquel *hall* se accedía a una escalera central que subía adonde supuse que estarían las habitaciones. Cuando llegamos arriba, el porteador se metió en una habitación sin puerta alguna, pero discretamente custodiada por un gran biombo de madera de teca que te permitía entrar y salir sin necesidad de moverlo. Frente a esa entrada había otra habitación igual, también con su biombo a modo de puerta. La escalera continuaba hacia arriba, ensanchándose un poco. Pero nosotros seguimos al porteador quien, tras dejar la maleta sobre un soporte en forma de tijera para tal fin, abrió un lado de la cama de matrimonio, procediendo después a correr las cortinas de lino que decoraban el amplio ventanal de aquella estancia.

La decoración era típicamente africana; había un par de sillas con reposabrazos en madera, mesillas que eran troncos de árboles seccionados, lamparitas hechas con raíces retorcidas y pequeños cuadros elaborados con abalorios de colores y temática cotidiana de tribus locales. La cama tenía un cabecero de madera cuyos nudos quedaban a la vista, armonizando con el espacio. Las alfombras que decoraban el suelo de piedra porosa eran de piel de cebra; y el techo de la habitación, alto y geométrico, estaba recubierto por un artesonado de madera en distintos tonos. Detrás del cabecero de la cama había un simple murete blanco, abierto por cada lado.

—El baño está ahí detrás —explicó mi anfitrión—. ¿Te gusta la habitación?

—¡Es preciosa! ¡Mucho mejor que el Nakuru Lake! —exclamé.

Él me cogió con sumo cuidado la urna de la mano y la posó encima de la mesa escritorio que estaba en una pared del fondo.

—Mañana continuarás viendo maravillas, Angie. No tengas prisa, en Igoli amanecemos temprano, pero tú eres mi invitada. Me avisarán en cuanto estés levantada. Mi habitación se encuentra escaleras arriba, por si necesitas alguna cosa —dijo, señalando con el dedo—. Ahora, descansa.

—¡Espera, William! —dije antes de que desapareciese de mi vista—. Tengo una cosa para ti.

—¿Para mí? —exclamó, llevándose la mano al pecho.

—Sí, quería traerte un detalle por tu hospitalidad y no sabía lo que podía ser, así que decidí coger esto de mi casa de Vancouver. Espero que te guste, mi padre era un gran aficionado a ellas; y, aunque imagino que tendréis muchas por aquí, espero que esta, en particular, ocupe un lugar preferente en tu hogar.

Le entregué la caja que había estado cargando y se fue con ella hasta el escritorio, de nuevo, para sacar un abrecartas plateado de uno de los cajones. Rasgó la cinta adhesiva y sacó el contenido, curvando los labios. Cuando consiguió quitar todo el papel de embalar que lo rodeaba, alzó con su mano derecha aquella hermosa piedra para mirarla al trasluz.

—¡Qué geoda tan bonita! —exclamó—. Se nota la energía que transmite.

—¿Cómo lo notas? —quise saber.

—Las que están bien energizadas desprenden una luz especial y tienen un color distinto a las que no lo están —me explicó.

—Mi padre seguía un ritual cada seis meses para proporcionarles esa energía —le conté.

—Sí, lo conozco; agua, sal, sol y luna. Nosotros preferimos que eso lo obtengan en su propio entorno. ¡Aun así, me encanta, Angie! Muchas gracias.

—Gracias a ti por todo y me alegro de que te guste mi regalo.

—Tenerte aquí ya es suficiente regalo para mí —dijo, mirándome fijamente a los ojos antes de despedirse y salir.

La llanura de los ancianos

La luz solar, tamizada a través de aquellas cortinas de lino claro, me despertó. Al descorrerlas comprendí que su función era solo mantener la intimidad, en caso de que alguien pasase por delante de la terraza que había fuera, pero no preservar la oscuridad para el descanso de quien allí durmiese; porque aquel paisaje no se merecía reposar hasta tarde en el lecho, no se merecía perder ni un minuto de la posibilidad de admirarlo y disfrutar de él.

Abrí el ventanal para apreciar la hermosura de aquel escenario natural. Afuera había dos sillones de madera y una mesita de teca, y me acerqué a la barandilla siguiendo el envolvente ronroneo de la sabana, ajena por completo a cualquier sonido urbano.

Un pequeño riachuelo descendía por una pared rocosa, formando una cascada a su paso por entre las piedras. Al fondo se extendía una amplia llanura donde pastaban ñus, gacelas y cebras; y aún más lejos, elevada en altura, se apreciaba una zona arbórea por donde asomaban varias jirafas, recolectando frutos de las copas de los árboles.

Entré en la habitación en busca de la cámara de fotos; observando cada detalle con ella, fotografiando la naturaleza salvaje y la densa vegetación. Solo se escuchaba el fluir del río, el zumbido de algún insecto y el aleteo de las aves al pasar, lo que me colmó de paz y tranquilidad.

Justo debajo de la terraza donde yo me encontraba sobresalía otra mucho más grande, en la que asomaba una piscina que invitaba a lanzarte dentro de ella. El agua rebosaba por los bordes y se filtraba por el perímetro exterior. Suerte que se me ocurrió coger un par de bikinis de casa.

Eran ya las nueve y veinte y el sol hacía rato que había salido. Saqué del armario de bambú, donde la colgué la noche anterior, la ropa que me pondría para ese día: pantalón largo de *trekking*, camiseta de manga corta y botas de caminar. Me dirigí al baño, en el que nada más entrar olía a vainilla. El espacio era tan grande como el dormitorio y estaba dividido por dos muretes. Al lado de uno de ellos se integraba, con su mampara, un plato de ducha de estucado rústico y decoración de teselas pequeñísimas, hechas con cristales de color ahumado. Frente a esta estaban el inodoro y el bidé, cuyas tapas guardaban armonía con el resto de la decoración. El lavamanos doble con tinas de piedra al aire quedaba justo entre los dos muretes; y, por último, junto al otro muro había una bañera redonda que ocupaba uno de los rincones de la estancia y que estaba decorada a su alrededor con multitud de velas pequeñas, dentro de sus cuencos transparentes, y grandes frascos llenos de sales de baño.

De cuando en cuando, en las paredes aparecían, incrustadas, pequeñas figurillas de insectos hechas con alambre y abalorios de colores, simulando que las trepaban.

Los rayos del sol traspasaban las cortinas venecianas de madera, que cubrían los cristales de las dos ventanitas que se encontraban a cada lado de aquel baño, por lo que me pude duchar sin tener que encender la luz.

Al igual que la noche anterior, no quise quitarme mi colgador por temor a que Fael decidiese acceder a mi mente en ese preciso instante.

Me apetecía hablar con él y, sobre todo, pedirle que me aclarase cómo lo hizo para llegar tan rápido a Seattle desde Vancouver; pero tendría que esperar, aquel no era el momento más oportuno.

Tras ducharme y secarme, unté crema solar en mi lechosa piel. Los rayos de sol no me apreciaban en absoluto y como no saliera cubierta de bronceador de alta protección, acabaría roja como un cangrejo de río y cubierta de paños de agua con vinagre para sofocar las molestias; técnica que empleaba mi abuela María siempre que Michael o yo, siendo pequeños, volvíamos achicharrados de la playa. El vinagre apestaba, pero calmaba con su frescor.

La noche anterior le había enviado a Mike un mensaje antes de acostarme. Hasta que William no me dijera a qué lugar sagrado tenía pensado llevar a mis padres, no iba a necesitar hablar con él; así que el móvil apagado, las gafas de sol y la cámara fue todo lo que cogí después de vestirme y hacer una cola de caballo alta con mi pelo para ir en busca de William.

Bajé las escaleras que llevaban al *hall* de entrada y que, por detrás de ellas, daban acceso a un amplio salón con aire vanguardista y decoración de estilo étnico. Lanzas tribales colocadas de pie sobre soportes y escudos, ricamente trabajados, completaban la ornamentación junto con alargadas esculturas talladas en madera, máscaras de ébano, alfombras de piel de animales y huevos de avestruz vaciados y metidos dentro de fuentes de cristal repartidas por las mesas.

Llamaba la atención ver en el salón un moderno frigorífico junto a un mueble que hacía las veces de bar y aparador.

El blanco de los sofás de piel, así como aquel suelo tan claro, atrapaban la luz solar que entraba a raudales por los grandes ventanales de cristal que cubrían las paredes. Era tan potente el resplandor que hacía daño a la vista. Desde cualquier ángulo de aquella estancia se veían hermosas vistas y, además, era el lugar por el que se accedía a la piscina.

Salí al porche exterior por una de las puertas correderas, que estaban abiertas de par en par, y el sol acarició mi piel al pasar sus rayos a través de un techado cubierto por finos listones de madera natural, posiblemente hidrófuga, que hacía las veces de parasol. Bajo esa cubierta había preparada una mesa con manteles individuales de caña y bajo platos artesanales, al igual que todo lo necesario para desayunar: copas, cubiertos, jarra con zumo y platos de fruta envueltos en plástico para preservarlos de los insectos. Al lado de aquella mesa había resguardado contra una pared un carro de platos calientes y fuentes tapadas que, según iba levantando, mostraban huevos revueltos con champiñón, jamón braseado y *croissants* templados, así como unas jarras rellenas de leche, café y té verde con aroma a hierbabuena, descansando todo ello sobre hornillos eléctricos.

Me acerqué a la mesa para retirarle el plástico al plato de fruta y poder comérmelo de pie mientras disfrutaba de aquella vista. Fui al lado exterior de la piscina, la cual estaba separada del borde por apenas medio metro y te dejaba expuesto en toda su longitud, sin barrera alguna que te protegiera, a una caída de varios metros hasta llegar al suelo. La noche anterior me pareció que habíamos subido solo un par de pisos, pero la sensación en aquel momento era la de estar a casi cuatro plantas desde donde comenzaba la orilla del riachuelo que corría por allí abajo.

Caminar por aquel borde requería no tener vértigo alguno. Me quedé allí parada, saboreando aquella suerte de frutas exóticas y cuando giré para volver a la mesa y servirme un poco de zumo, le vi con las piernas y los brazos cruzados, apoyado contra uno de aquellos ventanales de cristal, observándome fijamente.

—¡Buenos días, Angie! —dijo, sonriente.

—¡Qué susto, no esperaba encontrarte ahí! —exclamé, sorprendida—. ¡Buenos y maravillosos días para ti también, William!

—¡Vaya! Veo que Igoli ya ha empezado a ejercer su influjo sobre ti. —Se acercó a la mesa para servirse un vaso de zumo—. ¿Quieres un poco?

—Sí, por favor —contesté mientras yo llenaba un plato con mini *croissants* para los dos—. ¡Esto es impresionante! ¡Es un lugar bellísimo!

—Y eso que todavía no has visto nada —contestó mientras se sentaba en el reposabrazos del sillón de mimbre que estaba frente a mí para beber su zumo.

—Yo no llamaría «nada» a estas vistas según te levantas de la cama —le respondí.

—Luego verás a lo que me refiero con el resto. ¿Estás preparada para un *tour* completo alrededor de la reserva?

—Aquí tengo la cámara —canturreé mientras la levantaba para mostrársela.

—Antes tienes que desayunar algo más. No pararemos para comer hasta las dos.

—¿Tú no desayunas? —pregunté, dando por hecho que se acababa de despertar como yo.

—Yo me nutro a las cinco de la mañana. Con este zumo y un poco de té aguantaré hasta la comida.

—¿Llevas levantado desde las cinco? —pregunté, atónita.

—No, estoy levantado desde las cuatro. Ya te dije que en Igoli amanecemos temprano.

—Ya lo veo, antes incluso que el propio sol. ¿Y qué te dedicas a hacer a esas horas? Me imagino que ni siquiera los animales estarán despiertos.

—Hago ejercicio, practico diversas técnicas y antes del alba inspecciono la finca, vigilando que no haya depredadores inesperados en la zona o cualquier otra cosa, de última hora, que ponga en riesgo a los clientes o a los animales.

—¿Y cómo compaginas esta vida con tu trabajo en la ciudad?

—Con mis ayudantes. Axel es el conductor y guía de los *tours*, él se encarga de las rondas cuando yo no estoy, dirige todo el tema de abastecimientos y mantenimiento de las instalaciones. Es mi mano derecha y, también, el que caza conmigo cuando es necesario. Después está Noa, su mujer, que es, como si dijéramos, el ama de llaves de Igoli; se encarga de todo lo que tiene que ver con el confort de los huéspedes, la decoración de las cabañas, elección de los menús, preparación de las mesas, dirige el trabajo del servicio y se encarga también del tema de las reservas de los clientes. Cuida hasta el mínimo detalle. Ellos viven en una casa independiente, cercana al pequeño poblado de trabajadores de Igoli que está dentro de este mismo territorio.

—¿Hay un poblado dentro de la reserva? —pregunté, extrañada.

—Sí, tiene incluso una pequeña escuela para los niños.

—¿Cómo es Igoli de grande?

—Algo más de veinte mil hectáreas.

—¡Pero eres un empresario en toda regla! ¿Qué haces trabajando en el aeropuerto?

—Me ayuda a mantener relación con el mundo, a tener buenos contactos y a conocer a gente interesante como tú.

Me sonrojé por el halago y decidí servirme un poco de aquel té de hierbabuena para evitar que se me notase demasiado. William aceptó una taza para él. ¡Hummm, olía deliciosamente bien!

—Si hay un poblado y hasta una escuela, entonces habrá un cementerio también, ¿no?

—Más de uno —contestó.

—¡Por eso no dudaste nada cuando te hablé de los permisos para el lanzamiento de las cenizas! ¡Te referías a enterrarlas aquí mismo, en Igoli! —exclamé, asombrada.

—Sí, señorita —dijo, antes de sorber de su taza—. ¡Aunque... eso será si te parece bien, claro!

—¡¿Bromeas?! No creo que pueda haber un sitio mejor para ello —confirmé con entusiasmo—. Me va a tocar pensar en hacerte otro regalo.

—Bueno —dijo alzando una ceja—, yo... estaba pensando, mejor, en que pagases la apuesta que perdiste en Nairobi hace una semana. No creas que me he olvidado —dijo sonriendo pícaramente.

—¿Ah, sí? ¡Conque esas tenemos! —exclamé con fingida sorpresa—. ¡Me la estabais guardando tú y esos dedos peligrosos que tienes, eh! Bien, bien... Yo siempre pago mis deudas, pero ¿se puede saber qué le debo, señor Van der Milaray? —ladeé un poco la cabeza a la espera de que me contestase.

—Se me van ocurriendo algunas cosas, pero... tendré que meditarlas detenidamente —contestó, entrecerrando sus ojos de una manera muy sugerente.

Mantener la mirada sobre aquellos ojos, de color tan dorado como un lingote de oro, empezaba a hacerse cada vez más duro de sobrellevar. Mi corazón latía tan rápido que parecía que se me fuese a escapar del pecho, reconociendo en mí el deseo que luchaba por salir para atrapar el objeto preciado.

—¿Me avisarás cuando lo hayas decidido? —continué con aquel juego de palabras que tanto me ponía.

—Lo verás y... lo experimentarás —afirmó rotundo.

Parpadeé un tanto desconcertada y solo pude asentir como una boba, guardando para mis adentros aquel deseo inconfesable.

—Y, cambiando de tema, ¿a cuál de los cementerios, que dices que hay aquí, llevaremos a mis padres?

—Al de mis ancestros. Los otros dos son uno, de animales y el otro, de la gente del poblado. Hoy te llevaré a verlo y así podrás decidir con tu hermano cuándo hacerlo.

Apuramos una segunda taza de té y nos fuimos, rodeando la inmensa cabaña a la inversa de como lo hicimos la noche anterior y pasando por delante de la piscina pequeña, donde una pareja estaba jugando en el agua con sus hijos. Aquella piscina para clientes estaba rodeada por una verja de seguridad para que los animales no entrasen. Y frente a ella había una pequeña casita de diseño étnico que albergaba un spa con sauna, zona de masajes y tratamientos de belleza que daban dos expertas esteticistas.

Todo giraba en torno a la gran construcción central, que era la sede principal de residencia de Igoli, y donde la parte trasera era enteramente la vivienda de William que ya conocía y la delantera quedaba completada por un total de dos cabañas con dos habitaciones dobles y otras tres cabañas individuales integradas en la base de la principal, pero a distinta altura y separadas cada una de ellas por diversos caminos privados. Los balcones de estos espacios para clientes nunca se mezclaban con la vista privada de la que disfrutaba William desde su casa. Aun así, esas amplias balconadas daban, igualmente, según me enseñó, a otro pequeño espectáculo de la naturaleza: una especie de microcosmos selvático donde se compartía el mismo riachuelo que cruzaba la finca y sobre el que había caminos de piedra para pasar al otro lado y disfrutar de las pequeñas cuevas que había horadadas en una pared frontal de roca caliza. Según contaba William, los niños disfrutaban intentando localizar a la pareja de dragones enanos de Komodo que Noa les decía que habitaban allí.

Igoli acogía un total de catorce clientes. De ahí su exclusividad y la dedicación que se podía tener con cada uno de aquellos visitantes en todo momento. Cada una de las cabañas era atendida por una única persona de servicio, que se preocupaba del confort de los huéspedes y de que todo estuviera cuidado al mínimo detalle. La entrada a las cabañas constaba de puerta corredera de cristal, sin cierre de ningún tipo. La seguridad en Igoli era total y nadie tenía que temer robo alguno, de ahí que las camareras estuvieran pendientes de colocar y limpiar lo que fuera en todo momento. Noa se encargaba de supervisar toda esa dedicación: reposición del minibar y de los *kits* de café, colocación cada noche de cuentos distintos sobre las mesillas de las habitaciones donde había niños, apertura del embozo de las camas al finalizar el día y colocación de bolsas de agua caliente dentro de las mismas, así como el despliegue de las mosquiteras que rodeaban las camas y muchas cosas más.

El negocio le iba muy bien y se encontraba lleno en todo momento. Muchos clientes procedían de reservas vecinas, que llegaban para ver animales que en otros sitios no tenían, como, por ejemplo, los ejemplares de rinocerontes negros en peligro de extinción y las maravillosas bandadas de flamencos que migraban por aquella época a sus zonas pantanosas. Él hacía lo mismo con sus clientes, acercándoles a las reservas colindantes cada vez que querían ver leones u otro tipo de felinos.

Subimos por un tramo de escaleras hechas con troncos de árboles, hasta una terraza amplia con mesas y sillas de madera para disfrutar de las vistas mientras tomabas algo y por la que se accedía a lo que resultó ser el comedor de clientes de Igoli. Este estaba ubicado en un edificio separado de todo y donde también se encontraban la cocina, la lavandería, la recepción con su despacho y una pequeña tienda de *souvenirs* que atendía una señora del poblado.

No se podía decir que entrásemos a un restaurante, ya que aquello parecía, más bien, el comedor inmenso de una casa particular. Había dos amplios sofás de cuero oscuro frente a una mesa de cristal bajita, varios sillones cercanos a una pequeña chimenea y una grandiosa mesa redonda de madera maciza donde podían sentarse alrededor de quince personas.

Las paredes estaban cubiertas con una buena colección de obras abstractas y solo desentonaba la barra de bar con taburetes altos que ocupaba una de las esquinas y que le daba cierto aire de *pub* inglés al resto de la ambientación africana, lo que rubricaba el colonialismo británico en aquellas tierras.

Fuera de la barra, tomando café de pie y charlando, se encontraban Noa y Etó, a quienes William me presentó. Ella era una chica de unos treinta años, de tez pálida, pelo rubio oscuro y marcado acento británico que vestía una especie de uniforme en color verde caqui con una camisa holgada y cómoda que llevaba remangada y donde se le podía ver cosido, en el lateral derecho, el escudo de Igoli. Tenía los ojos pequeños y azules, algunas pecas dispersas por la cara y su rizado pelo recogido en una trenza. De los pantalones, los cuales estaban llenos de bolsillos, le colgaba un *walkie—talkie*.

En cuanto a Etó, sabía que era el nieto de mama Ghetta y que se trataba del chef de cocina de Igoli, el cual había estudiado en una prestigiosa escuela francesa. Era un hombre joven, de mediana estatura que no lucía la gordura de su abuela, pero sí su simpatía. Llevaba traje de cocinero y delantal atado a la cintura, cuyo reluciente blanco hacía juego con su sonrisa, al tiempo que contrastaba con el negro tan intenso de su piel.

William cogió un *walkie—talkie*, levantándolo de la base donde se cargaba la batería, y una pequeña nevera portátil que había sobre la barra. Después, nos despedimos de ellos para comenzar nuestra ruta.

Bajamos aquella escalera de troncos hasta llegar a una explanada en la que había aparcado un Land Rover corto, sin puertas y completamente descapotado. Metió la nevera por un lateral en la parte de atrás y se me quedó mirando mientras me mostraba las llaves del coche.

—¿Quieres conducir? —preguntó.

—¿Yo? No. ¿Por qué? —le miré un tanto desconcertada.

—Porque te paras en el lado del conductor. Pensé que a lo mejor te apetecía llevarlo —sonrió mientras esperaba a ver mi reacción.

—¡Vaya! No termino de acostumbrarme a lo de sentarme en el lado de la izquierda yendo de acompañante —cambié de lado y subí al coche por el lado correcto.

Ambos nos colocamos las gafas de sol y William se puso en camino hacia la llanura que se extendía justo debajo de su casa.

Comenzamos a ver impalas, gacelas, cebras y otras muchas especies desconocidas, para mí, que pastaban tranquilamente en aquel terreno.

Conducía lento para no perder ni un detalle en el camino. Sorteaba baches y terreno fangoso, haciendo que el trayecto fuera lo más delicado posible; casi ni se oyó el rugir del motor a nuestro paso entre una familia de jirafas.

—He oído hablar muchas veces de los cinco grandes de África; aquellos animales que todo el que viene aquí pretende ver antes de irse, ¿cuáles son?

—León, elefante, leopardo, rinoceronte y búfalo. Nosotros no tenemos aquí ni leopardos ni leones, son difíciles de controlar. Los demás son más dóciles; incluso los elefantes, a pesar de que necesitan grandes extensiones de terreno para trasladarse de un lado a otro y arrasan con lo que haya a su paso. En Igoli vive una familia de cinco miembros y en breve nacerá el sexto, pero son bastante mansos y no causan grandes altercados. ¡Míralos, allí están tres de ellos! —Y señaló a lo lejos, como a unos cien metros, hacia aquellos elefantes que caminaban a paso lento unos detrás de otros. Nos quedamos allí, mirando durante un buen rato y William me dijo que el segundo ejemplar de la hilera era la hembra gestante que pariría, aproximadamente, en unos diez meses.

—¿Al final conseguiste hacerte con algún otro rinoceronte negro macho? —pregunté, volviendo a recordar a aquellos salvajes que le mataron a uno.

—Sí y además has tenido suerte, mañana tenemos que ir a buscar otro nuevo a la finca de un amigo. Aunque primero quiero solucionar lo de tus padres para acomodarlos, no pasa nada si vamos un día más tarde a por él. Ahora, vamos a ver si encontramos alguno para que los conozcas.

Aceleró por un camino que rodeaba la finca por dentro y nos cruzamos con un todoterreno gigante que llevaba la parte trasera abierta por completo y cubierta tan solo por un techado con baca. Allí iban diez personas en unos asientos escalonados y preparados para ver al aire libre lo que ocurría delante de aquel mastodóntico 4x4. El todoterreno se paró a nuestra altura y el conductor, un hombre de pelo moreno claro, ojos verdes, tímida sonrisa y cara bien curtida, me fue presentado como su ayudante, Axel. William se puso a hablar con él y con su acompañante de color en swahili. Nos despedimos de ellos y seguimos nuestro camino.

—Axel ha visto a la madre rinoceronte con su cría a cinco minutos de aquí. Por el camino intentaremos ver a los hipopótamos en la laguna, aunque son algo tercos para asomarse.

Me dediqué a fotografiar desde distintos ángulos. Me tentaba la idea de girar la cámara para tomar una instantánea de él, pero me reservé para cuando parásemos y consiguiera hacerle alguna sin las gafas de sol que, por cierto, le hacían aún más atractivo.

Volvimos a cruzar con sumo cuidado aquel puente sobre el río, y sin barreras a los lados, cuyas tablas crujían a nuestro paso.

—Qué suerte que mantengas el paso de un río por la reserva —dije.

—El agua es la vida, Angie. Se trata de un afluente menor del río Mara. Nos permite acrecentar el encanto del lugar y disfrutar de la presencia de distintas aves migratorias —condujo lentamente hasta pararse frente a una laguna de tamaño medio, donde esperamos ver aparecer a los hipopótamos remolones. Finalmente, desistimos, ya que ninguno emergió a la superficie—. Quizá se hayan movido de laguna, hay otras dos y son muy dados a las excursiones. Los buscaremos esta tarde.

Pasado un rato, detuvo el coche y me indicó en un tono muy bajo que preparase la cámara y que mantuviese silencio. Él se quitó las gafas, dejándolas sobre el salpicadero, y se bajó del coche. Se fue acercando, sigilosamente, hasta la cría pequeña de rinoceronte, que se encontraba comiendo de un arbusto a unos treinta metros a espaldas de su madre. Yo le seguí con la cámara, guardando la respiración y con el corazón un tanto acelerado, ya que vi por el rabillo del ojo cómo la madre empezaba a girar su enorme cuerpo hacia donde caminaba William, acercándose a su cría. Bajé la cámara, incapaz de tirar una sola foto por miedo a que el ruido del disparador al sonar arrancase al animal en su contra. De pronto, William agarró el lomo de aquella cría y la fue dirigiendo hacia el coche, sorprendiéndome el hecho de que esta le siguiese como si fuese un perrillo faldero. Cuando llegó a escasos metros de donde yo me encontraba, se paró en seco junto al animal y me hizo la señal de bajar del vehículo y acercarme hasta él. Mis ojos no daban crédito. Me bajé con cuidado y, sin desviar la mirada de la mole de madre que ahora enfrentaba aquella asta contra los dos, me fui acercando mientras tragaba saliva por el camino. William sonrió y mantuvo una mano pegada al lomo de la cría y la otra echada hacia atrás, como mostrándole la palma al espécimen que se mantenía a su espalda. Por fin, llegué a su lado en lo que me pareció que fue una eternidad. Al encontrarme delante de aquella preciosa cría de rinoceronte negro que me llegaba a la altura del ombligo, William separó su mano del costado de la cría y agarró una de las mías para que lo acariciase. Su piel era prieta, templada y áspera, pero su aspecto era inocente y calmado, como si se tratase de cualquier cachorrillo de otro animal. William y yo nos sonreímos y la tensión se disipó un poco, hasta que volví a mirar a la madre. No se inmutaba, es más, parecía que estuviera hecha de cartón piedra de lo paralizada que se había quedado. El miedo que me entró solo de pensar que podía arrancarse en un ataque de defensa de su vástago fue percibido por William; entonces, me soltó la mano y se giró acompañado por aquella inmensa cría, que parecía un corderito, para devolvérselo a su madre.

Cuando volvió al coche junto a mí, me entró una risa floja que hizo que escapase la tensión acumulada.

—Temía que la madre arremetiese contra ti —dije en un susurro—. ¡Casi me da un infarto!

—Tranquila. Ya he notado tu tensión. Pero ella no iba a atacarme, sabe quién soy y me ha olido muchas veces.

—De cualquier manera, avísame la próxima vez que vayas a hacer algo así —le regañé.

—¿Para qué? Le restaría emoción al asunto. Además, emanas un agradable aroma cuando segregas adrenalina.

—Sí, seguro que ideal para que lo huela la madre gigante de cualquier otra cría que se te ocurra apartar unos metros de su cuidado y protección —contesté algo rebotada por su actitud suicida.

Empezó a carcajearse como si le hubiera contado algún chiste y arrancó el motor del coche.

—Creo que es hora de que hagamos una parada para que veas que no solamente te voy a hacer sufrir hoy.

Localizó una buena sombra de acacia en medio de una explanada cercana a la laguna de los flamencos. Aparcó el coche bajo el árbol y sentí como la humedad de aquel espacio refrescaba un poco el ambiente tan seco y caluroso de esas horas.

Sacó la nevera portátil y me animó a que cogiera una bebida. Mientras me decidía entre las diversas opciones, me sorprendió ver cómo improvisaba un pequeño picnic, colocando sobre el capó del coche una cesta de mimbre que yo no había visto guardada en la parte trasera del coche.

—¡La comida está servida! —indicó, señalando la cesta y cogiendo para él una botella de agua con gas.

Había fiambres y queso, tostadas, fresas y uvas. Todo cuidadosamente presentado.

—¡Desde luego, sabes engatusar a una mujer! —dije, mientras cogía una fresa y la metía en mi boca.

Él cogió otra, bastante grande y jugosa y se fue acercando a mí hasta que le tuve tan cerca que pude oler su perfume embriagante de nuevo.

—Cuando quiera engatusarte serás la primera en enterarte, te lo aseguro. —Entonces la mordió y hasta mí llegó el aroma ácido de aquel fruto al estallar dentro de su boca mientras lo masticaba lentamente.

Tentaba a la suerte insinuándome de aquella manera, pero me empezaba a gustar demasiado aquel juego indirecto de palabras. En cierto modo, me recordaba a Fael, ya que prudente y cautelosa también podía llamarse su forma de actuar conmigo; nada parecido a lo que pensé que me encontraría tras la advertencia que Mike me hizo sobre su amigo.

—Y, bien, ¿qué te parece este lugar? —preguntó, señalando con la vista el espacio que teníamos enfrente.

—Precioso, como todo —dije, mirando el horizonte—. Aquel monte que se ve a lo lejos es impresionante.

—Es el Kilimanjaro.

—Pero… eso está en Tanzania, ¿no? —pregunté, confundida—. Fue lo primero que vieron mis padres cuando llegaron a ese país.

—Estamos en los límites con el territorio tanzano.

—Las vistas son maravillosas —reconocí, mientras me servía un trozo de queso con pan.

—¿Te parece, entonces, un buen lugar para enterrar la mitad de las cenizas de tus padres?

—¿Estamos en el cementerio de tus ancestros? —pregunté extrañada, puesto que no se veía ninguna tumba, cruz ni otro tipo de símbolo que indicase que allí había enterrado cuerpo alguno.

—Sí, este es. No se ve nada que lo identifique como tal, ya que nosotros terminamos incinerados también, de modo distinto a como tú lo entiendes, pero quemados igualmente. Después, las cenizas quedan enterradas aquí, donde se dan cita los cuatro elementos más importantes de este planeta. El fuego se simboliza tanto en el propio acto de la incineración como en el espacio que creé para tertulias, cerca de aquí, y que es adonde les gusta ir a los clientes a disfrutar de unas botellas de vino alrededor de una hoguera nocturna. Te llevaré cuando acabemos de almorzar para ver si te parece bien hacer allí la fogata del segundo lanzamiento.

—¡Es un sueño, William! —exclamé, agradecida—. Mis padres no llegaron a conocer este país a fondo, pero te aseguro que no hubieran podido elegir en vida ningún sitio mejor para conseguir sus deseos después de muertos.

—Tu padre no dejó en malas manos la elección del lugar. Tú les has conseguido traer hasta aquí.

—Pero todo ha sido por azar y gracias a ti —contesté, impresionada con el entorno.

—El azar no existe, Angie. Si estás aquí y contactaste conmigo fue por algo en concreto —afirmó, rotundo—. Tu padre lo sabía y tú, simplemente, te convertiste en guía de sus deseos. Y has hecho el trabajo muy bien, he de decir.

—Hablas de mi padre como si se tratase de un fantasma que me hubiera guiado desde el otro mundo —dije, sin pasar por alto la sensación tan extraña que tenía, desde el fallecimiento de mis padres, de estar acompañada por algún ente invisible—. Aquí en África hay mucha creencia sobre temas paranormales, ¿verdad?

—En África se creen muchas cosas, pero yo no me refiero a fantasmas. Tu padre quería acabar en este lugar, con tu madre, porque sabía que aquí estarían seguros.

—¿Seguros ante qué? —No pude evitar acordarme de Orson y de mis miedos de dejarle solo junto al cuerpo de mi madre.

—Angie, mírame fijamente. —Como si fuera fácil no hacerlo. Y volvió a posar dos de sus largos dedos sobre mi frente, clavándome sus ojos dorados mientras me preguntaba a una distancia demasiado corta—. ¡Sé sincera! ¿No sabes absolutamente nada?

—¿Qué es lo que tengo que saber? —Y mis ojos empezaron a bailar confusos, pasando de uno a otro de los suyos, tan rápido que hizo una mueca de desagrado para acabar separando sus dedos de mi frente y mirando hacia otro sitio.

—¡Realmente, no lo sabes! —confirmó con sus palabras.

—No, pero lo voy a saber, ya que tú me lo vas a contar, ¿verdad? —Y le agarré de su brazo fibroso para obligarle a que se girase.

Durante unos segundos, su bello rostro adquirió un rictus demasiado serio.

—Angie, hay algunas cosas que yo te puedo contar e incluso mostrar, como este lugar, por ejemplo. Pero hay otras muchas que no debo —contestó.

—¿Por qué no puedes hacerlo? —pregunté, confundida.

—Poder puedo, pero no quiero. No debo hacerlo yo.

—¡No me lo puedo creer! —dije, alzando la mirada al cielo—. Estás hablando igual que Raffaele.

—¿Y... quién es ese Raffaele?

—Uno de los mejores amigos de mi hermano en la universidad.

Le conté el tipo de estudios al que se dedicaban mi hermano y sus amigos en la facultad y le puse un poco en antecedentes con respecto a cada uno de aquellos cuatro personajes tan importantes en la vida de Michael.

—¿Y dices que Raffaele ya te ha hecho alguna insinuación sobre aquello que tú desconoces de tu propia familia?

—No, insinuación no, ¡ojalá! Lo que hizo fue darme largas, directamente, igual que tú estás haciendo ahora mismo —respondí, indignada—. Pillé una discusión muy acalorada entre él y Michael la noche después de la cremación; y, al día siguiente mientras me invitaba a comer, Fael me dijo que se dio cuenta de que yo les había estado espiando y se burló un rato de mí por ello.

—¿Sobre qué discutían? —preguntó, intrigado.

—Sobre... mí —dije en un tono casi inaudible—. Fael le confesó que yo le gustaba desde que me conoció, siendo una niña, y Michael le prohibió terminantemente que se me acercase. Hablaba de que me iba a condenar y que no se lo iba a permitir. Después, estando a solas, Michael me pidió que me mantuviese lejos de cualquiera de sus amigos varones y, especialmente, de Fael, pero no me explicó las razones. No sé si lo decía porque fuese un mujeriego o por alguna otra cosa.

—Y, aun así, te arriesgaste a quedar con ese tal Raffaele al día siguiente para comer. ¡Genial! —dijo tan serio que seguro que me iba a costar un montón volver a sacarle una sonrisa.

—Él necesitaba hablar conmigo y Michael tampoco hizo bien en no contarme nada más. A veces, me sigue tratando como si fuese una cría —confesé—. Pero al menos descubrí alguna cosa, aunque Fael se mantuvo tan hermético como tú ahora mismo.

—¿Y qué descubriste? —preguntó, ensanchando sus fosas nasales, apretando los labios y arqueando una de sus cejas en un gesto de manifiesta desaprobación—. ¡Si no es indiscreción, claro!

Pero... ¿por quién me había tomado? Me aparté de él para ir a coger otra botella de agua fría de la nevera; el sudor descendía por mi nuca y necesitaba reponer líquidos. Cuando terminé de beber me giré hacia él, mostrando mi indignación y alzando un poco la voz:

—Quedamos a comer en Vancouver y me contó que sí que era verdad que yo le gustaba desde que me conoció con quince años. —La reacción de William ante esa afirmación hizo que empezase a respirar de manera un tanto más acelerada—. Pero... también me dijo que nunca haría nada que yo no quisiera.

—Y... ¿tú quisiste? —Su mirada se volvió ígnea y el color de sus ojos se oscureció repentinamente.

—No quise entonces y... por el momento, tampoco quiero —afirmé, rotunda.

William pareció relajar el semblante. Cerró los ojos, tomó una inspiración profunda y parpadeó un rato hasta que sus ojos me devolvieron aquel dorado en su mirar.

¡Qué extraño! Quizás aquello se debía a un cambio de luz en el ambiente.

—¿Vas a comer algo más? —preguntó.

Yo negué con la cabeza y él empezó a recoger la cesta para guardarla, aunque continuó con el interrogatorio:

—¿Y ese fue todo tu descubrimiento, que no parecía tan malo como decía tu hermano? —continuó con el tema.

—No sé qué decirte. Me confesó tener una doble vida y aún estoy por saber a qué se refería. Pero, por otro lado, descubrí algo sumamente interesante a la vez que confuso, ya que Michael también lo puede hacer y no ha sido capaz de decírmelo nunca. Y por lo misteriosos que están todos, empiezo a creer que mi padre también podía hacerlo; eso y muchas cosas más de las que ya me iré enterando.

—Bueno, continúa, me tienes intrigado —dijo, irónicamente.

Dudaba si contarle mi experiencia, igual era un escéptico con esos temas y me tomaba por una loca.

—Te lo contaré, pero si prometes no burlarte, ¿vale? —Y asintió con un gesto—. Llegué a establecer comunicación telepática con Raffaele. En un principio, pensé que me lo imaginaba, pero después confirmé que no habían sido ilusiones mías. ¡Era increíble, nos comunicábamos igual que lo hacemos tú y yo en este preciso momento! Además, también me enteré de que es capaz de teletransportarse de manera superrápida; pero eso todavía no sé cómo lo hace —aquello último lo dije sin pensar, porque ni yo misma me creía que aquello fuera posible.

Esperé a ver su reacción y esta se mantuvo inalterable. William tan solo me miraba fijamente.

—¡Quítate un momento el colgante ese que llevas encima, por favor! —dijo de pronto.

—¡No! —contesté de manera tajante, al tiempo que agarré mi llamador con determinación.

—¿Por qué no? —preguntó, curvando los labios y llevándose las dos manos entrelazadas por detrás de su nuca, mientras se apoyaba contra el capó del coche.

—Porque temo que si me despego de él, Fael pueda intentar entrar en mi mente otra vez y... no creo que sea el momento más apropiado para ello. Aún no me siento segura para hablar con él —respondí—. Estás pensando que estoy chiflada, ¿verdad?

—¡No, en absoluto! No estás loca. La clave la tienes ahí colgando y haces bien en mantenerla pegada a ti. Quizá, antes de que vuelvas a Vancouver te dé alguna pauta para bloquear los pensamientos con... según qué especímenes.

—¿Por qué no te extraña nada de esto? Yo he alucinado bastante cuando me he enterado y, sobre todo, cuando lo he experimentado. Además, me da la ligera sensación de que sabes exactamente a qué se refiere Fael con lo de doble vida, que, por otro lado, será la misma que la de mi hermano, ¿tengo razón o no?

William me miró asintiendo con la cabeza y sonriendo levemente.

—¡Tienes razón, sé mucho de muchos temas! Pero también sé que tu hermano es quien debe sacarte de las dudas en referencia a su vida, la de vuestros padres y la de sus amigos, no yo.

—Eso también me lo dijo Fael, que él no era el adecuado para decirme ciertas cosas. ¡Entonces, no sé por qué demonios me mostró su truquito de comunicación con la mente, la verdad! —exclamé, indignada.

—Yo sí que lo sé. —Y volvió a quedarse serio y con la mandíbula apretada, mirando otra vez hacia el horizonte que se abría delante de nosotros.

—¡Ah, sí! ¿Por qué? —insistí en que me contestase.

—¿No acostumbras a mirarte en el espejo? —preguntó, sin más—. Eres una mujer muy hermosa y, además, un ser especial. Esa es la manera, por cierto, bastante ruin, que tiene él de conseguir enamorarte poco a poco. Así, tu hermano, cuando llegues diciendo que te mueres por sus huesos y cuando ya sea inevitable conseguir separarte de Raffaele, no tendrá la mínima oportunidad de apartarte de su lado, te cuente lo que te cuente. En realidad, entiendo la actitud de tu amigo más de lo que te imaginas, aunque yo no actuaría de la misma forma.

»Para él tiene que ser difícil luchar entre los sentimientos hacia ti y la fidelidad adquirida con tu hermano, además de no ser fácil tener que mostrarte lo que realmente es y las consecuencias que ello pueda tener que, por otra parte, es lo que intenta evitarte tu hermano. Sería mejor que le hicieras un poquito de caso.

Evité pensar en todo lo que había dicho en el último minuto y me centré solo en una de aquellas frases.

—¿Cómo actuarías tú para enamorarme? —quise saber mientras le cortaba, cruzándome de brazos delante de él, el paso que había iniciado para subirse por el lado del conductor y así terminar nuestro caldeado cruce de impresiones.

Me miró directamente a los ojos, mientras se mantenía a escasos centímetros de mí, y dijo:

—Yo no podría actuar, te lo tendría que mostrar y, después, la decisión estaría en tus manos.

Entonces, decidí atreverme a preguntarle:

—¿Me lo mostrarás antes de que me vaya? —Mi corazón llegó a dejar de latir durante una fracción de segundo.

—Lo más seguro —mantuvo su mirada sobre mí, dulcificando su semblante y sonriendo levemente—, pero antes tenemos que preocuparnos de las cenizas de tus padres, ¿no crees?

—Estoy de acuerdo —contesté, relajándome un poco y devolviéndole la sonrisa.

—Pues ve llamando a tu hermano, a ver para cuándo sincronizamos el primer lanzamiento.

Nos metimos en el coche y arrancó mientras yo encendía el móvil.

Cenizas

Michael descolgó al segundo timbrazo.

—¡Hola, Mike! Perdona que te llame a estas horas.

—No te preocupes, ya sabes que amanezco pronto. ¿Qué tal el viaje?

—Muy bien. Enlacé un vuelo con otro sin problemas y a la llegada me estaba esperando William en el aeropuerto. Vinimos directamente a su reserva y hoy me está enseñando todo esto. ¡Es espectacular, Mike! Naturaleza pura. Y una luz y un paisaje que dan ganas de quedarse a vivir aquí para siempre. —Por el rabillo del ojo vi a William girar su rostro hacia mí—. ¿Estás ya en Vancouver?

—Llegamos anoche.

—¿Fueron contigo Zaffie y los chicos? —pregunté, extrañada.

—Sí, no me han querido dejar solo —respondió—. ¿Y tú?, ¿ya has encontrado el sitio sagrado?

—Resulta que en la misma reserva hay una zona donde están enterradas las cenizas de antepasados de William. Es un sitio precioso. Se trata de una llanura típica de la sabana, con unas vistas impresionantes del Kilimanjaro al fondo y una laguna cercana llena de flamencos y otras aves que andan de paso durante las migraciones. Será el sitio ideal para dejar la mitad de sus cenizas. La otra mitad las echaré a una hoguera que hará William en un espacio cercano a esa llanura, que es adonde me lleva ahora, para que lo conozca.

—Bien. Agradécele a William, de mi parte, toda su ayuda.

—Así lo haré. ¿Cuánto tardas tú en llegar al pico Whistler para lanzar las primeras cenizas?

—Si salimos ahora mismo, en dos horas podríamos estar allí.

Me giré hacia William para decirle que Mike y sus amigos llegarían en un par de horas al primer lugar desde el que lanzaría las cenizas al aire.

—Dile a tu hermano que perfecto, a esas horas todavía habrá luz para poder excavar el agujero donde enterrarlas.

Transmití la información a Mike y este me dijo:

—Desde Whistler podemos ir directamente a la isla, cogiendo el ferri de las ocho de la mañana. En unas seis horas, a partir de ahora, estaríamos preparados para lanzar la segunda tanda de ellas.

Le pregunté a William si era posible hacer la hoguera esa misma noche, dándole tiempo a Mike para que llegase a la isla.

—Por mí, de acuerdo —contestó.

—Y después, ¿qué hago con la urna, Mike? —pregunté, antes de colgar.

—Hay que enterrarla en cualquier lugar que creas conveniente por allí. Yo lo haré en el jardín de la casa de la playa.

—Vale, pues llámame cuando lleguéis —me despedí.

William condujo alrededor de la laguna de los flamencos. El color rosado de cientos de aquellas aves contrastaba con la gama terrosa y ocre que vestía el paraje que nos rodeaba.

Detuvo el coche cerca de un espacioso lugar que tenía una piedra inmensa y circular sobre el suelo, en la cual reposaban restos de alguna hoguera pasada. Un tanto apartada, se veía una pequeña cabaña junto a un árbol de gran altura llamado *prosopis*.

Me puse a pensar por qué querría mi padre repartir las cenizas de ambos entre los cuatro elementos. En Kenia, tierra y fuego; en Canadá, aire y agua. Sus cenizas debían ser lanzadas por sus hijos al mismo tiempo, tal vez, para asegurarse de que cumpliéramos sus deseos.

—¿En qué piensas, Angie? —William me sacó de mis pensamientos antes de bajar del coche.

—Pensaba en lo extraño que me resulta todo el tema de la cremación y la forma de esparcir las cenizas. Mi padre nunca fue supersticioso ni era religioso en absoluto y jamás dio muestras de preocuparse por el más allá. No sé por qué ese afán suyo de establecer tanta ceremonia para el destino final de los restos de ambos. ¿Por qué no hacerlo todo en Canadá? Allí también podríamos haber enterrado parte y haber hecho una fogata con lo último. ¿Por qué querer separar las cenizas tan lejos unas de otras?

—¿Tú qué crees que hay después de la muerte? —preguntó, dejando apoyada una mano sobre el volante.

—Mi padre nos enseñó que la muerte llega como una etapa más de la vida, la última. De lo que hubiese después no se acostumbraba a hablar en mi casa, quizás por el miedo tan atroz que Mike siente a su propia muerte.

—Vale, pero ¿tú qué piensas que habrá después? —insistió.

—¿Sinceramente? Nada. No creo en el cielo ni en el infierno, si es a eso a lo que te refieres.

—¿Tampoco crees en el alma?

—Quizá entendida como una energía que se transforma en el momento de morir y luego desaparece, si así se le puede llamar —respondí—. Michael, por ejemplo, no quería que fueran cremados; bueno, en concreto, mi padre. Dice que al haberle incinerado su energía está dispersa por todo el universo y que ya no se mantiene unida a la Tierra.

—Ya, pero dividiendo sus cenizas se consigue que queden más protegidas tanto las suyas como las de tu madre. —William descendió del coche y agarró su *walkie—talkie* para comunicarse con alguien.

—¿Protegidas para qué y contra quién? —pregunté, intrigada.

—De momento, aquí en África, los únicos que vamos a conocer su ubicación exacta somos tú y yo. Y, referente a lo de contra quién, aún es pronto para hacerte partícipe de ello. —Me dejó con la pregunta en la boca, ya que se puso a hablar con la persona al otro lado del aparato para que anulase la actividad de la hoguera esa noche con los clientes y para que preparasen el espacio con todo lo necesario para cenar nosotros dos solos en la que llamó «la cabaña del fuego»—. Nadie nos molestará aquí esta noche. Habrá un bonito cielo estrellado.

—Es un lugar precioso para tertulias. Me imagino que habrá que venir bien protegido contra los mosquitos, ¿no? Al estar tan cerca de la laguna tenderán a propasarse con los de sangre dulce, como yo, que soy carne de cañón para todo tipo de insecto —dije esto último temerosa de acabar acribillada a picotazos, como solía pasarme en las noches de verano en la isla.

—El fuego ayuda a espantarlos y estando cerca de mí no te picarán —dijo, confiado.

—¿Les hipnotizas para que no se acerquen? —pregunté, irónicamente.

—No, digamos que actúo como una especie de repelente natural contra ellos. Aun así, ven con algo de abrigo, refrescará a esas horas.

Agarré mi cámara y me lancé a sacar fotos de la laguna adornada en color rosa y de las aves que remontaban el vuelo y llenaban el cielo con su llamativa tonalidad.

—¿Qué guardáis en esa cabaña? —pregunté, mientras la fotografiaba.

—Sillas y mucha leña —respondió, mientras le enfocaba con el objetivo.

—¿Te importa que te saque una foto?

Sin dudar, se quitó las gafas y miró hacia mí posando natural.

Volvimos a meternos en el coche y terminamos nuestro recorrido sin hacer más paradas. Cogió un atajo y, por el camino, pasamos cerca del poblado de los empleados nativos que se encontraba dentro de las lindes de su propiedad. Estaba alambrado para proteger contra el ataque de animales salvajes tanto a los humanos como a los animales de granja que allí se dedicaban a criar.

Separada del poblado y elevada sobre una pequeña colina se encontraba una casa de una sola planta y estilo colonial que pertenecía a sus dos ayudantes principales, y que disfrutaba de vistas privilegiadas y de una extensa explanada de hierba que la circundaba.

—¿Tienen hijos Axel y Noa? —pensé que aquel era un maravilloso lugar para que se criasen niños.

—No, no pueden tenerlos —respondió.

El trayecto de vuelta duró casi media hora más y eso que era la ruta corta. Vadeaba los caminos evitando accidentes del terreno. Cuando llegamos a la zona de residencia principal, quedamos en vernos, en ese mismo lugar, pasados quince minutos. Me daba tiempo de sobra para visitar el baño, sacar la urna de mis padres de su maletín especial y coger un forro polar por si la temperatura bajaba en exceso. Mi habitación ya había sido arreglada. Encima del mueble donde la noche antes había dejado William la urna de mis padres había un jarrón con lirios recién cortados que perfumaban la estancia.

Cuando llegué abajo, William ya estaba cargando en la parte trasera del Land Rover una pala y un cucharón exótico de madera oscura con el diseño tallado de un elefante en su asa.

—¿A qué hora quieres que tenga todo preparado en la cabaña? —le preguntó Axel.

—Alrededor de las seis. Cenaremos antes de empezar la segunda ceremonia, así le daremos tiempo a su hermano para llegar al punto de agua. Recuerda no llevar a los del safari de la tarde por la llanura de los ancianos ni por sus alrededores.

Axel asintió y me lanzó una fugaz y franca mirada. Era un hombre parco en palabras, fuerte y blanco, al mando de trabajadores negros, en su mayoría, pero que como capataz mostraba un temperamento tranquilo y bondadoso. No costaba imaginar a Noa, su vivaz, chispeante y resolutiva mujer enamorada de aquel hombre adorable y acostumbrado al duro trabajo que suponía mantener en perfecto estado aquellas tierras, cuidando de todos sus animales.

Vivir allí tenía que resultar difícil, por la cantidad de cosas de las que había que estar pendiente a diario, pero seguro que compensaba recibir aquel chorro de energía vital cada día; al igual que en Canadá, donde la exuberancia de los paisajes te envolvía hasta hacerte sentir que podías fundirte con el ambiente, fluyendo en libertad con el aire, con el agua, con la tierra y con su fuego.

Algunos clientes de la reserva, que habían estado de safari por la mañana con Axel, se acercaron a William para invitarle a tomar una copa con ellos, pero William rechazó la oferta, educadamente, prometiendo verles en el gran salón al día siguiente.

Subimos al coche y regresamos a la llanura de los ancianos. Yo llevaba sobre las piernas la urna con las cenizas de mis padres, acariciándola mientras la miraba y apuraba los últimos minutos de contacto físico con sus restos; en un rato, tan solo me quedarían sus recuerdos y todo el amor, cuidado y sabiduría que me entregaron en vida.

El sol se veía cada vez más bajo en el horizonte cuando llegamos a la llanura. Habíamos tardado mucho menos en hacer el recorrido y en ese momento los colores anaranjados y rojizos recortaban la silueta del Kilimanjaro a lo lejos. El cielo se había convertido en un espectáculo digno de la paleta de un pintor.

Muy al fondo, alrededor de una veintena de ñus cruzó frente a nosotros en dirección a la laguna para sofocar su sed. William detuvo el coche y bajó para sacar la pala. Cuando me pasó el cucharón, le dije que lo dejase en el coche; no lo necesitaba para enterrar la mitad de las cenizas en el agujero que cavase.

Le seguí con la urna en mis manos. Él tanteaba el terreno de manera casual, sin seguir un itinerario fijo, pero agachándose para tocar la tierra como si esperase encontrar el lugar apropiado para cavar el hoyo o, tal vez, para no hacerlo sobre los restos de alguno de sus familiares.

Cuando dejó de palpar el terreno y ya llevábamos caminados unos cien metros en dirección al sur, se paró y aproveché para preguntarle:

—¿Eres capaz de saber, solo con tocar el suelo, dónde están enterrados tus antepasados?

—Sí, lo noto por el calor que desprende la tierra. Pero aquí, además de estar enterrados antepasados míos, hay otros seres.

—¡Seres... vivos, quieres decir! ¿Animales?

—No, seres de luz. Almas puras. Por eso tus padres pueden ser enterrados aquí, solo que tengo que encontrar el lugar apropiado. No quiero dejarles sobre algún otro, ya que ninguno de ellos está incinerado; y, aunque sus huesos ya no se ven, persiste su esencia.

—¿Te refieres a su espíritu?

—No, me refiero a su marca por este mundo. Como si fuese una señal de imprenta. Algo parecido a un fósil, para que te hagas una idea.

—Pero... un fósil sí que es algo real y palpable —manifesté, sin saber muy bien a qué se refería con todo aquello.

—Y esto también, solo que si lo pudieran llegar a analizar, observarían que está vacío de materia; y, en ese instante, la esencia de ese ser se volatilizaría ante los ojos de cualquier mortal.

—¿Tú eres capaz de ver esa esencia? —temí lo que me pudiera responder, ya que me estaban dando ganas de dar media vuelta, arrancar el coche y salir huyendo por miedo a estar sola con un demente armado con una pala.

De pronto, soltó lo más lejos que pudo la presunta arma homicida, por lo que di un respingo agarrando más fuerte aún la urna. Él se giró hacia mí para mirarme, dando dos pasos hacia atrás y extendiendo sus brazos hacia los lados de par en par.

—¿Qué quieres que te conteste, Angie, que sí o que no? —dijo, elevando la voz—. Porque si te digo que sí, saldrás huyendo. Y negártelo no puedo, ya que yo no puedo mentir.

—¡Espera un momento! —exclamé—. ¿Acaso me has leído el pensamiento? Eso es exactamente lo último en lo que pensé, que estabas un poco loco con tanto rollo paranormal y que temía acabar yo en el hoyo en vez de mis padres. Y, de pronto, vas y lanzas la pala a más de… ¿dónde está la pala? Y me reconoces que sí que puedes ver esa esencia, energía o cómo demonios quieras llamarlo, ya que no puedes mentir. ¡¡Pues empieza a explicarme cosas, porque estoy un poco cansada de tanto secretismo!! —grité—. Ya tengo bastante con mi hermano y sus amiguitos, la verdad. ¡Y dime a dónde has mandado la maldita pala, porque no se la ve por ningún lado!

—Espera aquí que voy a por ella —dijo, con resignación.

Sin hacerle ningún caso, le seguí.

—Si es verdad que no puedes mentir, explícame cómo sabes tanto acerca de mi padre y de mi hermano y, también, cómo intuiste tan acertadamente todo lo referente a Raffaele. Y, ¿qué es eso de lo protegidos que estarán en esta tierra? Y lo de la división de las cenizas en los cuatro elementos, ¿de qué va? Además, ¿por qué…? ¡¿Cómo es que ha llegado tan lejos la pala?! ¡Esto son más de treinta metros desde donde nos encontrábamos!

William se limitó a recoger la herramienta del suelo y volver al punto de donde habíamos partido, sin mirarme siquiera.

—Te he dicho que no puedo mentir, no que tenga que contar toda la verdad. Hay maneras de bordear los asuntos sin soltar un embuste y, créeme, soy un maestro en hacerlo. Te enterarás de mi verdad porque quiero contártela; pero, como ya te he dicho, a su debido momento. Antes tenemos que acabar con lo de tus padres, que es por lo que estás aquí. Tú ya viniste a Kenia con muchas dudas y ahora tu mente está atorada de ideas sin sentido.

»Con respecto a lo de tu familia y demás a—mi—gos, te podré contar alguna cosa, pero no todo; el resto dependerá de tu hermano y de lo que tú descubras por tu cuenta. Yo creo que hicieron mal en no contarte nada y temo que te cueste aceptar la historia en su conjunto, pero eso no es asunto mío. Así que yo destaparé la parte que me corresponde cuando crea que puedas estar preparada para ello. De hecho, ya he dejado entrever demasiado de mi propia naturaleza. Nunca en esta vida terrenal había llegado tan lejos con nadie, ¡nunca!

—Y, ¿se puede saber por qué he sido yo la elegida? —confié en que no podría mentirme.

Se paró en seco, girándose para mirarme a los ojos, mientras la caída del sol se hacía cada vez más palpable a nuestro alrededor.

—Tu padre te eligió a ti para traerle hasta aquí y cuidar de tu madre. Me inspiras más confianza que cualquier otra persona que haya conocido jamás. —Su cuerpo fue acortando distancias y acercó su cara a la mía, hablándome en un susurro cadencioso—. Además, percibo en ti una esencia especial hacia la que me veo arrastrado de una manera irrefrenable, Angie, difícil de controlar, que me encanta y por la que empiezo a dejarme llevar.

—¡Oh, me aturdes, William! —dije para que no cambiase de tema—. ¡Y me desvías de mi objetivo! Te lo pregunté antes y aún no me has contestado, ¿lees mis pensamientos?

Esperó un rato antes de responder y, finalmente, dijo:

—Sí —afirmó, de manera rotunda—. Pero no te preocupes, no lo hago de continuo; solo cuando te alteras tanto que empiezas a segregar adrenalina en exceso. Es que parece que lo gritas, no es nada extraordinario —dijo, encogiéndose de hombros.

—¡¿Y esa capacidad no te parece extraordinaria?! —exclamé, asombrada.

—No, realmente no. Se trata de concentración y práctica.

—Pero... ¿cómo es posible? ¿Lo puedes hacer con cualquiera?

—Sí, pero por lo general no me interesa. Además, desgasta mucho. Lo suelo usar por cuestiones de supervivencia; me ayuda a reconocer al amigo del enemigo, al que miente del que no, al bueno del malo —dijo, clavando con fuerza la pala en el suelo—. Y ahora voy a ponerme a cavar porque como llame tu hermano, nos pilla sin el hoyo hecho, ¿de acuerdo? Y, tranquila, que no te voy a pegar con la pala. —Apretó los labios como burlándose de su propio chiste, mientras cabeceaba de un lado a otro.

Yo me senté en el suelo, con la urna entre las piernas, cerca de donde él empezó a cavar.

—A ti te parecerá muy gracioso, pero llama la atención un rato —confesé, como si se lo estuviera contando al suelo—. Desde que mis padres fallecieron no me dejan de pasar cosas raras.

—Has estado rodeada de ellas desde que naciste. No me culpes a mí —continuó hablando sin dejar de cavar.

—¿Y tú cómo sabes más de mi vida que yo misma? —pregunté, intrigada, y alzando de nuevo la voz por el enojo que empezaba a apoderarse de mí.

—Yo estoy relacionado con ese mundo que te queda por descubrir, de manera indirecta. Casi todos los que aquí yacen enterrados tienen la misma esencia que tu padre, solo que a ninguno de ellos los trajo nadie como tú has hecho.

«Pero, bueno, ¿de qué iba todo aquello?», pensé.

—Y, ¿cómo vinieron entonces? ¿Cayeron del cielo o qué? —ironicé.

—Es una buena metáfora —dijo, sin pretender ahondar más en ello.

—¿Y... hay más lugares como este? —quise entrarle por otro sitio, en vista de que eludía mis preguntas más directas.

—Sí, repartidos por todo este mundo. La reserva de mi abuelo es uno de ellos.

—O sea, que donde Mike va a lanzar las cenizas se trata de otro lugar sagrado, ¿no? —esperé un rato para que me respondiese, cosa que no hizo—. Y... ¿Mike lo sabe?

—Debería.

—Entonces, tú eres el enterrador. ¡Pues sí que estás pluriempleado!

—No acostumbramos a hacerlo de este modo. Esto es algo excepcional por estar tú aquí. Yo me dedico a proteger las almas de todos estos seres.

—¿Protegerlas de qué?

—Más bien de quién. Pero tendrás que intentar otra pregunta porque esa aún no te la voy a responder. ¡Terminado el hoyo! —En ese momento de declive de luz en el horizonte, empezó a sonar mi móvil y me sobresalté al oírlo.

—¿Ya has llegado? —contesté sin saludar.

—Por aquí estamos listos —respondió mi hermano.

—¿Quién te acompaña, Mike?

—Zaffie, Gabriel, Joph y Raffaele, ¿por qué?

—Orson no está contigo, ¿verdad?

—¡Qué perra tienes con Orson! —exclamó—. No, no ha venido. Estoy solo con estos cuatro. ¿Algo más o procedemos al lanzamiento?

—¡Procedamos! —Y dejé a un lado, sobre el suelo, el teléfono conectado.

William se acuclilló cerca de mí, posando sus largos dedos sobre la tierra, manteniendo el cuerpo ligeramente inclinado hacia delante, mientras con los ojos cerrados susurraba una especie de cántico en una lengua extraña que nunca antes había escuchado y que intercalaba con gruñidos apenas audibles.

Me arrodillé frente al hoyo abierto en el suelo y, destapando la urna, la volqué dejando salir con cuidado la mitad de las cenizas al tiempo que intentaba controlar la emoción y el llanto para que las lágrimas no me lo emborronasen todo. Mientras sus restos se asentaban en aquel agujero, una especie de polvo plateado ascendió en espiral hasta perderse de vista. Por un momento, pensé que se volaban, pero no corría ni una pizca de aire, por lo que deduje que se trataba de algún efecto óptico debido al ocaso y a la noche que empezaba a engullirnos.

William se levantó, cogió la pala y empezó a cubrir con tierra el hoyo. Al terminar, besé mis dedos y los posé directamente sobre el suelo árido.

Él se alejó unos metros, en busca de algo, y cogí el móvil de nuevo.

—¿Michael, estás ahí?

—Aquí estoy, Angie. ¿Te encuentras bien?

—Sí, solo que me he emocionado un poco —contesté con la voz tomada.

—Salimos ahora mismo a coger el ferri. Te llamaré, si todo va bien, en unas tres horas.

—Vale. —Y colgué.

Cuando me levanté del suelo, William llegó cargado con una enorme piedra que llevaba en una mano como si se tratase de una pelota. Con sumo cuidado, la posó sobre el hoyo de mis padres y dijo:

—Es para que no escarbe ningún animal. Les encanta descubrir cadáveres recientes bajo la tierra removida. En un par de días la levantaré. Vamos al punto de fuego, ya estará todo preparado.

Al llegar al coche, agradecí poder ver algo con los faros encendidos, ya que la noche caía sobre nosotros y, aunque me sentía muy segura al lado de aquel hombre conocedor del terreno por el que pisábamos, el temor de que llegase algún depredador, víbora o similar se empezó a apoderar de mí.

«¿Me estaría leyendo la mente en ese momento?». Imaginé que sí, pero de nada me serviría intentar ocultarle mis pensamientos si así fuese.

Por el camino, mientras conducía en completo silencio, nos cruzamos con algunos antílopes que parecían figuras de piedra de lo estáticos que se mantenían a nuestro paso. A lo lejos, y según nos íbamos acercando a «la cabaña del fuego», se veían antorchas encendidas bailando sus llamas al aire.

Todo el lugar había sido transformado. Las antorchas rodeaban el perímetro exterior de la gran piedra central en donde William haría la fogata. Dos sillas de cuero, en forma de tijera y con reposabrazos de madera, invitaban a sentarse a una mesa auxiliar vestida y preparada para nuestra cena.

A cierta distancia había un carro portátil de platos calientes, cerca de una hielera con peana alta que cubría con un trapo blanco una botella grande de agua y otra de vino tinto en su interior.

William se acercó a la mesa para coger las copas y servir el oscuro líquido.

—Yo no beberé vino, gracias —dije, antes de que empezase a escanciarlo.

—No es vino, es mosto de uva negra y zumo de manzana. Pruébalo, te gustará. —Terminó de servir las copas.

El dulce frescor de aquel mosto, en efecto, era delicioso.

—Se elabora con uvas sudafricanas y me lo mandan directamente desde allí, al igual que el vino que se consume en Igoli —explicó—. Este mosto tiene mucho éxito entre los niños que nos visitan.

—Tú no bebes alcohol, ¿verdad? —pregunté.

—No, no me gusta. Lo he probado en alguna ocasión, pero me obnubila los sentidos y no me permite estar alerta. ¡Veamos con qué nos deleita esta noche Etó! —Empezó a levantar aquellas tapas que cubrían las fuentes calientes y me iba diciendo lo que había en cada una de ellas—. Kudu, es una especie de antílope, exquisito, con guarnición de puré de manzanas y verduras al vapor. Y antes un timbal de perdiz escabechada con berenjenas. ¡A ver el postre! *Strudel* de calabaza con… salsa de vainilla al burbon —dijo, olisqueando la salsera que había aparte.

Cogió un plato y fue sirviendo el entrante. Me lo dio y preparó otro segundo plato igual. Nos sentamos a la mesa y, después, rellenó las copas con más mosto y agua.

Antes de empezar, William volvió a colocar separadas las manos sobre su plato mientras cerraba los ojos. Cuando terminó, le pregunté:

—¿Rezas antes de comer?

—Es una disculpa a la esencia del animal por haberle usado para alimentarnos. Y, a su vez, un agradecimiento, ya que, al estar involucrado en la cadena alimenticia, sabía que ese podía ser su fin tarde o temprano; pero, aun así, me disculpo porque le haya tocado a él y no a otro.

—Sin embargo, anoche en el restaurante de mama Ghetta no lo hiciste.

—Porque no comimos proteína cárnica, solo cereales, verduras y fruta. Esos productos los da la tierra, altruistamente, para satisfacer las necesidades vitales. Después, el que los seres de este planeta seamos carnívoros u omnívoros depende de nosotros; y supone tanto un esfuerzo por parte del que caza para alimentarse como un sacrificio para la víctima en cuestión.

—¿Y por qué no te haces vegetariano? Da la sensación de que te arrepientes —dije, mientras me llevaba un trozo de ensalada a la boca y él terminaba de degustar la suya.

—Yo necesito comer carne. Mi naturaleza lo necesita. Los días que me nutro aguanto varios más bebiendo solo líquidos o comiendo fruta. Esto viene a ser un tentempié que llevo a cabo por una mera cuestión de relación social; pero, realmente, podría pasar sin ello.

—¿Y en qué se basa esa nutrición tan completa que te permite aguantar días enteros sin apenas comer?

—No creo que te agrade escucharlo. No se trata de un plato tan armonioso y bien cocinado como este.

—¡Pruébame! —le provoqué, evitando por todos los medios que me leyera el pensamiento, ya que sus respuestas eran cada vez más inesperadas y confusas.

Tardó un rato en contestar y pareció estar dándole vueltas a cómo decírmelo. Tragó el último trozo de perdiz que se había metido en la boca y, aceleradamente, dijo:

—Carne cruda y sangre caliente. —Clavando después su mirada en mí cuando abrí los ojos de par en par ante aquella confesión—. Te dije que no te agradaría escucharlo.

—¡No, no, si... está bien! —Comencé a parpadear un poco y tuve que dejar los cubiertos encima del plato para beber un trago de agua—. Pero ¿qué te dejan... el... desayuno preparado en la nevera?

—No, salgo a cazar antes de las cinco de la mañana. Tiene que ser carne y sangre fresca, si no, no me nutre. Y suelo cazar herbívoros, ya que su sangre está más limpia.

—¿Nunca matas carnívoros? —pregunté, tragando saliva, ya que no sabía si dentro de aquel grupo incluiría también a las personas.

William sonrió, evitando mostrar su dentadura y el pulso se me disparó.

—Yo, por lo general, no. Solo en ocasiones en las que necesito hacer una defensa más exhaustiva de mi terreno y por lo que necesito estar más fuerte de lo normal. La carne y, sobre todo, la sangre procedente de animales carnívoros da una energía especial que bien canalizada se puede usar para propósitos nobles. Lo malo es que, si solo te dedicas a nutrirte con ella, tiendes a crear muchísima agresividad que mal canalizada te puede llevar a excederte en tus actos. Nunca, y repito, nunca nos nutrimos con humanos. —Y volvió a sonreír mientras se ponía de pie y cogía los platos para cambiarlos por otros limpios y llenarlos con aquella carne de kudu y su guarnición.

Yo me levanté, también, atreviéndome a enfrentar el tema del que hablábamos con la mayor naturalidad posible.

—¿Y… el pescado lo probáis? A mí me encanta incluso crudo, como en el *sushi*. —Volvió a mirarme desde su altura, mostrando su blanca dentadura.

—Sí, en cantidades ingentes. Por ejemplo, los que son como yo y viven en Canadá basan su dieta, principalmente, en pescado y mamíferos acuáticos.

—¡O sea, que hay muchos más como tú repartidos por el mundo! —exclamé, asombrada.

Le seguí hasta la mesa para sentamos a comer aquella carne tan desconocida para mí.

—Alguien tiene que cuidar los espacios sagrados de esas almas.

—¡Hummm… qué rica está esta carne! —aprecié, tras llevarme el primer trozo a la boca, comprobando, de paso, que me sentía más relajada ante el hecho de que ya no fuese a formar parte de su menú—. William, ¿puedo contarte algo y después me das tu opinión?

—Adelante —me animó.

Le hablé de Orson. Le conté de qué se conocían mi padre y él, la relación tan cerrada que había creado con mi hermano y con sus amigos, a qué se dedicaba, le conté que se encargaba de todo lo referente a los temas legales y fiscales de mi familia, de la sensación de odio hacia mi madre que siempre había notado por su parte, de lo que pensaba mi padre al respecto, de la actitud de

Orson ante el funeral y lo que opinaba del modo de ser enterrado mi padre, de las palabras que me dijo con aprensión tan visceral hacia mamá y, sobre todo, de mis sospechas de que pudiese hacer algo contra el ataúd o cenizas de mi propia madre, que me llevaban a erigirme en defensora y guardiana de su cuerpo o de lo que quedase de ella.

—¿Crees que estoy paranoica y que le he cogido manía a un íntimo amigo de mi padre por el simple hecho de quererle más a él que a ella? O, ¿puede ser que yo no vaya tan desencaminada y que haya hecho bien en preocuparme por la integridad de los restos de mi madre? Hay algo que me va encajando cada vez más, según me vas contando cosas.

William esperó a que yo terminase de comer.

—No vas en absoluto desencaminada. Orson, al igual que tu padre, Michael y el resto de sus amigos pertenecen a lo mismo. Tu madre no era como ellos y Orson, lo más probable, es que la menospreciase por su condición y por lo que supuso el que se convirtiese en esposa y madre de un hijo de tu padre.

—Bueno, de dos, que yo también soy hija de él.

—Ya, pero tú no cuentas en este caso. Al menos, no hasta que has empezado a entrometerte en sus planes, que imagino que no serán demasiado nobles por lo que cuentas. En estos momentos, él te odiará tanto o más que a tu madre y eso me preocupa.

—¿A qué tipo de planes te refieres? ¿Y por qué odiarme a mí? ¡Ahora, sí que me estás asustando!

Se levantó para retirar los platos y yo le seguí. Los dejó junto a los anteriores y se giró, agarrándome con cuidado por los hombros, mientras acercaba su hermoso rostro a mí.

—La muerte de tus padres no fue un accidente por casualidad. Es algo que se establece en una fecha determinada y tu padre lo sabía. Quizás, él conocía los sentimientos de Orson hacia tu madre y el fin que le esperaba a ella sin su cuidado, y por eso preparó todo para que tu madre estuviese tan protegida como lo está ahora mismo. Dentro de esa protección entras tú, que has sido, sin apenas saberlo, la guardiana de tu madre. Ahora, Orson irá a por ti. ¿De qué modo? ¡Pues no lo sé! Pero lo averiguaré, te lo garantizo. —Empezó a preparar, con tranquilidad, trozos de *Strudel* en dos platos, cubriendo de salsa de vainilla solo uno de ellos. Después, nos dirigimos a la mesa para sentarnos.

—Pero ¿qué quiere de mí? Tiene acceso a toda nuestra vida y a nuestros bienes. Le dije a Mike que no me fiaba de él y que vamos a cambiar de abogado en cuanto se resuelva el tema de la herencia dentro de una semana. Lo que más me preocupa es la relación tan cerrada que mantienen ellos dos. Mi hermano no cederá tan fácilmente a desentenderse de Orson por completo.

—No te preocupes por vuestras posesiones, eso no es lo que busca. Aun así, harás bien en cambiar de abogado. La relación de tu hermano con él sí que va a ser difícil de romper, porque la influencia que ejerce sobre Michael seguro que es más que la de un simple amigo o abogado de vuestra familia.

—¿Crees que Mike está en peligro al estar junto a él? —Me empezaba a dar la sensación de estar preguntándole al oráculo por nuestras vidas.

—No lo sé. Esperemos que no. Pero eso, entre otras cosas, lo tendrás que averiguar por tus propios medios.

Terminaba así la conversación. De manera tan cortante y radical como todas las que empezaba con William.

Cada vez me creaba más incertidumbre todo lo que me contaba. ¿Qué parte de lo que William me decía podía creer o no creer? No sabía ni siquiera quién demonios era, ¿acaso un devorador de mamíferos?, ¿un loco demente con mucho don de palabra? O, por el contrario, ¿sí que había parte de verdad en lo que decía y resultaba que yo me estaba empezando a enamorar, justamente, de la persona más extraña que pudiera vivir sobre la faz de la Tierra? Sin duda, atractivo, carismático, cortés; pero, también, poseedor de dones especiales y nada humanos.

Apoyé mis codos sobre la mesa, me empecé a frotar las sienes con los dedos, intentando calmar el dolor que empezaba a tener y, con los ojos cerrados, le dije:

—William, por favor, dame una tregua y explícame algo más, porque creo que me va a estallar la cabeza con toda la información referente a mi vida y sin sentido que me ronda por ella en estos momentos.

Posando su mano cálida sobre mi frente, hizo desaparecer la jaqueca al instante. Después, elevó mi barbilla para que le mirase.

—Mañana, Angie, te lo prometo. —Y se atrevió a acariciar mi mejilla mientras en sus ojos se reflejaban las titilantes luces de las antorchas que nos rodeaban—. Pero antes necesito que tú me prometas algo a cambio —dijo, arrimando su silla para ponerse a mi lado.

—Lo que sea —alcancé a decir.

—Que pase lo que pase y veas lo que veas, me dejarás explicártelo, ¿de acuerdo? Si no te lo puedo explicar y huyes lejos de mí, jamás lo podrás entender y, entonces, te perderé para siempre.

Aquella confesión por su parte me agradó y me sorprendió a la vez.

—William, no sé qué esperas que vea mañana que consiga alejarme de ti.

—¡Prométeme que no huirás, Angie, por favor! Más miedo me daría a mí no volver a verte nunca y no poder continuar esto que está naciendo entre los dos.

Sin apenas pensar, sentí una fuerte atracción hacia él que me llevó a acariciarle la cara con ambas manos.

—Te lo prometo, William. Pero conoces mis sentimientos y yo, sin leerte el pensamiento, también sé que te atraigo. ¿Por qué esperar hasta mañana para mostrármelo? ¿Por qué demorarlo tanto?

Deseaba en lo más profundo de mi corazón lanzarme a besar aquellos labios carnosos y tiernos que no podía dejar de mirar, pero noté cierta tensión en él que le llevó a retirarse hacia atrás todo lo que pudo; lo que me indicaba que se mantenía alerta y que, si llegaba a obrar de forma inesperada, el que posiblemente saliese huyendo fuera él.

Colocó sus brazos hacia arriba, como si alguien le estuviera apuntando con una pistola, y me dijo con los ojos muy abiertos:

—Angie, necesito que antes de realizar cualquier acción conozcas todo mi ser, mi naturaleza completa, para así poder decidir en consecuencia. No hay que precipitarse y... debes ser libre para elegir, una vez que sepas toda la verdad.

Solté mis manos y me levanté de la silla, confundida, alejándome unos pasos de él mientras le daba la espalda.

—¿Acaso eres eunuco o tienes alguna malformación congénita? ¡Porque ya no sé lo que me voy a encontrar, la verdad!

Él se levantó a su vez detrás de mí.

—¡¿Eunuco?! —exclamó—. ¿No eran esos los castrados en la Antigüedad? ¡Angie, no se trata de ningún problema de tipo sexual! —negó, categóricamente—. Bueno, al menos, en una de mis naturalezas.

—¡Ah, muy bien! ¿Y qué tengo yo que entender con eso? —Me giré, mirándole con el ceño fruncido—. ¿Qué eres un travestido, mitad hombre, mitad mujer?

—Te vas acercando. Soy en parte hombre y... en parte, otra cosa bastante incompatible con tu persona.

—¡Pues lo estás arreglando! Así que deja ya la broma. —Notaba cómo se me encendían las mejillas, tanto por la discusión como por el calor desprendido por las antorchas, y me acerqué a la mesa para rellenarme la copa de agua, apurándola de un trago.

William esperó a que terminase de beber y, quitándome la copa de las manos para ponerla sobre la mesa, me agarró por la cintura al tiempo que me giraba hacia él. Noté su cuerpo pegado al mío y su aroma se intensificó con la cercanía. Yo pretendía mantener el mismo distanciamiento que él me había ofrecido momentos antes, pero la presión ejercida por sus manos hacía imposible cualquier movimiento de evasión. Además, sentir nuestros corazones latiendo al unísono no ayudaba, ya que me resultaba difícil concentrarme en buscar una manera de zafarme de su abrazo.

Fue acercando su rostro al mío y, mientras recreaba su mirada en mí, dijo en un susurro:

—La parte de mí que no es humana es la que me pide nutrirme de la manera que lo hago, la que me permite tener recursos sobrenaturales y la que me obliga a ejercer la labor para la que estoy encomendado; por esa parte no soy compatible con tu especie en absoluto. Pero mi parte humana es la que se muestra ante ti como soy ahora mismo, la que siente ganas de pertenecerte y la que te desea, fervientemente, a ti y a tu género en más de un millón por cien y, en eso, te aseguro que somos más que compatibles. —De repente, sentí sus cálidos y dulces labios hundirse en los míos, fundiéndose en mi boca y abriéndose camino, poco a poco, para deleitarse en mi paladar.

Al igual que el caramelo tibio derritiéndose en mi lengua, sentí los besos de William. Me empecé a aturdir por la urgencia con la que noté encenderse mi cuerpo ante aquella reacción inesperada y por el olor, apenas perceptible, del deseo creciente en ambos a medida que este salía por cada poro de nuestra piel. Cerré los brazos alrededor de su cuello con una fuerza infinitamente superior a la ejercida por él y cuando los sentidos empezaron a cegarme dando paso a una excitación irrefrenable, soltó mi cintura para zafarse, apartando sus labios de los míos.

Me sujetó por los brazos, marcando distancia, mientras ambos manteníamos un jadeo sincronizado. Cada uno nos dedicamos a observar cómo se encontraban de mermadas las defensas del otro, hasta que liberó una de mis manos y elevando el dedo índice me dijo:

—Voy a preparar la hoguera, ¿de acuerdo? Tu hermano llamará dentro de poco. —Me soltó la otra mano, casi rogándome con la mirada que no saltase sobre su cuello, y se dirigió hacia la cabaña en busca de leña para preparar el fuego, manteniendo los puños cerrados y tensos según se alejaba.

Yo solo podía pensar en rodearle de nuevo con mis brazos y dejarme arrastrar con él hasta donde nuestros cuerpos y esa pasión nos llevasen. Aun así, conseguí aplacar mi respiración, lo justo como para inculcarle de manera voluntaria a mi mente que moderase aquel deseo incontrolable; al menos, hasta que llegase un momento más oportuno en el que no se viese tan forzado.

Ya se me había declarado y no podía obligarlo a seguir adelante con ello antes de que me mostrase lo que deseaba que yo viera. Era más que galante al permitirme elegir, única y exclusivamente, cuando supiese todo sobre él y tenía que respetar su deseo.

Llegó cargado con un cesto de leña y desviando la mirada para no encontrarla con la mía. Se acercó a la piedra central en donde se veían restos de fogatas anteriores y comenzó a amontonar pequeñas ramas de árboles y troncos más gruesos. Después, cogió una de las antorchas que adornaban el escenario y prendió un fuego que comenzó a crecer rápido. Las llamas empezaron a elevarse, ejerciendo esa danza única que le confería vida, cuerpo y alma a la vez. William fue colocando algún tronco más para formar una buena hoguera que se mantuviese largo rato a pleno rendimiento.

Empecé a retirar los platos de la mesa y a guardar los restos, antes de que el aroma le llegase a algún animal de los alrededores.

—No hace falta que recojas nada. Noa se acercará con Axel para retirar todo antes de irse a su casa —dijo aquello sin girarse siquiera.

En ese momento, sonó mi móvil. Lo saqué del forro polar y respondí:

—¡Hola, Mike! Ya está preparada la hoguera.

—¿Te encuentras bien? Te noto algo seria. Se me hace bastante difícil, últimamente, saber de qué humor estás. Tienes que bajarte alguna aplicación en el teléfono para hacer vídeo conferencia, empiezas a parecerte a papá en lo que se refiere a tecnología.

—¡Empiezo a parecerme a papá en muchas cosas! —respondí, de manera brusca, a lo que no respondió—. ¿Estás preparado ya o no?

—¡Sí, mujer, sí, procede! —dijo, en tono condescendiente.

Volví a dejar el móvil sobre la mesa, cogí la urna para acercarme con ella, destapada, hasta donde ya se encontraba William acuclillado de nuevo, canturreando su mantra particular en tono bajo, con los ojos cerrados y los dedos de las manos apoyados sobre la piedra en la que descansaba la hoguera. Me quedé de pie y comencé a lanzar las cenizas, intentando que todas ellas fueran engullidas por las llamas, al mismo tiempo que trataba de evitar que me quemasen a mí. De pronto, noté que algo ardía en mi pecho, como si una ascua hubiese saltado dentro de mi camiseta. Revisé que ningún resto de mis padres quedase dentro del embalaje y, después, miré allí donde me parecía haber notado el chispazo; no había rastro de nada, pero mi colgante ardía como si de una brasa entre mis dedos se tratase.

Al volver a mirar dentro de la urna, ya vacía, comenzaron a escaparse algunas lágrimas que poco a poco anegaron, desbordando y corriendo libremente por mi semblante. Consiguieron acelerar mis pensamientos y activar las dudas con respecto a todo lo sucedido hasta el momento y a todo lo que en adelante ocurriría en mi vida y en la de Michael. Me las limpié, mientras William se incorporaba a mi lado para quitarme la urna de las manos y me miraba sin saber qué hacer o qué decir. Dejé que se la llevase y después agarré el móvil para despedirme rápido de Mike, evitando así una discusión que complicase todo lo que William me había adelantado hasta ese momento.

—Mike, ya terminé. —Al principio no escuché nada y pensé que habría colgado sin darse cuenta, pero enseguida oí al otro lado:

—¡Angie, soy Raffaele! Mike se ha ido al jardín a enterrar la urna. Me ha dicho que hagas lo mismo y que le vuelvas a llamar cuando hayas acabado. —Me quedé petrificada. La última persona con la que hubiera querido hablar en ese momento y, menos, después de lo ocurrido con William.

—¡Eh, gracias, así lo haré! —contesté, de manera concisa.

—¡Espera, no cuelgues, escucha! Necesito, urgentemente, comunicarme contigo.

—Fael, no es buen momento. —En ese instante, vi a William tensar la mandíbula y dirigirse con la mirada encendida, y la urna ya tapada, en dirección al coche para coger la pala.

Encendió las luces largas y le seguí para ver a dónde se dirigía con ella.

—Angie, necesito hablar contigo y explicarte algunas cosas.

—¿Seguro? ¿Estás seguro de que me vas a responder a lo que te pregunte y no a darme largas como me has dado hasta ahora? —La tensión que acumulaba me hizo contestarle de aquel modo tan rudo.

—¡Aparta el colgante de ti, por favor! Necesito hablarte, me estoy volviendo loco sin poder comunicarme contigo.

—Ya veré, Fael, no te prometo nada. Hasta luego. —Y colgué.

Observé que William cavaba un hoyo para enterrar la urna entera, clavando la pala en la tierra con demasiada energía. Cuando terminó, me indicó con la mano y sin mirarme a la cara que cogiera la urna y la metiera dentro. Después de hacerlo, cubrió el hoyo con diferentes piedras de los alrededores y terminó de rellenar el hueco con la propia tierra excavada. Por último, volvió a tomar otra piedra enorme y la posó con cuidado sobre el montículo recientemente removido. Encaminando después sus pasos, conmigo en los talones, hacia la cabaña del fuego.

Noa y Axel habían llegado ya con dos personas de color. Estos últimos recogieron los restos de la cena, mientras William les daba indicaciones en su lengua nativa. Después, Axel se puso a hablar con él, al tiempo que William se dedicaba a guardar el cesto de leña.

Hablaban en una extraña lengua que mantenía la cadencia sonora del mantra que había usado William durante las ceremonias de las cenizas, gruñidos incluidos. La tensión y el enfado hicieron que Axel tuviese que agarrarle por la muñeca para que parase y le mirara a la cara mientras hablaban.

Noa se acercó hasta mí y me dijo:

—No te preocupes. Seguro que mañana estará de mejor humor.

—¿Entiendes lo que dicen?

—No, nadie de la zona conoce esa lengua, pero a lo largo de los años he aprendido a descifrar sus sentimientos según la entonación. Cuando hablan así entre ellos es algo muy íntimo. Usan ese idioma para intercambiar sensaciones, vivencias, ideas sublimes e imperceptibles para el resto de nosotros, pero que entre ellos hace que las vivan como uno solo.

—¿Cuánto hace que se conocen?

Noa me miró divertida y contestó:

—Toda la vida. Han crecido juntos.

—¿Son hermanos?

—No, pero se quieren mucho. Se podría decir que son como parientes, aunque William es el jefe de Axel, de eso no cabe duda.

Los trabajadores retiraron todo, a excepción de las antorchas que dejaron encendidas y de la hoguera de la que solo quedaban las brasas candentes y unas pequeñas llamas ahogadas del fuego vivo de hacía un rato.

Noa y Axel se subieron a su coche, junto con las otras dos personas, para dirigirse a su casa. Yo llamé a Mike para contarle que ya se había acabado todo, así como para evitar la mirada encendida de William, que seguro que había captado toda la conversación con Raffaele.

Mi hermano descolgó enseguida y recé para que fuera él quien hablase.

—Angie, ya enterré la urna.

—Yo, también —le dije.

—¿Hablamos mañana? Hoy ha sido un día demasiado largo.

—No sé si mañana, Mike, pero te llamaré antes de llegar a Seattle.

—Dirás Vancouver —corrigió.

—No. Pasaré por casa para cambiar de equipaje, pero después iré directamente a Seattle para verte. Tengo que arreglar allí varios asuntos.

—¿Y alguno de ellos tiene que ver conmigo? —preguntó, intrigado.

—En buena parte, sí. De momento, habla con el tío Philippe para que nos localice algún abogado de su confianza. Dile a Orson que prepare todo el tema de la herencia para la semana que viene, cuando yo esté allí contigo y, a ser posible, pídele a Zaffie el favor de que me deje dormir con ella en su habitación del colegio mayor, ya que así podremos preparar todo lo referente a tu fiesta.

—¡De acuerdo! Tus deseos son órdenes para mí. ¿Alguna cosa estrafalaria más, hermanita?

—Solo una más, que sigas tan sumiso como ahora cuando te bombardee a ciertas preguntas que me tienes que responder.

—Bien. Sigo sin salir con nadie, si eso te interesa —dijo.

—¡Pues es una pena! Te quiero, Mike.

—Y yo a ti —respondió, antes de colgar.

Dinastia Koninger

William y yo nos mantuvimos en silencio de vuelta a la zona residencial. Conducía rápido y el coche no paraba de moverse de un lado a otro, así que tuve que agarrarme al asidero de la puerta. Intenté dejar la mente en blanco para que no pudiese acceder a mis pensamientos, si es que eso servía de algo. Pero como con aquel vaivén me era imposible realizar un vacío mental, decidí tararear una de mis melodías favoritas; a lo que él respondió tensando sus brazos y frunciendo todavía más el ceño. Cuando llegamos, detuvo el coche, pero dejó el motor en marcha.

Sin mirarme a la cara y con las dos manos sobre el volante, dijo de manera seca y cortante:

—Tengo que hacer mi inspección nocturna.

—De acuerdo —respondí, bajándome del coche—. Buenas noches.

¿Tanto le había molestado que fuera Fael quién me hubiese hablado por teléfono? O, ¿quizás fue el hecho de que este necesitase hablar conmigo, urgentemente, mediante nuestra forma particular de hacerlo? No lo sabía, pero decididamente ninguno de los dos iba a someterme a sus movidas mentales.

Subí a la casa con intención de comunicarme con Raffaele y averiguar algo más de todo aquello. Si William era capaz de escucharme en el transcurso de nuestra conversación mental, peor para él, ¡que no fuera tan cotilla!

Entré en la habitación, la cual era francamente indiscreta al no tener puerta, me descalcé y encendí una vela de las del baño e incienso que llevaba en mi maleta. Me senté en un sillón con la planta de los pies desnudos apoyados sobre el suelo, me quité el colgante y coloqué las manos sobre las rodillas con las palmas mirando hacia arriba. Comencé a relajar mi cuerpo y, visualizando el rostro de Raffaele durante unos segundos, rápidamente establecí la conexión.

–*¡Angie, por fin!*

–*No me resulta fácil comunicarme contigo desde aquí, Fael.*

–*Lo percibo. Por eso necesitaba hablar contigo. ¿Cuándo regresas?*

–*No sé, acabo de llegar y quiero quedarme unos días. Quizás vuelva a finales de semana.*

–*¡Pero la ceremonia de tus padres ya terminó!* —dijo con impaciencia.

–*¡Sí, pero estoy agotada y necesito descansar!* —exclamé—. *Quiero disfrutar de la reserva estos días.*

–*En compañía de alguien, supongo.*

–*Eso no te concierne* —dije con rudeza.

–*He de jugar mis cartas, Angie.*

–*Pues las juegas bastante mal si crees que, ocultándome cosas, vas a conseguir que me interese por ti. Estoy cansada del secreto que ocultas tú, mi hermano y en el que mi padre y Orson también están involucrados. ¿Quieres jugar tus cartas? Pues bien, empieza a contarme cosas. ¡No puedes pretender que me interese por alguien que no se muestra ante mí como lo que de verdad es!*

–*Y con eso entiendo que ese acompañante tuyo sí que se va a mostrar ante ti en cuerpo y alma, ¿no?*

—Eso tampoco te concierne; pero si así fuera, demuestra más valor que tú al exponerse.

—A cambio, pierde menos que yo y gana bastante más.

—Dime en qué estáis metidos y por qué me lo ocultáis.

—Angie, sabes que no te lo puedo decir.

Tenía que entrarle por otro lado.

—¿Mi madre lo sabía?

—Sí, ella sí. Tu padre tuvo que hacerla partícipe desde el primer día en que la conoció, si no, nunca hubiera podido haber estado con ella como pareja.

—Que es lo que tú pretendes conmigo, solo que a ti te coarta Michael al estar en medio.

—No solo me coarta, sino que me imposibilita acceder a ti y mover ficha.

—Pero ¿qué ocurriría si lo hicieras? ¿Qué ocurriría si pasases por alto a Mike?

—No puedo, Angie, tengo un vínculo de honor con los de mi especie que va más allá de esta existencia. Solamente podría estar contigo si tú supieras todo de una vez y me aceptases tal y como soy, con todo lo bueno y lo malo que eso conlleva.

—Pues te advierto que mi vuelta a Seattle la voy a dedicar a descubriros, solo que, posiblemente, ya sea demasiado tarde para ti y para mí.

—Por eso he sentido la necesidad de comunicarme contigo. No puedo perder esta batalla tan fácilmente, no puedo dejar que caigas en las redes de cualquier otro sin intentar luchar por ti.

—¿Cómo eres capaz de adivinar lo que me está pasando en estos momentos? —Fruncí mis párpados—. *¡Mike no se ha dado cuenta de nada! O, ¿no ha querido decírmelo?* —Por un segundo, dudé.

—Michael está en proceso de entrenamiento, como ya te dije. Yo puedo percibir cosas a un nivel superior.

—¿Y qué es lo que percibes?

– Que te alejas de mí, que las pocas posibilidades que tenía de estar contigo las pierdo, que tu mente pasa buena parte del día ocupada en juguetear con un ente de naturaleza diferente a la mía, pero con parecido nivel dimensional y que, poco a poco, va ganándome el terreno.

– Lo que me faltaba ahora era tenerte dando vueltas por mi mente. Como si ya no la tuviera suficientemente ocupada.

– No me meto en tu mente, solo me llegan esas percepciones como si fuesen un sueño. ¡Soy yo el que no me las puedo sacar de la cabeza! Por eso voy a desaparecer un tiempo y no intentaré comunicarme contigo.

– Pero ¿qué pensará Mike si no te tiene cerca?

– Estaré con él. Lo lleva todo bastante retrasado desde lo de tus padres; y si tú vienes a Seattle, volverá a dejarlo de nuevo. Me lo llevo a Snoqualmie para acelerar su formación. Orson no le ha sido de gran ayuda.

– Quiero que me digas qué tiene que ver Orson con todos vosotros.

– Orson viene a ser como el tutor de tu hermano. Últimamente, percibo que oculta algo, él lo sabe y me evita.

– ¿También es tutor vuestro?

– No, digamos que es, más bien, nuestro colega.

– Mike sabe que a mí Orson no me gusta, no confío en él y me preocupa que pasen demasiado tiempo juntos. ¿Puedo pedirte que estés pendiente de él para que no le pueda influir o hacer daño de algún modo?

– Esa es mi función en este mundo, Angie, proteger a tu hermano y a seres como él. Por eso no puedo hacerle daño, descubriéndonos ante tu persona. Tú eres lo que más quiere. Y, por eso, he de pasar por alto el amor que siento por ti.

– Fael, ¿cómo me dices esto ahora? Casi no me conoces ni hemos pasado tiempo juntos.

– Te conozco más de lo que tú te crees. Y no he podido evitarlo. Algo superior a mi ser me hizo enamorarme de ti y no puedo ponerle remedio. ¡Ojalá pudiese!

– Fael, a mí también me atraes, y mucho, pero en este momento tengo un lío tremendo y no puedo aceptar tu declaración como un cheque en blanco. No sé lo que ocurrirá en estos días. Estoy por descubrir algo. Quizás, cuando conozca todo, sea capaz de decidir, ¡no lo sé! Pero, ahora mismo, no te puedo prometer nada. Lo siento, Fael.

No hubo respuesta durante un buen rato. Después escuché en mi mente:

– Lo comprendo y te agradezco la sinceridad.

– ¿Te veré en Seattle?

– No sé si volveré para entonces. Quizás envíe a Michael con los chicos.

– Pero ¿podré comunicarme contigo?

– No por el momento. Te lo haré saber cuando sea capaz de enfrentarme a ti.

– De acuerdo, Fael. Hasta la vista y cuídate.

– Tú también. Adiós.

Salí de aquel estado de relajación con una sensación de profunda tristeza. Después de apagar la vela, me asomé por la terraza para respirar algo de aire fresco y contemplé la piscina iluminada; a lo mejor un poco de ejercicio me ayudaría a olvidar el entramado de sentimientos en el que me veía envuelta.

Bajé descalza y con el bikini puesto hasta el salón y descorrí el ventanal. Me acerqué hasta el borde de la piscina y tanteé la temperatura del agua con el pie, notándola deliciosamente templada. Me sumergí en ella y empecé a hacer largos. Aquella piscina cubría en casi toda su superficie y era de agua salada, lo que agradecerían mis ojos, ya que solían irritarse con el cloro cuando nadaba sin gafas.

Mi mente no paró de darle vueltas a la pena que sentía por no tener ya ninguna prueba física de los restos de mis padres.

Rememoré el beso de William, su enfado, aquella extraña lengua que usaba en momentos concretos y que le hacía parecer de otro planeta. Tampoco pude dejar de pensar en la conversación con Fael, en la rabia que sentía contra Orson y en su doble juego y, sobre todo, en el efecto de atracción y repulsión que me generaban aquellos cinco chicos, vestidos de manera tan moderna y llamativa, que no me podía quitar de la cabeza. Me violentaba tenerles rondando por mi mente, incluso entre sueños, como ya me había ocurrido en los últimos días.

La respiración se volvió más pesada y apenas pude seguir dando brazadas, por lo que tuve que parar un momento y hacer varias inspiraciones seguidas, soltando después el aire dentro del agua para poder recuperarme. Cada inmersión que hice formó, de nuevo, su imagen en mi mente; el albino vestido de blanco impoluto, seguido por el pelirrojo vistiendo a juego con el tono de su cabello y el moreno ataviado de negro integral, junto con los ojos verde esmeralda de quien así vestía y, finalmente, el más provocador de todos ellos, aquel rapado y tatuado vestido de azul eléctrico que te hipnotizaba con su indiscreta y penetrante mirada.

Lástima que Fael me hubiera prohibido comunicarme con él. Ahora no podía preguntarle de qué les conocían o si sabía por qué me escrutaron de aquel modo tan descarado el día de la cremación de mis padres.

Me sobresalté al escuchar una zambullida dentro de la piscina. Hasta que buceando desde el otro extremo apareció William frente a mí, lo que me tranquilizó.

Emergiendo del agua, dirigió su mirada a mi cuello.

—¿Has perdido el colgante?

—No, me lo he quitado —contesté.

—¿Dónde está? —preguntó, imperativamente.

—Tirado en el suelo, cerca de un sillón de la habitación.

Salió de la piscina, impulsándose con los brazos, y corrió en dirección al interior de la casa. Cuando volvió, yo esperaba sentada en el bordillo con los pies metidos en el agua y un poco mareada aún. Se agachó por detrás de mí y me lo puso, lo que me hizo sentir mejor al instante.

—¿Por qué no lo llevabas puesto? —preguntó.

Lo descubriría, aunque no se lo contase, así que decidí aventurarme viendo que su tono de voz sonaba un poco más relajado que antes.

—No lo voy a necesitar. Contacté con Fael y no se comunicará conmigo durante un tiempo.

—Lo necesitas siempre. Por lo menos, hasta que yo te enseñe cómo bloquear tus pensamientos que ahora mismo parecen rayos láser disparados, en todas direcciones y sin control alguno.

—Pero él no leía mi mente como haces tú. —Dejé que notara mi malestar—. O, al menos, eso creo.

—Él no es quien más me preocupa en estos momentos. Este colgante, además de evitar la intrusión de cualquiera en tu cerebro, te protege también físicamente. No lo pierdas de vista nunca, ¿de acuerdo? —Según se sentó a mi lado, me fijé en su espalda.

Estaba cubierta desde los hombros hasta la línea del bañador por un inmenso tatuaje de escamas doradas que parecían reales. Daba el aspecto de ser piel de reptil superpuesta. Aquellas escamas dibujadas le abrazaban la parte más alta de sus torneados brazos y mantenían un relieve, tan bien delineado que le confería cierto aspecto dimensional.

—¿Puedo? —pregunté, haciendo un gesto con la mano.

Él asintió con la cabeza.

Recorrí su espalda ancha, de un hombro a otro, acariciándole con la mano abierta y deslizándola suavemente de lado a lado hasta alcanzar su zona lumbar para volver a subir, apreciando de cerca cada detalle de aquel entramado. William ladeó su cabeza, entornando los ojos.

—¡Parecen de verdad! —exclamé.

—Son un símbolo de mi naturaleza —respondió.

—¿Acaso te transformas en lagarto como los de aquella serie antigua de televisión? —dije, medio en broma.

—Te vas acercando —contestó sonriente, mientras giraba su cara para mirarme.

—¡Bueno, ya está bien por hoy de escuchar chorradas! —Me levanté de golpe—. Me voy a dar una ducha y a la cama.

—Angie —dijo, agarrándome por la muñeca—, al final no te pregunté qué tal estabas tras terminar la ceremonia de tus padres.

—Ha sido más duro de lo que me imaginaba, sobre todo, porque ya no me queda ninguna muestra física de su existencia. Pero, por otro lado, siento alivio. Andar dando tumbos por todo el mundo con tus padres muertos a cuestas no es nada agradable. Ellos ya han conseguido lo que querían y, según parece, están en el lugar apropiado. Ahora me preocupan otras cosas, pero no pensaré en ellas hasta mañana. Estoy agotada física y psíquicamente. Tú parece que te encuentras de mejor humor, te ha venido bien el paseo nocturno.

—Me ha permitido ver las cosas con más claridad. Me quedaré nadando un rato. —Me soltó la mano—. ¡Qué descanses!

Le sonreí a modo de respuesta y dirigí mis pasos hacia el salón.

Al girarme para entornar aquel ventanal enorme, pude verle casi abarcando el ancho de la piscina en cada brazada de mariposa que daba con aquel impresionante cuerpo tatuado que le sobresalía por encima del agua.

Desperté en mitad de la noche empapada en sudor. Mi respiración era profunda y el corazón me latía rápido. Había tenido un mal sueño y necesitaba beber un poco de agua, por lo que tuve que bajar a buscar una botella a la nevera—bar del salón.

Me moví por allí a oscuras con bastante facilidad, ya que aquel frigorífico, con puerta acristalada y transparente, emitía una luz que permitía ver en su interior sin necesidad de abrirla. Cogí una botellita de agua fría y mientras me la bebía, me acerqué al ventanal. La piscina ya no estaba iluminada, pero me sorprendió ver a William fuera con el reflejo de la luna sobre él.

Llevaba puesto un albornoz de color negro y miraba hacia la caída de casi cuatro pisos que se extendía a sus pies, manteniéndose muy pegado al borde exterior de la piscina y balanceando su cuerpo, ligeramente, adelante y atrás.

¿Qué hacía ahí parado y qué era lo que miraba? ¿Estaría allí desde que me subí a dormir?

«¡Tal vez era sonámbulo!», pensé.

De repente, desató el nudo del albornoz que le cubría, lo dejó caer por detrás de él, extendió completamente los brazos mostrando la desnudez de su cuerpo y se precipitó hacia delante.

¡¡Ay, Dios mío, se había lanzado al vacío!!

Tirando la botella al suelo, abrí lo más rápido que pude aquel ventanal para correr hasta el borde exterior de la piscina y agacharme, no fuera a ser que perdiese el equilibrio y cayese yo también.

—¡¡William!! —grité lo más alto que pude—. ¡Williammm! —volví a gritar, angustiada.

Tenía que localizar alguna manera de bajar por allí sin matarme.

La mañana anterior había visto, desde mi habitación, unos escalones hechos con troncos de madera; los busqué, ayudándome solamente con aquella claridad que irradiaba la luna y, por fin, di con ellos. Debía tener cuidado si no quería caer a trompicones por allí, descalza como iba y sin ver apenas nada.

Continué llamándole, esperando que me contestase. El corazón se me iba a salir del pecho y parecía que no avanzaba en mis pasos. Cada escalón me acercaba al final de aquella bajada tan empinada y ya casi tocaba suelo, pero seguía sin verle por ninguna parte.

¡Era imposible que su cuerpo no se encontrase por allí, después de la caída que habría sufrido! Tampoco parecía que hubiese ningún recodo en el que hubiera podido haber quedado atrapado y malherido.

Al llegar abajo del todo, miré hacia atrás para cerciorarme de que no lo había pasado de largo. Por delante se abría un pequeño camino que llevaba a la orilla del riachuelo en el que conseguí ver algunas piedras por las que poder cruzar.

Antes de pasar al otro lado, miré al frente con detenimiento, pero no conseguí verle por ninguna parte y, en el supuesto caso de que hubiera cruzado por allí, debería haberle encontrado a una distancia relativamente corta en aquella extensa llanura que se desplegaba ante mis ojos.

A varios metros de altura noté la presencia de un ave revoloteando por encima de mi cabeza. Me costaba identificar el tipo de pájaro del que se trataba, ya que era enorme. La idea de estar allí sola no me gustaba en absoluto, además, ¿qué ave de esa envergadura se dedicaba a dar vueltas de noche? Igual se trataba de alguna especie de águila africana nocturna.

Pero no, aquello era infinitamente más grande que cualquier ave común que yo conociera y estaba a una distancia inferior a la que yo había calculado en un principio.

Aquel animal empezó a descender, dando giros amplios en dirección a la llanura que se extendía al otro lado del riachuelo.

Cuando mi vista se acomodó a la oscuridad de la noche, el pánico se apoderó de mí. ¡Aquello era cualquier cosa menos un águila! Es más, no se trataba de ningún ave, de eso estaba segura. Lo único que podía guardar alguna relación con un pájaro eran las inmensas garras de sus patas. Las alas eran más parecidas a las de un murciélago, pero su brillante color dorado, que incluso desprendía destellos luminosos, hacía imposible la relación con ese tipo de mamífero volador.

Su impresionante tamaño, según fue descendiendo, aumentó considerablemente, así como la envergadura de su pecho y de sus patas. Y estaba segura de que, tanto volando como corriendo, en cuanto me viese, me daría alcance sin remedio, mucho antes de que pudiese pensar en huir.

El corazón me latía a mil por hora, pero debía moverme de allí antes de que pudiese notar que estaba cerca. Ya no me podía preocupar en buscar a William, solamente esperaba que él lo hubiera visto, igual que yo, y que pudiera mantenerse quieto donde estuviese para no ser descubierto.

Comencé a desandar el recorrido que había hecho desde la escalinata y que me devolvería a la seguridad de la casa, pero nada más posarse aquella cosa inmensa sobre el terreno, levantó la cabeza y dirigió su mirada hacia mí.

A pesar de que el terror se apoderó de mi cuerpo, el instinto de supervivencia fue más fuerte, obligándome a correr escaleras arriba, sin tiempo que perder.

De nuevo, escuché aquel batir de alas acercándose por detrás. Estaba segura de que me iba a dar alcance, puesto que noté una leve variación de calor a mí alrededor. Un fortísimo olor a incienso de iglesia me rodeó de pronto, intensificándose con cada aleteo proveniente de aquel aterrador engendro.

Tropecé en mi afán por subir aquellos resbalosos escalones hechos con troncos de madera, pero incluso tirada en el suelo me negaba a mirar atrás o cejar en mi empeño por salvar la vida.

De repente, escuché una voz dentro de mi cabeza.

—*¡Angie, gírate para mirarme! Esto que ves soy yo, ¡William!*

Me quedé paralizada, ahora ni mis piernas ni mis brazos ni mi mente respondían, solo mi corazón dentro del pecho golpeándolo sin parar.

—*¡Angie, gírate, no tengas miedo, soy yo!* —reconocía su voz dentro de mi cerebro, no era ningún sonido procedente del exterior. Sin embargo, seguía sin poder mover mis músculos y, mucho menos, girarme como me decía que hiciera.

La respiración se me aceleró aún más. Solamente veía aquel tronco de madera delante de mi nariz. Me mantenía agachada, oliendo aquella porción de tierra y humedad, mezclada con el olor tan intenso a incienso que emanaba de algún lugar cercano. Deseaba fundirme dentro de aquellos escalones, que me tragase la tierra y desaparecer antes de que aquel monstruo me golpease y me engullese viva.

—*¡Angie, no te asustes! ¡Gírate y mírame, por favor, no te haré ningún daño!*

No podía hacerlo, estaba bloqueada, no sabía lo que me iba a encontrar. ¿Acaso él iría montado sobre aquella cosa descomunal como si se tratase de su mascota alada?

Tenía que intentarlo. Concentrarme en torcer el cuerpo, todo lo que me permitieran mis fuerzas, para contemplarle subido sobre aquello. Con gran esfuerzo, me incorporé y vi que no quedaba mucho tramo para alcanzar el borde que daba a la piscina. Tragué saliva, cerré los ojos y, muerta de miedo, fui girando. Me agarré como pude a la pared terrosa y cubierta de vegetación que se encontraba a mi espalda, y que era lo único a lo que podía asirme para no perder el equilibrio y caer.

—*¡Abre los ojos, ahora, y mírame!* —El aliento cálido que exhalaba aquel extraño animal y que olía precisamente a incienso de iglesia, como si de un botafumeiro saliese, rozó mi cara.

Fui abriendo los ojos lo más lento que pude, hasta encontrarme cara a cara con aquel ser colosal que se mantenía parado frente a mí. El pánico me cortó la respiración por completo.

Aquella cosa mantuvo inclinada la cabeza hacia abajo, lo cual evitó que pudiese verle las fauces. Lucía cierta barba alrededor de su inmenso hocico y sus fosas nasales se mantenían dilatadas, pero, aun así, su respiración era relajada.

Observé que tanto su ancho y largo cuello, así como su cabeza, guardaban semejanza con los de algún tipo de animal prehistórico. Tenía una larga cola y multitud de púas en escala que descendían hasta ella desde lo alto del morro, recorriendo su lomo. En la cabeza, aquellas púas parecían más bien cuernos que le sobresalían, formando un abanico del mismo color metálico que su escamosa piel.

Intenté mover un poco la cabeza para ver si William aparecía agarrado a la espalda de aquel monstruo, pero, de pronto, aquello abrió sus inmensos ojos mostrando una mirada intensa, sosegada, dorada y tan... peculiar. Aquellos ojos... me recordaban... ¡¡No podía ser!! ¡Eran del mismo tono que los ojos de William! ¡¡Era imposible!!

Volví a mirar a sus espaldas, pero allí no había nadie subido. Miré otra vez aquellos penetrantes ojos y, entonces, me di cuenta de que William era ese monstruo, ese ser, esa cosa que no sabía qué era exactamente.

—*Soy un dragón dorado, Angie* —me lo transmitió por la mente, sin mover las fauces siquiera—. *Puedes... tocarme... si quieres* —dudó.

Lo pensé durante unos segundos y, pasado un rato, alargué mi mano temblorosa para acariciar la parte alta de aquel morro enorme y alargado que tenía frente a mí.

Entornó sus ojos mientras yo movía la mano, notando, tan suave como la seda, aquella zona escamosa y caliente. El color que tenían hacía que en vez de escamas pareciesen láminas de oro pulido. Tenía incrustadas multitud de gemas de diversa forma y color a lo largo de su lomo. Sus alas descomunales se mantenían plegadas por completo, pero eran tan altas que sobresalían por encima de su cabeza e iban lideradas por una pequeña garra en cada extremo.

—*¿Puedo pedirte que hagas algo por mí?* —preguntó cauteloso—. *¿Podrías pasarme el albornoz que dejé tirado allí arriba?*

Entonces, salí de aquella especie de ensoñación y aparté mi mano de él con premura, corriendo escalones arriba como si me persiguiera el demonio.

Quedaban escasamente cinco de ellos que salvar hasta llegar a lo alto. Seguí corriendo hasta localizar el albornoz, lo agarré con rabia y a la carrera se lo lancé precipicio abajo.

Sin modificar la velocidad, me dirigí a la habitación. No sabía muy bien si corría por miedo, por rabia o por vergüenza de que me viese llorar y temblar de la manera en que empezaba a hacerlo. Me acurruqué hecha un ovillo en el fondo del baño, tirada en el suelo cerca de la bañera, tiritando de miedo y de frío, abrazada a mis rodillas y con los ojos cerrados sin saber qué hacer a continuación.

Pasados algunos minutos, noté una mano sobre mi brazo.

—Angie, ¿te encuentras bien? —volvía a ser la voz de William, pero esta vez fuera de mi cabeza.

—¡¡No me toques!! —grité, histérica—. ¡Aléjate de mí! ¡¡Aléjate!!

Conseguí enrollar mis piernas algo más y pude ver al William humano retrocediendo unos cuantos pasos.

—¡Angie! Déjame explicártelo, por favor —dijo, con voz trémula.

Recordé la promesa que le había hecho. Me pidió que le escuchase y yo accedí. Pero, ahora, me sentía incapaz de mirarle a la cara, así que le hablé con la cabeza escondida entre mis rodillas.

—¡¿Explicarme qué?! ¡Que no eres humano, que eres un ser legendario e irreal procedente de un mundo de fantasía! —Me temblaba todo el cuerpo—. O, ¿qué es esto? ¿Acaso un sueño, imaginaciones mías o es que me he vuelto loca por completo? —grité de nuevo.

—Angie, ese es mi mundo y el de muchos otros que lo pueblan aquí y en otros lugares desconocidos para vosotros, pero a la vez soy tan humano como me ves ahora mismo.

—¡¡Pero eso es imposible, es una locura!! —exclamé, histérica—. ¿Cómo consigues esa transformación?

—Porque soy polimórfico, al igual que el resto de mi especie.

—¿Eso quiere decir que puedes adoptar cualquier forma?

—Cualquier forma animal, solo que lo más útil para mis propósitos es la forma humana. Únicamente he de cuidar mi aspecto nutricional, los entrenamientos y salir a estirar las alas un par de veces al día. —Se mantenía en alerta mientras hablaba. Incluso, parecía que estuviese más asustado que yo, lo que me animó a levantar la cara un poco, sin dejar de mostrar mi perplejidad—. Quizá sería buena idea que descansases algo más, es temprano aún para ti. —El albornoz se le abrió un poco en la parte alta y dejó entrever su pecho color canela.

—Y tú, mientras, ¿qué harás?, ¿cazar? —dije, irónicamente.

—No, lo hice antes de mostrarme ante ti. No quería dejarte sola después de que me vieras. Por eso, descansa si quieres. Hoy tenemos que ir Axel y yo a recoger al rinoceronte. Si te apetece... puedes venir con nosotros —se mostraba inseguro.

Recordé, entonces, la conversación con su ayudante en aquella extraña lengua.

—¿Axel... también es un... dragón dorado como tú? —Ni yo misma creía que pudiera estar preguntándole aquello.

—Dorado, no —esperó un rato antes de continuar—; Axel es un dragón plateado.

Volví a esconder la cabeza entre mis brazos.

—¡Pues vaya una invitación! —exclamé—. Pasar el día acompañada por dos de tu especie, ¡genial!

—Bueno, no comemos personas, ya te lo dije —respondió, algo ofendido—. Y, además, también nos acompañará Timothy, nuestro veterinario. Él es humano del todo, si eso te tranquiliza más.

—¿Vuestro... veterinario? —pregunté, perpleja, levantando de nuevo la cabeza.

—Bueno, nuestro, como médico personal, no. Es el veterinario de los animales de la reserva.

—¿Y de vosotros quién se ocupa si enfermáis?

—No solemos caer enfermos; aunque, sí heridos. Pero cuando eso ocurre, nos regeneramos con nuestra propia sangre y fluidos corporales —explicó—. Además, tenemos curanderos conocedores de multitud de encantos y ungüentos. Mi madre era uno de ellos.

Pensé durante unos instantes en todo lo que me había contado hasta el momento, sin apartar la vista de él.

—¡Está bien! —Me puse en pie de un salto y me atreví a lanzarme sobre él, empujándole para sacarle de aquella habitación tan indiscreta—. Nos vemos en la piscina dentro de un rato. Ahora, me voy a duchar y a vestir.

—¿No vas a dormir más? —preguntó, indeciso.

—¡¿Cómo quieres que duerma si casi consigues que me dé un ataque al corazón?! —tuve que gritarle—. Además, tú y yo tenemos muchas cosas de que hablar, así que hasta luego —dije, bastante enojada.

Esperé hasta que comenzó a subir las escaleras hacia su habitación y me volví a meter en la mía.

La ducha relajó mi musculatura y mis nervios, calmó las pequeñas magulladuras que me había hecho, tanto en los pies y en las piernas como en las manos, y desembrolló en parte la maraña de ideas que aún me hacían creer que todo había sido un mal sueño.

Sin embargo, nada de todo aquello había sido producto de mi imaginación; todavía podía escuchar su voz dentro de mi cabeza, sentir el suave tacto de su escamosa piel y el olor a incienso parecía seguir flotando a mi alrededor.

Mientras me vestía, pensé que debía enfrentarme a ello con la mayor entereza posible y descubrir, de una vez por todas, en manos de quién había dejado los restos de mis padres.

Bajé las escaleras hasta el salón en el preciso momento en el que el sol asomaba por el horizonte. William ya se encontraba sentado en uno de los sillones de mimbre de la terraza exterior, frente a una mesa dispuesta con todo lo necesario para desayunar. Estaba recién duchado, afeitado y vestía un conjunto de camisa y pantalón en color caqui. Movía, nervioso, el pie que tenía apoyado sobre la rodilla contraria, mientras la cabeza ladeada reposaba sobre su puño.

Me quedé parada un instante, antes de continuar adelante, sin saber si mi corazón latía tan rápido por miedo o por simple cautela. Al traspasar la puerta corredera, me llegó de nuevo su perfume.

—Me he permitido la licencia de pedirte el desayuno aquí —dijo, cuando me vio pasar a su lado—. Hemos quedado a las siete con Timothy para ir juntos a la otra reserva.

Sin contestarle siquiera, me acerqué al borde de la piscina para mirar el escenario de hacía un rato.

—No te puedes hacer una idea del susto que me diste cuando vi que te lanzabas al vacío —dije.

—No se me ocurrió otra manera mejor de enseñártelo —se justificó—. No podía llegar y transformarme delante de ti.

Entonces, me giré para mirarle fijamente a los ojos.

—¡¡Pero me podías haber preparado de alguna otra manera!! —grité en alto.

—¿Diciéndote qué? ¿Algo que te hubiera hecho pensar que no estaba en mis cabales?

—¡Es que esto es exactamente lo que es, una locura en toda regla! ¿O ahora resulta que soy yo la única que lo ve de este modo? ¿Qué pasa con el resto de las personas que conocen tu condición? ¿Qué opinan ellos?

—Es que tú eres la primera humana a la que me he mostrado como lo que de verdad soy.

—¡Venga, hombre, eso no me lo creo! —exclamé.

—Sabes que no puedo mentir —confesó—. Aunque, realmente, Noa lo sabe; pero nunca me ha visto transformado.

—¡¿Noa es... humana?! —dije, frunciendo el ceño—. Me refiero a que si no es... dragona, también.

—Solo humana —afirmó.

—¿Y cómo es posible que estén casados Axel y ella? ¡¡Eso es una completa aberración, es antinatural!!

—Sería una aberración si en el momento de consumar el acto él se mantuviese sin transformar, lo cual sería materialmente imposible, ya que la mataría —ironizó—. Pero ya te dije que nuestra parte humana es... bien humana. Nuestros instintos se rigen, en ese momento, por los sentimientos que puede tener cualquier otro hombre. Y en el tema sexual nos comportamos como cualquiera de ellos, al cien por cien.

—Pero... ¿y qué pasa con los hijos? ¡Se producirán muchísimas malformaciones! —exclamé, horrorizada.

—Somos estériles a nivel humano, solo podemos fecundar a hembras de nuestra especie. Cuando un dragón decide entablar vínculo de vida con una mujer, se crean una serie de compromisos, responsabilidades y derechos inalterables a lo largo de la vida de esa humana; ellas saben que no pueden contar nuestro secreto a nadie. Nadie las creería, tampoco. Y, en caso de querer tener hijos, hay muchas opciones: desde adopciones, hasta tutelas de pequeños dragones huérfanos.

—Has dicho «a lo largo de la vida de la humana» —comencé a acercarme a él—; es decir, que vosotros vivís más que esa persona.

—Sí, bastante más que muchas personas que pasan por nuestra vida —explicó.

—¿Cuánto más? —quise saber.

—En años, como tú tienes entendido... algunos miles —respondió, sin darle importancia.

—¡¿Tienes... mil años?! —pregunté, sorprendida.

—No, esos son los que tiene Axel. Yo... tengo más.

—¿Cuántos años tienes, William? —pregunté, acortando distancia con él mientras se movía inquieto en su asiento y fruncía los labios, que se comenzó a acariciar con el pulgar.

—¿Exactamente? Dos mil tres. Aunque... no se computan de la misma forma en nuestro mundo.

Me quedé boquiabierta.

Decidí, entonces, servirme algo de zumo de pomelo recién exprimido, coger unas tostadas francesas y rellenar una taza con té negro y caliente para despejar mi mente confusa.

Me senté frente a él y me tomé mi tiempo para desayunar, mientras que él no apartaba su ojo de mí, esperando a la siguiente pregunta guardada en la recámara de mi escopeta mental.

Me deleité en paladear cada bocado, notando su impaciencia al no continuar hablando.

Cuando terminé de masticar el último trozo de tostada, le miré a la cara y dije:

—¿Pretendes que me crea que en todo ese tiempo nunca te has mostrado ante ningún humano como lo que de verdad eres?

—¡Pues, sí! Creo que a estas alturas podrías confiar un poquito más en mí —respondió, indignado

—¡Bien, pues entonces empieza a explicarme por qué he sido yo la elegida! —Ahora sí que estaba furiosa; otro más que parecía tomarme por idiota—. No me puedo creer que en dos mil años no se lo hayas contado a nadie. Ni tampoco que no hayas estado unido a ninguna otra mujer o dragona de la que te hayas enamorado, ¡vamos, es que eso no se lo cree nadie!

—Con las de mi especie jamás me he involucrado tanto como para arriesgarme a concebir una hija. Y no hace falta que lo preguntes, ya te lo contesto yo: en mi caso, me corresponde concebir una hembra. La línea dinástica a la que pertenezco así lo estipula, cada generación concibe un monarca de sexo contrario al suyo. Ese dragón o dragona Koninger se dedicará durante su larga existencia a guardar las almas de aquellos seres puros que, de manera voluntaria u obligada, abandonen este planeta.

»Cuando se siente preparado, el Koninger concibe un hijo junto a un Draakin o dragón de categoría inferior. Estos Draakin se encargan de actuar como meros sementales o vientres de alquiler, en el caso de las hembras, por lo que tras el nacimiento del Tochzoo abandonan el territorio del Koninger de por vida, dejándole solo para la crianza, entrenamiento y enseñanza de su descendiente.

—Y, ¿eso os condena a no poder estar con nadie más como pareja a lo largo de vuestra existencia?

—No, sí que podemos. Solo que la intención al tener un vástago pasa por encargarnos de adoctrinar, en cuerpo y alma, a ese ser que se convertirá en nuestro heredero. El proceso no se hace de un día para otro, a veces, transcurren siglos o incluso milenios hasta que los dragones Koninger nos extinguimos en la forma que naturalmente tenemos. Al hacerlo, transmitimos todos los conocimientos y sabiduría a nuestra estirpe, por lo que, cada vez, el bagaje traspasado es superior.

»Así que nos centramos en conceder esa formación a tiempo completo y, en cierto modo, nos olvidamos de nosotros mismos —hizo una pausa antes de continuar, estudiando mi rostro y su reacción ante toda la información recibida—. Como ves, es una responsabilidad muy grande y yo aún no he conocido a ninguna Draakin que sea suficientemente adecuada y que me merezca toda la confianza como para concebir una hija con ella a quien dotar de todos mis conocimientos. La sangre de la madre, en este caso, es fundamental para conseguir una buena línea dinástica.

»Mi abuelo tuvo la suerte de ir a dar con una dragona Koninger que, al unirse a él, decidió ceder la posibilidad de concebir un macho al que instruir por sí misma, renunciando, así, a su rama dinástica en pro de mantener la de mi abuelo viva. Concibieron una descendiente mucho más poderosa, mi madre, a la cual mi abuela dotó de todos sus conocimientos sobre sanación y curación adquiridos al no poder ejercer su función de guardiana.

»Eso sí, en el momento en el que mi madre decidiese concebir su propio hijo, tanto ella como mi abuela debían acabar de manera voluntaria su existencia en pro de la continuación de la dinastía Koninger; eso son leyes ancestrales entre curanderos —dijo acompañando esta última frase con un gesto con la mano—. Mi madre se sacrificó para concebir un hijo, copulando con un Drachkrij o guerrero vigía que curó de las heridas de una batalla cruenta y al que convirtió en su Draakin.

»Ella hizo todo lo que pudo por él, pero aquel abandonó su existencia en este mundo demasiado pronto. Al poco de nacer yo, mi madre y mi abuela abandonaron su ser material en este planeta y mi abuelo tuvo que hacerse cargo de mí, dotándome, durante cientos de años de la formación, los conocimientos y los dones que hoy en día poseo. Cuando mi abuelo decidió que yo ya estaba suficientemente preparado, se fue en busca de aquella a la que tanto amó en esta existencia. Me consta que se encontraron.

No podía continuar preguntando nada más. Estaba frente a un ser no solamente excepcional y distinto a todo lo que hasta ahora había conocido, sino doblemente soberano en su especie; y eso, incluso en su mundo, parecía extraordinariamente anómalo.

—¿Entiendes ahora por qué me ando con tanto cuidado con las de mi especie? Además, no me han atraído especialmente nunca. Os encuentro más atractivas a las mujeres desde mi forma humana, entiéndeme, no vayas a ver algo perverso y aberrante en todo ello —dijo, mostrando en alto las dos palmas de su mano.

—Y, ¿alguna vez has copulado con alguna?

—¿Con dragonas? Sí, claro, muchas veces —sonrió con cautela.

—No, me refiero con alguna mujer —quise saber.

Tardó un rato en responder, tanto que se levantó para servirse una taza de té y yo le seguí para servirme otra.

No habló hasta que terminamos de bebérnoslas, allí de pie, mientras nos mirábamos el uno al otro fijamente.

—Sí, también lo he hecho. Pero jamás me he llegado a enamorar, por eso ninguna ha visto nunca mi naturaleza —confirmó, dejando su taza vacía y la mía sobre la mesa—. Únicamente nos mostramos ante la que de verdad amamos y con quien queremos mantenernos unidos todo el tiempo que su vida nos lo permita.

Mi corazón comenzó a acelerarse de nuevo, pero esta vez de emoción. Entendía que lo que me decía era algo único y verdadero, pero todavía tenía que librarme de los tabúes que me impedían arrojarme sobre él y entregarme por completo a su cuerpo y a su increíble vida.

—¿Por qué todo lo que me cuentas me sigue pareciendo una locura? ¿Cómo es posible que yo haya sido tu elegida después de tantísimos siglos? —pregunté, con todo el aplomo que pude mostrar—. Me halaga todo lo que me dices, pero ¿qué tengo yo de especial para atraerte tanto?

—Toda tu vida está rodeada de un misterio como este, distinto en la forma y en los personajes, pero igual de secreto, al fin y al cabo. Bastante difícil me ha resultado a mí abrirme ante ti como para creerme con derecho a contarte lo singular que eres. Y eso, precisamente, es lo que me ha enamorado de tu persona. Tú eres un ser tan especial como lo fue mi abuela para mi abuelo.

—¿Y serías capaz de perder la posibilidad y la experiencia de concebir una hija con alguien de tu especie, acabando así con tu línea dinástica? ¿Por amor a mí?

—Sí —afirmó, de manera rotunda—. Total y ciegamente.

Me dejó paralizada por completo y me olvidé de todo lo que había visto momentos antes. Olvidé qué era él realmente, me olvidé de mí misma, así como de los prejuicios que había tenido al principio y terminé por abalanzarme a sus brazos para besarle.

Con cada uno de aquellos besos fui liberando, una a una, las barreras que me hubiesen hecho huir lejos de él y de su naturaleza real. Su aliento, como lo recordaba de aquel primer beso de la noche anterior, refrescó la ansiedad renacida por querer sentir su cuerpo cerca del mío y su piel pegada a mi piel, seduciéndome con ese aroma que tanto me hipnotizaba.

Él respondió con idéntica pasión, tocándome el pelo, la espalda, la cintura, acariciando mis senos por encima de la ropa; mientras yo exploraba con mi lengua su paladar, al tiempo que acariciaba su cráneo rapado y suave. Al principio, sus manos aprisionaron mi cuerpo contra el suyo hasta que, poco a poco, noté su separación, dolorosa, incluso; y no por la fuerza que ejercía para apartarse, sino por el deseo que no iba a ser consumado aún y que se cortó de golpe al decirme en un susurro:

—¡Angie! Timothy y Axel están subiendo. Me muero de ganas de poseerte aquí mismo, sobre esta mesa o en el suelo, pero si no quieres que demos el espectáculo delante de ellos, necesito que pares ahora mismo, ¡por favor! —Nuestras miradas chocaron embriagadas por las feromonas que ambos exhalábamos. Se podía llegar a oler en el ambiente. Axel seguro que podía olerlo en el ambiente. Yo mantuve mis brazos alrededor de su cuello mientras él, aún jadeante, intentaba zafarse de ellos.

—¡Está bien! Subiré a la habitación para refrescarme un poco —le indiqué algo mareada y con la respiración entrecortada—. Incluso, creo que me daré una ducha de agua fría.

Salí corriendo escaleras arriba, lo más rápido que pude, para evitar encontrarme con alguien por el camino.

«¡Madre mía! ¿Qué haríamos a partir de ese momento?», pensé cuando llegué al cuarto de baño.

La atracción era mutua, eso era obvio, pero lo que estaba claro es que no iba a tratarse de un simple rollo pasajero; al menos, no era lo que yo esperaba, por mucho que me costase creer que todo aquello había pasado de verdad y que no estaba alucinando. Y, desde luego, dudaba de que él se hubiera sincerado hasta ese punto conmigo como para echarme solamente dos polvos y largarme después fuera de su vida, teniendo como tenía enterradas parte de las cenizas de mis padres en su terreno.

Cuando volví a bajar a la terraza, William hablaba relajadamente con Axel y con aquel veterinario de Igoli. Yo llevaba el pelo mojado y pude notar su sonrisa de complicidad al presentarme a Timothy, así como una mirada de aprobación por parte de su íntimo amigo que consiguió ruborizarme.

Mientras yo les contaba cómo nos habíamos conocido y aquel veterinario se interesaba por mi profesión y por el sitio de donde procedía, William se recreó agarrándome por la cintura, al tiempo que olisqueaba mi cabello. Su respiración consiguió erizarme el cuero cabelludo e hizo descender por mi cuello escalofríos de placer.

Salimos de la casa para subirnos a un *pick up* con remolque que condujo Axel.

Cuando llegamos a la otra reserva, que distaba una hora de Igoli, Timothy cogió su maletín y me invitó a seguirle mientras los chicos se quedaron colocando el coche marcha atrás, encarando el remolque frente a la portezuela cerrada de una cuadra en donde mantenían al animal.

Un par de hombres aparecieron y chocaron la mano con William y con el veterinario. Nos invitaron a seguirles y accedimos con ellos al interior de aquella cuadra. Tras un gran cercado con barrotes de metal, pude ver un rinoceronte negro de alrededor de tres metros de longitud y que posiblemente superase la tonelada de peso. Se le notaba medio adormecido, seguramente, por alguna sustancia tranquilizante que ya le habrían pinchado. William se apoyó en la barrera y saltó por encima de ella, pasando al otro lado y quedándose frente al animal, que en ningún momento se mostró irritado por su presencia ni por las pruebas a las que le sometió. Fue midiendo lo que Timothy le pedía y anotaba en un cuaderno, así como también tomó muestras de sangre de sus orejas, que el veterinario terminó guardando para su posterior análisis. Cuando saltó de nuevo fuera de aquella barrera, noté que ya no me impresionaba tanto verle pegado a una mole tan peligrosa como aquel animal; y no solamente porque el rino estuviese casi dormido, sino porque ahora sabía que William tenía un don especial para aplacarlos.

Mientras Axel esperaba junto al portón abierto del remolque, uno de aquellos hombres abrió la barrera para que William, acariciándole el lomo, fuera conduciendo al animal hacia dentro del vehículo remolcado que lo trasladaría a su nuevo hogar.

Tras asegurar el portón del vehículo, William sacó una chequera del bolsillo de su camisa y extendió un cheque que le entregó al otro hombre que nos acompañaba. Nos despedimos de todos ellos y regresamos con la nueva adquisición que, según me explicaron, se trataba de un macho que empezaría a aparearse en breve con las hembras, repartiéndose de ese modo el trabajo con el otro macho que ya vivía en Igoli.

Axel aminoró la velocidad al atravesar las puertas de Igoli, mucho más que durante el trayecto por carretera rural. Enseguida localizaron al grupo de rinocerontes compuesto por un macho, tres hembras y dos crías. Ellos dos se bajaron del coche, diciéndonos a Timothy y a mí que nos quedásemos dentro.

Axel se mantenía cerca del vehículo y William abrió el portón trasero, dejando que el poco aire que en ese momento corría por el ambiente alcanzase, en el morro, a aquel animal para permitirle recuperar el tono. El efecto de la sedación había pasado, ya que este salió trotando de aquel vehículo, alejándose unos cuantos metros del coche y comenzando a olisquear alrededor, en un afán de reconocer la zona. Por el retrovisor lateral pude ver a William concentrado, tocándose con una mano la frente y mostrando la palma abierta de la otra a aquel rinoceronte recién llegado; imaginé que aquello valdría para calmar al animal, evitando un enfrentamiento entre machos desconocidos durante su primer encuentro. Axel no le quitaba ojo al resto del grupo y mantenía, también con disimulo, una palma de su mano virada hacia el conjunto de animales que se encontraban pastando a unos cien metros de nosotros. Según había podido ver en algún documental de la televisión, en un ataque de furia aquellos impresionantes animales podían llegar a volcar fácilmente un coche como el nuestro con su potente cuerno; seguramente, el arranque de velocidad adquirido en tan corto espacio de tiempo no nos dejase ni reaccionar.

—Admiro la capacidad que tienen ambos para calmar a las fieras —dijo Timothy—. Si yo la tuviese, trabajaría el triple.

—Quizá se trata de un simple tema de concentración —respondí, para salir del paso.

—La concentración solo no amansa a las fieras. Cualquier animal funciona por instinto, pero frente a estos dos hombres los animales entran en un estado absoluto de paz y tranquilidad. Siempre que necesito que me echen una mano en algún caso difícil les llamo, y por los alrededores también les conocen. Me encanta observarles.

Durante una hora larga presenciamos el primer encuentro y reconocimiento del grupo de rinocerontes al recién llegado. Timothy me contó que se trataba de un ejemplar más joven que el único macho de Igoli y aquel primer contacto entre ambos era crucial, puesto que determinaría la supremacía del más adulto y a la vez la tolerancia o no para permitirle aproximarse a las que consideraba sus hembras, aunque se peleasen por ello en alguna ocasión.

William había tomado las muestras de sangre para descartar cualquier enfermedad adquirida o congénita en el animal que le imposibilitase para la procreación; ya que el alto precio pagado por aquel espécimen otorgaba una serie de garantías al comprador.

El primer encuentro entre ambos animales fue tenso, pero, salvo algún bufido extraordinario de las hembras protegiendo a sus crías, la prueba superó las expectativas creadas por William. Cuando consideró que todo estaba controlado, se subieron al coche y Axel nos condujo hasta el gran comedor para almorzar. Noa había ordenado preparar la mesa para los cuatro en la terraza que estaba afuera, antes de llevarse ella misma a los clientes del safari de la mañana.

Almorzamos ligero mientras Timothy y William hablaban de la siguiente adquisición para la reserva, una nueva pareja de hipopótamos.

—Hoy terminaremos de verlo todo e intentaremos encontrarlos antes de que caiga la tarde —me dijo William mientras acariciaba la rodilla, lo cual me produjo un redoble de sensaciones placenteras—. Timothy necesita que recoja pruebas de ellos y también tiene que revisar los abrevaderos.

—¿Para qué? —pregunté, interesada.

—Lleva el control de sales y minerales que se les dan de manera extra a los animales, ya que estas aguas son pobres en muchos de los aportes necesarios para ellos. Viene cada trimestre a revisarlos, porque así lo estipulan las autoridades sanitarias de la vida salvaje en Kenia.

—Y... después, ¿qué otra actividad me tendrás preparada? —le pregunté, en bajo, para que solo él me escuchase.

Se incorporó un poco en su asiento y acercándose a mi oído me susurró:

—¿Qué te parece una cena romántica, a la luz de la luna, en mi apartamento de soltero? —Y remató la pregunta con un beso en el cuello que consiguió erizarme la piel.

—Siempre y cuando me prometas que no habrá más cortes ni interrupciones por tu parte. —Al tenerle tan cerca podía oler su exquisito perfume y hablarle sin que se enterasen los otros—. No estoy dispuesta a darme otra ducha de agua fría, te lo advierto. Sé que me estoy tirando a un pozo, pero la situación no está como para que me vuelvas a rechazar. Aún sigo temblando por lo que vi esta mañana y pensando si no será mejor que me vaya en el primer avión que despegue esta noche hacia Londres.

Volvió a recostarse en su asiento, clavando su mirada en mí y dibujando en sus labios una sonrisa de lo más sugerente.

—No te dejaría salir de aquí antes de mañana —dijo, amenazante y cruzándose de brazos—. Aún tienes que pagar tu deuda, no lo olvides.

Me tomé aquello como una promesa y retomamos la conversación con nuestros acompañantes, al tiempo que degustábamos el postre y un café de marmita de sabor intenso.

La temperatura templada del ambiente, el canto de los pájaros y el sonido del riachuelo cercano invitaban a reposar la comida y charlar durante más rato, pero en cuanto William intuyó que Noa estaba a punto de llegar con el batallón de clientes procedentes del safari, decidió que nos pusiésemos en marcha para localizar a sus hipopótamos.

Cogiéndome de la mano y entrelazando sus dedos con los míos, fuimos en dirección a los coches. Yo me subí con él en su *jeep,* mientras que Axel acompañaba a Timothy en el todoterreno de este último.

Fuimos parando en los diversos abrevaderos metálicos que, como grandes comederos, se encontraban repartidos por toda la propiedad para que los animales tomasen los aportes minerales que les faltaban. Timothy recogió las muestras que necesitaba analizar para completar su informe y, cuando el veterinario terminó su trabajo, dirigieron los coches hacia las zonas pantanosas cercanas a la laguna de los flamencos.

—Quizá tengamos suerte a estas horas —dijo William—. El sol se va poniendo y la temperatura baja, por lo que asomarán la cabeza para que los veas; les gusta sumergirse de día debido al calor.

—Tengo entendido que, aunque los hipopótamos parecen animales pacíficos, son muy agresivos, ¿no?

—Sí, mucha gente resulta herida por acercarse demasiado a ellos para fotografiarlos. En un visto y no visto, abren esa boca inmensa y salen tras alguien sin que pueda hacer nada por escapar.

—¡Eso me recuerda algo! —exclamé, evocando los momentos de pavor que sentí al tenerle tan cerca y pensar que me iba a devorar de un solo bocado.

William se limitó a hacer un forzado mohín con su cara.

—Los hi—po—pó—ta—mos... —enfatizó cada sílaba— alcanzan tanta velocidad como un rinoceronte y la potencia de sus mandíbulas hace que destrocen al que tenga la mala fortuna de estar cerca de ellos. Timothy quiere registrar sus medidas y aspecto antes de que vayamos a recoger a la pareja que me van a enviar desde Sudáfrica.

—¿Mantienes contacto con tu familia de allí?

—En realidad, no son mi familia —confesó, mientras dirigía el coche por aquel terreno lleno de baches—. Son los encargados que dejó mi abuelo a cargo de aquellos terrenos, que también son de mi propiedad. Me crie junto a ellos y a Axel y les considero como si fueran primos míos. Suelo ir por Mazawii una vez al mes, por lo menos. De ese modo, entro en contacto con mi abuelo, refuerzo la seguridad en la reserva y controlo que todo vaya bien por allí.

—¿Os comunicáis con los muertos? —pregunté, extrañada.

—Solamente con los de nuestra especie y si hemos tenido un fuerte vínculo que nos haya unido en vida; por ejemplo, con mi madre, mi padre o mi abuela no siento la necesidad. A nivel dráguico funcionamos más por instintos que por sentimientos como vosotros; eso sí, son instintos muy poderosos y racionales.

—¿Y todos mantenéis ese aire de sabiduría y autocontrol que tú muestras en todo momento?

—Tantos siglos moviéndonos por este mundo hacen que día a día aprendas algo. La sabiduría depende de la función para la que estemos predestinados, la sangre de la que procedamos y la formación más o menos intensa que recibamos. Y el autocontrol, como muchas otras cosas que existen en este universo ilimitado, lo necesitamos para sobrevivir; ya que hay fuerzas de profunda claridad y otras de enorme oscuridad rondándonos en todo momento.

—O sea, que en tu especie también hay malos. —El vaivén del coche hizo que me tuviera que agarrar con firmeza al asidero de la puerta.

—Malos y muy malos, como en todo. El bien no es posible si no existe el mal.

—¿Es contra eso contra lo que defiendes a mis padres?

—Contra eso y contra... alguna otra cosa —empezaba a evitar responderme.

—Lo que te voy a preguntar seguramente será una estupidez, pero es que estoy muy confundida. ¿Eran mis padres... dragones como tú?

—Frío, frío. Si hubiera sido así, tú serías considerada dragona, también, y esta madrugada hubieses caído rendida ante mis garras, te lo garantizo.

Me carcajeé ante su ocurrencia.

—¡Muy gracioso! Aunque... si por algo me atrae esa alocada idea es... por la posibilidad de darte una hija. Claro está, siempre y cuando tú considerases que mi sangre es lo suficientemente adecuada para ello. —Su rostro afable y risueño cambió, en un instante, a aquel otro rictus endurecido que hacía que se le enfriase la mirada de golpe—. ¿He dicho algo malo? ¿Por qué te has puesto tan serio de repente? —pregunté, sin obtener respuesta.

En ese momento, Axel nos adelantó y cruzó su coche delante de nosotros, obligando a William a frenar en seco. Acto seguido, hizo una señal con la mano para llamar nuestra atención hacia el pantano por donde asomaban varias cabezas de hipopótamo.

—Luego hablamos —dijo, entre dientes, antes de abrir la puerta.

Bajamos del coche y me uní a Timothy para intentar movernos lo más cerca que consideró Axel que podíamos estar delante de aquellos animales. Se mantuvo a nuestro lado y William se alejó para bordear el pantano. Me fijé en que ambos mantenían las palmas de sus manos extendidas. William le fue diciendo en alto a Timothy los datos que este le pedía y que apuntaba en su libreta. Faltaban por localizar, según dijo Axel, otras dos hembras. William se paseó cerca del pantano, embarrándose las botas por completo, y las vio fuera del mismo. Se acercó él solo para recabar la información que Timothy le pidió, invitándonos, previamente, a que le esperásemos tomando unos refrescos que Axel había cargado en nuestro coche.

Cuando William regresó, el sol empezaba a desaparecer en el horizonte.

La tarde anterior no pude apreciar el ocaso en todo su esplendor debido a la ceremonia de mis padres; sin embargo, en ese momento, según se escondía el astro dibujando colores tan intensos en el cielo que acrecentaban la hermosura de aquella tierra, comprendí el fuerte vínculo que William mantenía con el suelo que pisábamos.

Cuando llegó a nuestro lado, se sirvió una botella de agua y, agarrándome por la cintura, nos apoyamos contra el coche para ver juntos desaparecer aquel último rayo de sol.

—¿Necesitas algo más, Timothy? —preguntó William.

—No, tengo ya todo lo necesario para solicitar los dos ejemplares más adecuados para Igoli. Te avisaré cuándo sepa el momento exacto en el que llegarán. Ahora, os dejo disfrutando del paisaje, que me voy a Mombasa antes de que se me haga más tarde. Axel, ¿te acerco o te quedas aquí con la parejita feliz?

—Me voy con ellos. Gracias, Tim —contestó Axel.

Cuando llegamos a la zona de residencia principal en la reserva, William le entregó las llaves del coche a su amigo para que se encargase de aparcarlo.

—Tengo que ir a despedirme de los clientes, se marchan mañana temprano —me dijo—. Nuestra cena estará lista a las ocho, ¿vienes a tomar algo o prefieres que nos veamos arriba más tarde?

—Lo segundo. Creo que nadaré un rato antes de nuestra cita.

—Vale, pero no te quites el colgante en ningún momento —me advirtió—. No quiero que nadie, excepto yo, penetre en tu mente, ¿de acuerdo? —Y me rozó la mano mientras me guiñaba un ojo.

El ático

Después de nadar durante una hora, me di un baño de espuma. Mi objetivo, llegados a ese punto, pasaba por consumar lo que por la mañana habíamos tenido que cortar de golpe.

A pesar de que todo me siguiera pareciendo una locura, quería disfrutar del momento y de él. Nadie nos molestaría y ya no tendría excusas para apartarme de nuevo. Él ya me había descubierto su naturaleza y yo no podía ni quería luchar contra el deseo de conocerle más a fondo. Y no me iba a convencer de lo contrario.

Me estaba enamorando de él. Alguien que vivía en la otra punta de donde yo tenía mi vida, alguien que jamás podría seguirme y que, para colmo, ocultaba una vida extraordinariamente fantástica a los ojos de cualquier ser humano; sin contar con que ni siquiera él era humano a tiempo completo.

¿Estaría yo dispuesta a abandonar todo por trasladarme a Igoli? ¿Cómo lo llevaría Michael? ¿Qué pensaría de todo ello? Y, eso, sin hablar de que aún me quedaba por descubrir el secreto de mi propia familia.

Desde luego, no podía plantearme volver a Igoli sin respuestas. Pero tampoco sabía cómo aguantaría estar tan lejos de

William; y, mucho menos, después de lo que estaba a punto de ocurrir esa noche.

Me enjuagué en la ducha y me lavé el pelo y los dientes. Estrené uno de los conjuntos de lencería que habíamos comprado, Barbara y yo, el día que acompañamos a Andrea a elegir su ajuar de noche de bodas y, a continuación, me puse uno de mis vestidos favoritos; uno que se ajustaba al cuerpo como un guante. Sequé mi cabello, dejé la melena suelta y me encaramé a unas sandalias de tacón alto. Por último, me rocié con mi perfume favorito y como única joya luciría mi colgante de siempre.

El reloj marcaba las ocho menos un minuto. Me asomé por la terraza de la habitación, pero para mi sorpresa no había ni rastro de William ni de ninguna mesa preparada. Cogí un chal, por si refrescaba, y bajé las escaleras para ver si le encontraba en el salón; pero todo estaba a oscuras y con las cristaleras descorridas como yo las había dejado. Me acerqué al borde de la piscina, asomándome para revisar que no estuviese con todo montado cerca del riachuelo, pero tampoco había rastro de él.

¡Era increíble! O se había olvidado de nuestra cena romántica o los clientes le habían retenido más de la cuenta. Suspiré y, en el momento de ir a buscarle al gran comedor, escuché justo antes de atravesar la cristalera:

—¡Pssst, pssst!

Miré a un lado y a otro, hasta que identifiqué de dónde procedía aquel sonido que volvió a repetirse. Al levantar la vista vi asomar, por encima de mi habitación, una terraza que ocupaba todo el perímetro del edificio. Y a lo largo de ella, antorchas encendidas que la iluminaban y me permitían ver a William sentado en la barandilla.

—Te falta por conocer una de las estancias de mi apartamento de soltero —dijo, en alto.

Subí de nuevo las escaleras hasta alcanzar el tramo de escalones que partían desde el descansillo en donde se encontraba mi cuarto. Al final de ellos había una entrada a la derecha, sin puerta y a oscuras, desde donde se veía un pequeño gimnasio y otra entrada a la izquierda por la que se accedía a lo que supuse que sería su dormitorio. Cuando entré, lo primero que llamó mi atención fue ver las cristaleras de la habitación descorridas por completo, permitiendo acceder a un lateral de la terraza exterior donde se veía montada la mesa para nuestra cena.

A la derecha, estaba la inmensa cama de William, con sábanas en tonos marrones y crema, bajo un gran mosaico hecho con escamas doradas similares a las pieles unidas de varias serpientes pitón. Frente a la cama había un sofá de cuero envejecido, un buró de anticuario en una de las esquinas, un vestidor abierto que ocupaba media habitación y en el techo un mecanismo panelado y automatizado que se mantenía descorrido, también, dejando toda la estancia a cielo descubierto y la cama resplandeciendo bajo el titilante destello de las estrellas.

La habitación estaba solo iluminada por la luz que emitían las antorchas de fuera y William me esperaba apoyado contra una de las columnas forradas de vegetación natural que decoraban el interior de aquel maravilloso ático.

—¿Me crees capaz de olvidar nuestra cena? —preguntó, con los brazos cruzados.

Negué con la cabeza mientras caminaba a paso lento hasta donde se encontraba.

Exhalando todo el aire que tenía dentro, recorrió con su mirada, de arriba abajo y otra vez arriba, mi anatomía hasta que decidió posar sus ojos de vuelta a mi cara.

—No es justo que yo no pueda leer tu pensamiento —dije.

—Lo sé. Es una ventaja que tengo hasta que yo decida que deje de ser así. Pero, ahora mismo, te aseguro que es muy fácil adivinar lo que pasa por mi mente —confesó, alzando las cejas.

—¿De verdad? —le dije, acortando la distancia y prolongando la frase.

Él se limitó a asentir con la cabeza.

—¿Cenamos? —dijo, alejándose de mí en dirección a la mesa.

—No, aún no me apetece —respondí—. Primero quiero saldar mis deudas contigo.

—Debes estar muerta de hambre, no es que hayamos comido gran cosa al mediodía —dijo, cambiando de tema radicalmente.

—Sí, tengo hambre, pero no de comida —continué, persiguiéndole—. Y, ¡párate de una vez, que tengo que preguntarte algo! —le ordené, agarrándole fuertemente por el brazo—. ¿Se puede saber qué dije en el coche, antes, que hizo que cambiases de humor tan de repente? Porque imagino que estás esquivo por esa cuestión y has pasado, en cuestión de horas, de querer poseerme encima de la mesa a alejarte de mí como si yo fuese una vulgar acosadora.

Conseguí bloquearle el paso y que se quedase apoyado contra la barandilla que rodeaba el ático.

—Angie, esta tarde me he dado cuenta de que en tu fuero interno hay un deseo escondido —dijo, desviando su mirada.

—Pues claro que lo deseo, ya solo me falta gritarlo a los cuatro vientos para que te enteres.

—¡No me refiero al sexo! —exclamó—. Me refiero a tu deseo de tener un hijo. Tu instinto maternal es mucho más fuerte de lo que yo me imaginaba.

—Sí, quizás, pero no pretendo tenerlo esta noche. Eso no me importa, no me importa para nada. No estoy pensando en niños ahora. ¡Estaría loca si lo hiciera! ¿Qué te pasa? —pregunté, confundida.

—¡Angie, yo jamás te podré dar un hijo! Eso ya lo sabes. ¿Qué pasará cuando tu deseo de ser madre supere nuestra historia?

—William, yo te deseo a ti, aquí y ahora, lo demás no me interesa. Y si llegase a preocuparme alguna vez en la vida, dijiste que hay soluciones; se podría adoptar, por ejemplo, ¡no sé! Pero eso no tiene por qué desviar nuestra atención sobre el deseo que sentimos el uno por el otro. ¡Olvídate de ello, por favor!

—Hay... una cosa más —se agarró a la barandilla, con los brazos tensos y la cabeza agachada.

—¡Ay, Dios! —reculé unos pasos—. ¿Y, ahora, de qué se trata?

—Mal que me pese, tengo que ser justo con Raffaele y decirte que...

—¡¿Qué pinta Fael en todo esto?! —elevé el tono de voz.

—¿Me dejas continuar, por favor?... Gracias. Solo quiero que sepas que, antes de acostarte conmigo, deberías conocer la naturaleza de Raffaele para poder elegir libremente.

—¡Lo que me faltaba por oír! —Dirigí la mirada al cielo—. Ahora mismo no me interesa la naturaleza de Fael, absolutamente para nada, y me estoy cansando ya de hablar de este tema, William. Él se encuentra a catorce mil kilómetros de distancia y no pienso esperar a llegar a Seattle y descubrir su vida para enrollarme contigo, si es lo que estás esperando que haga.

—Hay una cosa que él sí que puede darte y yo no, Angie, ese hijo. Él puede dártelo y, además, seguro que lo está deseando.

—¡Vaya nochecita me vas a dar con los hijos! —Me acerqué un poco hasta él, manteniendo los brazos cruzados delante de mí—. ¡A ver si te enteras de una vez! Al que yo quiero tener enredado en mi cuerpo, y lo quiero ya, es a ti; no a Raffaele ni a ningún otro hombre o... ser de este universo, sino exclusivamente a ti, William Van der Milaray. Así que deja de hablarme de ningún otro, por favor. Por otra parte, si esto se trata de alguna artimaña para conseguir sobreexcitarme, lo estás consiguiendo; pero no de la manera que tú crees, ya que, si tengo que salir por esa puerta sin que nos hayamos acostado, no me vuelves a ver en la vida.

—No estoy intentando nada y no quiero que te marches, solo quiero ser honesto contigo y conmigo mismo —se sinceró—. De cualquier modo, y pase lo que pase aquí esta noche, quiero que sepas que por mi parte no te culparé jamás si algún día, cuando descubras la naturaleza de Raffaele, decides irte con él en vez de estar conmigo. Créeme, lo entenderé —dijo, sin pestañear, y mucho más serio de lo que le había visto ponerse hasta el momento.

Le miré fijamente a los ojos y me quedé bloqueada, por lo que no pudo esperarse mi reacción.

—¡Deja de decir estupideces! —le ordené y, cogiéndole del cuello para callarle con mis besos, sellé sus labios de una vez por todas.

Tuvo que agarrarse más fuerte a la barandilla para no precipitarse abajo, debido al impulso que tomé para lanzarme sobre él.

Su tensión se diluyó, poco a poco, retomando la pasión justo en el punto en el que lo habíamos dejado aquella misma mañana. Por fin, sus manos no me evitaban.

Me pegó a su cuerpo, acariciándome el pelo, la cintura y siguiendo el recorrido de mi cuerpo por encima de aquel tejido sedoso hasta conseguir erizarme la piel. Nos mantuvimos durante un buen rato degustándonos los labios, el mentón, el cuello, hasta que noté que me levantaba del suelo, cogiéndome en brazos sin dejar de besarme.

Anduvo conmigo hasta su lecho mientras por el camino conseguí soltar mis sandalias. Me colocó de pie sobre su cama, tomándome por las caderas y separándose, lo justo, para poder observar mi cuerpo con la respiración entrecortada y los ojos ardiendo en deseo.

Fue desabrochando lentamente los botones de aquel vestido, haciéndolo deslizar hasta dejar a la vista justamente aquello que consiguió hacerle perder el autocontrol que siempre mostraba con tanto orgullo. Comenzó a recorrer con sus labios mi abdomen, mientras con pericia retiraba el resto de las prendas que llevaba encima hasta desnudarme por completo. Su boca siguió pegada a mí hasta que me tumbó sobre su cama, momento que aproveché para imitarle, liberándole de todo aquello susceptible de limitar el contacto de nuestra piel.

Acabamos enredados en una vertiginosa maraña de aromas diversos, de almohadas y cojines que adornaban su lecho, fluidos de ambos y nuestro propio sudor. Mi cuerpo se dejó llevar por sus manos curiosas y expertas hasta convertirnos en uno solo. Consiguiendo fundirme en un oleaje de placer extremo que se descubría ante mí en toda su amplitud. Perdiéndonos el uno en el otro, amándonos y reencontrándonos en cada gemido, en cada abrazo, en cada beso, hasta que alcanzamos una serie de orgasmos sincronizados y extenuantes que nos liberaron, por fin, de las ataduras mentales que pudiéramos haber tenido y que nos hicieron sentir aquello como el inicio de algo que nos tendría unidos de por vida. Y, tal vez, durante toda la eternidad.

Continuamos jadeando al unísono durante unos segundos mientras nos mantuvimos abrazados, reconociendo con nuestros dedos porciones de su pecho o de mi espalda aún por explorar; al tiempo que nuestra respiración se fue acompasando.

Nuestros labios henchidos de goce se encontraron, de nuevo, confirmando de aquel modo la extraordinaria sensación que ambos teníamos al haber consumado, al fin, el deseo de amarnos.

—¿Sigues queriendo huir a Londres esta noche? —preguntó, con una sonrisa ladeada y la mirada anhelante.

—No, rotundamente no —confesé—. Creo que... este dragón —dije, apuntando a su nariz— tendrá que sufrir la presencia de esta mujer —me señalé a mí misma—, en Igoli, en su vida y en su cama durante... unos días más.

—Espero que sea mucho más que unos pocos días —suspiró, mientras acariciaba mi pelo y se incorporaba para mirarme a la cara y besarme de nuevo—. Y, ahora que has calmado un apetito, ¿se te ha abierto el otro por un casual?

—Pues, ahora que lo dices, sí —confirmé—. Me apetece algo dulce.

—Creo que Etó adivinó tus preferencias porque ha preparado su famosa *mort subite* de chocolate.

—¡Hummm! Seguro que está deliciosa.

—No tanto como tú —dijo, sellando su afirmación con un beso en mis labios ansiosos.

—Ve preparándolo, que voy al baño —dije, con voz cantarina.

Sin levantarse de la cama, me indicó los dos caminos para poder llegar hasta él. Decidí salir de su habitación, cruzando el descansillo que la separaba de la otra en donde había un gimnasio bien equipado, una sauna y un baño completo con ducha y bañera circular.

Tras asearme, me enfundé uno de los albornoces de William en cuyas hebras había quedado atrapado su olor y que estaba colgado dentro de otro pequeño vestidor abierto donde se guardaban, entre otras cosas, toallas y ropa de cama. Tuve que remangarlo unas cuantas veces para poder sacar las manos y, después, salí por la terraza que unía ambas habitaciones completando el perímetro de aquel impresionante ático.

Le encontré sentado en uno de los sillones de mimbre que estaban colocados frente a la mesa vestida con mantel, cucharas, los dos postres preparados y un vaso de agua con gas, como el que él bebía.

Se había puesto otro albornoz similar al que yo llevaba, lo cual enaltecía el color chocolate con leche de su piel. Arrimé un sillón para sentarme pegada a él y tomé uno de los cuencos de aquella delicatesen.

—Le diré a Noa que encargue algún albornoz de tu talla —dijo.

—No hace falta, me gusta usar el tuyo, huele a ti. —Cogí un poco de aquel dulce—espectáculo con la cucharilla y lo llevé a la boca para paladearlo—. ¡Hummm, *mort subite*! El nombre le va que ni pintado. Nunca había probado la combinación de chocolate negro y especias picantes, pero seguro que es adictivo. —Rellené la cucharilla y le di a probar—. ¿Es capaz Axel de leer mi mente y saber lo que se cuece aquí en estos momentos? —pregunté, curiosa.

—Puede, pero por Axel no te tienes ni que preocupar, es la discreción personificada. Además, no acostumbramos a funcionar así. Solo en casos de extrema necesidad lo hacemos con alguien que no es de nuestra especie ni nuestra pareja humana. Entre nosotros sí que lo usamos a menudo, pero tenemos maneras de bloquear los pensamientos y no permitirnos entrar, si no, sería un horror saber todo de todos y en todo momento.

—¿Hay algún otro dragón o dragona viviendo aquí en Igoli?

Negó con la cabeza.

—Lo normal es que en cada territorio haya de dos a cuatro miembros. Y, si son grandes terrenos, puede haber entre seis y ocho.

—Y, ¿acostumbráis Axel y tú a... nutriros juntos? —me costaba trabajo pronunciar aquella palabra, sabiendo lo que significaba para él.

—Sí, claro, compartimos las piezas, si no, acabaríamos con los animales de una zona en poco tiempo. Es lo mismo que sentarse a comer con alguien, tú no te comes sola el pavo de Acción de Gracias —dijo, risueño.

—¿Y qué más cosas hacéis juntos?

—Entrenamos a diario; lucha cuerpo a cuerpo, técnicas de vuelo y de ataque, transportación y cantidad de cosas más —explicó, de manera breve.

—Pensaba que tus entrenamientos se limitaban a la natación y al gimnasio que hay en la otra habitación.

—Eso solo sirve para mantener en forma el cuerpo humano —explicó, mientras yo dejaba el cuenco vacío encima de la mesa.

—¿Entrenáis por igual machos y hembras?

—Depende de la estirpe y de la función de cada uno. Hay dragonas guerreras y dragonas guardianas que entrenan tanto o más que nosotros, suelen ser especialmente agresivas. Después están las curanderas que, aunque conocen técnicas básicas de defensa y ataque, se defienden bastante mejor usando pócimas y conjuros, como mi madre y mi abuela. También están las dragonas líder o Mutter, que son las hechiceras y que también utilizan embrujos y magia: de claridad, de oscuridad o la mezcla de ambas. Las Mutter suelen ser extremadamente nobles o diabólicas, no hay término medio —de pronto, se calló y me preguntó—: ¿Qué te preocupa, Angie? Te has puesto demasiado seria de repente.

Tenía tantas cosas en la cabeza que, seguramente, él ya se había hecho una composición de la situación bastante más acertada que yo misma.

—No sé, dímelo tú —respondí, evitando mirarle.

—Quiero que lo digas con tus propias palabras —dijo, mientras alzaba mi barbilla con ternura—. Estoy intentando dejar de leerte la mente sin que lo sepas —confesó.

Valoré durante unos segundos cómo enfrentarme a todas las dudas que se apelotonaban en mi cabeza y, sobre todo, cómo expresarlas.

—Vivimos realidades distintas que nos harán llevar toda nuestra vida en secreto, si queremos continuar juntos, ¿te das cuenta de ello? Yo vivo en la otra punta de aquí y tú formas parte de un mundo ajeno, por completo, al mío. Me da miedo pensar en salir de este ático, volver a mi casa dentro de unos días, enfrentarme a todo lo que me espera a mi regreso y, más que nada, alejarme de ti, aunque solo sea un segundo, por temor a no volver a verte jamás en mi vida y no poder dar rienda suelta a... todo lo que empiezo a sentir por ti y que... espero que, después de lo que acaba de ocurrir entre nosotros, se vea correspondido.

Antes de hablar, William esperó a que me repusiera de aquella explosión repentina de temores infundados.

—No lo dudes ni por un instante —dijo—. Angie, tú volverás a Canadá porque tienes que descubrir el misterio que envuelve tu vida, pero no me perderás de vista tan fácilmente, eso te lo garantizo. Nunca en toda mi existencia hubiera llegado a imaginar que sentiría por alguien, mujer o dragona, lo que mi abuelo sintió por mi abuela. Ahora comprendo mejor el sacrificio que ambos tuvieron que hacer para permanecer unidos aquellos siglos que pasaron juntos; y yo estoy dispuesto a hacer lo que sea con tal de permanecer a tu lado el tiempo que tu existencia nos lo permita y, después de tu muerte, partir para acompañarte.

Me quedé mirándole fijamente. Reforzando la alocada idea de que, a pesar del poco tiempo que nos conocíamos y de ser en verdad alguien ajeno a mi especie, aquel era el hombre con el que deseaba pasar el resto de mis días.

—¿No quieres más chocolate? —preguntó, sacándome de repente de mis propios pensamientos.

—No, ya no —contesté con un acelerado pestañeo que consiguió devolverme a la realidad.

—Pues yo me he quedado con ganas de comer más dulce.

Se puso de pie para coger su cuenco lleno de postre, lo colocó sobre su sillón y cuando ya pensaba que se iba a dedicar a quitar la mesa antes de comérselo, me alzó desde el asiento, cogiéndome por la cintura con un solo brazo mientras con el otro apartaba de golpe toda la utilería de encima de la mesa, la cual se fue a estampar de manera estrepitosa contra el suelo.

Me apoyó en el borde de la mesa y, colocándose entre mis piernas, comenzó a besarme en la boca. Cuando consiguió que mi excitación aumentase, me empujó hacia atrás para tumbarme y, desatando el nudo de mi albornoz, fue embadurnando aquella muerte súbita de chocolate por todo mi cuerpo, deleitándose en comer, poco a poco, la adictiva tentación templada y picante hasta elevarme a terrenos inmensamente placenteros y terminando su postre con el deseo que aquella mañana no pudo culminar tras el desayuno.

Desperté sintiendo a William recorrer con el dedo mi columna vertebral de arriba abajo. Me giré para mirarle y observé que había corrido el mecanismo automático del tejado para protegerme de los rayos del sol.

—¿Ya te has nutrido? —pregunté, somnolienta.

—Sí, y esta vez he necesitado un carnívoro —lo dijo en tono de confesión de culpa, tumbado como estaba de medio lado con su cabeza sobre el puño.

—¿Acaso vas a entrar en batalla? —bromeé.

—Anoche lidié un par de ellas y dejaron mermadas mis defensas, necesito reponer fuerzas y, para ello, no hay nada como un buen carnívoro que me aporte energía extra para todas las que me quedan por disfrutar. —Fue acomodando su mano en mi cintura—. Por cierto, tú también necesitas energía. Tienes preparado el desayuno abajo, hoy te espera un largo día de entrenamiento.

—¡Eso, eso... empecemos por la lucha cuerpo a cuerpo! —De un salto, me coloqué a horcajadas encima de él.

—Me refiero a entrenamiento mental —se carcajeó, agarrándome por las caderas—. Será un poco agotador, pero te ayudará a liberar buena parte de las cosas que ocupan tu cabeza; además, te vendrá bien usarlo cuando regreses a ver a tu hermano. Necesitarás estar bien protegida cuando llegues allí.

—¡Oh, no, Michael! —me acordé, de repente—. Tendré que llamarle, si no, se va a mosquear.

«Seguramente ya habían salido de Seattle para continuar con su instrucción. Tan solo esperaba que Fael no estuviese cerca cuando llamase a mi hermano», pensé.

Miré a William sorprendida por mis propias ideas y su cara no había sufrido ninguna transformación. Únicamente se limitó a decir:

—Te quiero. —Y tirando de mis muñecas hacia él, me besó en los labios.

—¿También te ha dado tiempo a nadar? —Noté que llevaba aún puesto el bañador medio mojado.

—Sí y a entrenar con Axel y con las pesas de humano.

—¿Axel también ha comido hoy carnívoro?

Realmente, podía imaginarme a William transformado y llevándolo a efecto, pero el carácter sosegado de Axel no me permitía imaginarle hincándole el diente a un animal salvaje, para despedazarlo y comérselo luego.

—Sí, no le ha quedado más remedio. Pero se ha quedado muy satisfecho y... Noa lo estará aún más —dijo, en tono divertido.

—Bueno, pues no es justo que tú te hayas refrescado y que yo siga aquí tumbada oliendo de cualquier manera.

—Hueles estupendamente —dijo, mientras se dedicaba a olisquearme por todo el cuerpo—; a vida, a alteración de hormonas y a cacao mezclado con multitud de aromas sexuales. ¡Me encanta!

—Vale, muy bien, pero oleré y sabré mejor después de una buena ducha. —Le besé fugazmente, salté de la cama en dirección al baño y le dejé allí tumbado reposando la comida y el ejercicio físico realizado.

Me metí en su espaciosa ducha, encastrada en el suelo, con un chorro de agua que caía desde el mismo centro del techo. Enjaboné cada centímetro de mi piel con un delicioso jabón con olor a verbena y, mientras me aclaraba, la puerta de la mampara se abrió.

—Necesito una ducha para quitarme la sal de la piscina —dijo, con aire pícaro.

—¿Ah, sí? —dije, atrayéndole hasta mí para que me besara—. ¡Vas a matarme de placer! —le susurré al oído—. ¿Lo sabes?

—Esa no tiene que ser una mala forma de morir, pero... hoy no será, lo juro. —Me izó por la cintura hasta tenerme a su altura y, haciendo que enroscase mis piernas a su alrededor, se fundió en mi interior mientras el agua que nos caía encima refrescaba nuestro ardor.

Tenía mucho apetito y desayuné mientras William me acompañaba tomando té negro y especiado sin apartar sus dorados ojos de mí. Cuando se convenció de que mi alimentación para esa mañana era la adecuada, me obligó a coger una gorra que había metido en mi equipaje.

Cuando llegamos al gran comedor, estaba vacío. Al rato, salió Noa con nuestro picnic preparado y una nevera con refrescos que le entregó a William; este se fue al coche para guardarlo todo y ella se dirigió a mí antes de que me marchara:

—¡Carnívoros, eh! Le has puesto de muy buen humor —dijo, alzando las cejas.

La miré con cara de complicidad, sonriéndole, mientras me sonrojaba ligeramente.

—Si te parece bien, le diré a Camille que suba todas tus cosas a la habitación de William —dijo.

—Sí, por favor, si no es mucha molestia. Aunque, si estáis atareadas, lo puedo hacer yo más tarde.

—No es ninguna molestia, hoy no hay lío y hasta mañana no entran clientes; de hecho, Axel y yo nos vamos a tomar el día libre.

—Te lo agradezco, Noa. —Me alegraba saber que tenía una aliada para mi gran secreto.

Subí al coche, que ya estaba arrancado, y nos pusimos en camino.

—Vamos a la llanura de los ancianos —explicó William—. La energía proyectada en esa área es muy superior a la de cualquier otro lugar en Igoli. Allí voy a enseñarte cómo bloquear o permitir el acceso a tu mente. Es una manera útil de comunicarte conmigo o... de no permitirme el acceso, si en algún momento lo necesitas.

—¿Funciona igual que la comunicación entre Fael y yo?

—Parecido, pero cambian las formas y, sobre todo, la intención —respondió—. Ahora, cuéntame qué haces para comunicarte con él. Y no temas, estoy haciendo un gran esfuerzo para controlar mis celos. No es por justificarme, pero los dragones somos visceralmente posesivos; por ejemplo, cuando se trata de nuestra hembra embarazada podemos llegar a matar si otro dragón osa mirarla. No pensaba que ese instinto tan básico de mi naturaleza fuera capaz de trasladarse a mi forma humana, ya que nunca antes me había pasado con nadie. Solo te pido que tengas un poco de paciencia si notas que me cambia el humor en algún momento.

—Siempre he pensado que un poco de celos hacen que aprecies más a tu pareja. ¡Pero solo un poco, eh, no te pases! —le advertí.

—Pues esa es una de las cosas por las que quiero que aprendas esta técnica y la uses para bloquearme la entrada a tu mente —expresó con rotundidad—. Úsala siempre que lo creas conveniente. Será más fácil para ti y... también me lo harás más llevadero a mí. No puedo evitar meterme en tu mente, me ayuda a conocerte mejor. Cuando piensas y, sobre todo, cuando hablas con él, yo estoy en vuestra conversación al igual que si estuviera presente delante de vosotros y te aseguro que es horroroso sentir lo que él siente, escuchar lo que te dice y, sobre todo, saber lo que piensa. Eso es lo que hace que me cambie el humor y me ponga tan irascible. Sé que eres su objeto de deseo y lo que le ronda por la cabeza cada vez que piensa en ti, y eso me mata.

—Bueno, será su deseo, pero quien tiene el objeto eres tú —dije, acariciándole la mano que llevaba apoyada en la palanca de cambios.

Le expliqué la técnica de relajación corporal, meditación cromática, vacío mental y proyección de imagen que seguía para llamar a Fael y comunicarme con él.

—Raffaele me dijo que yo podía comunicarme así porque él me permitía el acceso. Con mi hermano ni se me ha ocurrido intentarlo, ya que nos mataría, a él y a mí, si se enterase de que me ha enseñado y de que, encima, nos hemos estado comunicando a sus espaldas.

—Eso es cierto, ellos tienen que permitírtelo. En nuestro caso es distinto.

Llegamos a la llanura de los ancianos y William aparcó bajo la sombra del mismo árbol que la vez anterior. Nos bajamos, cogiendo antes un par de botellas grandes de agua helada.

—Por regla general, nosotros no tenemos ni la necesidad ni las ganas de meternos en la mente de los demás. Lo hacemos entre nosotros cuando es una llamada de emergencia o si se trata de nuestra pareja de existencia para comunicarnos con ella. Somos una especie bastante independiente y solitaria en nuestra naturaleza real y cuando nos juntamos, nos comunicamos hablando frente a frente y usando siempre que podemos nuestro lenguaje Mutter. Ya me has escuchado usarlo con Axel como humano, como dragón suena bastante más gutural.

»En el caso de Raffaele y de tu hermano, ese acceso entre ellos se da solo con su permiso. Si uno no quiere, los otros no acceden. Normalmente, los amigos o grupos que usan ondas parecidas mantienen los canales abiertos y se pueden comunicar así en todo momento; pero prefieren permanecer unidos conversando durante horas y horas. Intuyen, de manera certera, aun a larga distancia y durante la fase de sueño profundo les encanta comunicarse con cualquiera; por eso, Raffaele, el canal más fácil y rápido que utiliza contigo es en estado de letargo o de concentración profunda.

—¿Y vosotros cómo activáis esa llamada si lo necesitáis? —El interés que mostraba por aquella capacidad iba en aumento. Aunque, por otro lado, me seguía confundiendo cada vez más el porqué tenían aquella capacidad, también, Mike y sus amigos.

—Proyectamos la llamada como una alarma sonora más que como un teléfono al que llamásemos. La alarma siempre hay que atenderla, no se juega con eso; el teléfono, dependiendo de quién llame, se contesta o no. Él te dijo que te permitía el acceso, es decir, mantiene tu número de teléfono grabado en la memoria de su móvil mental. Si lo ve y quiere, acepta la llamada; si no quiere, no. Por eso, tu hermano, como no te tiene ni en su agenda mental, si tú intentases la comunicación con él, no conseguirías nada. Quizás intuiría algo, pero poco más.

William me llevó justo al sitio donde habíamos enterrado las cenizas de mis padres. Se agachó para retirar la piedra y se alejó con ella para dejarla en el sitio que creyó oportuno.

Aquel fue el momento que aproveché para mirar hacia abajo, sonriendo como si mis padres pudieran verme y demostrándoles así lo feliz que me sentía al lado del que era uno de sus guardianes de almas.

William regresó a mi lado, me hizo coger una botella de agua y continuó con sus explicaciones:

—Lo primero que vamos a hacer es que sientas mi llamada. Tienes que aprender a reconocerla entre otras muchas y saber identificarla a la primera. Después, practicarás con Axel. Cada uno de nosotros tiene una llamada única y genuina que se nos otorga al nacer y que informa sobre la procedencia, especie a la que pertenecemos, rango, poderes y edad. —Cogiéndome por los hombros, me movió de sitio—. Ahora, dime qué sientes.

Cerré los ojos para concentrarme mejor. Pasó un rato sin que notase nada extraordinario. Solo escuchaba el sonido de los pájaros, su aleteo, agua corriendo en la lejanía, percibía el olor a tierra seca y caliente, algo de viento templado y, de pronto... oí una especie de chillido de águila metido en mi cerebro, aunque potenciado y muy cercano. Aquel sonido agudo paró y pasado unos segundos, sonó de nuevo; era como si tuviese un águila sobre mi hombro y estuviese emitiendo ese sonido directamente en mi oído.

Cuando abrí los ojos, le pregunté si se refería a ese sonido en concreto.

—Sí, esa es mi llamada dráguica —confirmó—. Tú, simplemente, contesta como cuando hablas para ti misma en tu mente; solo que en vez de responderte tú, te contestaremos Axel, cuando conozcas su llamada, o yo. Aprende a memorizar cada sonido o la llamada de un amigo, porque nosotros necesitamos años de entrenamiento y de experiencia para saber quién es claridad y quién oscuridad. No permitas aún el acceso a nadie hasta que yo te lo presente o pueda entrenarte más a fondo. En tu caso, hay un agravante y es que hay seres que están intentando acceder a tus pensamientos sin que tú quieras, por lo que tienes que estar bien segura de quién es el que te llama.

—¿Quién está intentando acceder aparte de Raffaele? —pregunté, extrañada—. ¿El resto de amigos de mi hermano?

—No, estos no son amigos —confirmó—. No sé de qué les conocerás, pero te perturban en exceso. De momento, solo lo han intentado una vez desde que estás aquí y ya he activado las defensas para bloquearles; porque la entrada en tu mente supone la invasión de mi territorio. Así que tendrás que trabajar duro para que no lo sigan intentando cuando estés lejos de Igoli y de mí.

—¡Ya sé a quién te refieres! —exclamé, asombrada—. A aquellos chicos que vi en el tanatorio, el día del funeral de mis padres. No dejaban de observarme y, desde entonces, tengo metida en mi mente su imagen recurrente y perturbadora.

—Por eso necesito que aprendas a protegerte, ya que amenazas vas a tener siempre a tu alrededor —dijo, seriamente—. Conocerás la llamada de Axel, ya conoces la mía y Raffaele te dijo que ya te haría saber cuándo podrías comunicarte con él.

—Por el momento, no ha sido muy complicado —dije, confiando en él y en sus enseñanzas.

—Se irá complicando. Ahora, necesito que tú me llames a mí. Tu llamada será, de momento, exclusivamente conmigo, no podrás hacerla ni siquiera con Axel. Para ello debes crear una imagen mental y personal que te identifique a la primera. Debe ser siempre la misma y, además, emitir algún sonido característico. Solo con tenerla en tu mente, durante unos cinco segundos, producirá en mí la misma señal de aviso que tú has percibido conmigo. ¡Adelante, inténtalo!

Se giró para darme la espalda y yo volví a cerrar los ojos, concentrándome en qué imagen elegir que fuera tan personal como para identificarme de inmediato; quizás... mi llamador de ángeles. Imaginé su bola roja enjaulada dentro de la trama de oro blanco y el pequeño diamante que lo lideraba. Conseguí mantenerlo en mi mente, durante un buen rato, con aquel sonido campanilleante que emitía al ser sacudido y, entonces, William me tocó el brazo.

—¡Muy buena imagen! Ahora haz lo mismo con los ojos abiertos. Tienes que poder llamarme en cualquier momento, aunque estés en el avión trabajando o alguien te esté hablando. —William volvió a darme la espalda y eso me costó un poco más. Pero, al final, se giró y dio su aprobación; aunque, debía practicarlo siempre con los ojos abiertos para acostumbrarme a ello—. Una vez que accedamos a la conexión, no tienes que mantener esa imagen en tu mente todo el rato. Ahora, practiquemos la comunicación. Cuando oigas mi llamada, simplemente, contesta en tu mente. Después lo haremos a la inversa.

Volvió a girarse y escuché nítidamente su llamada.

—La he escuchado, William.

—Bien, pues ya me has permitido la entrada en tu mente por primera vez.

—Se me está ocurriendo permitirte la entrada en otro sitio.

—¡No pierdas la concentración, Angie! Que proyectas imágenes y haces que me despiste. Seriedad, ante todo, que estamos trabajando.

—¡De acuerdo, continúa! —dije, entristecida.

Se giró y se puso frente a mí, manteniendo las distancias.

—Ahora, llámame tú. —Invertimos el proceso y también funcionó con una nitidez clarísima. Estábamos allí mirándonos y manteniendo una conversación en nuestras mentes, tan clara como si me estuviera hablando de viva voz o por teléfono—. Esto lo podemos hacer siempre que queramos; da igual la distancia, el lugar, el ruido de fondo. Ahora, tienes que aprender a bloquear los pensamientos para mí.

Paramos un rato para beber agua, puesto que el calor era sofocante a esa hora.

—Concéntrate en algo que suponga defensa, escudo, bloqueo. Visualízalo y mantenlo hasta que ya no te martillee más con mi llamada. Prepárate, porque esta técnica va a ser dura.

—¡De acuerdo, gírate! —No sabía qué elegir para bloquear los pensamientos y las ganas de permitirle el acceso. Visualicé lo más sencillo, un muro de hormigón grueso, gris, feo y alto, sobre todo, muy alto—. ¡Ya, adelante!

Empezó su llamada y mantuve el muro durante unos pocos segundos, entonces, cesó aquel chillido. Me relajé un segundo y la imagen de mi muro desapareció, por lo que William aprovechó el momento para atacarme con otra de sus llamadas y escuché que decía:

– *¡Angie, has bajado la guardia!*

– *No pensaba que fueras a volver a llamarme* – repliqué.

– *Y, además, ahora no deberías estar contestándome. Si fuese un dragón oscuro el que te hubiese llamado, te aseguro que nunca volverías a ser la misma. Ellos son capaces de invadir tu mente, hipnotizándote, cautivándote y, entonces, adiós para siempre.*

—Inténtalo de nuevo —le pedí en voz alta. Volvimos a repetirlo varias veces, pero seguía perdiendo la imagen del muro—. ¿Cómo puedo saber cuándo deja el otro de intentar acceder a mi mente?

—Los otros nunca van a dejar de intentarlo. Le pasa lo mismo a tu amigo o a mí, solo que nuestras intenciones son nobles. A ti, el colgante te protege de la intrusión de Raffaele en tu mente cuando él lo desea; eso vale para todos los de su especie, incluido tu propio hermano. Pero con los dragones no siempre funciona así, el colgante no nos afecta a todos por igual. En mi caso, yo accedo a tu mente sí o sí y es mi problema lo que allí me encuentre.

»Y, a pesar de que no acostumbramos a invadir la mente de cualquiera, podemos hacerlo; tanto nosotros, los dragones metálicos, como todos los dragones oscuros. Así que intenta mantener esa imagen de bloqueo continuo siempre que creas que acecha el peligro, sobre todo, cuando estés cerca de tu hermano o de sus amigos, ya que ellos son especialmente deseados por ese tipo de personajes.

»Tú no les interesas, en un principio, pero mantienes un vínculo muy especial con los que sí; de ahí que no comprenda muy bien por qué tu padre te mantuvo ajena a todo ello. Empiezo a creer que tu hermano también ignora algunas cosas y eso os pone en peligro a ambos.

—¡Ya es la segunda vez que mencionas lo del peligro y no alcanzo a comprender a qué te refirieres! —exclamé, al tiempo que me quitaba la gorra para recoger el pelo, que empezaba a darme demasiado calor, en un moño improvisado que oculté dentro de ella. —Entiendo que deba ser yo la que descubra el secreto de mi familia, pero temo lo que me pueda encontrar.

—Ven, descansemos un rato —dijo, ofreciéndome su mano para que le acompañara. Nos dirigimos al coche y empezó a sacar la cesta del picnic con algo de fruta y queso—. Angie, te irás de aquí e investigarás sola porque es lo que tienes que hacer, pero siempre que quieras mantén el contacto conmigo; y eso también vale por si necesitas que me presente allí. Lo haré sin dilación, en cualquier momento que creas que no puedes superarlo o que algo te inquiete lo más mínimo.

—Pero, William, tienes tu vida ocupada en Igoli, además del trabajo en el aeropuerto. Solamente para ir y volver necesitas tres días enteros. Estamos demasiado lejos el uno del otro —dije, desanimada.

—El tiempo, el espacio y muchas otras dimensiones que existen, y que no conoces, son relativos. En este planeta contabilizáis todo, pero el universo no funciona así. Nosotros, al igual que muchos otros seres, tenemos el poder de la transportación de la materia.

—¿Hablas de trasladar vuestro cuerpo de un lugar a otro?

—Sí, lo hacemos todo el tiempo. Nos permite ir a donde queremos en microsegundos. Así mantenemos el contacto entre nosotros y nos situamos muy rápido, en cualquier lugar del planeta, si se requiere nuestro apoyo en defensa de algún terreno sagrado.

—¿Qué otros poderes extraordinarios posees? —pregunté, interesada.

—Aparte de la polimorfización, que ya conoces, la invisibilidad, necesaria sobre todo para la transportación. También poseo el don de apropiarme de los poderes enemigos, la comunicación con la naturaleza y... alguno más. Bueno, y ahora continuemos con la práctica de tu bloqueo mental.

—¿Cómo sabré que tú bloqueas la mente para evitarme? —pregunté, temiendo su respuesta.

—No creo que eso llegue a ocurrir nunca, Angie.

En verdad, sí que había algo por lo que no quisiera permitirme el acceso, pero prefería no pensar en ello. No podía ni imaginarme no volver a hablar con él y, mucho menos, no volver a verle.

Estuvimos toda la tarde practicando la técnica del bloqueo. No me permitió bajar la guardia o perder la concentración ni un momento, lo cual terminó agotándome e hizo que me empezase a doler la cabeza.

William, con solo colocar su mano en mi frente consiguió alejar la migraña. A mi madre le hubiera encantado conocerle y haber indagado en aquella facultad innata que tenía para mitigar el dolor, ya que sus manos, aplicadas al reiki, hubieran servido de gran ayuda en las terapias que ella impartía.

Otra de las cosas que también me explicó cómo hacer, para usarlo en caso de extrema necesidad, fue mantener mi bloqueo mental y al mismo tiempo intentar comunicarme con él; ya que, en ese caso, él mismo se encargaría de mantener la comunicación entre nosotros sin que yo perdiese la concentración.

Estuvimos practicando hasta la caída del sol. Momento en el que decidió que ya estaba bien de entrenamiento por un día y que merecía un pequeño descanso, hasta la noche, en donde seguiría entrenando con Axel antes de la cena.

El brazalete

Llegamos a la zona residencial y fui a ducharme mientras William avisaba a Etó para que dispusiera la cena de los cuatro en la terraza del gran comedor.

Al entrar en su habitación, vi toda mi ropa colocada dentro de su vestidor. Sobre el escritorio antiguo habían colocado mi ordenador portátil y lo encendí para comunicarme con Mike más tarde.

William llegó mientras me terminaba de vestir.

—Dentro de veinte minutos nos espera Axel abajo para que conozcas su llamada y ver si te funciona el bloqueo con alguien distinto a mí —dijo, mientras se dirigía a la ducha.

—De acuerdo, aprovecharé para llamar a mi hermano. —Y cogí mi portátil mientras le vi quitarse la camiseta, lanzándola dentro de un cubo de ropa sucia que había en la habitación del gimnasio, de camino al baño, dejando al descubierto su espalda ancha, musculosa y tatuada.

Bloqueé mi mente antes de que se percatase del fervor de mi deseo, alcanzando mi parte más animal al verle semidesnudo. Quería mantener ese bloqueo durante mi conversación con Mike, para ver si era capaz de conseguirlo.

Bajé al salón para que William no me oyese, busqué en la lista de contactos el teléfono de Mike y enseguida se produjo la conexión.

—¡Angie! —En la pantalla del ordenador tuve que esperar un rato hasta que pude ver la imagen de mi hermano—. ¡Qué buena cara tienes! Se nota que te están sentando bien las vacaciones.

—Mejor que bien, Mike. ¿Tú, qué tal estás?

—Trabajando mucho. ¿Cuándo regresas?

—Quiero llegar a Vancouver el sábado y esa misma tarde conducir hasta Seattle para estar allí antes de que caiga la noche. ¿Hablaste con Zaffie para que me deje compartir con ella su habitación? Tenemos muchas cosas que arreglar antes de la fiesta.

—Sí, no hay problema, está encantada con la idea de ir a hacer una fiesta de pijamas contigo.

—No desvíes el tema, que la fiesta que vamos a preparar es la de tu cumpleaños.

—¡Ah, vaya! Se me había olvidado —contestó, en tono burlón.

—El lunes podríamos ir al despacho de Orson para ver lo del tema de la herencia —le informé.

—Yo no llegaré a Seattle hasta el martes, como pronto. Así que lo de la herencia tendrá que esperar hasta el día siguiente.

—De acuerdo, no hay problema. ¿Llegarás tú solo o con Raffaele? —quise saber.

—¿Por qué te interesa tanto la vida de Fael? —preguntó, a la defensiva.

—Te recuerdo que nos va a ceder su casa para hacer tu fiesta, así que muéstrale un poco de gratitud —tuve que ponerme seria con él—. Además, Zaffie, los chicos y yo necesitaremos ir a montar todo allí, así que tendrá que abrirnos la puerta, ¿no crees?

—Pues, mira, no tengo ni la más remota idea de si regresará a Seattle conmigo o no. Está bastante raro últimamente. Dice que quiere pasar un tiempo a solas y es la primera vez que le oigo decir una cosa así.

—¿Está ahora contigo?

—Sí, anda por ahí fuera. ¿Por qué?

—Te importa ir a buscarle, he de decirle algo. —Sabía que Mike no se negaría, ya que se mantendría ahí parado frente al ordenador para escuchar lo que hablásemos.

Me empezaba a costar mantener el bloqueo. Cada pausa que hacíamos intentaba visualizar en mi mente, sin desconcentrarme, aquel muro de hormigón. No creía que aquello estuviese valiendo de mucho, pero había que intentarlo.

—¡Está bien, voy a buscarle! —contestó Mike, resignado.

Estaba nerviosa. Seguro que notaría el rubor que mostraba mi rostro, pero tenía que hacer lo imposible porque fuese a la fiesta de mi hermano. Él no podía faltar, debía estar allí con su amigo.

De repente, Fael asomó por la pantalla del ordenador. El muro que visualicé, entonces, fue el más alto y compacto que pude imaginar.

—¡Dime! —dijo sin más preámbulos.

Estaba muy serio y evitaba mirar a la pantalla directamente. Tenía que decirle rápido lo que había pensado para no romper aquel muro y mostrarme ante él como un libro abierto.

—Llegaré a Seattle el sábado por la noche. Con la ayuda de Zaffie prepararé todo lo relativo a la fiesta entre el lunes y el martes, pero necesito que estés en tu casa para ver dónde colocamos las cosas.

Al fin, levantó la mirada hasta enfrentarla a la mía y de manera cortante dijo:

—Zaffie tiene las llaves y podéis organizarlo cómo queráis. Yo no creo que vaya a asistir.

—¡Fael, no puedes faltar! Eres muy importante en la vida de Michael. ¡Eres su mejor amigo! Tienes que estar allí disfrutando con él —argumenté.

De pronto, apareció la cara de mi hermano en la pantalla.

—¡Se me va a caer la lágrima, Angie! Te estoy escuchando y, no insistas, a Fael le apetece la fiestecita tan poco como a mí; solo que él sí que puede desaparecer y yo no. —Mi hermano apartó su cara y Raffaele volvió a mirarme con ojos un poco menos severos mientras revisaba cada ángulo de mi rostro.

—Veré lo que hago, pero no te prometo nada —contestó.

—¡Gracias, Fael! —sonreí, aliviada—. Con eso me vale.

Se levantó sin ni siquiera decirme adiós y Mike ocupó su sitio delante de la pantalla.

—¿Ves cómo está de lo más raro? —dijo Mike, después de acomodarse en la silla y asegurarse de que su amigo no nos escuchaba.

—¿Qué crees tú que le pasa? —pregunté.

—¡No tengo ni la menor idea! No hay quien hable con él.

—¿Y qué estáis haciendo ahí?

—Me ayuda con la tesis. Pero se pasa el día meditabundo, está prácticamente de ayuno y no descansa casi nada.

—¿Y los demás qué dicen? —quise saber.

—Con ellos tampoco habla. Están aquí, pero no les hace ni caso —explicó—. ¡Ah! Y no te preocupes por Zaffie, que estará esperándote en la residencia cuando llegues.

—Bien, pues arregla todo con Orson para el miércoles. Habla también con el tío Philippe para que el abogado que nos ha localizado pueda encontrarse allí con nosotros; tendrá que hacerse cargo de toda la documentación que le debe entregar Orson para dejar de llevar nuestros asuntos familiares.

—¿Sigues empeñada en eso?

—Lo siento, Michael, pero no me fío de él. Tú no debes romper el vínculo que os une, si no quieres, pero mis asuntos no me los llevará nunca más. Además, tener que desplazarme hasta Seattle para temas de papeleo me complica la existencia; y como no me agrada verle, pues con mayor razón —le aclaré—. Si lo prefieres, hablo yo con el tío.

—No, no te preocupes, ya me dio todos los datos de su firma de abogados en Vancouver y solo es cuestión de llamarles. Él ya les ha contado nuestro caso. Hablamos cuando llegues a Seattle, ¿vale?

—Sí. Y, por favor, muéstrate agradable con Raffaele. Adiós, Mike.

—Vale, le mimaré, adiós.

Me sentía extrañamente culpable ante Fael y parecía como que le hubiese traicionado y que le debiese alguna explicación. En muy poco tiempo se había convertido en una parte importante de mi vida, pero tenía que quitarme aquella idea de la cabeza, no podía seguir atormentándome por algo que no era real. ¡Pero es que todo aquello era tan irreal!

Continué con el bloqueo mental para hablar con Anita, a quien localicé en su móvil.

—¡*Aló*!

—Anita, soy Angie.

—¡Angelita! ¿Estás ya en Vancouver?

—No, sigo en Kenia. Llegaré el sábado al mediodía a casa y, después, saldré hacia Seattle en coche. Necesito que prepares, apúntalo, Anita, que son muchas cosas —esperé a que cogiese papel y bolígrafo—; en una maleta mete ropa mía para una semana en Seattle: ropa deportiva, algo de vestir, ropa cómoda, algo de abrigo, un poco de todo. En un portatrajes mete el vestido corto de gasa color malva, con la chaqueta a juego y los tacones que me puse en la fiesta de mis padres. Necesitaré comida mexicana para unas ocho personas, más o menos; piensa en algo que aguante sin ponerse malo cuatro días, que es lo que tardaré en ver a Mike. Ya sabes lo que le gusta la comida que preparas. Cuando lo tengas todo, mételo en mi coche, porque en cuanto llegue y me duche emprenderé viaje.

—¿Algo más?

—No, Anita, que te quiero mucho.

—Y yo a ti, mijita linda. Que tengas buen viaje de retorno y la veo el sábado.

No dejé de visualizar aquel muro hasta la completa desconexión de mi ordenador. Según subía las escaleras, llegó hasta mí el perfume inconfundible de William. Le encontré vestido de blanco impoluto con una camisa remangada que dejaba entrever parte de su achocolatado pecho y que mantenía, de manera casual, por fuera de los pantalones. Se estaba calzando unas sandalias color camel que sacó del zapatero de su vestidor y, girándose hacia mí, aplaudió y dijo:

—¡Bravo! Has conseguido mantener la imagen de bloqueo durante un buen rato.

—¿Te has dado cuenta?

—Sí y solo a intervalos he podido captar parte de las conversaciones.

De repente, me cambió la cara.

—Te delata más el bloqueo que estás haciendo ahora, que el hecho de haber mantenido una conversación con Raffaele —lo dijo, curvando una bella sonrisa en sus labios—. Tranquila, esa parte no la he conseguido escuchar, ¡ha sido brillante!

—He tratado de poner todo mi empeño en ese momento, no quería que él…

—Notase que irradias una imagen de felicidad plena por el momento de actividad sexual que estás viviendo —terminó la frase por mí, de manera demasiado acertada.

—No quería que sufriese más de lo que ya estará sufriendo —dije, bajando la mirada al suelo.

Él se acercó y me cogió por la cintura.

—Angie, es una actitud muy humana, no hace falta que te justifiques. Y, créeme, no sé de lo que habéis hablado. Lo estoy viendo ahora en tu mente porque has perdido la concentración, pero está muy bien para ser la primera vez que lo intentas sin avisarme —sonrió de nuevo—. Y, ¿quién era la otra persona con la que hablabas? —dijo, cambiando de tema.

—Anita, nuestra asistenta —dije, recuperando el ánimo, contándole mis planes de vuelta a Vancouver—. Si Mike llega un día después al campus, tendré más tiempo para localizar información en su cuarto; y eso será difícil, ya que el ala donde duermen los chicos está en la otra punta de donde lo hacen las chicas. No sé cómo voy a quitarme a Zaffie de encima.

—Pues si te vas el viernes por la noche, habrá que aprovechar el tiempo —dijo.

Yo alcé mis brazos para fundirnos en un apasionado beso, en donde mi lengua salió al encuentro de la suya hasta que, de repente, él volvió a retirarme con cautela.

—¡No pierdas la concentración! —exclamó, en un tono melodioso—. Hemos quedado con Axel y tus hormonas te obnubilan los sentidos, que debes mantener despejados. Eso también es muy humano.

Me aparté de él, bruscamente, y visualicé aquel muro, de nuevo.

Despechada, me giré, adelantándome a él para no tener que caminar a su lado.

—¿En qué estás pensando? ¡Te has bloqueado otra vez! —le oí decir mientras bajábamos las escaleras.

—En no perder la concentración, en eso estoy pensando —dije, elevando la voz—. Así que cállate y mantente fuera de mi vista durante unos minutos, por favor.

En completo silencio, llegamos al gran comedor donde estaban Axel y su mujer en actitud acaramelada. ¡Afortunados ellos!

Sin dejar de acariciarle el pelo a su marido, Noa dijo cuando nos vio:

—¿Más carnívoros mañana, William?

—Creo que se tendrá que conformar con una gacela y poco más —contesté, con cierta mueca de disgusto.

—¡Huy, huy, huy! —exclamó Axel, divertido.

—¡Vete ya con ella, que a mí no me quiere ni hablar! —ordenó William a su amigo de manera muy acertada.

Axel besó en los labios a Noa y meneó la cabeza de lado a lado, a modo de crítica, cuando pasó cerca de William.

—Vamos, Angie, no nos llevará mucho tiempo.

Axel me hizo bajar por una escalinata de troncos, iluminada, que partía de la terraza exterior y que llevaba a una zona donde había una pequeña fogata encendida y unas sillas plegables a su alrededor, con reposabrazos y respaldo de tela.

—Siéntate, por favor —me invitó—. Imagino que habrá sido un día largo y pesado. William es muy pertinaz cuando se trata de entrenar, agota a cualquiera. Aunque estoy seguro de que lo hace por tu bien. Yo he tenido mucho más tiempo para enseñarle lo básico a mi mujer.

—¿Cuántos años hace que os conocéis, Noa y tú? —no aguantaba más la curiosidad.

—Me mostré ante ella hace siete años, pero nos conocíamos de antes. Ella venía todos los años de safari con su familia. El año que conoció mi naturaleza había vuelto una segunda vez, pero sola, ya que su novio acababa de romper con ella y quería recuperarse en Igoli. Aquella semana pasamos más tiempo juntos y una cosa llevó a la otra. A mí siempre me había gustado, desde el primer día en que la vi. Después, ella me confesó que no se había atrevido a dar ningún paso, antes, por fidelidad a aquel chico.

—¿Cómo supiste que no huiría horrorizada al verte transformado?

—Cuando tienes frente a ti a la persona que te complementa, lo sabes. Aunque siempre es un riesgo con los humanos, ¡sois tan impredecibles y más, las mujeres! —se rio con su propio comentario—. Antes de que volviese a Inglaterra, establecimos la ceremonia de existencia en vida. Después, habló con su familia, dejó su trabajo allí y se vino a Igoli a vivir conmigo. En estas tierras el tiempo parece que se para y, fíjate, ya han pasado siete años desde que nos unimos.

—¡Qué bonita historia! —exclamé.

—Bien, Angie, volvamos a lo nuestro —centró mi atención sobre lo que habíamos ido a hacer allí—. William está siguiendo contigo un curso acelerado de conexión mental por el poco tiempo del que dispone. Además, me ha dicho que te está enseñando alguna técnica de bloqueo que cree conveniente que conozcas para cuando regreses a Canadá.

—Sí, así es —contesté.

—Bien, pues deja de usarla porque me cuesta acceder a ti —dijo, esbozando una sonrisa.

—Es que no quiero que él entre en mi mente en estos momentos —refunfuñé.

—Él no lo hará mientras trabajemos tú y yo. Sabe que debe dejarnos tranquilos. Cuando puedas volver a usarla, te lo diré y seguirás haciéndole sufrir, si es lo que quieres; que, a veces, un poco de nuestra propia medicina no nos viene mal. Noa, de vez en cuando, lo usa conmigo y me vuelvo loco.

Hice caso a lo que me dijo y me relajé. Axel era un hombre tranquilo y agradable y daba gusto hablar con él.

Lo primero que hizo fue mostrarme su llamada, que sonaba como un martillo golpeando la hoja de una espada. Después, le permití la entrada en mi mente y conversamos un rato; practicándolo, también, con los ojos abiertos mientras nos mirábamos frente a frente.

—¡Perfecto, Angie! Ya está todo. Vamos a cenar, que William está intranquilo.

—Creo que le haré sufrir un poquito más —confesé.

—De acuerdo, pero si noto que se inquieta en exceso, te aviso mentalmente. La paciencia no es uno de sus fuertes.

Llegamos arriba y nuestras parejas se encontraban ya sentadas a la mesa. Él se encontraba oscilando, de un lado a otro, su botellín de agua y Noa me hizo un gesto, sacudiendo la mano, avisándome de lo enfadado que estaba; momento que aproveché para reforzar mi bloqueo mental.

Uno de los camareros comenzó a servirnos diversas especialidades hindúes que compartimos entre todos. Cada vez que William me acercaba algún plato para que me sirviese, yo le pedía a Noa que me explicase lo que era. Todos bebimos té helado y afrutado, menos Noa que tomó vino blanco. Yo continué sin mirarle para no perder la concentración y me mantuve así hasta que nos trajeron una infusión especiada junto con el postre.

Al cabo de un rato, escuché la llamada de Axel; un sonido metálico repiqueteando contra una espada.

—*¡Pues sí que ha aguantado poco!* —respondí.

—*Ya, pero deja de bloquearte porque se está poniendo frenético y, sobre todo, no sabe que estás menos afectada de lo que demuestras; así que practica con él ahora y dile algo tierno o las pagará conmigo mañana durante el entrenamiento.*

—*De acuerdo. Cambio y corto* —bromeé.

Noa nos sirvió infusión a todos y Axel empezó a comentar con ella los preparativos para el día siguiente con la llegada de nuevos clientes. Yo modifiqué la imagen del muro de hormigón por la del colgante que pendía de mi cuello y, de pronto, los ojos de William se clavaron en mí.

—*¡Por fin has dejado de bloquearme el paso! ¿Se puede saber qué te pasa?* —sonaba irritado.

—*Entrenamiento, nada más. ¿No querías eso? Pues de ese modo no pierdo la concentración.* —Le lancé una mirada tan seria como pude.

—*Ya, pero habéis acabado hace un rato. Por cierto, ¿qué tal te fue?* —Empezó a relajar el semblante.

—*Muy bien. Ya conozco su llamada y he mantenido con él dos conversaciones; una abajo, antes de subir, y otra aquí hace unos segundos* —dije, manteniendo aún cierto aire de suficiencia para hacerme de rogar un poco.

—*¡Espera, esta última no la he notado!* —exclamó.

—*De eso se trataba. He bloqueado mi mente al tiempo que hablaba con Axel.*

Al instante, escuché que le preguntaba a Axel a nivel mental:

—*¡Axe! ¿Has bloqueado tú la conversación con Angie que habéis mantenido en esta mesa hace un momento?*

—*No* —respondió Axel.

—*¡Perfecto!* —Y su cara irradió una amplia sonrisa—. *Acabas de conseguir lo más difícil de todo lo que te he enseñado hoy, el bloqueo con uno de nosotros y la comunicación al mismo tiempo con otro de la misma especie. ¡Felicidades, mi amor!*

—*William, te acabo de oír hablar con Axel y no habéis usado vuestro lenguaje dráguico* —dije, sorprendida.

—*¡Bien, otra prueba conseguida! Mientras yo te lo permita, escucharás mis conversaciones con quien yo las mantenga, sea de manera mental u oral. Has trabajado francamente duro hoy, Angie, te mereces un descanso.*

—*¿Y ya podré entrelazar mis brazos alrededor de tu cuello sin que me vuelvas a apartar de ti? No me gusta nada cuando lo haces.*

—*¡Ahhh, por eso te habías enojado!* —exclamó sorprendido, abriendo muchísimo los ojos—. *Sí, podrás hacerlo todo lo fuerte que quieras.* —Poco a poco, fue acortando distancias conmigo, cruzando los brazos sobre la mesa y echando el cuerpo hacia delante.

—*¿Y te podré besar y morder esos labios carnosos hasta casi, casi hacerlos sangrar?*

—*¡Aja!* —asintió, con la cabeza una vez.

—*¿Y no te enfadarás si saltan por el aire los botones de esa camisa al quitártela?*

—No, no me enfadaré —sonrió.

—¿Y podré acariciar el tatuaje de tu espalda, durante toda la noche, mientras estás abrazado a mí?

—Toda la noche, pero… con una condición.

—¿Cuál? —pregunté con recelo.

—Que me dejes desabrocharte la cremallera de ese vestido, poco a poco, y me permitas hacerte el amor lenta, muy lentamente, que es lo que me lleva apeteciendo desde que te vi con él puesto.

—Bueno, me lo pensaré de aquí hasta que lleguemos arriba. No estás en condiciones de hacer demasiadas peticiones y, además, no quiero que tomes el control de la situación tan rápido.

Entonces, William dejó de comunicarse conmigo a nivel mental y comentó en alto:

—Chicos, nosotros nos llevamos el postre para tomarlo por el camino. Axe, mañana vamos a por carnívoros, de nuevo.

—¡De acuerdo, jefe! —contestó Axel, guiñándome un ojo.

—Noa, no preparéis nada para estos días. Estaremos hasta el jueves por la noche recorriendo la costa y dormiremos en el Maji Beach, si no, su hermano no se va a creer que haya venido a Kenia.

Nos despedimos de ambos y William y yo anduvimos a paso ligero hasta la habitación.

El día siguiente lo pasamos en la segunda ciudad más grande del país, Mombasa. Recorrimos algunas de sus mejores playas de norte a sur y paseamos, nadamos, comimos y practicamos nuestro entrenamiento, con toqueteos extra y nada inocentes, dentro y fuera del agua.

Terminamos durmiendo en un precioso hotel de la playa de Diani con vistas al mar, donde nos quedamos descansando al día siguiente y apurando así las pocas horas que nos quedaban para estar juntos antes de mi vuelta a Vancouver.

Con la caída del sol regresamos a Igoli.

En aquella última noche, mi amado se esmeró el doble de lo normal en proporcionarme placer, un placer comedido y pausado, pues no sabíamos cuándo volvería a ser nuestro próximo encuentro.

En esas últimas horas sentí que pretendía atrapar un recuerdo que le pudiera valer más adelante como consuelo. Se mostró algo inquieto e intuí que, quizás, albergase un miedo irracional a perderme cuando me encontrase frente a Fael. Sin embargo, yo lo tenía claro, Fael solo era un amigo y una persona importante en mi vida por la relación tan cerrada que mantenía con mi hermano; así que poco importaba cómo se fuese a mostrar frente a mí. Mi decisión había sido tomada desde mucho antes de entregarme por primera vez a William.

Poco antes de marcharse para su transformación diaria, caí rendida. Desperté alrededor de las dos de la tarde y se me hizo extraño no encontrarme a William esperando a mi lado, como cada mañana. Me duché y preparé todo el equipaje para tenerlo listo, dejando junto a mi bolso la chaqueta de cuero para soportar el frío asegurado con el que me recibiría mi ciudad natal.

Cuando me disponía a bajar las escaleras, apareció él subiendo las escaleras de dos en dos.

—Iba a buscarte —le dije—. ¿Cómo es que no me has despertado antes? He dormido demasiado.

—Yo no he intervenido en tu sueño. —Levantó las manos, mostrándome las palmas—. Necesitabas descansar.

—¡Sí, claro! Y lo de anoche no fue premeditado ni nada, ¿verdad?

—Bueno, un poco. —Se acercó hasta mí y me besó en la base del cuello—. Veo que ya has preparado todo.

—No sabía a qué hora saldríamos, así que he preferido dejarlo todo listo con tiempo. Tendremos que llegar temprano al aeropuerto para sacar los billetes.

—Ya está todo arreglado; los billetes, con las plazas confirmadas para ambos vuelos y con estar allí a las diez será suficiente para facturar y embarcar.

—¿Lo has hecho por teléfono?

—No, fui esta mañana a Nairobi. Tenía que solventar algunos asuntos allí.

—¡Ojalá pudieras entrenarme en teletransportación! —exclamé—. Lo que peor llevo de todo es pensar que me queda un día entero antes de llegar a mi destino.

—Eso no puedo enseñártelo. Tienes que tener la naturaleza para ello, si no, te desintegrarías por el camino. Ahora, acompáñame, quiero darte una cosa. —Me cogió de la mano para llevarme de vuelta a la habitación y me puso delante de su cama—. Espera aquí un momento.

Se fue hacia el escritorio y sacó un estuche ancho, negro y rectangular de uno de los cajones. Volvió a mi lado y me lo entregó.

—¿Qué es esto? —pregunté, sorprendida al ver que encima de todo lo que había hecho, por mí y por mis padres, me fuese a hacer un regalo.

—¡Venga, ábrelo! —Se le notaba impaciente.

Cuando levanté la tapa, descubrí un brazalete que al sacarlo de su ubicación encajaba perfectamente en mi muñeca, hecho con una lámina ondulada y rígida de oro sin pulir.

—¡William, es precioso! —exclamé—. Pero ¿dónde he visto yo esto antes? —dije, acariciando la superficie de aquella lámina. De repente, observé el mural formado por escamas doradas de encima de su cama y, después, miré a los ojos de William, recordando el momento en que días atrás había tocado su morro de dragón, sintiendo lo mismo que sentía en ese instante al tocar con las yemas de los dedos el brazalete—. ¿Es esta una de esas escamas? —Señalé con la cabeza hacia el mural de la pared.

—No, esas eran de mi abuelo. Cuando un dragón acaba sus días terrenales, el descendiente se queda con parte de su piel para establecer contacto entre ambos siempre que lo necesite. La que llevas en la muñeca es mía.

—¡¡William!! —exclamé, sorprendida—. ¡No me digas que te has arrancado una para hacer el brazalete! —Empecé a quitarle la camiseta de pico que llevaba para revisar la herida que tendría por ello. Examiné sus costados, la espalda y, al desabrocharle el cinturón, por la cinturilla del vaquero asomó un parche blanco que le cubría buena parte de su torneado abdomen.

Me llevé las manos a la boca.

—Si querías verme desnudo, no tenías más que pedirlo —dijo, en tono divertido.

—Pero ¿qué has hecho? —dije, acariciándole por encima de aquel apósito.

—Quería que tuvieses un recuerdo mío —dijo, elevando mi barbilla—. No sé cuándo podré volver a entregarme a ti en persona.

Me quedé mirándole y se me empezaron a agolpar todas las ideas en la cabeza. Seguramente, si las leía en mi mente, le confundirían más. Tenía que explicárselo con mis propias palabras.

—Mi vida entera te pertenece ahora, William. Solo quiero pasar cada momento de ella junto a ti y haré todo lo posible por vernos cuanto antes —hice una pausa para coger su cara entre mis manos—. Ahora mismo, desearía que vinieras conmigo a Vancouver, que me acompañases a Seattle y que regresásemos a Igoli después de descubrir todo el secreto sobre mi familia; pero entiendo que digas que debo ser yo la que descubra todo y que necesite mi tiempo para aclarar las dudas con Mike y con Fael. Por eso, solo te llamaré cuando sea estrictamente necesario. No quiero que dejes de lado el trabajo o Igoli por atenderme a mí.

—Angie, avísame en cualquier momento y acudiré donde estés. Igoli estará bien protegido con Axel y Noa al frente o por otros guardianes de la zona que se transformarían aquí, en caso de necesitarles. El trabajo en el aeropuerto es una simple tapadera en mi vida humana; además, esta misma mañana he pedido una excedencia voluntaria por cuestiones personales. La empezaré a disfrutar a partir de la semana que viene, así que me tienes a tu entera disposición cuando lo necesites —dijo, elevando sus torneados hombros.

—¿Quieres venir a la fiesta de cumpleaños de Michael que se celebrará el viernes que viene en la casa de Fael en Seattle? —dije, mirándole cada vez más enamorada.

—Será un honor conocer a tu hermano, a sus amigos y saber un poco más sobre tu vida —respondió, con una amplia sonrisa.

Me lancé a su cuello de un salto y emitió un pequeño gemido de dolor al sostenerme. Comencé a besarle por toda la cara sintiendo que mi deseo se iba encendiendo, paulatinamente, por el contacto con su espalda desnuda. Posé mis pies en el suelo y le empujé con cuidado hasta tumbarle sobre la cama, para poder así agradecerle, de manera más íntima, aquella parte de su ser real que me había regalado en forma de joya.

Antes de salir de Igoli fuimos al encuentro de Axel y Noa, que se encontraban con un grupo de clientes repartidos entre dos coches y preparados para salir de safari. Me despedí de ellos con un fuerte abrazo, agradeciéndoles toda su hospitalidad y cerrando, de esa manera, un vínculo especial a través de nuestro secreto y de la lección otorgada por aquel afable dragón plateado.

Por el camino paramos de nuevo en el restaurante de mama Ghetta, quien nos deleitó con su famoso jamón ahumado Kariba y una deliciosa infusión de kinkeliba.

Me pasé todo el camino hasta el aeropuerto acariciando mi brazalete, sin dejar de mirar a William.

—¿Tardará mucho en curarse tu herida? —pregunté.

—Solo un par de días. Es una especie de descamación. Unos días sin mojarla, el ungüento adecuado y crecerá una escama nueva y reluciente.

—Es increíble lo recia que parece para lo fina que es. ¿Lleva algún tratamiento especial? —William miró mi muñeca mientras contestaba:

—No, son así. Cada escama nuestra es como una especie de escudo protector. Son duras como el diamante y al caer o ser arrancadas se endurecen muy rápido, soportando cualquier temperatura, golpe o agresión.

—¿Quiere eso decir que sois indestructibles? —dije, elevando mis cejas.

—No, pero casi. Las armas de los humanos no nos hieren tan fácilmente, pero entrar en batalla con alguien de nuestra especie es otro tema. Cada uno de nosotros adquiere, a lo largo de su existencia, una serie de poderes para ser usados en caso de tener que entrar en combate.

—¿Y lo hacéis muy a menudo? —pregunté, intrigada.

—Más de lo que desearíamos, por eso necesitamos estar fuertes y entrenar a diario —comenzó a explicar—. Nunca se sabe cuándo habrá que luchar ni contra quién y jamás peleamos individualmente, ya que las fuerzas oscuras siempre aparecen en grupo. Por eso nos apoyamos entre varios.

—Y... esos sí que os pueden herir —solté en alto lo que estaba pensando.

—Puede.

—¿Te han herido a ti alguna vez? —quise saber.

—Muchas, pero nada grave, si no, no estaría aquí contándotelo —respondió tan tranquilo.

—¿Cuándo fue la última vez que tuviste que pelear?

—Mis últimas batallas han sido en Igoli y en Mazawii, junto con mis ayudantes de allí y algunos amigos de esta parte del mundo. La oscuridad venía a captar energías puras y tuvimos que defenderlas. Pero ha pasado mucho tiempo desde aquello, Angie —dijo, al darse cuenta de que empezaba a preocuparme por él—. La oscuridad conoce muy bien esta parte del planeta como para saber que mueren más de los que sobreviven y no les compensa tener pérdidas en su lista de adeptos. Por estas latitudes hay demasiada fauna que convocar a nuestro favor y eso les complica los ataques. En algunas ocasiones, nos llaman guardianes de otras partes del planeta y acudimos en su ayuda todos los que podemos; sabiendo que, cuando nosotros les necesitemos, esa ayuda nos será devuelta.

—Si tuvieras que volver a entrar en combate, ¿me lo dirías?

—Depende de dónde, cómo y cuándo fuese a ser esa lucha. Si fuera vital para ti que lo supieras, te lo diría, pero si no fuera así, no.

—¡No es justo, William! —exclamé, enfurruñada—. Quiero saber en todo momento si algo malo puede llegar a ocurrirte.

—¿Y tenerte preocupada por ello? No, creo que no te lo diría. Además, llevo sin entrar en combate más de cincuenta años. La probabilidad de que tenga que pelear, a lo largo de tu vida, no es muy alta que digamos.

Me mantuve callada el resto del camino hasta el aeropuerto, intentando no mostrar mi desacuerdo; si me lo iba a querer ocultar, lo haría, así que de nada valía darle vueltas al asunto.

William metió el coche en el aparcamiento de la terminal internacional. Nos dirigimos directamente a los mostradores de facturación y puso mi maleta sobre la báscula para que le pusieran la etiqueta. Cuando el auxiliar de tierra me entregó la tarjeta de embarque, pude ver que mi asiento correspondía a uno de clase ejecutiva.

—¿Me has sacado billete en clase *business*?

—Ser jefe de escala en un aeropuerto tiene sus ventajas —dijo, sonriente.

—Pero tú ya no lo eres —contesté, confundida.

—Hasta el lunes sigo siéndolo —me dijo al oído—. Y los contactos siempre se mantienen. Además, mejor hacerle un *upgrading* a una preciosa y educada azafata de vuelo que a cualquier otro cliente del mundo.

Revisé el siguiente billete, según íbamos hacia las puertas de embarque, y vi que era de la misma clase.

—¿Y en mi empresa también me has conseguido un *upgrading*?

—No. Ahí, sinceramente, no he podido meter mano —confesó.

—Ya, solamente has tenido que meter unos cuantos dólares más, ¿verdad?

—No puedo permitir que llegues cansada a tu destino. Tienes una misión que cumplir, ¿recuerdas? —Y mientras me agarraba por la cintura, besó mi cabeza.

—Bueno, al menos me dejarás que te invite a un café ahora, ¿no? —Asintió, solícito, para complacerme—. Y cuando vengas a Seattle, deja la cartera en Igoli porque no te voy a permitir pagar absolutamente nada, ¿entendido?

Volvimos a sentarnos en la misma cafetería de la vez anterior, frente a la puerta de embarque que me separaría de él durante toda una semana. William puso sobre la mesa alta los dos capuchinos que había pedido para nosotros. Después de pagar, le vi apoyado con los codos sobre la mesa. Me abracé a él, agarrándole por detrás y se giró para acogerme entre sus brazos.

Pasados unos minutos, acercó uno de aquellos taburetes para invitarme a que me sentase y tenerme justo a su altura.

—Te voy a dar alguna pauta para cuando salgas de viaje hacia Seattle. Primero, mantén el bloqueo con cualquiera desde antes de subirte al coche y no lo rompas. Segundo, cuidado con Zaffie; quizá esté aleccionada, por Raffaele o por tu hermano, y ande vigilándote a ti de algún modo. Así que ya te puedes inventar una buena excusa para escaparte de su lado, no te fíes de ella solo porque parezca que duerma.

—Parece una operación de espionaje internacional —dije, en tono de burla—. ¿Alguna cosa más?

—Sí, mucho más, pero no nos queda tiempo —dijo, recorriendo con sus manos el interior de mis muslos, de manera pícara—. Aunque sí que me queda tiempo para decirte lo último —Esperaba que me diera el último consejo con respecto a mi misión especial—: Ya te empiezo a echar de menos.

Le atraje hasta mí para lamer con mi lengua sus labios, mientras entrelazaba mis brazos alrededor de su cuello y mis piernas alrededor de las suyas. Nos mantuvimos así, besándonos ardientemente, hasta que por primera vez fui yo la que se desenroscó de su cuerpo, poniendo algo de distancia entre ambos, ya que si continuábamos en ese plan dejaría que el avión se fuera con un pasajero de menos.

Recompusimos nuestras ropas y me humedecí los labios para captar todo su sabor antes de anularlo con el suave amargor de mi capuchino, al que robé un buen sorbo para equilibrar mis sentidos. William también dio varios sorbos seguidos al suyo y nos quedamos mirándonos mientras, por la megafonía, anunciaban el embarque de mi vuelo.

—No sé si salir corriendo y embarcar la primera, para no prolongar más la agonía, o esperar hasta que todo el mundo esté dentro y seguir disfrutando de tu compañía durante un rato más.

—Yo prefiero la segunda opción —dijo, acariciando mi mejilla.

Apuramos los cafés y nos mantuvimos a la espera de que todos los pasajeros hubiesen entrado por la pasarela que unía la terminal al avión.

William, que ya me tenía cogida la mano desde la cafetería, adelantó sus pasos hasta la puerta de embarque donde dos de sus compañeras recogían los cupones de los pasajeros. Yo les hice entrega de mi tarjeta de embarque y del pasaporte para que cotejasen mi identidad.

—¡Buenas noches, Will! —dijo la más joven de las dos, sin apartar la vista de la unión que formaban nuestras manos entrelazadas—. Ya nos hemos enterado de lo de tu excedencia, ¿te marchas a vivir fuera, por un casual?

—No, de momento, pero no lo descarto —dijo, en tono serio, agarrándome por la cintura—. ¿Habéis visto a Mark?

—Ha entrado en el avión. Te está esperando —contestó la mayor.

Recorrimos juntos aquel *finger,* o pasarela, que como un cordón umbilical se mantenía unido al edificio. William paró poco antes de ver la puerta de entrada al avión y me abrazó con fuerza al tiempo que apretaba sus cálidos y jugosos labios contra mi boca, saboreando cada resquicio de mi paladar con su lengua, sintiéndonos ajenos a cualquier mirada curiosa.

Al instante, se escucharon pasos subiendo por la pasarela. Separó sus labios de los míos, colocando su boca en la base de mi cuello para darme así un último beso. Después, apartó su cuerpo y mantuvo mis dos manos agarradas hasta que su colega llegó a nuestro lado y nos dijo:

—Will, cerrarán las puertas en cuanto entre ella. —Aquel hombre giró su cara para mirarme—. Señorita Urech, la están esperando.

—Sí, ya voy, gracias —dije, mientras grababa la mirada de William en mi mente—. Te llamaré en cuanto descubra algo, ¿vale? —No pude evitar posar un último beso en sus labios—. Cuídate, mi vida.

—Tú, también, mi amor —contestó, brindándome una sonrisa.

Y recorrí el resto de trayecto, hasta entrar al avión, sin ser capaz de volver la vista atrás.

La carta

Llegué a Vancouver sin retraso. Había descansado bastante y mi mente estaba despejada y fresca para continuar mi trayecto en coche hasta Seattle. Cuando llegué a casa, Anita andaba en el garaje metiendo cosas dentro de mi coche.

—¡Anita, ya llegué! —saludé.

—¡Híjole, me asustó! —Se acercó hasta mí para darme dos besos—. ¡Qué buena cara traes, chamaquita, si hasta luces bronceada! ¿Cómo te fue por África?

—¡Fenomenal! Ha sido una semana inolvidable. Y papá y mamá ya están descansando como ellos querían.

—¡Gracias a Dios! —dijo, mientras se persignaba—. Pero hace frío y está lluvioso, ¿por qué no marchas mañana?

—No puedo, Anita, he de encargarme de los preparativos de la fiesta de cumpleaños de Mike y quiero tenerlo todo listo antes de que él llegue.

—¡Juventud, divino tesoro! Y, ¿cuándo regresas?

—Seguramente, el fin de semana que viene. Pero te avisaré antes, porque vendré con un amigo que pasará unos días aquí conmigo.

—¿Un chavo? —preguntó Anita con interés—. ¿Alguien especial?

—Sí, muy, muy especial —dije, sonriendo.

—¡Bravo, mi reina! —exclamó—. No quiero verte encerrada y sola en esta casota. —Volvió a abrazarme de nuevo—. Y, ahorita, a comer. Te preparé unas tortillas.

—No, Anita, he comido algo en el avión. Voy a ducharme, a buscar unas cosas y salgo como mucho en una hora.

—*Okey*, entonces, marcho. Ya está metido en tu carro todo lo que me encargaste. —Anita cogió su bolso, su abrigo y, antes de entrar en su coche, se giró y me dijo—: Buen viaje y a ver de qué humor está Miguelito con lo de la fiesta. Espero que no te lo haga pasar mal.

—Le diré que tu regalo es la comida mexicana, eso le animará. —Ondeé la mano mientras arrancaba y salía a través de la puerta automática.

Subí corriendo las escaleras hasta mi habitación y cogí ropa cómoda y abrigada para mi viaje en coche. Me duché y, tras secarme el pelo, fui a mi armario a escoger un bolso para llevarme a Seattle. Elegí uno de piel, en forma de saco y tono berenjena, y traspasé la mayoría de las cosas que me había llevado a Igoli.

Fui a buscar el regalo de Mike que le compré en París y que, desde la tragedia de mis padres, seguía en el maletín que usaba a bordo del avión cuando trabajaba.

Mientras echaba al cubo de la colada la ropa sucia de aquel último vuelo y de la maleta que había llevado a Kenia, recordé que mi madre había mencionado que iban a traerle a mi hermano un regalo para su cumpleaños. Lástima que no hubieran podido llegar a dárselo.

Aunque... quizás... aquello que había dentro de la caja fuerte del hotel de Nairobi fuera el regalo que tenían pensado hacerle. Era un sobre para Michael del que no me había acordado hasta entonces. «¡Mierda, se me olvidó dárselo en la isla!».

Durante un momento, no supe dónde podría haberlo metido; con tanto cambio de bolso no tenía ni idea. Pero, inmediatamente, caí en la cuenta de que no llegué a sacarlo del Hermès de mi madre que le había cogido en el hotel.

Rebusqué dentro de mi armario y allí no estaba. Después, fui al vestidor de mi madre y lo vi, por fin, colocado en una de las baldas entre otros muchos.

Me senté al borde de la cama de matrimonio y vacié todo su contenido encima del edredón. Entre todos los papeles que había firmado aquella mañana, tras la identificación de mis padres, estaba el sobre dirigido a mi hermano. Lo miré al trasluz, intentando descifrar qué podía haber dentro.

Parecía una carta, pero, eso sí, con muchas hojas, ya que el sobre pesaba bastante.

Lo miré varias veces por todos lados y dudé entre hacer o no lo que se me empezaba a pasar por la cabeza. Por una parte, podía guardar aquel sobre lacrado con el inconfundible sello de mi padre, para entregárselo a Mike en cuanto lo viera o, también, podía ceder a la curiosidad y a la necesidad de saber lo que mi padre le quería contar a Michael.

Si no hubiese nada relevante en aquellas hojas, siempre podía volver a meterlas en otro sobre distinto. Seguro que habría algo de lacre de mi padre por el despacho y copiar su letra no me resultaría difícil.

En mi casa jamás habíamos abierto nada que no fuese dirigido a nosotros en persona, sin embargo, allí me encontraba sola y... merecía salir de la duda.

Me quedé parada durante un momento, sin saber qué hacer y, sin pensarlo mucho más, abrí el sobre con todo el cuidado del que fui capaz, sin poder evitar que el endurecido lacre reventase en mil pedazos.

Dentro había varias hojas de papiro antiguo. Cada una de ellas pesaba lo que tres o cuatro folios de los normales y eran de una calidad excelente. Un papiro elaborado para utilizar con plumilla, lo cual era un sello de distinción de mi padre y convertía sus escritos en algo único, ya que, en la actualidad, nadie escribía en ese tipo de material. A menudo, usaba, también, finos papeles de seda de distintos colores, papel washi japonés y plumas estilográficas de diseño exclusivo para dejar estampada su caligrafía personal. Todo aquel exquisito material se lo encargaba a un artesano del norte de España que se lo enviaba por mensajería privada.

Mi padre parecía un cirujano de arte antiguo. Cada vez que se ponía frente a una obra, la trataba como si fuese la más importante del mundo. No dudaba ni corregía jamás e invertía el tiempo justo para devolverles la majestuosidad que el autor, en origen, había querido plasmar con su creación. Si había alguna cosa que conseguía relajarme por completo cuando algo me sobrepasaba, era ver a mi padre sentado y trabajando en su estudio. La serenidad que mantenía, la concentración y el resultado que surgía de cada uno de sus movimientos me hacían sentir que la pieza en la que trabajaba y él mismo llegaban a fusionarse.

Al escribir era algo parecido, resultaba todo un arte verle rodeado de su papel favorito, de las plumas, los tinteros, el lacre y las velas para quemar. Era como un escriba y su despacho estaba abarrotado de escritos a mano sobre sus informes de restauración. En ellos plasmaba la historia y el análisis completo de cada pieza, los pasos y el tratamiento minucioso que había seguido y el cuidado posterior que, para su conservación, requería cada una de ellas.

Sin embargo, y a pesar de lo mucho que le gustaba escribir, muy pocas veces había visto escritos personales de mi padre dirigidos a nosotros; por lo tanto, sí que se podía decir que aquello era casi un regalo, un tesoro único que entregar a Michael.

Así que, finalmente, la curiosidad pudo más que la prudencia y no pude por menos que desplegar las hojas y comenzar a leer:

A mi adorado hijo:

Antes de nada, quiero pedirte disculpas por no haberte podido contar en persona todo lo que te explico en esta carta.

Para cuando la leas, si es que llega finalmente a tus manos, ya no estaré compartiendo esta dimensión contigo. El motivo de no habértelo dicho se debe a que en los últimos meses he dejado de confiar en quien yo suponía que era un gran amigo.

Cuando hace años le dejé a cargo de tu cuidado y vigilancia, no solo dejaba en sus manos una de las cosas más importantes de mi ser, sino que, además, confiaba ciegamente en que su poder y sabiduría ayudarían a que llegases a formarte de manera extraordinaria en todas las artes, dominios y conocimientos que ibas a necesitar para tu transformación en Amesha Spenta.

Lamentablemente, me di cuenta demasiado tarde y ya no me quedaba tiempo material para intentar tomar cartas en el asunto y descubrirle, ya que suponía complicar las cosas hasta el punto de poner en peligro el alma de demasiada gente, empezando por Catherine.

Mi decisión es, por tanto, adelantar los acontecimientos del final incierto que le espera a tu madre y convertirme en protector de su alma.

El hecho de llevar a cabo una cremación de nuestros cuerpos se remonta a los primeros días de nuestra existencia en este mundo. Mi cuerpo no necesita ser custodiado, tanto como el de la mujer a la que amo, protegido; y esa protección se la otorgo con la unión de nuestro cuerpo material.

En la dimensión donde finalmente tú y yo nos encontraremos, también estará ella, aunque en un plano menor. No os reconoceréis como tal, pero su alma se habrá salvado y mi misión de guarda se habrá completado.

El reparto de nuestros restos en cuatro sitios tan alejados es el modo de complicarle el intento de destrucción de la esencia orgánica, que nos acogió en esta dimensión, a quien ose tal afrenta.

Los lugares donde uniréis las cenizas con los cuatro elementos conocidos de este planeta son espacios sagrados y cuidados por seres que se dedican a esa labor en este mundo. Esto último ya deberías saberlo, pero mucho me temo que a estas alturas desconoces cosas básicas para tu formación; lo que me lleva a confiar, desde lo más profundo de mi ser, en que todo lo que he dejado preparado de antemano te conducirá al camino de elevación y supremacía al que estás destinado a llegar en tu camino de conversión hacia la luz.

Antes de abandonar el cuerpo, al que tanto tengo que agradecer en esta encarnación, quiero decirte varias cosas:

—No temas la transformación, esta llegará y tu evolución continuará, convirtiéndote en un Asha Vahista eterno y plural. Yo te estaré esperando y nuestras almas se reconocerán.

—Mantén a Raffaele, Gabriel, Jophiel y Zaffie cerca de ti en todo momento y cuídate de todos los demás. No sabrás en quién confiar y en quién no. Continua con el entrenamiento exhaustivo al que te someta Raffaele. Todo lo que aprendas a partir de ahora será vital para tu conversión y no hay mejor espíritu para enseñártelo que él.

—Confía en Angie y en sus decisiones. Ella lleva mi impronta personal y su instinto natural la llevará a seguir el camino adecuado para protegerse a sí misma.

—Aunque nuestra naturaleza no es la de ser desconfiados, te prevengo, hijo mío, fuerzas inicuas tratarán de apoderarse de tu alma y de tus dones. Mantente en alerta continua y aprende a distinguir al ser puro del impuro.

—Nunca bajes la guardia y siéntete orgulloso de ser nuestro hijo, ya que tanto la condena de tu madre como mi sacrificio nos hacen rebosar de ese mismo orgullo por haber concebido a un ser

espiritual y supremo tan especial como tú, al igual que el hecho de haber dotado a la Madre Tierra con la existencia de una segunda alma tan maravillosa como es la de tu hermana.

Nos veremos pronto y eternamente,

Uriel.

Tuve que leerlo otro par de veces antes de alcanzar a comprender algo de todo aquello.

Mi padre desvelaba en aquel escrito muchas de las dudas que me habían surgido desde antes de su fallecimiento y confirmaba otro tanto de las afirmaciones expuestas por William.

Sin embargo, lejos de aclararme el secreto que mi familia me ocultaba, me confundía aún más. ¡Ay, Dios, tantas horas metida en aviones no ayudaban en nada a ver las cosas claras! Necesitaba tomármelo con calma e investigar desde casa. Tendría que posponer mi viaje a Seattle y lo primero de todo era avisar a Zaffie.

Con un sencillo mensaje a su móvil solucionaría esa parte:

> Siento no llegar hoy, estoy muy cansada. Saldré mañana y te aviso en cuanto llegue. Bss. Angie.

¡Una cosa menos!

Bajé, con la carta en la mano, camino del despacho. Me senté frente al escritorio y desplegué las hojas para ir copiando en una libreta las dudas que me asaltaban:

- ¿Distintas dimensiones?
- Gran amigo=Cuidador y formador. ¿Orson?
- ¿Amesha Spenta/Asha Vahista?
- ¿Suicidio en vez de accidente?
- Protección por cremación, unión y separación de las cenizas.

- Supremacía de Mike. Transformación. ¿Cómo, cuándo y por qué?
- Impronta de mi padre en mí.
- Fuerzas oscuras que buscan el alma de Mike.
- ¿Condena de mi madre, sacrificio de mi padre?

Según todo aquello, mi padre sabía que ese accidente iba a ocurrir y aprovechó el momento para adelantar los acontecimientos. Ya me dijo William que aquel accidente no fue por casualidad, pero ¿por qué? ¿Cuál era el final que le esperaba a mi madre? ¿Era ese final su propio castigo o ya estaba condenada de algún otro modo?

Lo más seguro es que la naturaleza de mi padre y la de Fael fuese la misma; por eso Mike no le dejaba ni acercarse a mí, para que no me condenase también.

¿A qué dimensión se refería mi padre, distinta de la que se mueve mi hermano y en la cual le va a esperar? Quizá todo ello tuviese que ver con los cuerpos astrales y etéricos; lugares por donde se supone que andan vagando almas con las que se comunican los médiums o que se visualizan en estados de meditación profunda.

William volvía a estar en lo cierto cuando me dijo que, con el acto de unión de las cenizas y su reparto, mi padre conseguía así la protección del alma de mi madre. Al igual que también sabía que mi padre me protegía a mí a través del colgante; en él debía de encontrarse su impronta, siendo esta capaz de bloquear el acceso de Fael a mi mente.

Mi padre tuvo que llegar a un punto de no confiar en nadie, ni siquiera en alguien de su propia naturaleza. Por suerte, eso no afectaba a los dragones que, en realidad, eran sus guardianes.

Al menos, yo sabía algo seguro.

Toqué mi colgante, instintivamente, mientras miraba por la ventana del despacho desde donde se veía el monte Grouse a lo lejos.

—Papá, ¿dónde estás? —musité—. Te necesito.

En ese momento, mi preciado llamador se calentó levemente en mi mano y me sobresalté pensando que mi padre pudiese haberme escuchado y esa fuera su manera de hacérmelo saber.

Entrecerré los ojos durante unos instantes y, después de sosegarme y de besar mi colgante, decidí seguir buscando información que me ayudase a conocerle un poco más a fondo.

La cuestión principal, y más importante, parecía que fuese esa transformación hacia la supremacía que Mike debía alcanzar y para la que se suponía que se estaba preparando en esta vida. Cómo, cuándo y para qué era lo que tenía que averiguar, pero, sobre todo, contra quién o contra qué debía protegerse.

Mi padre temía por Michael y el foco principal del mal era uno de sus mejores amigos, demostrando, de aquel modo, que mis sospechas no eran infundadas. Raffaele ya me adelantó que Orson era el tutor de Mike, pero lo que no me quedaba claro era qué tipo de enseñanza le impartía a mi hermano. ¿Podía ser que el colegio mayor, así como su director, quien también había sido amigo de mi padre durante sus años de orfanato, fuera una tapadera y no existiera ni facultad ni tesis ni nada?

Volví a escribir una nueva lista para recopilar datos que me aclarasen algo más:

1.º Buscar el significado de Amesha Spenta y Asha Vahista.

2.º Llamar al orfanato de Seattle y localizar información sobre mi padre, Orson y el director del colegio mayor, Stuart.

3.º Ir a la facultad de mi hermano y ver si realmente existía esa carrera y si ellos la estaban cursando.

4.º Localizar información entre los papeles de mi padre y el ordenador de mi madre sobre su vida en pareja.

Tenía faena para toda la tarde, así que decidí prepararme una jarra de té caliente.

La búsqueda de aquellas extrañas palabras en internet me dio la siguiente información a través de los diversos enlaces que me fueron apareciendo:

> Amesha Spenta: nombre dado a los arcángeles en la primera religión monoteísta de Persia, llamada Mazdeísmo y fundada por Zoroastro alrededor del s. VIII a. C. Su traducción literal es la de «inmortales benéficos».
>
> Asha Vahista: uno de los jefes supremos de los Amesha Spenta. Ser que tanto en las religiones judeocristianas como en el islamismo es llamado Miguel arcángel.

En ese momento, recordé la conversación que tuvimos mis compañeras y yo, la última vez que volé con ellas, sobre la coincidencia en todos ellos de nombres de ángeles. ¡Quizás, sin saberlo, Andrea no iba tan desencaminada! ¿Sería posible... que todos ellos fuesen... ángeles?

Me recosté sobre el respaldo de la silla, intentando asimilar la información. ¡¡Ángeles!!

De ahí que William hablase siempre de las almas puras que protegía y de que me rodeaba un misterio parecido al suyo, aunque distinto en cuanto a sus personajes. ¡Desde luego que eran distintos! Por eso, siempre se refería a la naturaleza de Raffaele y del resto de sus amigos como algo radicalmente diferente a la de su especie dráguica. ¡Mundos increíbles ambos, sin lugar a dudas!

¡No me lo podía creer! ¿Qué hacían aquí? ¿Y quiénes eran, en realidad, mi padre y mi hermano?

Iba a necesitar algo más que té caliente. Y, sobre todo, necesitaba más datos.

Tal vez, si hablaba con Andrea… Ella me dijo que su madre era muy religiosa, a lo mejor sabía algo más sobre el tema y me servía de ayuda.

Cogí el móvil para realizar una llamada a mi compañera de vuelo, esperando que no estuviese volando.

Escuché la señal de conexión y después de tres timbrazos, oí su voz:

—¡Angie, qué alegría!

—¡Hola, Andrea! Perdona que no te llamase antes, pero tuve que marcharme a Kenia de nuevo la semana pasada y acabo de llegar hace un rato a mi casa.

—Ya, nos lo contó tu asistenta. No sabíamos que tenías que volver a dejar allí las cenizas de tus padres. ¿Ha ido todo bien?

—Sí, perfecto. Ellos ya descansan y yo me encuentro mejor, a pesar de echarles muchísimo de menos. ¡Oye, Andrea!, ¿estás en Vancouver?

—Sí, estoy con mi madre de compras. Terminan las obras dentro de un mes y tengo que encargar ya los muebles. ¿Necesitas algo?

—¿Te acuerdas de que un día dijiste que tu madre os hablaba de los ángeles a tu hermana y a ti de pequeñas?

—Sí, ¿por qué?

—Necesito hacerle algunas preguntas con respecto a ese tema. Mi hermano está acabando un estudio sobre los ángeles, para su tesis, y hay algunas cuestiones que le tienen bloqueado. Quizá tu madre sepa algo.

—Ningún problema. Te la paso y habláis. Yo, mientras tanto, voy a ver sofás. ¡Hasta luego! —Andrea le pasó el móvil a su madre.

Solo la había visto un par de veces en casa de las chicas y dudaba si se acordaría de mí o no.

—¡Hola, Angie!

—¡Señora Livingstone! ¿Cómo está?

—Yo, bien, querida. ¿Y tú?, ¿qué tal? Siento mucho lo de tus padres.

—Gracias, ya va cerrando la herida, poco a poco.

—Me alegro. ¡Oye, me encanta el vestido que le has diseñado a Andrea! Quizá te pida que diseñes el mío también.

—Con mucho gusto. Ya tengo el de los pajes y el de las damas de honor, así que cuando quiera se lo hago.

—¡Eres un cielo! Y, dime, ¿en qué puedo ayudarte? Me ha dicho Andrea que querías preguntarme algo.

—Su hija me dijo en una ocasión que usted es una gran conocedora del tema de los ángeles y necesitaba preguntarle algunas cosas para un trabajo de mi hermano. —Empezaba a creerme aquella mentira.

—¡Ah, bien! A ver si te puedo ayudar. Modestamente, he de decir que es un tema que me apasiona.

—¿Usted sabe si se ha dado algún caso de ángeles casados con humanas?

—Sí, por supuesto. La Santa Biblia habla de ellos, los famosos Elohims. Se recogen datos sobre ese tema en el Antiguo Testamento; cuando ciertos ángeles se enamoraron de mujeres terrenales, se unieron a ellas y hasta llegaron a concebir hijos con algunas.

—Pero siempre se ha dicho que los ángeles no tienen sexo definido —dije.

—Eso según la tradición cristiana, pero existe una antigua religión indo—iraní en la que sí que se habla de la distinción de sexo entre ellos —respondió.

—¿Y el hecho de unirse a una mujer no les suponía algún tipo de castigo?

—No llegaba a considerárseles ángeles caídos, como a Lucifer, pero sí que se les vio como rebeldes; aunque, en cierto modo, no dejaban de servir al ser humano, que era una de las cosas para las que estaban destinados por designio divino. Dios tuvo que tolerarles ese pequeño desliz, aunque perdieron parte de sus poderes, según su grado de importancia en la jerarquía angelical, y quedaron marcados tanto ellos como sus esposas y sus primogénitos.

—¿Solo sus primogénitos? ¿Y los demás hijos?

—Que yo sepa, no tenían más. Siempre eran varones y se les llamaba... —dudó por un instante— Nephilims o gigantes, mitad ángeles, mitad humanos. Adquirían parte de los poderes de su progenitor y guardaban relevancia en el orden celestial.

—¡Gigantes! ¿Por lo grande que eran?

—No, gigantes por el pecado cometido por sus padres —contestó.

—Con respecto al resto de los ángeles, ¿es posible que varios de ellos compartan el mismo nombre? Es decir, ¿pueden existir varios arcángeles Miguel o se trata de uno, único e irrepetible?

—El ángel en sí forma una unidad. Un todo, por así decirlo, pero dividido en muchos, como si fuera multicelular y cada célula de esas pudiera situarse en varios sitios al mismo tiempo. Con lo cual, ese arcángel Miguel son muchos que forman un todo y, de ese modo, pueden estar ayudando a varias personas a la vez. Son seres de luz divina.

—¿Y la gente que no es para nada religiosa cree en ellos? —quise saber.

—Sobre los ángeles hablan todas las religiones conocidas. Hay fervientes devotos de sus milagros entre gente de diversos credos, e incluso entre grupos que no son considerados como religiosos. Eso es lo que les hace ser tan especiales y, por eso, todo el mundo les adora e intenta comunicarse con ellos.

—¿Y sabe algo de los ángeles malvados que quieren acabar con los buenos?

—Por desgracia, de eso también hay mucho escrito. El caso más famoso fue el de Lucifer, el ángel que perdió la gracia de Dios por su negación a servir al ser humano. Se habla del poder de los íncubos y súcubos como espíritus demoníacos que tratan de engatusar a hombres y a mujeres para copular con ellos y conseguir su condena eterna. En las invocaciones a los ángeles, que en muchas ocasiones se hacen en sesiones esotéricas, hay que protegerse contra estos entes que pueden estar vagando libremente para captar almas inocentes mediante engaños y mentiras, muchas de las veces intentando usurpar la figura del ángel al que se invoca.

—¡Qué interesante! —exclamé—. Y para acabar, una última pregunta, señora Livingstone, no quiero entretenerla más. Si hoy en día hubiese un Elohim entre nosotros, ¿cómo cree usted que se le podría reconocer?

—A ver... Yo buscaría a alguien de una belleza y bondad extrema, que no fumase ni consumiese alcohol, que le encantara comer carnes exquisitas y difíciles de encontrar, que oliese a flores recién cortadas y que bebiera litros y litros de leche. A los ángeles les encanta la leche fresca. ¿Conoces a alguien así? Porque me queda una hija casadera aún y un ángel nunca es un mal partido —dijo, antes de que sonase una carcajada de fondo.

—No —mentí—, pero si lo encuentro, será la primera en enterarse —volví a mentir de nuevo.

—Me alegra mucho haber podido colaborar en ese trabajo de tu hermano. Espero que mi información le valga de algo.

—Seguro que sí, ha sido de gran ayuda. Muchas gracias.

—De nada. Te paso a Andrea, que se va a despedir.

Al instante, se oyó la voz de mi amiga:

—¿Te ha servido de algo lo que te ha contado mi madre?

—Sí, Mike estará encantado. Espero que encuentres lo que necesitas para vuestra casa.

—Eso espero. ¿Cuándo te incorporas al trabajo? Barbara y yo te echamos de menos.

—Me queda algo más de una semana de vacaciones todavía, pero estoy pensando en cogerme una excedencia por un tiempo. Todo depende de cómo se dé esta semana, ya que tengo demasiados asuntos que solventar y no quiero ponerme a volar y dejarlos colgados a medias. Os llamaré, cuando vuelva de la fiesta de cumpleaños de mi hermano, y quedamos para llevarles a las modistas de mi tío los diseños que he hecho. Hasta entonces, Andrea, y dale un beso a Barbara de mi parte.

Cuando colgué, me quedé un rato con el teléfono entre las manos sin dejar de mirarlo.

¡Ay, Dios, qué fuerte! Por fin se iba cerrando el círculo ¡¡Papá fue uno de esos... Elohim!! O sea, un ángel, ¡¡un ángel de verdad!! Y, entonces, Michael era un gigante, ¡un... Nephilim!

Un escalofrío recorrió todo mi cuerpo de arriba abajo. No daba crédito a toda la información que había recibido en la última hora. ¿Era posible una cosa así? Realmente, ¿podía ser cierto todo aquello? Era algo tan increíble como lo de que William fuese un dragón milenario. Aunque de aquello no había la menor duda, yo lo había visto con mis propios ojos.

Tal vez, por eso papá era un virtuoso en su trabajo y a la vez era tan bueno y amoroso. Y, claro está, de ahí la manía de mi madre por no querer cumplir más años que la hicieran parecer mucho más vieja que él. Papá era así, eternamente joven, y ella lo sabía.

Ya solo me quedaba por descubrir la función de los chicos en todo esto. Ese grupo que formaban alrededor de mi hermano tenía que ser más importante que una simple relación de «colegueo angelical». Además, a Fael se le estaba yendo de las manos su función en esta dimensión y se había ido a enamorar de mí, ¡una simple mortal! Al igual que mi padre hizo con mi madre y con el riesgo que eso conllevaría para él, para mí y para un supuesto descendiente que pudiésemos tener.

¡Y vuelta de nuevo a toda la razón que tenía William! Fael podía darme un hijo, claro que sí, pero a un alto precio y, por eso, la pelea entre mi hermano y él, las medias verdades de Raffaele y la preocupación de William si yo le correspondía con mi amor.

Desde luego, era increíble que de todos los hombres que poblaban el planeta se hubieran ido a enamorar de mí dos seres pertenecientes a creencias populares y fantásticas; y, además, que dos de mis familiares perteneciesen a ese mundo, también, y que su sangre divina corriese por mis venas. Pero... ¿por qué me ocultaron todo aquello? ¿Lo sabría alguien más de mi familia, aparte de mi madre? ¿Habría alguno más entre ellos?

Decidida, me puse a rebuscar entre los papeles de mi padre, a ver si descubría algo más.

Había cientos de manuscritos archivados por temáticas distintas, todos ellos referentes a sus restauraciones. Catálogos con fotos y valoraciones, diagnósticos y resoluciones de cada obra. Miré dentro de cada libro de arte que cubría aquellas estanterías, por si entre sus hojas hubiese notas o algo que me descubriese un poco más sobre su vida. Por desgracia, no encontré nada.

Me puse frente al ordenador, de nuevo, para ver lo que mi madre guardaba en él. Abrí cada una de las carpetas para localizar alguna cosa que me pudiese revelar parte del misterio que me habían ocultado todos esos años. Pero nada, ninguna evidencia sobre aquel mundo en el que había estado inmersa los últimos veinticinco años. Solo había diseños pendientes para mi tío e informes sobre sus cursos de reiki.

Subí al cuarto de ambos y revisé cada cajón de su vestidor, de las mesillas, de la cómoda. Nada. Y nada, tampoco, en el cuarto de mi hermano.

Únicamente me quedaba por mirar el sótano. Allí se encontraban, en un armario guardados, los pocos álbumes de fotos que había. Las demás instantáneas que tomaba mi madre de sus viajes las guardaba en el ordenador. En casa no se veía ninguna foto de la familia por el miedo que ella tenía al paso del tiempo. Ahora comprendía mejor el porqué. Únicamente, colgaba por las paredes de la casa las que sacaba de paisajes, monumentos y obras de arte, como si se tratase de una exposición fotográfica que cambiaba cada temporada.

Me costó localizar aquellos álbumes, estaban escondidos detrás de varias cajas de libros. Había tres con la historia de nuestras vidas desde que ellos se conocieron. El primero se correspondía con las fotos de su boda y su luna de miel por China; con la ambientación típica de mediados de los ochenta y gente del lugar, mi madre mucho más joven y la cara aniñada de mi padre desplegando todos sus encantos en cada una de las fotos. Contrastaban los rasgos faciales rectos y angulosos de mi padre, frente a los redondos y juveniles pómulos de mi madre; la fuerza en la mirada de mi padre, frente a la inocencia de mi madre y, sobre todo, la presencia madura en cada pose de mi padre, frente a la espontaneidad y jocosidad de mi madre. Ella tenía veintidós años cuando se casaron y él, veintiocho; pero le pasaba como a William, mi padre no aparentaba los años que decían sus documentos. La edad también era relativa en aquellos seres de luz.

El segundo álbum que revisé correspondía a la vida de Mike, no más allá de los doce o trece. Contrastaba el que mi padre seguía igual de joven y que mi madre aparentaba su treintena real.

El tercer y último álbum correspondía a mi niñez y un poco más, incluso había alguna foto mía vestida con el uniforme de cuando ingresé en la compañía aérea. Entre ellas se podía ver la última foto que nos habíamos sacado los cuatro juntos, contrastando los esplendidos cuarenta años de mi madre, con la imagen de mi padre en una de las pocas fotos que conservábamos de él con barba. Y es que, de ese modo, pretendía aparentar más edad que Michael, ya que papá parecía, más bien, su hermano; siendo ambos tan altos, tan atléticos, tan guapos y diferenciándose solamente por el tono miel de los ojos de Mike y el color de su pelo, un poco más oscuro que el de mi padre.

Escogí aquella foto para meterla dentro de la carcasa de mi portátil, guardé todo en su sitio y volví al despacho para revisar las fotos que mi madre tenía guardadas en los documentos de su ordenador. Una de ellas llamó particularmente mi atención, se veía a mi padre admirando una escultura del ángel caído en el parque del Retiro de Madrid.

Dentro de una fuente, elevada sobre una peana central, se podía ver una de las pocas esculturas del demonio existentes en el mundo. En aquella instantánea que mi madre le sacó, se veía a mi padre observándola con las manos metidas dentro de los bolsillos de su abrigo.

Entonces, recordé a papá contándome frente a aquella estatua la historia del ángel Luzbel, el más bello e inteligente de los ángeles al servicio de Dios que perdió la gracia divina por negarse a proteger a los humanos, convirtiéndose así en el primer ángel caído, repudiado y abandonado de la historia. Mientras se acuclilló para estar a mi altura, me contó que en todas las religiones y culturas se repetía el esquema del mal contra el bien, pero que siempre había ángeles dispuestos a actuar como guardianes y protectores nuestros. Ese fue el momento en el que mi madre se quitó el llamador de ángeles, que le regaló mi padre cuando nació mi hermano, y me lo colgó del cuello.

Meses después, mi madre apareció en casa con un apósito que le cubría un tatuaje que se había realizado en la nuca y que no podía mojarse durante unos días.

Así que, por eso estaba tan seguro William de la protección que aquella joya me otorgaba. La impronta de mi padre se conservaba en aquel llamador que pendía cerca de mi corazón y que se activaba con su recuerdo.

Mientras besaba, de nuevo, aquella joya única e inigualable, dije en alto:

—Gracias, papá, mamá. Os quiero.

Salí del documento de fotos de mi madre e introduje en el buscador el nombre de la universidad laica de estudios religiosos «Dom Paul Renaudin», desplegándose bastante información relativa a ella a lo largo de Estados Unidos. Pinché el enlace correspondiente a la ciudad de Seattle y apunté el número de teléfono de su centralita para llamar; con suerte habría alguien que me pudiese dar la información que necesitaba.

Conseguí hablar con una de las administrativas, haciéndome pasar por secretaria de una escuela católica de Vancouver y me confirmó que allí cursaban estudios las personas por las que le preguntaba, indicándome que ya estaban finalizando sus proyectos para obtener el doctorado y que si necesitaba comunicarles alguna cosa les podía dejar un mensaje que les harían llegar con sumo gusto. Me contó que eran alumnos aventajados de su escuela privada y que ya les empezaban a llamar para dar conferencias y realizar trabajos a lo largo del país y en el extranjero. Le agradecí su ofrecimiento, diciéndole que ya volvería a llamar para notificarle el mensaje que la directora de mi escuela quisiera hacerles llegar.

Al menos, aquello sí que era verdad.

Lo siguiente era localizar el orfanato de mi padre. Introduje varios nombres para dar con la congregación correspondiente y aparecieron dos de jesuitas en Seattle; una, en pleno centro de la ciudad y otra, a las afueras.

Llamé a la del extrarradio primero, pero allí no tenían orfanato. Al preguntarles por la otra, me dijeron que sí.

Después de colgar, marqué el número de la segunda congregación.

—¿Dígame? —respondió un hombre.

—¡Buenas tardes! Me han dado este número de teléfono para contactar con algún responsable que esté a cargo del orfanato.

—¿Me puede indicar su nombre? —solicitó.

—Angie Urech —contesté, percatándome de que la respuesta al otro lado de la línea se prolongaba demasiado.

—Espere un momento, por favor, le paso con el padre Ramiro.

Volví a tener que esperar un rato, hasta que alguien se puso al otro lado del aparato:

—Buenas tardes, soy el padre Ramiro. ¿En qué puedo ayudarla?

—Buenas tardes. Verá, mi nombre es Angie Urech y según tengo entendido mi padre estuvo en su orfanato entre los años 1957 y 1972, se llamaba Uriel Urech. El apellido le fue otorgado por la persona de esa congregación que le encontró en la puerta siendo un bebé y que respondía a ese nombre antes de ordenarse, el hermano Sebastian Urech.

—La escucho. Continúe.

—Mi padre falleció hace unas semanas y llamo para decírselo, ya que tanto la congregación como todos ustedes significaban mucho para él.

—Siento mucho el fallecimiento de su padre, pero en esta congregación nunca hubo nadie con ese nombre —contestó—. Sí que tuvimos un hermano llamado Sebastian, pero su apellido de civil no era Urech. Falleció hace unos años, ¡Dios le tenga en su santa gloria!

—¿Está seguro de que mi padre no estuvo con ustedes en todos esos años? —pregunté, extrañada.

—Segurísimo. Yo dirijo la congregación y su orfanato desde el año 1965, me acordaría. Además, nunca ha habido ningún niño que estuviese tanto tiempo con nosotros; afortunadamente, son adoptados mucho antes o entran jóvenes a formarse como jesuitas, por lo que les enviamos a nuestra sede central en San Francisco.

—¿Tampoco le suena el nombre de Orson Wallace en esos mismos años? Fue adoptado por una familia adinerada del mismo Seattle.

—No, tampoco.

—Y, ¿Stuart... Winter? Fue jesuita unos años y tras dejar los hábitos se casó y ahora dirige el colegio mayor mixto Julien Norwick, cercano a la Universidad Dom Paul Renaudin.

—Siento no poder ser de más ayuda, pero no —contestó.

—Bueno, muchas gracias de todas formas por atenderme. Adiós, padre.

—De nada. Adiós, señorita, y buenas tardes.

¡Qué decepcionante! No había conseguido absolutamente ninguna información. Lo único bueno era que me había ahorrado dar en balde un par de paseos por Seattle.

La siguiente llamada fue a mi tío Philippe, para ver si había puesto en contacto a su abogado con mi hermano. No podía jugármela a que no estuviese allí con nosotros el miércoles, necesitaba retirar del juego a Orson cuanto antes.

Marqué su número de móvil y esperé a que contestase:

—¡Sobrina! ¿Qué tal estás?

—¡Hola, tío! ¿Te pillo mal?

—Para ti siempre tengo un rato. Cuéntame. ¿Has vuelto ya de Kenia? —preguntó.

—Sí, acabo de llegar. ¿Sabes si Mike se ha puesto en contacto con tu abogado?

—¡Creo que sí! Le di su número particular y me dijo que le llamaría con tiempo para ver si podía acercarse al despacho de Orson, en Seattle, a recoger vuestros documentos personales. ¿Qué ha pasado? ¿Por qué no va a seguir llevándoos los temas él? Ha sido el abogado de vuestros padres durante años.

—Tío, mi vida, de momento, está aquí en Vancouver y se supone que el año que viene Michael regresará a casa. Tener a nuestro abogado en Seattle nos complica la existencia a todos. Además, el tuyo seguro que es tan competente como Orson o más.

—Es uno de los mejores de Canadá. Lleva todos los asuntos de la empresa, además de mis temas personales y los de Claire. Cuando le conté lo vuestro, no dudó en desplazarse hasta allí. Se llama Steven McMillan, de McMillan Lawyers.

—Pues, muchas gracias, tío.

—De nada, tesoro, lo que necesitéis. Y, por cierto, al haber fallecido vuestra madre, tanto Mike como tú pasáis a poseer su tercio de la empresa. Como Steven será, a partir de ahora, vuestro abogado, os pasará los poderes que os corresponda firmar. ¡Así que bienvenida a la empresa, sobrina! Que ya me contó tu madre el don para el diseño que heredaste de ella.

—Más don tiene tu hija, tío —respondí—. Yo no sé coser.

—No hace falta que cosas. Tú haces los diseños y nuestras costureras los patrones y el remate final, ¿te parece? Es lo mismo que hacía tu madre —explicó—. La echo mucho de menos, Angie, y estaría bien tenerte a ti cerca ayudándome como ella lo hacía. Será una bonita manera de recordarla.

—Había pensado en ello ya —confesé—. Pero hablaremos de negocios más adelante, tío, que no descansas ni los fines de semana.

—De acuerdo, te tomo la palabra. Cuídate mucho y besos de parte de tu tía Laura.

—Otro para todos vosotros —me despedí.

Por el momento, había conseguido no asistir sola a ver a Orson. La presencia en su despacho de algún humano, a tiempo completo, evitaría que pudiera tomar alguna represalia en forma de acción sobrenatural o, al menos, eso esperaba.

Empezaba a estar agotada e intentar seguir buscando información donde no la había o navegar por internet, por navegar, no me iba a servir de mucho; así que desconecté los ordenadores y guardé la carta dirigida a mi hermano en el mismo sobre donde lo había metido mi padre. No quise lacrarlo ni intenté ocultar el hecho de haberlo abierto con intención de descubrir lo que allí había. Así pensaba decírselo a mi hermano y, también, a Raffaele.

Metí la carta y mi ordenador en el bolso, pasé por la cocina para beber agua y hacerme un sándwich, y me tumbé en el sofá a ver un rato la televisión hasta que el sueño me venció.

Ángeles custodios

Me llegó un fuerte olor a comida mexicana en cuanto abrí la puerta de mi coche al día siguiente. Por suerte, hacía tanto frío en el garaje como en la calle y se mantuvo como en la nevera de casa.

Durante el viaje a Seattle ni siquiera puse música para distraerme, ya que mi mente no paró de darle vueltas a cada renglón escrito por mi padre en aquella carta que guardaba en el bolso y que, por increíble que pareciese, comenzaba a darle sentido a muchas cosas que había observado en él a lo largo de mi vida; por ejemplo, al saludo fraternal que llevaba a cabo con sus semejantes, a que todo el mundo se apaciguase cuando entraba en una estancia y a su pericia restaurando obras de arte sin errar lo más mínimo.

Cuando quise darme cuenta, me encontraba cerca del colegio mayor donde residía mi hermano. Aparqué frente al edificio principal y marqué el número de Zaffie. Su móvil estaba desconectado. Sin dilación, desconecté el mío y antes de bajar del coche y entrar en el edificio por la puerta principal, imaginé mi muro protector de hormigón mucho más ancho, grueso y alto.

Fui directa a la sala común de los estudiantes. Era domingo y con el buen día que hacía no había mucha gente por allí dentro, así que paré al primer chico que se cruzó en mi camino.

—¡Perdona! Soy la hermana de Michael Urech. He quedado con él aquí, pero tarda en aparecer. ¿Sabrías decirme dónde se encuentra su habitación?

Aquel chico me observó, interesado.

—¿Su hermana? ¡Qué callado se lo tenía! —exclamó, mientras me escaneaba con la mirada—. Ven, te acompañaré, está muy cerca de la mía.

Por el camino, mi acompañante intentó saber un poco más sobre mí. Menos mal que llegamos pronto y no tuve que seguir forzando la sonrisa, si no, se me hubiera terminado desencajado la mandíbula.

—Esta es la habitación de tu hermano. La mía es justo la del fondo a la izquierda. Si necesitas cualquier cosa, allí estaré —dijo, al tiempo que forzaba una mueca que pretendía ser más seductora de lo que en verdad consiguió—. ¡Ah, por cierto! Que no te pillen por aquí de noche, si no, se le caerá el pelo a tu hermano; pero eso ya te lo contará él.

—Muchas gracias…

—Ben, me llamo Ben.

—Gracias, Ben. —Esperé a que se alejase un poco para llamar a la puerta mientras nombraba a mi hermano en alto. Aguardé, volví a llamar con los nudillos y giré el pomo; por suerte, la llave no estaba echada.

Entré y cerré sin hacer ruido.

La habitación era bastante grande, con una cama doble ideal para el tamaño de mi hermanito y un armario ropero bastante amplio. Tenía un escritorio abarrotado de carpetas, papeles, libros, un ordenador conectado a una impresora con escáner y muchos más artilugios tecnológicos. Mike, al contrario que mi padre, adoraba los últimos avances informáticos.

El baño, en proporción, era lo más pequeño, pero Mike tenía todas sus cosas bien colocadas. Por último, había una gran estantería llena de archivadores y más libros y una foto enmarcada y colgada en la pared de mis padres y de mí, tomada por él mismo en uno de nuestros últimos viajes en familia.

Corrí las cortinas de la ventana que daba a los jardines de la parte de atrás del campus universitario y comencé a revisar entre libros y papeles, en espera de encontrar alguna aportación más a mis descubrimientos de aquellos días.

Había escritos en latín, hebreo y otras lenguas extrañas, así como multitud de textos religiosos. Sobre el escritorio había cantidad de apuntes y algunos libros que me encargó traerle de Europa, pero nada que me ayudase a descubrir su doble vida.

Abrí los cajones de su escritorio, uno a uno, y, escondida entre una pila de cuadernos, encontré otra carta escrita por mi padre. Desaté la cinta de raso blanco que la sujetaba y la desplegué frente a mí:

> *Léeme si sientes que desfalleces.*
>
> *Tú has sido concebido por mi espíritu y el cuerpo terrenal de Catherine. El amor que sentí por ella cuando la vi por primera vez me hizo desear donar un alma pura y clara al universo eterno e ilimitado. Así naciste tú, Michael, convertido en semihumano que está a punto de comenzar su período de aprendizaje para convertirse en un ser de luz suprema.*
>
> *No temas tu disolución, esta llegará de manera inesperada entre tus veinticuatro y tus veinticinco años, pero para entonces ya estarás perfectamente instruido y formado por Orson. Lo dejo todo en sus manos, seguro de que recibirás la conversión como un don, como una dádiva.*
>
> *No temas aprender a volar, forma parte de nuestra naturaleza. Nuestra esencia terrenal se disipa más rápido durante un trayecto*

aéreo y necesitarás tener esos conocimientos, hijo mío, allí donde nos encontremos, al igual que aquí en la Tierra.

Tu madre se está preparando para su momento final y yo haré todo lo que esté en mi mano para que su cuerpo sufra lo menos posible y su alma camine por la dimensión desde donde yo la podré guiar.

Ahora que empiezas tus estudios superiores, fórmate, entrena todo lo que puedas y aprende de Orson y de tus ángeles custodios. Ellos no solo están aquí para protegerte de las fuerzas oscuras, sino que te enseñarán tanto o más que tu maestro.

Yo también te aportaré algunos conocimientos y tú, cuéntame, cada vez que lo necesites, tus inquietudes.

Somos uno en el otro y siempre estaré a tu lado.

Eternamente tuyo,
Uriel

No podía entretenerme en volver a leerla. Tenía que salir de allí cuanto antes.

Volví a doblarla y a colocarle aquella cinta. Dejé todo en su sitio, como lo había encontrado, a excepción de aquella carta, que me la guardé en el bolso junto con la otra.

Acerqué la oreja a la puerta para escuchar si alguien andaba por el pasillo. Al no oír nada, salí y cerré con cuidado, dirigiéndome hacia la salida.

Una vez a salvo, dentro de mi coche, recapitulé lo que había leído. Estaba claro que Orson era el malo de la película y que mi padre se dio cuenta de ello demasiado tarde. ¡Dios, con cuánto odio iba a entrar en aquel despacho! No sé si sería capaz de controlarme y mantener aquel muro virtual en mi mente.

El vigésimo cuarto cumpleaños de mi hermano era el próximo viernes. Desde entonces, hasta antes de cumplir veinticinco, se produciría su transformación. ¿Quería decir eso que fallecería? Algo me decía que sí. Por eso mis padres veían aquel cumpleaños como algo especial, quizás por ser el último de todos.

Me empezaba a encontrar mal y a marear un poco, no iba a ser capaz de afrontar aquello. ¡Mi hermano no podía desaparecer también, era muy joven, demasiado joven! Mis ojos empezaron a humedecerse sin remedio. Mi padre veía aquello como un regalo divino, pero estaba claro que a Michael no le hacía ninguna gracia, puesto que no le gustaba volar y no solo en avión, sino que temía disolverse durante uno de sus vuelos. Tal vez no estaba preparado para nada de eso.

Al menos, quedaban aquellos ángeles custodios como sus guardianes protectores. Eso era lo único que me tranquilizaba, así como me calmaba pensar que lo poco o lo mucho que le hubiese enseñado mi padre, en aquellos viajecitos que realizaba cada mes a Seattle, le habría servido de bastante más que lo que le hubiera tocado enseñarle al embustero de Orson.

Por eso debía conseguir que Fael fuese a la fiesta, así como al despacho de aquel traidor odioso. Y para asegurarme tenía que hablar con él en persona.

Conecté de nuevo el móvil y me saltaron varias llamadas perdidas de Zaffie, por lo que tuve que llamarla de vuelta. Con dedos temblorosos, marqué su número.

—¡Hola, Angie! ¿Por dónde vas?

—Estoy fuera, en la puerta del colegio mayor. Llegué hace un rato y te llamé, pero lo tenías desconectado —técnicamente no estaba mintiendo del todo. Limpié mis ojos humedecidos con el dorso de la mano.

—Perdona, pero acabo de llegar yo también y no me di cuenta de encenderlo. Salgo a buscarte y traemos tu equipaje a mi habitación.

—La verdad es que traigo comida mexicana hecha por Anita y tendría que meterla en algún frigorífico, me está dejando un olor horrible en el coche. ¿Crees que podríamos ir primero a casa de Raffaele y dejarla allí?

—Sí, claro, perfecto. Cojo las llaves y ahora nos vemos.

Colgué y esperé un rato a que llegase. Me puse las gafas de sol para disimular mis ojos enrojecidos y también para evitar que descubriese en mí la inquietud que me provocaba saber que tenía frente a mí a un ángel de carne y hueso.

Cuando entró en el coche, me dio un beso en la mejilla y yo desvié la mirada.

—Debería de alabar las artes culinarias de vuestra asistenta, pero tenías razón, tu coche huele a tasca mexicana.

Arranqué el coche, siguiendo sus indicaciones, y nos dirigimos a la casa de Raffaele situada en una urbanización privada a las afueras de la ciudad, donde, por desgracia, también se encontraba la casa de Orson.

Salimos de la autopista y accedimos a una carretera de doble sentido que ascendía por una pequeña colina liderada por cipreses.

Junto a la barrera de acceso nos esperaba un guarda de seguridad.

—¡Buenas tardes, Marlon! Soy Zaffie, la amiga del señor Dellepiane.

—¡Buenas tardes, señorita Morris! No la había reconocido. Adelante, por favor.

—Ella es la señorita Urech, la hermana del señor Michael. Estamos organizando una fiesta para el viernes que viene y vendrá conmigo, o sola, para traer cosas a la casa.

—Bien, pues me acordaré de usted, también —dijo el guarda, dirigiéndose a mí.

Le agradecí con un gesto de cabeza y continué por donde me indicaba Zaffie.

Todas las mansiones de aquella zona estaban ubicadas en grandes fincas que se encontraban bastante separadas unas de otras. Después de un buen rato conduciendo, llegamos frente a la verja de una que Zaffie abrió con un mando a distancia y accedí con el coche hasta un patio con una fuente en el centro, donde me dijo que aparcase.

Enseguida salieron por la puerta principal dos mujeres que parecían personal de servicio. Zaffie les indicó que las cajas debían meterlas en el frigorífico. Cerré el portón del coche y las ayudamos a cargarlas dentro.

La casa era de corte muy moderno y líneas completamente rectas, en blanco reluciente por dentro y por fuera, y paredes inmensas con cuadros abstractos como única decoración.

La cocina, que fue lo primero que pude ver con detenimiento, parecía el alma de un restaurante de vanguardia. Estaba completamente recubierta de acero inoxidable y muebles lacados en rojo sangre. El suelo de toda la casa era de madera oscura y los ventanales, con persianas eléctricas y sin cortinas, dejaban pasar mucha claridad.

—¡Menuda casa! Me está dando pena hacer la fiesta aquí, podría romperse algo.

—No temas, aquí se celebran muchas reuniones.

—Al final, ¿cuántos crees que seremos? —pregunté.

—Vendrá la gente con la que más contacto ha tenido Michael en la facultad y en la residencia: el director del colegio mayor, varios amigos nuestros y algunos profesores con sus mujeres. En total, he calculado unos cuarenta. No son demasiados. ¡Ven, te enseñaré el resto de la casa!

Zaffie me llevó por cada uno de los rincones de aquella mansión. Había paredes enteras de estucado veneciano. La escalera volada, que daba acceso al piso superior y que partía del *hall* de entrada, no tenía pasamanos y daba vértigo solo con mirarla. Había terrazas repletas de macetones con plantas. Una piscina climatizada y cubierta en la última planta y varias habitaciones, de diseño oriental, con futones japoneses por lecho.

Bajamos al salón y Zaffie me invitó a salir afuera, descubriéndose ante mí un jardín inmenso y bien cuidado, con diseño de manual, que mantenía pegado a un costado de la casa un invernadero en el que no llegamos a entrar. Había un camino de árboles y arbustos, de distinto tamaño, alternado con piedras que adornaban su trazado y que te llevaba a disfrutar de las vistas del lago y de las colinas de Seattle que se veían al fondo.

—¡Qué solo se debe sentir Raffaele viviendo aquí sin su familia! —solté mi pensamiento demasiado en alto—. Le debe pasar como a mí, esta casa es demasiado grande para una sola persona.

—Por eso siempre estamos con él —contestó ella—. Pasamos más tiempo aquí que en ningún otro sitio.

—¿Y sus padres nunca aparecen por aquí para estar con él?

Zaffie tardó demasiado tiempo en responder:

—Su trabajo les absorbe la mayoría del tiempo. Fael va a menudo a verles a Nueva York.

¡Ya! Me imaginaba que se trataría del mismo tipo de visitas que mi padre realizaba a la congregación todos los meses; únicamente para guardar las apariencias, si es que Fael debía hacerlo con alguien en concreto.

—Angie, ¿qué te apetece que hagamos hoy? —preguntó.

—Como hasta mañana no podremos ir a comprar las cosas para la fiesta, podemos dedicar el día a embellecernos —sugerí—. Nos espera una semana frenética, así que te invito a una sesión de masaje, manicura y pedicura en el hotel donde me alojaba con mis padres cuando veníamos a ver a Mike.

—¡Hecho! —dijo, regalándome una maravillosa sonrisa—. Luego, podemos ir a ver una película romántica al cine y a cenar a uno de mis restaurantes favoritos. A eso te invito yo.

—¡Genial, tarde de chicas! —celebré.

Marqué el teléfono del hotel Fairmont para pedir cita en su spa esa misma tarde.

Cuando llegamos al centro de belleza, nos pusieron en cabinas distintas para darnos un masaje ayurvédico con piedras calientes y aceites esenciales. Yo le pedí a mi masajista que acabase un poco antes conmigo y, de ese modo, aproveché la separación momentánea de Zaffie para subir a la recepción y reservar una habitación a mi nombre para la noche del viernes. Sería perfecto para el reencuentro con William.

Al final del día las dos estábamos más relajadas, más bellas e hinchadas de pasta arrabiata, que resultó ser el plato preferido de Zaffie.

Lejos de lo que yo pensaba, el paladar de los ángeles no solo toleraba delicadas piezas de ave y jugosas carnes magras bien aliñadas, sino que también estaba preparado para platos picantes. Eso sí, verla acompañar con leche fría aquella comida tan especiada me hacía temer por su estómago y la mezcla explosiva a la que lo estaba sometiendo.

De vuelta ya al colegio mayor, Zaffie me había hecho hueco en su espacioso armario y pude colocar todo lo que Anita me había guardado en la maleta bajo mis indicaciones. Desplegué el vestido que me iba a poner en la fiesta y Zaffie lo alabó, al tiempo que me enseñó el que iba a llevar ella. Se trataba de un modelo largo en color marfil con un escote de vértigo que bajaba por el pecho con dos simples tiras anchas cruzadas y que le dejaban la espalda completamente al descubierto; una parte plegada del mismo tejido se le entallaba en la cadera y el resto caía de manera vaporosa hasta el suelo.

—¡Madre mía, Zaffie! Le va a dar un ataque al corazón a más de uno cuando te vean con eso puesto.

—¡Ja, ja, ja! —se rio con ganas—. Pues habrá que invitar a alguien de la facultad de medicina a la fiesta, porque cuando aparezcas tú con el tuyo caerán otros cuantos.

—Por mi parte, viene un amigo que hará las veces de guardaespaldas, eso desviará muchas miradas lascivas. Pero… ¿quién tendrá el honor de ser tu acompañante?

Esperó un rato antes de responder:

—Michael tendrá que atender a toda la gente que irá a verle, Joph estará bastante ocupado con la música y Raffaele no sé si vendrá, así que supongo que le va a tocar a Gabriel tener que aguantarme.

—Zaffie, perdona mi indiscreción, pero ¿no sales con ninguno de ellos? Me encantaría pensar que estoy frente a mi futura cuñada. —Tuve que reforzar mi muro para que no descubriera más de lo que yo perseguía con aquella pregunta.

Ella me miró fijamente con sus ojos azul violáceo, de manera intrigada.

—Nunca he traspasado esa línea con ninguno de ellos —calló durante unos segundos y, después, prosiguió—, aunque... me hubiera encantado ser tu cuñada, pero no pudo ser.

—¡¿Michael te rechazó?! —exclamé, sorprendida.

¡No me lo podía creer! Tenía un hermano medio bobo.

—Digamos... —hizo una pausa como intentando buscar las palabras adecuadas— que alguien se cruzó en mi camino. Tu hermano lo pasó bastante mal y decidió no involucrarse, emocionalmente, ni conmigo ni con nadie más. No le culpo. Si me hubiera ocurrido a mí lo que le pasó a él, yo hubiera hecho lo mismo.

—¿Y quién era la otra? —pregunté, por curiosidad—. ¡Jamás nos contó nada ni a mi madre ni a mí!

—Se trataba de una compañera de la facultad, un par de cursos por delante del nuestro. No era ningún angelito, créeme, y a tu hermano le pilló con la guardia baja. Intentamos prevenirle, pero en su primer año de estudios era demasiado inocente. Por suerte, los chicos pudieron intervenir a tiempo y su relación se quedó en algo meramente pasajero. Ella no llegó a cautivarle tanto como hubiera querido, si no, no le hubiéramos podido haber apartado de sus garras.

—¡Menuda víbora! —exclamé.

—Sí, tiene bastante en común con ellas.

Pasamos el resto de la noche hablando de muchas más cosas, hasta que nos venció el sueño.

Al día siguiente, antes de irnos a la ciudad, pasé junto con Zaffie por el despacho de Stuart, el director del colegio mayor. Bloqueé mi mente tan herméticamente como pude, ya que, estando frente a un amigo de mi padre, había muchas posibilidades de que fuera alguien como él.

Al ir a darle la mano para saludarle, no pude evitar fijarme en que tan pronto como sus dedos me rozaron, este retiró su mano con demasiada premura, como si le hubiera dado un calambre. A pesar de aquel gesto, del que Zaffie no se percató, Stuart se mostró amable y cortés, pidiéndome enseguida disculpas por no haber podido asistir al funeral de mis padres, ya que, según me contó, su esposa había fallecido en esa misma semana. Le di mi pésame y le pregunté por sus hijos, pero resultó que ellos no habían tenido ninguno.

Antes de despedirnos, prometió aparecer en la fiesta de cumpleaños de Michael.

Al salir del despacho, le pregunté a Zaffie:

—¿De qué murió su mujer?

—Tuvo un accidente de tráfico.

—¡Pobrecilla! —exclamé—. ¿Murió en el acto?

—Fue un choque en cadena que hizo estallar un par de coches, ella iba en uno de ellos y quedó calcinada.

Intenté disimular mi sorpresa. No seguiría preguntando, seguro que llevaban casados aproximadamente veinticinco años y el hecho de que no hubieran tenido hijos ampliaba mis averiguaciones, ya que entonces podían decidir a placer si concebían o no un hijo hacedor de luz espiritual. Mi padre decidió tenerlo, Stuart no; y, sin embargo, la condena de esas mujeres se cumplía de igual modo, todas ellas morían carbonizadas.

Nos fuimos de tiendas a comprar menaje para la fiesta, decoración y bebidas. Visitamos *caterings* para escoger lo que tenían que llevarnos de comida el viernes al mediodía a casa de Fael, encargamos la tarta, compramos velas, acompañé a Zaffie a comprar el regalo que tenía pensado hacerle a mi hermano y, por último, lo llevamos todo a la mansión.

Quise comprarle un regalo a Raffaele por su hospitalidad, pero me ocurría igual que con William, no le conocía tanto como para saber qué podría gustarle, así que le pedí ayuda a Zaffie y me contó que Fael era un apasionado de las plantas. Todo lo que había visto en la casa que se pareciese a un vegetal lo había plantado, cuidado o trabajado él con sus propias manos.

«¡Claro, no podía ser de otra manera!», pensé. Aquel ser especial era otro artista como mi padre. En realidad, cada uno de ellos era bueno en algo en particular que, a su vez, le aportaba algo positivo al género humano. Mi padre trabajaba con obras de arte que restauraba y dejaba en perfecto estado para continuar deleitando a mucha gente. Raffaele era un experto en plantas y maravillaba a todo el mundo con su maestría como jardinero y paisajista. Zaffie demostraba tener dotes de organizadora de eventos, con un don especial para la decoración y el buen gusto. Gabriel era el chistoso del grupo y siempre les sacaba una carcajada a todos. Jophiel era el especialista en música y seguro que lo que nos pusiese durante la fiesta no tendría nada que envidiarle al mejor *DJ* del momento. Stuart dirigía una residencia de estudiantes en una prestigiosa universidad privada. E incluso Orson, como abogado, ganaba pleitos y manejaba sabiamente las cuentas y el patrimonio de todos sus clientes. En cuanto a Mike, era un cocinero excepcional y ofrecía exquisiteces culinarias siempre que tenía algún fogón cerca.

Le pedí a Zaffie que me llevase al mejor centro de jardinería que hubiese en la ciudad de Seattle y casi cerraban cuando entrábamos por la puerta. Pregunté si tenían bonsáis y nos llevaron a un invernadero dedicado exclusivamente a ellos. Me aconsejaron un *ficus microcarpa* medio arraigado a una gran roca que medía unos ochenta centímetros de altura y tenía alrededor de setenta años de antigüedad.

—¡Es precioso, a Fael le va a encantar! —observó Zaffie.

Les dimos la dirección de la casa para que lo enviasen allí al día siguiente, junto con todo lo necesario para el cuidado de aquella maravilla de la naturaleza a la que Raffaele sabría sacarle todo el partido posible.

Mientras pagaba, Zaffie llamó al personal de la casa para decirles que estuviesen atentas al envío del bonsái y que, cuando llegasen los repartidores, les llevasen directamente a la habitación de Fael para que lo colocaran en la terraza cubierta que tenía en su propio cuarto; ya que, según el vendedor, se trataba de un buen lugar para mantener aquel anciano árbol en miniatura.

El día había resultado agotador y Zaffie y yo hablamos menos aquella noche.

Al día siguiente, después de comprar en una papelería especializada una caja donde entrase el regalo que le tenía preparado a Mike, le pregunté a Zaffie:

—¿Sabes a qué hora llega mi hermano hoy?

—No tengo ni idea. Y la verdad es que es extraño que no se haya comunicado conmigo a estas alturas para ver si todo va bien. O están tan enfrascados en el trabajo que se han olvidado de qué día es o tu hermano se ha dado a la fuga para librarse de la fiesta.

Decidí llamarle. Necesitaba aclarar todo con él antes de que llegase el día siguiente y tuviera que vérmelas frente a Orson de nuevo.

—¡Cuéntame! —Se le notaba cansado.

—Michael, ¿dónde estás? Creía que comeríamos juntos al mediodía.

—Me temo que no podré llegar a Seattle hasta mañana —contestó—. Se me han complicado las cosas bastante.

—¡Michael! ¡Mañana tenemos que ir al despacho de Orson! Además, viene el abogado del tío desde Vancouver.

—Sí, ya lo sé, no me he olvidado —dijo, un poco malhumorado—. Mañana estaremos allí a las doce del mediodía, prometido. Steven, el abogado, lo sabe ya.

—¡Pero, Mike, necesito hablar contigo antes! Es muy importante lo que te tengo que decir.

—Si quieres, te llamo esta noche y hablamos, ahora no puedo —dijo, cortante.

—No es algo que se pueda contar por teléfono.

—Angie, no podré verte antes de mañana a esa hora. Le diré a Zaffie que te deje en el despacho de Orson y allí me encontraré contigo. Cuando salgamos, me lo cuentas si quieres.

—¿Vendrás acompañado por los chicos o solo? Se me había ocurrido que mañana podríamos cenar todos juntos, en casa de Raffaele, lo que Anita te ha preparado como regalo de cumpleaños.

—Gabriel y Joph tal vez aparezcan a lo largo de la tarde, pero con Fael no cuentes.

—Si está ahí contigo dile que se ponga, quiero hablar con él.

—¡Mira que eres pesada! —dijo, elevando el tono—. Y no está aquí conmigo, llevamos sin verle un par de días.

—Pero... estás con Gabriel y Jophiel al menos, ¿verdad?

—Sí, ¿quieres hablar con ellos también o qué?

—No, todavía no. Si necesitase hablar con ellos, ya te llamo de vuelta.

—De acuerdo. Entonces, nos vemos mañana en el despacho de Orson.

—Vale. Pero descansa algo, que se te nota cansadísimo.

—*¡OK!* —respondió con desgana.

No podía arriesgarme a aparecer al día siguiente en el despacho de Orson sola y sin haberle contado todo lo que sabía a mi hermano, especialmente, lo de la desconfianza que papá había llegado a tener de su gran amigo. Tal vez, lo de contarle todo a Mike debía esperar, pero lo de aparecer allí sola no estaba dispuesta a hacerlo. Tenía que conseguir que todos ellos estuviesen con nosotros en aquel despacho. Si mi padre era en los únicos en quienes de verdad confiaba, debían estar allí por el bien de Mike.

Llegados a ese punto, mi única baza era Fael.

—Zaffie, ¿tomamos un café en Starbucks?

—De acuerdo —respondió.

Mientras esperábamos a que nos preparasen los cafés que habíamos pedido, me excusé para ir al baño. Cuando entré en uno de los servicios, cerré el pestillo, metí mi colgante en el bolso para no perderlo e intenté hacer de manera rápida una relajación que me permitiese comunicarme con Raffaele. Imaginé su hermoso rostro, aquellos ojos azul claro y su pelo negro, pero nada. Dije su nombre varias veces en mi mente, silabeando lentamente a la vez que le recordaba sonriéndome, pero nada de nada. No me permitía el acceso, no quería hablar conmigo.

Salí del baño bufando, me colgué mi llamador otra vez y, mientras me dirigía a la mesa en donde me aguardaba Zaffie sentada en un sillón, comencé a buscar el número de móvil de Fael que tenía grabado en mi teléfono para llamarle. Tampoco me valió de mucho, lo tenía desconectado y sin posibilidad de dejarle un mensaje en el contestador automático.

Me senté, bebí un sorbo de mi capuchino y mirando a Zaffie le dije:

—Tengo que localizar a Raffaele, urgentemente. No puedo comunicarme con él de ninguna de las maneras y necesito que tú me ayudes, Zaffie, por favor. —A punto estuve de bajar la guardia frente a ella, dejando de pensar en mi muro protector.

Ella se limitó a fijar su vista en mi brazalete dorado con sumo interés y no tardó mucho tiempo en reaccionar. Sacó su móvil del bolso y marcó una sola tecla.

—Angie necesita hablar contigo. Es importante —dijo, mirándome fijamente a los ojos.

Después colgó y se levantó con su café en la mano.

—Te llamará ahora —confirmó—. Yo, mientras, voy al baño. —Y se alejó.

En ese preciso momento sonaba mi móvil. En la pantalla tan solo ponía «número desconocido»

—¿Diga?

—¿Qué quieres, Angie? —Era él.

—Tengo que verte, por favor. Necesito hablar contigo sea como sea.

—Igual voy a la fiesta. Puede que aparezca a lo largo de la noche, no sé aún lo que haré —respondió, de manera fría y cortante.

—¡No, Fael! —grité—. Tiene que ser antes de mañana al mediodía, que será cuando quedemos Mike y yo para ir al despacho de Orson, junto con mi nuevo abogado. Yo esperaba poder contarle hoy a Mike todo lo que he descubierto sobre vosotros y mi padre —dije, bajando gradualmente la voz—, pero no le veré hasta mañana. No quiero ir allí sola, no me fío de Orson y, además, necesito hablar contigo antes de que llegue el viernes. Tenemos que aclarar muchas cosas. Dime dónde estás y voy a verte yo. Por favor, Fael, iré a donde sea.

No escuché nada por el auricular durante unos segundos. De pronto, le oí suspirar y dijo:

—Ve a mi casa, te veré allí. Dile a Zaffie que has quedado conmigo, ella lo entenderá. —Colgó el teléfono sin despedirse siquiera.

Cogí mi café, el bolso y me levanté para encontrarme con ella, que ya venía en mi dirección.

—Zaffie, lo siento, pero he quedado con Raffaele. Necesito hablar con él a solas —me excusé—. ¿Quieres que te lleve antes a la residencia o a algún otro sitio?

—No te preocupes, vete tranquila. Me quedaré de compras por aquí.

—Intento llamarte luego, ¿vale? —Y le di un beso en la mejilla, a lo que ella respondió con una tierna sonrisa.

—Salí en busca de mi coche y, acelerando todo lo que pude, me dirigí hacia la casa de Fael en la urbanización de la colina.

Eón

La verja de acceso a la finca estaba abierta.

Cuando bajé del coche y llamé al timbre, fue el propio Raffaele quien abrió la puerta.

Vestía cómodamente, con unos pantalones sueltos de algodón azul oscuro y un polo de manga larga en color hueso.

Sin decir una palabra y con un simple gesto de la mano me invitó a que entrase. Cerró la puerta y me adelantó, cabizbajo, con las manos metidas dentro de los bolsillos del pantalón. Le seguí hasta el invernadero, que estaba pegado a la casa, accediendo a través de una puerta interna a la que se llegaba atravesando el salón.

Aquello parecía un vivero de plantas, había multitud de ellas con un sistema de riego que cada poco tiempo les rociaba agua. Le seguí hasta un pequeño estanque con nenúfares, rodeado de bancos de madera natural en donde se apreciaba la veta de los troncos. Me invitó a sentarme en uno de ellos y él lo hizo frente a mí, cruzándose de piernas y apoyando un brazo sobre el respaldo del banco.

—Supongo que no existen tus padres y el que se dedica al mundo bursátil, para mantener todo esto, eres tú, ¿verdad? —pensé demasiado en alto, mirando a mi alrededor.

—¡Al grano, Angie! —exigió.

No sabía por dónde empezar. Tenía que contarle todo lo que había descubierto a lo largo de esa semana, lo cual era mucho y muy denso, así que, en vez de andarme con rodeos, me armé de valor y ataqué al toro por los cuernos.

—Voy a contarte lo que he descubierto y... si en algo me equivoco, pues no lo tengas en cuenta, ¿de acuerdo? —Estaba demasiado serio y ni siquiera respondió—. Mi padre era un Elohim y creo que... hasta el propio Stuart puede serlo. Mike, por tanto, es... un Nephilim, si es así cómo los llamáis hoy en día, claro. Vosotros cuatro sois... sus ángeles custodios.

En ese momento, se irguió en el asiento, se cruzó de brazos y con los ojos muy abiertos me miró, endureciendo sus rasgos.

—¡Continúa! —dijo, de manera impositiva.

—La función de Orson era la de instruir a mi hermano en todo lo necesario para su transformación. El cómo, por qué y cuándo se producirá esa transformación, ya me lo contará el propio Mike cuando consiga tenerle enfrente. Pero la cuestión es que Orson se salió del redil, como yo me temía, y ni mi padre ni tú mismo os fiais de él en absoluto, ¿me equivoco? —Tardó un rato, pero terminó negando con la cabeza un par de veces y descruzó las piernas—. Con lo cual, el entrenamiento de Mike se habrá parado y eso es lo que tú y los otros intentáis restablecer, sin tener demasiado tiempo para ello. Quizás, un año, a lo sumo, si es que no se transforma mucho antes de cumplir sus veinticinco años.

—¡Muy acertada en tus deducciones! —exclamó, con desdén.

Aquella respuesta por su parte me animó a seguir hablando.

—La condena de mi madre, al ser la esposa de un Elohim, se cumplió a los veinticinco años de casada; lo que, quizás, le sucedió también a la esposa de Stuart. Suerte que mi padre lo tuvo todo en cuenta y gracias a este colgante que llevo encima, me guio hasta uno de los guardianes de vuestras almas; así, parte de sus restos descansan en paz.

—¡Sí, sí, toda una suerte! —respondió, desganado—. Para todos, menos para mí.

—Ese no es el caso que nos ocupa —dije, lanzándole una mirada de preaviso—. El gran problema a solventar ahora pasa por descubrir al traidor de Orson y proteger a Mike contra él y contra otros posibles enemigos que tenga. Quería haberle contado a mi hermano todo, antes de hacerte partícipe a ti, pero él no podía y no me quedará tiempo para hacerlo antes de verle mañana junto a Orson. Vengo para pedirte, por favor... —rectifiqué— No, más bien, para rogarte que me acompañéis mañana, tanto tú como el resto de los chicos, a su despacho.

—Michael se extrañaría, no cuenta con ello y Orson, mucho menos —explicó—. Yo llevo un par de días alejado de tu hermano porque el otro no se separa de él ni un instante.

—¡No me importa que les extrañe! Necesito que aparezcáis allí. Y no es por mí, es por Michael.

—¡Ya, ya! Puedo notar que tú estás bien protegida —dijo, con aire de suficiencia.

—La imprimación de mi padre se encuentra en este colgante y tú lo sabías —dije con rudeza.

—Sí, claro que lo sabía —contestó con arrogancia—. Y... por curiosidad —preguntó, señalándome con el dedo—, tu amigo, el guardián de almas, ¿te ha dejado también su imprimación en estos días?

De pronto, toda la tensión que albergaba dentro, por lo vivido tras el incidente de mis padres y por el secreto que mi familia me ocultó durante tantos años, hizo que estallase. Me levanté como impulsada por un resorte y me planté frente a él con toda la furia que guardaba dentro.

—¡¿Quieres jugar a ser sinceros?! ¡Pues juguemos! Y no pienses que es Michael quien me mete ideas en la cabeza, hablo por mí misma. Sé cuál es tu naturaleza y cuáles son tus deseos, irrefrenables o no. ¡Y me siento halagada, no creas que no! Pero ¿realmente me deseas lo mismo que le ocurrió a mi madre? —en ese momento, elevé mi voz un poco más, movida por la ira—. Fael, resulta que por suerte o por desgracia se ha ido a cruzar en mi camino un ser del que me he enamorado por completo. Y siento ser tan ruda, pero ya que lo peguntas, te responderé: sí, él ha dejado su imprimación en mí de manera deseada y totalmente voluntaria por mi parte.

En ese momento en que paré para retomar aire, Raffaele se puso de pie a mi lado, tensando la mandíbula y preguntándome:

—¿De no haberse cruzado él, hubiera tenido yo alguna oportunidad en tu vida?

Me quedé observándole con la mirada aún encendida por el arrebato para, finalmente, bajarla al suelo y responder:

—Mi madre fue una valiente. No creo que pudiese compararme con ella en ese aspecto. —No me atrevía a mirar hacia arriba y enfrentarme al juicio de Fael—. Pero... a pesar de que morir calcinada no me atrae en absoluto, sé que de no haber existido él, tú hubieras sido el candidato que habría elegido, saltándome por alto todos los inconvenientes —después de decir aquellas palabras, levanté la cabeza y vi que su mirada había recuperado parte de la tibieza perdida. Volvió a sentarse en el banco, apoyando los brazos sobre sus piernas y lanzando un suspiro, al tiempo que entrelazaba sus manos y se las miraba. Tras calmarme un poco, continué diciendo—: Pero nuestra amistad no tiene por qué verse trastocada por ello, Fael.

»Me has mostrado muchas cosas referentes a tu mundo y sé lo difícil que te ha tenido que resultar; por ello, has de saber que vuestro secreto estará a salvo conmigo de por vida. Además, estamos unidos por alguien demasiado importante. Michael te necesita, pero yo también necesito saber que formas parte de mí como algo más que un simple amigo de mi hermano. Ya hemos empezado a cultivarlo y... sé que es muy egoísta por mi parte lo que te voy a pedir, pero, por favor, no rompas nuestra relación solo porque yo no pueda convertirme en tu mujer. ¿Podrás hacerlo? —Esperé un rato antes de continuar—. Si es que no, dímelo ahora mismo; lo entenderé y saldré de tu vida para siempre.

Entonces, levantándose de nuevo y sonriéndome por primera vez desde hacía semanas, dijo:

—Podré porque es lo que más quiero en este mundo. Y no pienses que eres tú la egoísta, porque aquí el único que se ha comportado como tal he sido yo, pretendiendo que te condenases por mí. En teoría, no es aconsejable que tengamos este tipo de reacciones tan intensamente humanas, pero, en mi caso, ha sido inevitable. ¡Lo siento, Angie! Siento mi comportamiento en estos días y agradezco toda tu sinceridad.

—Y yo siento haberte gritado como lo he hecho —dije, cogiéndole ambas manos—. No suelo ser tan temperamental, te lo juro.

—Me ha venido bien, me ha hecho reaccionar. Incluso he llegado a pensar que me ibas a soltar un puñetazo en algún momento.

—No descarto la idea —bromeé—. Aunque creo que primero la emprenderé contra Orson.

—Con respecto a Orson, ya hablaremos durante la cena, a ese no le va a bastar con un simple puñetazo —afirmó—. Ahora, acompáñame. Quiero enseñarte algo.

Salimos del invernadero, a través de una escalera de caracol que llevaba a las habitaciones de la planta alta. Fue hacia su cuarto y, atravesándolo para entrar en el despacho que se separaba de este por unas puertas correderas, me mostró, colocado encima de una mesa de estilo japonés que había dentro de la terraza cubierta que allí se encontraba, el bonsái que le había regalado.

—¡Lo han traído ya! —dije, sorprendida al verlo.

—Sí y me encanta. Pero no tenías que haberte molestado.

—Ya lo creo que sí. Y no solo por lo de la fiesta, sino por todo lo que le aportas día a día a mi hermano y por lo que me has enseñado a mí y porque eres una gran persona y, sobre todo, un ángel excepcional, ¡aunque seas el primero que conozco, oficialmente! —exclamé, con una sonrisa de oreja a oreja—. Solo deseo que esto sea el comienzo de algo importante entre los dos.

Me devolvió la sonrisa y dijo:

—Así lo espero yo también.

Salimos de su enorme cuarto y bajamos las escaleras. Por el camino, me preguntó si me apetecía cenar comida italiana.

—Menos arrabiata, lo que quieras. Nos hinchamos hace un par de noches Zaffie y yo, y todavía me acuerdo de lo que picaba.

—Zaffie y su pasión por ese plato —confirmó—. No te preocupes, Giovanna tendrá preparada alguna de sus especialidades.

Salimos a pasear por los jardines, mientras me hablaba de cada una de las especies vegetales que había allí plantadas. Y, de repente, un roble centenario bastante alejado de la casa e iluminado por dos grandes focos artificiales, debido al declive de la luz a esas horas, captó toda mi atención.

—Este es tu arte, ¿verdad? El conocimiento y cuidado de las plantas y del entorno que las rodea.

—¿A qué te refieres con mi arte? —preguntó, confundido.

—Tengo una teoría con respecto a vosotros. Todos sabéis hacer algo muy, muy bien, al igual que mi padre, y creo que cada uno tenéis una especialidad aquí en la Tierra; la tuya es la jardinería, Gabriel es un gran cómico, Zaffie una buena organizadora de eventos, Jophiel sabe mucho de música y Michael es buen cocinero.

—Eso solo lo hacemos para entretenernos. Nuestro arte, cómo tú lo llamas, es nuestra capacitación como seres de luz. En el caso de tu padre y de Stuart, que sí que acertaste y que también lo es, al ser Elohims deben tener un trabajo remunerado en este planeta; por algo eligieron juntarse con humanas. A cambio, no pierden sus condiciones extraordinarias ni sus dones. Lo nuestro es diferente. Los custodios somos como una especie de soldados y se nos retribuye, por así decirlo, sin necesidad de que trabajemos a los ojos de las personas.

»El caso de tu hermano es especial, él es un alma nueva y tiene que formarse en este mundo para lo que está destinado en la otra dimensión. Su función es casi la más importante, puesto que luchará contra las fuerzas oscuras y defenderá, en todo momento, a sus semejantes.

—Y, entonces, Orson, ¿por qué trabaja?

—Porque Orson, hace muchísimo tiempo, fue un Elohim.

Me sorprendió escuchar aquello. Sabía que era bastante mujeriego, pero lo que nunca me hubiera imaginado es que hubiese llegado a estar casado alguna vez.

—¿Tuvo algún hijo?

—Al igual que Stuart, no llegó a donar ningún ser de luz al universo. Aunque, en su caso, pudo haberlo tenido, pero no llegó a término. Al menos, eso es lo que Uriel me contó, ya que yo con Orson jamás he llegado a intimar tanto. Nunca nos hemos caído demasiado bien.

—¿Hay muchos por ahí como mi hermano?

—Actualmente, no. Los que son como Michael son piezas muy preciadas y va por rachas. Llevamos unos siglos bastante escasos en ese aspecto.

«¡Siglos! ¡Madre mía!», pensé.

Tuve que pararme para tomar un poco de aire, sin poder evitar pensar en William y en la cantidad de siglos que también tenía. Se hacía difícil creer que hubiera seres con esa edad que poblasen la Tierra, tanto que hasta llegué a marearme un poco.

—¿Cuánto llevas tú en nuestro planeta, Fael? —pregunté, intrigada.

—Pues... mucho tiempo. Al principio, de modo espiritual —respondió, sin concretar demasiado mientras retiraba las hojas secas de las plantas que adornaban el murete que rodeaba la finca—. Y, de forma física, como me ves ahora, desde que me ordenaron proteger a ángeles como Uriel.

—Y hablamos de que eso ocurrió... ¿hace... cuántos siglos?

Me miró de reojo, riéndose un poco.

—Más bien... milenios —afianzó la última palabra con un gesto de cabeza—. Tantísimos que ya he perdido hasta la cuenta —sonrió de nuevo.

Tuve que parpadear un poco antes de continuar.

—¿Y como mi padre hay muchos?

—Sí, de esos hay algunos más. Son ángeles de jerarquías superiores y hay que estar muy pendiente de ellos.

—¿No saben defenderse solos?

—Sí y mejor que nadie, ya te he contado que no pierden sus dones y los pueden usar siempre que quieran; pero nuestra obligación es custodiarles, al igual que si fuésemos una especie de guardia real a su entera disposición. Suelen estar en el punto de mira de las fuerzas malignas, por lo que tenemos que cubrir sus alas en todo momento —explicó—. Nosotros custodiábamos a tu padre hasta que se enamoró de Catherine; no fue gravemente penalizado por ello, pero él, en cambio, se rebeló contra todo lo que tuviese alguna simbología divina.

»Nunca aceptó la idea del castigo impuesto a tu madre y a otras humanas como ella. Se dedicó a lo que mejor hacía, pero jamás le veías realizar una restauración en horas de misa ni con devotos rezando en alguno de aquellos templos. Por eso era tan contrario a hablaros sobre religión; las fuerzas universales son muchas y variadas y los humanos las habéis reducido a unas pocas. Cuando Michael nació, tu padre nos ordenó dejar de custodiarle a él para centrarnos en tu hermano. Mike, por su condición, tenía adjudicados a otros custodios, pero Uriel confiaba más en nosotros y... en Orson.

—¡Pero él no era un ángel custodio! —exclamé, confundida.

—No, Orson era Elohim y por eso trabaja como abogado, pero aun así tu padre le cedió la tutela de Michael a él, aunque todos pensábamos que sería Stuart, ya que también eran amigos. A Orson cualquiera de las tapaderas le servía, así que se convirtió, oficiosamente, en custodio de categoría superior, igual que yo. Por eso, nadie le controla, mantiene lo bueno de ambas jerarquías. Entre nuestras múltiples funciones, también está la de entrenar a los ángeles de jerarquías inferiores y a estos Nephilim.

»Tu padre, por aquel entonces, mantenía una relación muy estrecha con Orson debido a su cercanía de vida eterna, yo soy varios eones más joven que ellos; y, por eso, fue por lo que le cedió los derechos de tutelaje a él. Su decisión de dejar a Michael en la residencia que dirigía Stuart fue, en cierto modo, preventiva. Solo para que este le echase un ojo a la formación de tu hermano. Empiezo a pensar que tu padre descubrió la maldad intrínseca en Orson desde antes de nacer Michael y que por eso lo preparó todo, para que pudiéramos bloquearle en algún momento.

—¿Sacrificando a Michael por el camino?

—No, Uriel sabía que nosotros cuidaríamos de él. La transformación de tu hermano se producirá, esperemos que sin grandes incidentes. Lo que nos va a costar es que vaya todo lo formado que debería, ya que durante muchos años Orson no se ha dedicado a enseñarle como tenía que haberlo hecho. Por eso, yo estoy intentando reconducir sus entrenamientos en la medida de lo posible.

—¿Y Orson sabe que tú te has dado cuenta de su doble juego?

—Creo que no, al menos, no lo parece. Aunque a estas alturas y dado sus conocimientos, nos oculta y miente todo lo que quiere y más.

—Lo que no es digno de su condición, supongo.

—No, solo se os permite a los humanos. Y, por cierto, algunos lo hacéis mejor que otros, ya que esquivar a Zaffie, como lo has hecho tú, no es nada fácil.

—Se llaman mentiras piadosas —contesté, sin atisbo de vergüenza.

—Ya, es broma, mujer. Aunque has tenido un buen entrenador, he de reconocerlo, te ha enseñado cosas muy efectivas.

—William no quería arriesgarse a que volviera aquí sin saber cómo protegerme ante cualquier intruso. Además, conoce igual que tú mi animadversión hacia Orson.

—¡Así que ese es su nombre, William! —exclamó.

—Si todavía estás pensando en aparecer por la fiesta, le verás; le he invitado a venir. Tengo ganas de que os conozcáis, los dos sois muy importantes para mí. Pero no quiero ver celos ni malos rollos entre vosotros, ¿entendido? —dije, a modo de advertencia—. A él también le tuve que poner las cosas claras.

—Ya, solo que al final él ha ganado el premio gordo —dijo, en un tono tan bajo que apenas pude escucharle—. Bueno, no me quejaré, al menos tengo tu amistad, ¡menos es nada! Además, será bueno tenerle merodeando por aquí cerca, nunca se sabe quién puede deleitarnos con alguna visita inesperada. Y, a favor de William, he de decir que te ha enseñado bien para tener tan poco tiempo; aunque tú también eres hija de Uriel, lo cual te proporciona rapidez a la hora de aprender. Es lo que le va a salvar a tu hermano, que absorbe los conocimientos como una esponja.

—¿Quién temes que aparezca sin haber sido invitado? —quise saber.

—Pues desde el mismo Orson, que vive aquí al lado y sabe cómo colarse en mi casa sin invitación previa, hasta algún otro que no me extrañaría que se autoinvitase.

—¿Y, ante esa perspectiva, tenías pensado no aparecer por la fiesta? ¡Michael hubiera estado totalmente desamparado sin ti!

—Angie, yo soy custodio jefe, pero los otros son custodios también; por eso, los chicos y Zaffie viven en la residencia de estudiantes. Nunca le dejamos completamente solo y si no es de manera física, estamos con él en espíritu. Lo de no aparecer por la fiesta era porque yo no podía enfrentarme a ti, tenía las defensas mermadas y eso me habría hecho bajar la guardia. No soy un ser humano, pero soy muy racional —dijo, mirando para otro lado—. Me avergüenza, en cierto modo, que esto me haya pasado a mí después de tanta eternidad de pureza espiritual; sin embargo, no me arrepiento de que sea por ti por la que siento este amor irrefrenable.

—Fael, no puedo creerme que después de tanto tiempo de existencia nunca te hayas ido a la cama con ninguna mujer, ángel o lo que sea con lo que normalmente podáis desfogaros un poco.

—Yo no he dicho que jamás me haya acostado con nadie. —Volvió a clavar su mirada en mí—. He dicho que nunca me he enamorado de nadie como de ti.

—¡Venga ya! ¡Otro igual que William! —no pude evitar exclamar, pensando que aquello parecía una broma del destino; dos seres impresionantes e inmortales encaprichados conmigo—. Y yo, ¿por qué he sido la elegida?

—¡Angie, eres hija de Uriel! La criatura alada más luminosa que he conocido, enaltecedor del poder universal y uno de los ángeles más importantes dentro de nuestra jerarquía. Para mí fue inevitable sentirme atraído por ti. Tú eres la única hembra concebida por un Amesha Spenta y mantienes, además, la impronta de tu padre no solo por tus venas, sino como un don otorgado por él mismo. ¡Eres más importante de lo que te crees!

—Sí, lo seré para ti, pero yo no soy un ser espiritual. Soy solo una simple mortal.

—Mortal, vale, pero no simple. De todas formas, perdona por haberme ido a enamorar de ti —dijo, en tono ofendido—. Parece que te molestase.

—No, Fael, ya te dije que me honra. —Le cogí del brazo para que se parase y me mirase de nuevo—. Pero no entiendo que haya sido yo la única, después de millones de mujeres que se te habrán insinuado. ¡Eres uno de los hombres más guapos que he conocido en toda mi vida! Y eso sin mencionar el resto de tus virtudes.

—Pues... gracias por el cumplido —dijo, relajando un poco el semblante—. La cena está preparada ya —dijo, cambiando radicalmente de tema—. Vamos adentro que empieza a refrescar.

Nos metimos en la casa y aproveché para ir al baño mientras Fael encendía la chimenea que estaba justo en el centro de aquel salón enorme.

Al regresar, había preparada una mesa con velas y antipastos repartidos en pequeñas fuentes. Alzamos la tapa que cubría el plato principal, liberando el delicioso aroma de un osobuco a la milanesa y haciéndome recordar algo:

—¡Zaffie! —Me levanté de la silla para coger el teléfono—. Tengo que llamarla.

—Ya me he comunicado con ella —dijo, mientras cortaba la carne que había en su plato—. Si quieres, puedes quedarte a dormir aquí esta noche y ella te traerá algo de ropa por la mañana. Gabriel y Joph están informados de todo, también, y mañana te acompañaremos al despacho de Orson.

Me quedé sorprendida. Iban a venir conmigo y Mike y yo no estaríamos solos. Me acerqué hasta él para darle un beso en la mejilla y le dije:

—Gracias, Fael. Te debo una.

—No, Angie, no me debes nada. Te lo debemos nosotros a ti. Quizá sea esta la manera por la que tengamos que empezar a descubrir lo que se trae entre manos esa sanguijuela de

Orson —se sinceró—. Tú has demostrado más valor que todos nosotros enfrentándote a él directamente. Quizá te guíe tu padre o te muevas por instinto, pero lo que está claro es que eres vital para nuestros propósitos. Aun así, como bien dijiste antes, eres mortal y tenemos que andar con cautela.

»El día de la fiesta estaremos rodeados de algunos amigos custodios, procedentes de otro lugar, y que Orson conoce bien, puesto que han sido discípulos suyos. Además, vendrá Stuart, o sea, que contamos con otro Elohim de nuestro lado, aunque sea de categoría inferior, ya que a aquellos que nunca han llegado a concebir un ser de luz, aunque este haya sido nonato como el de Orson, solo se les permite actuar como meros asesores dentro del Consejo al que pertenecen. Si, además, viene William, tendremos las espaldas bien cubiertas.

—¿Cómo sabes que William puede ayudarnos en caso de problemas sobrenaturales? —me sorprendí—. No te he contado absolutamente nada de él.

—Ni falta que hace. Al tratarse de un guardián de almas, es un dragón metálico, ¿me equivoco? —preguntó, muy seguro de sí mismo—. Tú me adelantaste que iba a mostrarte su naturaleza, por lo que ahora sé lo que significas para él, si no, no lo hubiera hecho ni en un millón de años; esos dragones son todavía más precavidos que nosotros para mostrar sus sentimientos. Al menos, estás en buenas manos y eso me tranquiliza. Únicamente, espero que sean buenas zarpas, también, llegado el caso. Por lo que sé sobre ellos tienen una fortaleza suprema y usan técnicas de ataque extremadamente efectivas.

Terminamos nuestra cena y Fael se acercó a la cocina para traer una bandeja con dos tiramisú y dos capuchinos, mientras Giovanna recogía la mesa.

—¿Prefieres sentarte en el sofá? —preguntó, antes de apoyar la bandeja en la mesa.

—Sí, estaremos más cómodos —contesté.

—Ahora tenemos que ver cómo vamos a encarar mañana la visita al despacho de Orson —dijo, mientras comía su postre.

—Pues, eso es fácil —respondí, muy segura de mí misma—. Siempre acompañáis a mi hermano a todas partes, con mayor razón si aparecéis allí para el cambio de poderes y la lectura del testamento.

—Pero ya te he dicho que no le gustará vernos allí y muchísimo menos a mí.

—¿Y a Mike le gustará? —pregunté.

—Tu hermano es ajeno a toda esta situación. Orson se ha encargado, durante todo este tiempo, de convertirle en un ignorante y mantenerle lo más aislado posible. Casi sabes tú más cosas que él.

—Y, entonces, ¿cómo va a producirse su transformación si no va bien formado? —Sabía que era algo que tenía que esperar a que me contase el propio Mike, pero me estaban empezando a dar ganas de pedirle a Fael que me contara con detalle todo lo que tenía que ver con aquel proceso por el que tenía que pasar mi hermano.

—El problema es que, en el transcurso de esa transformación o antes de ella, le capte alguna fuerza oscura.

—¿Qué podría ocurrir, entonces? —Mi intranquilidad iba en aumento.

—Que le perderíamos y que pasaría a formar parte de ellos. El poder de un ser de luz convertido en maldad se multiplica exponencialmente, por ello, son tan perseguidos y es por lo que hemos de custodiarlos. Aprovechan cualquier flaqueza para captarles. Y, desgraciadamente, tu hermano posee una brecha abierta, producto de su querido tutor, que ni sabe que tiene.

—¡¿Pero cómo pudo estar mi padre tan torpe y no darse cuenta antes?! —La indignación me superaba.

—Nadie se lo podía imaginar, Angie. Por eso debemos desenmascararle y derrotarle. Y me temo que no va a ser fácil.

—¿Qué piensas sobre lo de contarle a Mike cómo he descubierto vuestro secreto? Ha sido a través de unas cartas que mi padre le escribió y que se supone que yo no tenía que haber leído.

—¡Traviesa! —dijo, con un tono cantarín y una ceja levantada—. Pero eso es parte de tu encanto. No tiene que preocuparte. Cuéntale lo que creas conveniente. Incluso, puede ser que hasta nos ayude, ya que a ti te adora y por temor a que algo malo pueda ocurrirte, te escuchará más que a nosotros.

—El otro día me contó Zaffie que entre ella y mi hermano pudo haber algo de no haberse entrometido otra.

—¡Ufff! ¡Elizabetta! —Esbozó una sonrisa demasiado pícara—. ¿Te ha hablado Zaffie de ella? —preguntó, extrañado—. No le gusta nada recordar ese episodio.

—¿Cómo tengo que imaginármela? —dije, suspicazmente, mientras me cruzaba de brazos—. ¿Como un mal bicho o como una semidiosa de la belleza?

Raffaele lo pensó durante un rato y contestó:

—Como una bellísima y divina bicha mala, que es exactamente lo que es, y que por eso cayó tu hermano en sus redes.

—No sé por qué, pero me huelo que no es… humana —dije, entrecerrando los ojos levemente.

—Has acertado, humana no es —confirmó—. Por suerte, lo detectamos a tiempo y lo cortamos de raíz. Tu hermano solo pasó con ella una noche loca y no entera. Al principio, no se lo tomó nada bien, porque les interrumpimos en plena faena, pero comprendió todo cuando intervino tu padre y le explicó lo que podría haberle sucedido de no haber actuado nosotros tan rápido como lo hicimos. Aquello hizo que tu hermano perdiera interés por cualquiera, incluida Zaffie. Él no quiso ni planteárselo cuando Zaffie se le insinuó y ella le justificó por su parte semihumana.

—Y… normalmente, ¿podéis entre vosotros…? Me refiero a que si…

—¿Practicamos sexo? —terminó la frase por mí.

—Sí, bueno, antes has comentado que tú sí que te has acostado con alguien.

Fael soltó una carcajada y se giró hacia mí, dejando su taza sobre la mesa de centro, para mirarme divertido.

—Por algo se nos concede este cuerpo —dijo, extendiendo los brazos a ambos lados—. Al igual que tu amigo, William, usamos todo su potencial con seres humanos y sin involucrarnos demasiado, cuando el cuerpo nos lo pide. Si queremos algo más con un humano, las cosas pasan a mayores, como bien sabes. Si se trata de seres no humanos, como fue el caso de tu hermano con Elizabetta, el cuerpo sigue su instinto natural.

»Y entre seres de luz, lo que tú entiendes por acto sexual viene a ser como una especie de choque de partículas, produciéndose una explosión que hace que se mezclen nuestras esencias; a veces, lo llevamos a cabo para intercambiar experiencias vividas y fortalecer nuestro espíritu, ya que el flujo de energías que se comparten es enriquecedor y puede hacerse con un ente conocido o no, a veces con varios, depende del momento y de las ganas.

—¿Y por un desliz podría darse el caso de que dejaseis a una humana embarazada?

—¿Por error? ¡Nunca! —exclamó, negando con la cabeza—. ¡Eso no podría pasar, jamás! Nosotros somos los que decidimos si queremos concebir o no, con quién y cuándo tener ese hijo; por eso existen los Elohims. El hecho de pensar en tener un primogénito pasa por un acto de responsabilidad enorme y un sacrificio extremo, al que no muchos de nosotros estamos dispuestos a sucumbir. Supone demasiado que perder para el ángel, para el hijo concebido y para el mortal, sea este hombre o mujer, ya que también hay féminas Elohims.

»¡Vamos, como para no habérselo pensado con detenimiento! —exclamó—. Solo hay casos excepcionales de concepciones milagrosas, por llamarlas de algún modo, en los que se puede embarazar a una mujer sin llegar a copular con ella; viene a ser como una especie de posesión para proteger a un ser de luz en un momento concreto. Pero, por lo general, se produce el intercambio de fluidos y, además, es bastante más divertido. De eso, no cabe duda —sonrió pícaramente.

—¿Y tú has deseado tener un hijo en algún momento?

Volvió a coger su taza y dio el último sorbo que le quedaba de ella.

—Solo he pensado en ello una vez durante mi larga existencia y... como tú no quieres ser la madre de mi hijo, pues... tendré que descartar la idea —dijo, devolviendo la taza a la mesa y apartando, de paso, su mirada de mí.

Dejé la mía, apurándola antes, y pasé su brazo por encima de mi hombro, acurrucándome contra su pecho mientras me descalzaba y posaba mis pies en el sofá.

—Pues ya somos dos los que tenemos que descartar esa idea, porque no podré tener hijos con William —dije, en tono afligido.

—Pero eso será porque él no pueda, no porque no quiera dártelos —contestó.

Asentí con la cabeza sin mediar palabra, hasta que noté cómo el sueño me iba venciendo al ritmo acompasado del latido de su corazón de ángel.

Lectura de testamentos

Desperté sola en el sofá, arropada con una manta y con la cabeza apoyada sobre un mullido cojín de plumas. No eran más de las ocho de la mañana y afuera lloviznaba. Subí las escaleras y entré en la habitación de Fael. Sobre su cama vi, junto a un guardatrajes, mi falda negra entubada, la rebeca de pico violeta y un pañuelo a juego, ideal para esconder mi colgante a ojos de Orson, mi *trench* de color verde musgo, la ropa interior guardada en una bolsita de lino y las botas negras de caña con tacón alto, descansando en el suelo. Zaffie tampoco se había olvidado de coger mi neceser con todo lo necesario.

Si grande era el dormitorio de Raffaele, más lo era su cuarto de baño decorado de manera tan moderna como el resto de la casa y que, aparte de tener una ducha con mampara cubriendo un lateral del mismo, tenía una bañera de hidromasaje dentro de un mirador con cerramiento y claraboya desde el cual podía verse el roble del jardín.

Tras ducharme, me maquillé y me hice un moño bien alto y estirado. Cuando terminé de arreglarme, recogí todas mis cosas y las dejé en el asiento trasero de mi coche, ya que el maletero aún seguía oliendo un poco a comida mexicana.

De regreso a la casa, fui directa a la cocina; allí estaban Zaffie, Gabriel y Joph sentados alrededor de la isleta central, mientras Raffaele sacaba una garrafa de leche fría de la nevera.

—¡Buenos días a todos! —exclamé—. Gracias por traerme mis cosas, Zaffie —dije, dándole un beso en la mejilla.

—De nada —respondió ella.

—¡Guauuu...! —exclamó Raffaele al posar sus ojos en mí—. Orson va a caer rendido a tus pies en cuanto te vea entrar por la puerta. ¡Chicos, la primera batalla la tenemos ganada!

—En su defensa he de decir que Orson siempre me ha tratado como a una hija —intenté justificar aquella imagen de ejecutiva agresiva que quería aparentar.

—Angie, no te fíes de él —intervino Jophiel—. La maldad y la perversión van cogidas de la mano.

—Y bien —dije mientras me sentaba—, ¿ya os ha puesto al día Fael de lo que estuvimos hablando anoche? —pregunté, temiendo sus respuestas.

—Sí, pero yo no estoy seguro de si será bueno para ti que lo sepas todo. ¡Demasiado peligroso para una mortal que no está vinculada a un Elohim! —exclamó Gabriel.

—Pues yo me alegro de que lo sepa —comentó Jophiel—. Además, Angie ha actuado como una especie de reactivo y nos ha despertado del letargo. Necesitábamos algo así de una vez.

—Zaffie, perdóname por no habértelo contado yo misma. —Posé mi mano sobre la suya—. Y siento haber sido una entrometida con respecto a mi hermano, pero de verdad pienso lo que te dije.

—No tienes que disculparte, Angie, tu intromisión está justificada —contestó, mientras sonreía—. Tú eres un alma noble, como tu madre, con lo bueno y lo malo que tenéis todos los humanos. Ahora, lo que necesitamos es que tu hermano se convierta en un ser puro, como Uriel o nosotros, sin percances de última hora; y tú nos estás ayudando, como bien dice Jophiel, a ver las cosas desde otra perspectiva.

—¡Bueno, a desayunar todo el mundo! —dijo Fael, cambiando de tema.

Mientras tomábamos aquel desayuno pantagruélico, no pude resistir la tentación de curiosear:

—Siempre os veo ingerir alimentos como si fuese a ser la última comida de vuestra vida.

—Desgastamos mucho con las transformaciones diarias que tenemos que hacer —contó Gabriel—. Tras desplegar las alas y entrenar, nos entra un hambre voraz.

—¡O sea, que lo de los ángeles y sus alas es cierto! —dije, sorprendida—. Pensé que formaba parte de la imaginería religiosa.

—Es la parte de nuestro cuerpo más importante y la que nos da la aerodinámica —explicó Fael—. Establecen nuestra posición jerárquica, la maestría que tenemos, el estado de ánimo, la fuerza, la edad, la experiencia y, lo más importante de todo, actúan de escudo protector.

Ahora entendía por qué todos ellos tenían aquellos cuerpos tan atléticos.

—¿Y es así cómo conseguís trasladaros de un sitio a otro tan rápidamente? —quise saber.

—¡No, nos vería todo el mundo! —se rio Gabriel—. Y luego saldrían devotos flipados por todas partes.

—Tenemos el don de la ubicuidad —continuó explicando Fael—, podemos estar en varios sitios a la vez. Nos trasladamos mediante la conciencia y, en ese momento, se produce una pequeña dispersión de nuestra esencia hasta que decidimos materializarnos en uno de nuestros cuerpos; por eso Michael nunca lo usa, teme perderse por el camino y, lo que es peor, evolucionar en ese momento y no tenernos a nosotros para guiarle.

—¿Y por qué le tiene miedo a volar en avión? Nunca lo he entendido. ¿Acaso lo finge? —pregunté, dudosa.

—¡No, qué va! Tiene miedo de verdad —confirmó Zaffie—. Son fobias de su naturaleza humana. Un simple miedo irracional.

Aquello me dejó pensativa, ya que, a pesar de haber descubierto su gran secreto, mi hermano era tan humano como yo misma, con todo lo bueno y lo malo que eso suponía.

Terminamos de desayunar y le pregunté a Fael que qué le parecía cenar, todos juntos en su casa por la noche, las especialidades mexicanas de Anita.

—Por mí, estupendo. Avisaré a Giovanna y a Francesca para que lo tengan todo preparado a eso de las seis —contestó, mientras se levantaba del taburete para salir—. Tenemos que ponernos en marcha ya. Esperadme en mi coche, que ahora voy.

—¡Oye, Fael! —dijo Joph antes de que desapareciera por la puerta—. No te lo tomes a mal, pero... Gabriel y yo nos vamos por nuestra cuenta, ¿vale? ¡Es que tienes un peligro conduciendo, que porque llevas a Zaffie al lado, que si no!

—Y nosotros apreciamos mucho nuestra existencia entre los mortales, no como otros que quieren acabar condenados y esas cosas —argumentó Gabriel en apoyo a su amigo.

—¡Haced lo que os dé la gana! —Raffaele parecía haberse ofendido—. Pero no olvidéis que hay que estar en el despacho a las doce en punto. Y no quiero que lleguéis ni un minuto tarde —les ordenó con una severidad que no permitía la menor objeción.

Fael subió las escaleras, Gabriel y Joph fueron hacia el invernadero y yo, después de coger el *trench* y el bolso que había dejado en mi coche, acompañé a Zaffie hasta el garaje de Raffaele.

Fue directa a un BMW X6 de color azul oscuro y se subió a la parte de atrás, cediéndome así la posición del copiloto. Al lado de aquel coche había aparcado un descapotable blanco y dos motos de gran cilindrada.

—¡Vaya flota de vehículos! —exclamé.

—El cupé es de Jophiel, la moto roja es la de Gabriel y la morada es la mía; las prefiero a los coches, dan más libertad de movimiento.

—Pero ¿les dais uso teniendo la capacidad que tenéis para moveros por vuestra cuenta?

—A veces, nos toca fingir delante de los humanos y como tenemos acceso a lo más exclusivo de este planeta, nos podemos dar algún capricho. Además, desde un estatus elevado, en el plano social, tenemos posibilidades infinitas para ayudar al prójimo; aunque siempre hay Fravashis que prefieren vivir de manera austera y establecerse en zonas degradadas y pobres.

—¿Qué es un... Fravashi?

—Somos nosotros, los ángeles guardianes. Raffaele ocupa el puesto de príncipe jefe dentro de nuestra jerarquía.

—¿Y cómo nacéis?, ¿concebidos por algún ser en particular?

—Somos energía pura —explicó, como si le hiciera gracia que yo no supiera a qué se refería—. Salimos del mismo núcleo energético que formó cada cosa de este universo infinito y tenemos un orden establecido dentro de él, al igual que todo lo demás; si no, se produciría el caos.

—Pero, a veces, ese orden se rompe; mira a Orson, por ejemplo.

—Lo oscuro no nos agrada, pero así debe ser. El bien y el mal, el *yin* y el *yang*, ambos son necesarios para que haya un equilibrio adecuado.

—¿Y os permiten vuestras jerarquías que Michael y tú os reencontréis, en aquella otra dimensión, y culminéis lo que él no ha querido empezar en esta vida contigo?

—Sí, se puede dar el caso aun siendo miembros de distinto grado; lo que pasa es que tendría que querer —amagó una sonrisa—. Durante ese intercambio de esencias se produce un *flashback* de las experiencias vividas por cada uno de los entes en cuestión, que nos retroalimenta y nos aporta más fuerza energética. Se alcanza un éxtasis difícil de explicar con simples palabras.

Fael ya se había subido y daba marcha atrás al coche.

—¿Es parecido a hacer el amor? —pregunté.

—Mucho mejor —dijo ella.

—Pero ¿os reconoceríais Mike y tú en ese momento? —quise saber.

—Sí y sería una experiencia infinitamente mejor que todo lo vivido en la Tierra —respondió.

—Por eso mi padre decía que se encontraría con mi madre en aquella dimensión —dije, mirando al frente.

—Uriel quiso guiar a tu madre en su camino de purificación. Nadie hasta ahora lo había intentado hacer —dijo Fael—. Cuando ella esté preparada, él absorberá su energía para acabar fluyendo juntos y eternamente. Tu madre no se convertirá en uno de nosotros, pero sí tendrá la concesión de alma pura otorgada de la mano de Uriel y permanecerán juntos. —Raffaele giró su rostro hacía mí durante un momento, antes de acelerar, transmitiéndome con aquella mirada mucho más que si lo hubiera expresado con simples palabras.

Tardamos poco en llegar al despacho de Orson. Raffaele conducía muy bien, pero parecía que estuviese corriendo las veinticuatro horas de Lemans. Yo estaba acostumbrada a ese tipo de conducción, por Mike, que parecía haber aprendido en la misma autoescuela que Fael.

Los chicos nos estaban esperando bajo el alero del portal que daba acceso a la oficina, resguardándose de la lluvia.

—Ahora entiendo por qué preferís venir por vuestra cuenta —les comenté a ambos.

—¡Lo ves, Fael! Hasta Angie piensa lo mismo de cómo conduces —le recriminó Joph.

Raffaele se limitó a poner cara de disgusto.

—No, si a mí no me molesta, estoy acostumbrada a Mike —salí en su defensa.

—A nosotros nos gusta el sosiego, la calma, disfrutar del paisaje y de los ligeros vaivenes de la carretera, no pedimos mucho —dijo Gabriel—. Por eso, o conducimos nosotros o cogemos la vía ultrarrápida, que es más segura que ir con este.

—Mi hermano es un idiota. Yo daría lo que fuera por poder teletransportarme —les dije.

—Imposible, te desintegrarías por el camino —dijo Zaffie.

—Ya, ya lo sé —contesté, compungida, aunque a la vez contenta porque en un par de días ese mismo sistema de transporte traería a William ante mí.

Le echaba de menos y ansiaba poder contarle todos mis descubrimientos durante aquellos días, pero aún era pronto para comunicarme con él, me quedaban muchos asuntos todavía por resolver.

Faltaban pocos minutos para las doce del mediodía mientras subíamos en el ascensor a la planta de Orson.

—¡Buenos días! Soy Angie Urech Montreaux y tenemos una cita con el señor Orson Wallace. —La señorita que nos abrió la puerta nos pidió que la siguiésemos.

Según atravesábamos el largo pasillo, mi corazón se aceleró al escuchar unas risotadas sonoras que sobresalían por encima de otras y que correspondían a quien no le deseaba nada bueno a mi hermano. Afiancé mentalmente mi muro protector, respiré hondo y marqué paso firme con los tacones para acallar su falsedad.

La puerta estaba abierta y en cuanto entré en aquel despacho custodiada por todos, vi a Michael, a Orson y al que se suponía que sería nuestro nuevo abogado, sentados en unos clásicos sillones orejeros alrededor de una mesita antigua de centro.

Las carcajadas pararon de golpe, tras el anuncio de su secretaria, y todos se pusieron de pie, menos Orson.

—¿Qué hacéis aquí? —preguntó, seriamente, el supuesto amigo de mi padre con la mirada fija en Raffaele.

—¡Buenos días a ti también, Orson! —Me sentí un poco ofendida por el hecho de que evitase dirigirse a mí—. Les he pedido que acompañaran a su amigo hoy. No habrá ningún problema con eso, ¿verdad? —pregunté, de manera sarcástica—. Ya sabes lo unidos que están.

Y según me iba acercando a ellos, cambié la mirada de Orson al otro hombre, con una sonrisa de oreja a oreja, para ver si alguno se atrevía a decirme que el hecho de leer un testamento a los herederos impedía la presencia allí de alguien más que no fuesen sus abogados.

Sin apartar la vista de Raffaele, Orson contestó:

—No, ningún problema. —Se puso en pie para decirle a su secretaria que llevase al notario a la sala de juntas.

—¡Steven McMillan, supongo! —le dije a aquel desconocido, lanzándole una sonrisa de lo más cautivadora para empezar a dejarle claro quién le iba a pagar sus honorarios.

—¡Angie Urech! El último miembro de la familia que me quedaba por ver. Encantado, es un placer conocerla. —Y tomó mi mano derecha para besarla.

—El gusto es mío, pero soy demasiado joven para que me trates de usted, Steven.

Me sonrió y asintió con la cabeza, mostrándose cordial.

Mi nuevo abogado cincuentón lucía con orgullo una oronda figura e iba impecablemente vestido dentro de un traje hecho a medida y zapatos de lo más lustrosos.

Michael se me acercó por detrás para besarme en la mejilla y decirme al oído:

—¿Por qué han venido estos contigo?

Devolviéndole el beso, le dije:

—Después hablamos.

No me pasó inadvertido el hecho de que Raffaele no apartase su mirada ni parpadease, lo más mínimo, cuando Michael clavó de manera autoritaria sus ojos sobre él antes de dirigirnos a la sala de juntas.

Nos sentamos alrededor de una mesa ovalada, con Orson encabezando un lateral, Mike y nuestro nuevo abogado a cada uno de sus lados, los chicos sentados junto a mí, dejándome un asiento cercano a Michael, y en el otro extremo de la mesa, el notario acompañado por la secretaria que le iba pasando papeles.

—¡Buenos días a todos! —saludó el notario—. Voy a proceder a la lectura del último testamento firmado, en mi presencia, por el señor Uriel Urech y su esposa, la señora Catherine Montreaux, con fecha revisada del 3 de agosto de 2010 en la ciudad de Seattle.

Aquel notario leyó muy rápido la primera parte del escrito y pasó directamente al asunto principal.

> ...por el presente, declaramos que en caso de fallecimiento se leguen a nuestros hijos, Michael Urech Montreaux y Angie Urech Montreaux, los siguientes bienes:
>
> Divididas a partes iguales, las propiedades que poseemos tanto en la ciudad de Vancouver, como en Sooke, en la isla de Vancouver.
>
> La colección particular de cuadros y esculturas del señor Uriel Urech, que se encuentran en la casa de Vancouver, será legada al señor Michael Urech.
>
> Las joyas de la señora Catherine Montreaux, que se encuentran en la caja fuerte de la casa de Vancouver, serán legadas a la señorita Angie Urech.
>
> El Jaguar XK será legado al señor Michael Urech.
>
> El Mercedes cupé, legado a la señorita Angie Urech.
>
> El barco velero, atracado en el embarcadero de la casa de Sooke, será puesto a nombre de ambos.

El dinero en efectivo, así como los depósitos que en ese momento se encuentren en el banco, serán repartidos por igual en las cuentas personales de ambos.

Las acciones, beneficios y poderes de la señora Catherine Montreaux, en el negocio de su familia de soltera, se repartirán por igual entre ambos.

El resto de posesiones y objetos no mencionados en este testamento serán a repartir como decidan ambos o, en caso de conflicto de intereses, bajo el arbitrio de una tercera persona designada en acuerdo unánime por los herederos.

El notario nos acercó el testamento para que Michael y yo estampásemos nuestras rúbricas en las copias que nos tenía ya preparadas.

En el momento en el que Orson se levantó para continuar con el traspaso de poderes de su firma a la de Steven McMillan, el notario dijo en alto:

—Aún no hemos terminado, señores, nos queda otra lectura más que hacer.

—¿Otra? —preguntó Orson, extrañado—. ¡Pero si acabas de leer el documento completo!

—Se trata del testamento en vida del señor Michael Urech Montreaux, que se encuentra aquí con nosotros.

—¡Prosiga, por favor! —ordenó Mike, evitando la mirada encendida que le estaba enviando Orson y que hizo que tanto Raffaele como el resto de los chicos se envarasen, tensando cada músculo de su cuerpo.

—El testamento en cuestión se firma, en mi presencia, en la ciudad de Seattle el día 20 de octubre de 2010 —comenzó a decir el notario.

«¡Era hoy!», pensé.

—¡¿Cuándo has ido a firmar eso?! —preguntó Orson a mi hermano, en tono de reproche.

—Antes de quedar con Steven para traerle aquí —contestó Michael, sin apenas mirarle.

> «...por el presente, declaro que, tras leer el testamento de la herencia otorgada por mis padres a su muerte, todos aquellos bienes, dinero, posesiones y poderes legados a mi nombre sean donados en vida, y con carácter inmediato, a mi hermana, Angie Urech Montreaux».

Aquel notario volvió a pasarme el consiguiente testamento para que se lo firmase.

Orson se levantó bruscamente de la silla y se fue hacia la ventana. Los chicos se pusieron de pie, alejándose de la mesa y manteniendo una actitud defensiva; y yo, aproveché para dirigirme a mi hermano.

—Mike, ¿se puede saber por qué has hecho esto? ¡Me cedes absolutamente todo!

—¡Cállate y firma rápido! —exclamó, bajando la voz—. Te lo explicaré más tarde.

Notando la urgencia que tenía, firmé la hoja con premura para devolvérsela a aquel hombre.

—Pues hasta aquí mi trabajo, señores, solo díganme a quién le envío las copias firmadas y las autorizaciones —dijo el notario, mientras se levantaba de la silla.

Miré a nuestro nuevo abogado y le dije:

—Steven, acabemos con esto cuanto antes, Michael y yo tenemos prisa.

Le dio una de sus tarjetas de presentación al notario y, en ese momento, Orson se giró para preguntarle a Mike con gesto serio:

—¿También dejo de representarte a ti?

Mike se levantó del asiento y contestó:

—Dadas las circunstancias, y en vista de que mi vuelta a Vancouver no va a demorarse demasiado, he pensado que sería lo más apropiado. Aun así, tanto Angie como yo te agradecemos los servicios prestados a la familia durante todos estos años.

La tensión se cortaba con cuchillo. Orson le dijo a su secretaria que preparase también el expediente de mi hermano. El notario y él entrechocaron las manos antes de marcharse. Después, se acercó a Steven, que ya había sacado todos los papeles necesarios para firmar el traspaso de poderes y documentos que Orson guardaba en su bufete sobre todas mis posesiones y cuestiones legales. Y, según firmábamos cada uno, la secretaria apareció con los papeles correspondientes a la parte de Michael.

Orson, Steven y el propio Mike firmaron su parte, dando así por concluida la relación laboral y, en mi caso, también personal con Orson.

Solo esperaba que el contacto que Mike mantuviese con él, a partir de entonces, también quedase reducido.

Después de chocar las manos entre sí los letrados y de colocarse nuestros amigos custodios a espaldas de Michael y mías, la secretaria apareció con una factura. Michael sacó la chequera de dentro de su gabardina y extendió un cheque.

—¡Acompáñales a la salida, Maggie, por favor! —dijo Orson, en alto, dándonos la espalda y caminando hacia el ventanal con una mano metida en el bolsillo del pantalón.

Zaffie y yo traspasamos primero la puerta del despacho, escuchando de fondo el taconeo de nuestros propios pasos sonando contra aquel suelo de madera.

Gabriel, Joph y Zaffie llevaron a Steven al aeropuerto, en el coche de Michael, y mi hermano y yo, en completo silencio, volvimos a la mansión con Fael en su BMW.

Tras pasar la verja, el coche de mi hermano ya estaba aparcado al lado del mío; los chicos nos habían ganado la carrera.

Fael y yo entramos en la casa, mientras Mike se quedó rezagado mirando de cerca el interior de mi coche. Cuando decidió entrar en el salón, donde estábamos todos esperándole, vino directamente hacia mí con cara de pocos amigos.

—¡Ahora, explícame qué pintan estos aquí! —gritó, fuera de sí—. ¿Se trata de los padrinos de la boda y de la dama de honor o qué?

—¡Michael, haz el favor de no ser impertinente y maleducado! —contesté, encarándome a él.

—¡Encima, me llamas impertinente! —su irritación iba en aumento—. ¡Pues ya me contarás qué está ocurriendo a mis espaldas! Este te lleva al despacho de Orson en su propio coche —dijo, apuntando con el dedo sobre el pecho de Fael—, ¡que, por cierto, nunca saca! —gritó de nuevo—. Después, aparece con los demás allí, sin haberme comunicado nada. Y, por último, tu coche se encuentra aparcado fuera y cargado con un portatrajes y tu neceser, por lo que deduzco que, tal vez, has pasado la noche aquí con él; lo cual espero que no sea cierto, por vuestro bien —dijo entre dientes—. Así que… ¡ya me dirás qué quieres que piense! ¡A ver, dime! ¿Qué quieres que piense? —volvió a gritar.

—¡Quiero que te calles, que te sientes y que me escuches, atentamente! ¿Entendido? —dije, con firmeza—. Porque primero voy a enseñarte algo, vamos a hablar de manera civilizada y, después, nos vas a explicar tu actuación de hoy en el despacho de Orson.

Y sujetándole por los hombros, mientras hacía fuerza hacia abajo, conseguí que se sentase en el sofá, cerca de Zaffie. Cogí mi bolso para descorrer la cremallera y sacar lo que había dentro de él. Después, alargando el brazo, le entregué la carta de mi padre con el sobre abierto por mí. Michael me miró extrañado, reconociendo, a primer golpe de vista, quién podía ser el remitente de aquel escrito. Desplegando los folios, procedió a leerlos para sí mismo. Al terminar, se recostó en el sofá, mirándome con desprecio. Sin decirle una palabra, le entregué una segunda carta menos extensa, envuelta con un lazo de seda blanco, que reconoció aún más rápido. Me la quitó de las manos, bruscamente, clavó la mirada en cada uno de sus amigos y terminó posándola en los ojos de Zaffie.

—¿Tú sabías algo de todo esto? —le preguntó, frunciendo el ceño.

—No, es muy buena ocultando sus pensamientos —contestó Zaffie—. Yo diría que casi tan buena como tú. ¡Digna hija de su padre!

—Pues eso no lo hubiera podido conseguir sin ayuda, ¿verdad, Raffaele? —Seguía estando demasiado enfadado con él.

—Cierto. Pero yo no he tenido nada que ver en ello —confirmó Fael.

—Lo he descubierto todo yo sola, Mike. Ninguno de ellos ha tenido nada que ver. Papá dejó aquel sobre para ti en la caja fuerte del hotel de Kenia y no se me ocurrió abrirlo hasta que llegué el sábado pasado a Vancouver —confesé mi indiscreción—. Fui descubriendo cosas, casualmente, e hilé comentarios y hechos de aquí y de allá. Reconozco que me metí en tu cuarto del colegio con la intención de encontrar algo que me explicase un poco más de este secreto que me habéis ocultado durante toda la vida y solo encontré esta carta.

»El porqué lo he hecho, es por haberte mantenido tan enigmático respecto al modo en el que se produjo aquel accidente, por la obsesión de papá por proteger a mamá, por vuestros saludos secretos y por tantas otras cosas que me dejaste sin explicar y a las que tenía que encontrarle una respuesta. —Mi irritación empezaba a hacerse patente.

—¡Ah, muy bien! ¡Entonces, ilústrame! ¿Qué es todo eso que has descubierto, listilla? —preguntó, en tono de burla.

Le conté todas mis dudas, las búsquedas en internet de lo más obvio de aquella carta de mi padre, mis conversaciones con la madre de Andrea y con Zaffie, los temores hacia Orson, la llamada a la universidad y al supuesto orfanato de papá; guardándome, solo para mí, el secreto de William y las enseñanzas de Fael.

—Sigo pensando que has tenido ayuda, y mucha, para llegar a esas conclusiones tú sola —Mike, en ese momento, desvió su mirada hacia Raffaele y continuó diciendo—: Y romper el vínculo de fidelidad que nos une, suele traer consecuencias muy negativas.

—¡Michael! —Le cogí de la cara para que me mirase—. Raffaele no me ha dicho nada que no pudiese decir, ni él ni ninguno de los otros. Y, ahora, te voy a hacer unas preguntas que mejor que me respondas, así que ¡escúchame atentamente! —dije, en tono severo.

—No, espera un segundo, Angie —intervino Fael, levantando su mano para silenciarme, mientras se adelantaba hacia nosotros—. ¡Yo no he roto ningún vínculo de fidelidad contigo, Michael! —dijo, seriamente—. Tu hermana y yo hemos hablado; yo me declaré, ella descubrió nuestra naturaleza, vio que no le compensaba y, después, me rechazó, ¡tan simple como eso!

»No puedo ir en contra de su voluntad y tú lo sabes. Pero, sin embargo, hemos establecido un vínculo de amistad y resultaría muy humano e infantil, por tu parte, que te negases a ello. Y, ya que estamos, de paso, te daré mi opinión con respecto a lo que tu hermana ha descubierto. Me parece estupendo que haya destapado la caja de Pandora y tú harías bien en ponerla al tanto, absolutamente, de todo y no seguir manteniéndola aislada de esta realidad que la rodea desde que nació.

—¿Y hacerla pasar por un trauma innecesario cuando puede vivir tan feliz sin conocer el resto de la historia? —dijo Mike, levantándose del asiento para encararse a Fael y olvidando que me encontraba delante de ellos.

—¿Te parece poco trauma ver cómo desapareces, te mueres u ocurre lo que narices te vaya a pasar a menos de un año de la muerte de papá y de mamá? —dije, elevando la voz, progresivamente, mientras los ojos se me inundaban de lágrimas y la rabia y la tensión estallaban contra él—. ¡¿Cómo crees que yo podría seguir viviendo, lo suficientemente cuerda, después de perder lo que más quiero en tan corto espacio de tiempo?! ¿Crees que sería suficiente con haberme convertido en una solitaria niña rica de la noche a la mañana?

—¡Angie! —dijo Michael, agarrándome por los brazos y obligándome a que levantase la cara—. Si no hubieras indagado en esto, hubiese pasado como tantas tragedias que ocurren, día tras día, y habrías terminado superándolo, como hace todo el mundo.

No pude evitar llorar al sentirme tan incomprendida por su parte.

—Michael, ¿en serio crees que tu hermana se merece todo esto? ¿Vivir en la ignorancia absoluta? —preguntó Raffaele—. No olvides que ella también es hija de Uriel. No es la primogénita ni jamás será Asha Vahista, pero es especial. Y, además, tu padre le otorgó su impronta personal. Eso tienes que tenerlo en cuenta.

Michael me abrazó para calmar mi llanto, estrechándome contra su pecho con fuerza.

—Fael, no quiero que sufra.

—Así es como la haces sufrir, Mike —intervino Zaffie—. Confía en ella y cuéntale lo que quiera saber.

Mi hermano suspiró, esperó unos minutos y después les preguntó a sus amigos:

—¿Estáis todos de acuerdo en que le cuente mi destino? Eso os afecta a vosotros directamente.

Los cuatro dijeron que sí en alto. Entonces, Michael, me invitó a que me sentase.

—¡Vale, pues, ahí va! —exclamó, haciendo una pequeña pausa—. Con quince años, papá y mamá me lo contaron todo. Como bien has leído, mi transformación como arcángel combatiente en las huestes defensoras del mal se producirá en el momento menos esperado y justo antes de que cumpla veinticinco. Ni yo mismo sé cómo ni cuándo se producirá. El porqué es debido a que papá quiso concebirme, como tal, con la mujer que amó en este mundo. Esa era su manera de agradecer los dones recibidos.

»Y no creas que le culpo por ello, pero me da miedo. ¡No lo puedo remediar! —dijo, encogiéndose de hombros—. Se supone que me han estado formando para ese día en concreto y para mi futura labor en la nueva dimensión que me acoja, pero me aterra el momento. Sé que se producirá volando, bien por mis propios medios o yendo montado en algún aparato infernal; quizás hasta haya una combustión, ¡vamos, lo ideal para el día de la muerte, un espectáculo pirotécnico en toda regla! —ironizó—. Por eso, no quiero ver un avión ni en pintura. Y odio, con toda mi alma, que tú tengas que dedicarte a esa profesión que tanto te gusta.

»Supongo que ese miedo irracional a volar y a morir tan joven es debido a mi parte humana, ¡no se puede ser perfecto! —Cabeceó de un lado a otro—. Al menos, no hasta que se produzca esa transformación; que, a pesar de todo, deseo que ocurra para poder servir a seres de luz pura, como es mi deber. La existencia, según cuentan, es más fácil a ese otro lado —sonrió, cautelosamente—. Sin embargo, la manera misteriosa en la que va a tener lugar es lo que me mantiene en guardia, constantemente. Como si cada día fuera a ser el último que me tocase vivir en este mundo.

—¿Y por eso me has cedido tu herencia hoy? —pregunté, confundida—. Me has adelantado tu muerte en vida.

—No, eso lo he hecho porque ha vuelto a aparecer alguien a quien ya había olvidado por completo y que me hace pensar que mi fin se acerca. Me quedo más tranquilo sabiendo que tú lo tienes todo. Y... la verdad es que, ahora que te lo he contado, me encuentro muy a gusto sabiendo que conoces toda la historia. ¡Es curioso, ha sido como una liberación! Creo que hasta no me importaría que os enrollaseis Fael y tú.

—¡Pues podías haberlo pensado antes de entrometerte! —intervino Raffaele—. Me has hecho perder mi oportunidad y, ahora, no quieras hacer de celestina, que tu hermana ya está con otro.

Michael miró con sorpresa a Gabriel y a Jophiel, y estos negaron rotundamente con la cabeza.

—¡Eso me lo tienes que contar! —exclamó.

—Sí, cuando tú nos cuentes quién es esa persona que acaba de reaparecer, de pronto, y que te ha hecho temer por tu vida y por tus bienes.

Mike se levantó de su asiento, echándose el cabello hacia atrás con las dos manos.

—Se trata de Elizabetta —Y miró a Raffaele arqueando las cejas.

—¡Michael! —exclamó, ahogadamente, Zaffie, llevándose las manos a la boca.

—¡Tranquilos, no os preocupéis! —dijo, mostrando las palmas de sus manos—. Desde hace unos años, yo solo tengo ojos para tres mujeres; una murió hace poco, otra es mi hermana pequeña y la otra eres tú, Zaffie. No me fío absolutamente de ninguna otra, ya lo sabes.

Zaffie se sonrojó ante el guiño espontáneo que Mike le envió.

—¿Cuándo os habéis vuelto a ver? —preguntó Joph.

—No, ella a mí no me vio. Pero estaba con alguien al que no me esperaba que conociese tan bien: Orson.

—Yo tampoco sabía que la conociera —se sorprendió Fael—. Aquel pequeño desliz que tuviste se lo ocultamos tu padre y yo; si no, hubieras estado acatando trabajos duros por haber caído de manera tan inocente en brazos de una arpía como ella.

—Pues les pillé a los dos y no me gustó nada. Mantenían una actitud más que cordial para un par de personas que se hubieran acabado de conocer —dijo, con doble intención—. Ya sabéis lo persuasiva que puede llegar a ser Elizabetta y él no es un cándido jovencito como lo era yo por aquel entonces. Vale que yo no captase nada cuando la conocí, pero Orson tiene suficientes eones de existencia como para saber con quién se puede codear o no, y de qué modo.

—Pero ¿les pillaste haciendo qué, exactamente? —quiso Raffaele que concretase.

—Les pillé hablando en un callejón cercano al portal de su despacho, pero si a Elizabetta no le atas las manos parecen tentáculos a tu alrededor. Y no es que Orson no hiciera nada por evitarla, sino todo lo contrario, se dejaba querer y cada vez la acercaba más y más a él.

—¿Cuándo fue eso? —preguntó Gabriel.

—Esta misma mañana. Quise pasarme por allí, en plan sorpresa, para ver si me acompañaba al aeropuerto a recoger a Steven. Así que en cuanto empecé a ver que la cosa se ponía comprometida entre los dos, salí huyendo y fui directo a la notaría, antes de recoger a nuestro abogado, para que redactase mi testamento en vida, con la mayor urgencia posible antes de volver a verle y para retirarle, de paso, todo el poder y el control sobre mis asuntos.

—¡Pero no hacía falta que me lo donases todo hoy! —le increpé—. Podías haber esperado a llegar a Vancouver y no se hubiese enterado de nada. Su reacción no me ha gustado nada.

—Se hubiera enfadado igual. Se ha vuelto algo temperamental y, últimamente, está muy irascible y no se controla; por eso, me he puesto en guardia cuando os he visto allí —se dirigió a todos—. Entre lo que yo le tenía preparado y la mirada que os ha lanzado cuando habéis entrado en su despacho, he temido que lo pagase con Angie. Así que ahora que estamos aquí reunidos os pido, por favor, que dupliquéis vuestra atención y vuestro cuidado sobre ella. No os preocupéis tanto por mí, ella es lo importante y, ahora, que sabe nuestro secreto, mucho más.

—Michael —dijo Raffaele—, el único que le interesa eres tú. No podemos retirarte nuestra vigilancia y lo sabes. A Angie no le quitaremos ojo, pero ella, inconscientemente, se ha autoprotegido gracias al colgante que le regaló tu madre al bloqueo mental que ejerce para impedir el acceso a sus pensamientos y a ese brazalete del que no se separa.

Mike me cogió el brazo izquierdo y me levantó la muñeca para apreciar aquel pequeño trozo de William.

—¿Y... esto te protege?

—Sí, es un regalo. Superchería africana.

—¡Es original! ¿Quién te lo ha regalado? —preguntó Mike.

—El viernes te lo presentaré, va a venir a la fiesta.

—¿Alguien nuevo en tu vida? —preguntó, intrigado.

Asentí con la cabeza, sonriendo.

—¡Genial! Otro mortal más de quien preocuparse en caso de que se le ocurra aparecer a Orson en la fiestecita —exclamó Mike.

—¿Llevas tiempo desconfiando de él o solo desde que le has visto con Elizabetta? —preguntó Raffaele.

—Bueno... desde hace ya unos años. No había que ser muy avispado para darse cuenta de que mi padre se excedía en lo que le correspondía enseñarme. Cada vez aparecía más por aquí y se dedicaba a afianzar lo que, supuestamente, ya tenía que haberme enseñado Orson. Vuestra animadversión hacia él y en concreto la tuya, Fael, me hizo replanteármelo todo. Y, para colmo, lo de Angie desde el accidente y esa obsesión que le dio por ir en contra de él —expuso—. Así que solo he tenido que sentarme a esperar que me llegase alguna señal.

—¿Y por qué no nos comentaste algo? —preguntó Zaffie—. ¡Te has arriesgado, todo este tiempo, a poner en peligro tu preparación por no decir que te parecía insuficiente!

—Y yo, ¡¿qué queríais que os dijera?! —exclamó, sorprendido—. Vosotros sois los guardianes y los que conocéis a Orson desde hace más tiempo. Con toda la experiencia que tenéis, ¿qué podía hacer yo? Continué mi formación a su lado lo mejor que pude, aunque sabía que estaba preparado para mucho más. ¡Pero si ni siquiera mi padre cortaba eso de raíz, no iba a ser yo el que lo hiciese! Después ocurrió lo del accidente, el cual no me esperaba en absoluto; al menos, no de manera tan repentina. Sin embargo, gracias a esta carta comprendo muchas cosas —Michael le pasó la carta a Fael para que la leyesen él y todos los demás.

»Os juro que he estado esperando una reacción por parte de alguno de vosotros. He entrenado por mi cuenta, y a escondidas, para fortalecerme y estar preparado para lo que pudiera pasar. He intentado comunicarme con mi padre desde el día en que murió y ¡por fin, ahora, me llega otorgado de la mano de mi hermana mortal! —me miró sonriendo—. Y me alegro. Ha sido liberador hablar de todo esto contigo, Angie, y con todos vosotros.

Me eché en sus brazos y le abarqué todo lo que su corpulencia me permitía.

—¡Vale, vale! Y, ahora, a ver dónde está el regalo de Anita. Que vosotros no sé, pero yo llevo dos días sin probar bocado, reservándome para esos antojitos mexicanos.

Raffaele entregó la carta a Zaffie, después de leerla, y salió para avisar de que preparasen la cena en un comedor de verano al que se accedía desde la cocina y que estaba cerrado por una cristalera.

—Me tienes que enseñar tus alas —dije, dándole un codazo.

—No podemos hacerlo delante de los mortales. Y si algún día las ves, no será por nada bueno, ya que, aparte de para estirarlas a diario, las desplegamos para entrar en combate.

Mi hermano me contó que cada ángel soporta un número de alas según su categoría y posición jerárquica. A nivel terrenal, soportaban muchas menos que a nivel espiritual; de tal modo que si un ángel se llegase a transformar en esta dimensión, su anatomía presentaría, a ojos de un humano, desde el par de alas que estábamos acostumbrados a ver en tantas y tantas ilustraciones conocidas, hasta un máximo de seis apéndices aerodinámicos; sin embargo, en la realidad de su esencia dimensional era mucho más complejo, llegando a tener hasta cientos de pares según su grado de importancia en la escala angelical.

Al igual que en las aves, la envergadura de sus alas les aportaba fuerza y alcance en altura durante sus vuelos. Sus alas adquirían más peso en base a sus conocimientos y experiencia. Aunque había ángeles de nueva generación, como Mike, que ya portaban tres pares de alas; fruto, en este caso, de la herencia de mi padre y de su futura función como arcángel.

Zaffie, Joph y Gabriel, al no ser jefes custodios, contaban con menor número de alas, aunque, en combate, eso les permitía ser más ligeros y ganar velocidad para esquivar al enemigo.

En batalla todos trabajaban en equipo, por eso, entrenaban juntos, para conocer en detalle a sus compañeros y colaborar entre ellos.

—¿Y, después de tu transformación, seguiremos en contacto? —pregunté, esperanzada—. Me cuesta creer que vaya a perderte igual que a papá y a mamá.

—Con papá lo estás a través de este colgante que reforzó para protegerte —lo cogió entre sus dedos para observarlo—, pero yo intentaré comunicarme contigo, te lo prometo —dijo, pasando su brazo por encima de mis hombros para estrecharme contra él mientras besaba mi cabeza.

—¡A cenar! —gritó Fael desde la puerta de entrada al salón.

Nos sentamos a la mesa y la cena se prolongó entre risas y charlas.

Parecía que a Mike ya no le importaba tanto la celebración de su fiesta de cumpleaños. Hablaba de ella interesándose por los invitados, por la música o por los manjares que habíamos elegido. Los chicos empezaron a comentar lo que llevarían puesto.

—Hablando de ropa —les interrumpí—. Tengo que deciros que Zaffie va a llevar un vestido de escándalo y que, como alguno de vosotros no aprovechéis la ocasión, va a hacer que cualquier listo os la quite de las manos. —Y, mirando fijamente a Mike, terminé diciendo—. ¡Y os estaría bien empleado!

Michael sonrió abiertamente a Zaffie y, sin dejar de mirarla, dijo en un tono perfectamente audible para todos:

—¡Angie! Ya tenía pensado pedirle que fuese mi acompañante, así que no te adelantes, a ver si me va a decir que no y me llevo un chasco.

Todos esperamos a ver quién hablaba a continuación.

—Bueno, pues... en ese caso, Joph y yo nos vamos ya —dijo Gabriel, rompiendo el hielo—. ¿Se viene alguien con nosotros?

—Zaffie y yo nos quedamos aquí. Tengo que hablar con ella sobre un asunto que nos llevará casi toda la noche —dijo Mike, adelantándose al pensamiento de todos, pero sin dejar de mirarla a ella—. Y, Fael, mañana por la mañana no contéis con nosotros dos para los entrenamientos, ¿vale? Déjame descansar por una sola vez, por favor, creo que me lo merezco. Prometo verte a lo largo del día, ¿de acuerdo?

Raffaele, por el gesto que puso, no parecía muy conforme con aquello, pero terminó respondiendo:

—Está bien, pero no os olvidéis de abrir las ventanas al amanecer para que mis plantas y, sobre todo, mi nuevo bonsái pueda respirar.

—¡Vale, aun a costa de cogernos una pulmonía! —replicó Mike, en tono condescendiente.

Nos levantamos todos y fuimos hacia la puerta de salida.

—¿Te traigo algo de ropa mañana? —le pregunté a Zaffie al oído.

—Te lo agradezco —respondió—. Si no, será difícil escaparme por mi cuenta.

Le di un beso en la mejilla a ambos y me dirigí a mi coche acompañada por los chicos.

—Esta noche yo ocuparé la habitación de Michael —dijo Fael, dirigiéndose a Gabriel y Jophiel—, así que quedamos a las cuatro y media en el salón principal del colegio mayor.

—¡Pero, Raffaele, eso es muy pronto! —se quejó Gabriel.

—¡He dicho a las cuatro y media, y no se hable más! —contestó Fael, de modo tajante—. Buenas noches.

—De acuerdo, hasta mañana —corearon ambos amigos, antes de alejarse de nosotros en dirección a los jardines traseros de la casa.

Confesiones

Apagué la alarma del móvil antes de despertar a todas las residentes del ala en el que me encontraba. Al haber quedado con Raffaele en vernos en el salón principal a las ocho y media de la mañana, me daría tiempo a correr un rato y localizar algún sitio para hablar con William, alejada de aquella residencia repleta de seres celestiales.

La famosa niebla de Seattle me dio la bienvenida esa mañana y gracias a ello, no me crucé con nadie. Salí por los alrededores del campus y llegué a un pequeño lago con una tarima de madera en el centro sobre la que se veían algunos patos. Subí la cremallera del forro polar y cerca de un banco comencé a hacer mis estiramientos.

Cuando terminé, me senté para comunicarme con William a larga distancia por primera vez. Fijé la mirada en un punto en concreto, visualizando en mi mente el colgante y su peculiar tintineo, el cual le ayudaría a distinguirme de todos los demás. Formé la imagen de la esfera roja dentro de su jaula de oro blanco y rematada por un minúsculo diamante en lo alto. La mantuve en mi mente por espacio de cinco segundos, quince, treinta...

—*¡Angie!* —contestó al fin.

—*¡Hola! Creía que me estabas castigando por no haberte llamado antes.*

—*Perdona, pero es lo que he tardado en deshacerme de los clientes del safari.*

—*Dijiste que podías estar comunicado y haciendo otras actividades al mismo tiempo.*

—*Cierto. Pero para ser la primera vez que hablo contigo, desde que te fuiste, no quiero tener que estar haciendo de guía turístico, también. Prefiero mantenerme totalmente pendiente de nuestra conversación.*

—*Si eso significa que les has abandonado frente a esos queridos rinocerontes tuyos, mejor te llamo más tarde; a ver si vas a tener alguna baja y te denuncian por ello.*

—*No, les he dejado frente a los hipopótamos, pero están con Axel, así que todo controlado.*

—*¿Y tú?, ¿dónde estás ahora?* —pregunté.

—*Donde te di el primer beso.*

A mi mente llegó el recuerdo de aquel espacio, en mitad de la sabana, que invitaba a charlar con una copa de vino en la mano frente a una buena hoguera, y donde dejé los últimos restos de mis padres. Reviví aquel momento, en el que William se apoderó de mí con su mirada, su calidez, su aroma y aquel beso que fue el detonante para desear entregarme a él en cuerpo y alma.

—*En Seattle estamos a unos seis grados y con una niebla terrible, pero me acabas de recordar algo que igual hace que me quite la chaqueta que llevo encima del subidón que me ha dado.*

—*¿Estás en la calle?* —preguntó, extrañado.

—*Sí, he salido a correr un rato porque aquí no es fácil comunicarme contigo. Casi siempre estoy rodeada por alguno de los ángeles custodios y si no estoy en el colegio mayor, donde hay un Elohim, que es el director de la residencia, estoy en casa de Raffaele, que para colmo vive al lado de Orson y que ya está confirmado que no es ningún cándido angelito.*

– ¡Vaya, Sherlock, has descubierto muchas cosas en menos de una semana!

– ¡Pues, sí, señor! Y resulta que el enigma me lo resolvió mi propio padre a través de una carta, dirigida a mi hermano, que yo llevaba encima desde la primera vez que estuve en Kenia. Él era un Elohim, Mike es un Nephilim, que se transformará antes de un año en arcángel, y todos los demás son sus ángeles custodios. Me enteré de la condena de mi madre y del porqué de ella; y cuando conseguí hablar con Raffaele, lo cual no me resultó nada fácil, le expresé el amor que siento hacia ti y que, sinceramente, no me atraía nada la idea de terminar calcinada viva dentro de veinticinco años. Él lo ha asumido ya y hemos quedado como buenos amigos.

– Pues me alegra oír eso, porque cuando has dicho que pasas mucho tiempo en su casa me ha sonado a que quien se quedaba fuera de juego era yo.

– No es el caso, pero como sigas desconfiando de mí, sí que te vas a quedar fuera de juego, así que calla y escucha.

– ¡A sus órdenes! –dijo, en tono burlón.

– El tema de la herencia se resolvió con la presencia, en el despacho de Orson, de todos los amigos de Mike. Pero lo increíble fue que Mike me cedió toda su herencia, en ese momento, bajo un poder notarial que le fue entregado a nuestro nuevo abogado. Parece ser que mi hermano tampoco se fía de Orson. En un principio, cuando le conté a Mike todo lo que había descubierto sobre sus vidas, no le gustó nada.

»Pero, poco a poco, le fuimos haciendo ver que para mi salud mental era mejor saberlo. Además, ¡por fin se ha enrollado con Zaffie! Y tiene incluso ganas de que se celebre la fiesta y yo, de presentártelos a todos allí. A Mike no le he querido contar nada sobre ti, pero Raffaele intuyó tu naturaleza y se lo contó al resto de los custodios. Les parece bien que te presentes aquí por si llega el caso de que necesiten ayuda.

—¿Qué tipo de ayuda?

—No sé, hablan mucho de si aparecerá en la fiesta gente no deseada. Tanto Raffaele como los demás entrenan a diario, pero, según dicen, Mike no ha sido bien instruido por Orson, que fue al que mi padre encargó ser su tutor y maestro. Yo creo que es más una cuestión de alerta que otra cosa. ¡Ah, por cierto! He reservado una habitación para nosotros en el hotel Fairmont de Seattle, así el sábado podremos salir hacia Vancouver y estar solos en mi casa unos días.

—¿A qué hora es la fiesta?

—Empezará alrededor de las seis de la tarde, pero dime a qué hora llegas y te voy a buscar al aeropuerto.

—Cariño, yo no necesito ningún avión para trasladarme de una parte del mundo a otra, ¿recuerdas? Nos vemos en el hotel a las tres de la tarde de mañana viernes. Mi equipaje llegará antes que yo. Y, ahora, ve pensando en resguardarte en algún sitio porque te oigo tiritar, al final vas a caer enferma y mañana la necesito en perfectas condiciones físicas, señorita Urech.

—¡De acuerdo! —dije, apenada por tener que acabar nuestra conversación—. *¿Sabes que ya te echo de menos?*

—Y yo, mi amor. Mañana nos vemos.

Tras coger la ropa de Zaffie para que se cambiase y pasarle las llaves de mi coche a Raffaele para que condujese, terminamos desayunando en su casa junto a los dos tortolitos que no pararon de hacerse arrumacos, sin importarle la presencia de los que allí estábamos. Ambos aguantaron, estoicamente, los comentarios jocosos de Gabriel, que no paró de meterse con mi hermano por haber perdido tanto el tiempo.

Cuando terminamos de desayunar, Fael se dedicó a sus plantas. Jophiel estuvo montando el sistema de reproducción de música, conectando a través de varios ordenadores los diferentes bafles que colocó estratégicamente por toda la casa. Mike tuvo que conformarse con estar todo el día con Gabriel, que le tuvo entrenando hasta la noche como castigo por haberse saltado su cita de la mañana y haber conseguido que Fael les hiciese a ellos entrenar aún más temprano de lo que acostumbraban a hacerlo; aunque, de paso, supuso una maniobra de despiste para alejarle de la casa, ya que Zaffie y yo aprovechamos para poner la decoración y terminar de comprar lo que nos faltaba, mientras me contaba su apasionada noche de amor con mi hermano y reforzábamos, de aquel modo, nuestra amistad.

El día pasó más lento de lo que esperaba y eso que estaba ansiosa porque llegase la fiesta de cumpleaños de mi hermano. Por fin se iba a celebrar la única que hubieran disfrutado mis padres, de seguir con vida; incluso, parecía que Mike se divertiría. Pero, más que nada, sería la presentación oficial del que yo había elegido como pareja en mi vida.

Desde el primer día en que William decidió mostrarse ante mí, como lo que de verdad era, tomó su decisión; la mía había sido tomada mucho antes, quizás desde el mismo día en que le conocí y sin que él lo supiera.

Aquella noche cenamos en un restaurante y nos retiramos pronto para poder aguantar al día siguiente hasta altas horas de la noche. Zaffie se fue a dormir a la habitación de mi hermano; privilegios que tenían ciertos estudiantes por ser quienes eran. Pero, aun así, Fael no les permitió volver a saltarse ni un entrenamiento más y ordenó a todos que se encontrasen con él a las cinco en punto de la mañana.

Al día siguiente, mientras recogía todo mi equipaje para llevarlo al hotel, Zaffie llegó exhausta.

—¡Hoy casi acaba con nosotros! —dijo, tirándose sobre la cama—. Raffaele se ha vengado por lo de ayer.

Fael me recordaba mucho a William y su tesón a la hora de enseñar.

—¿Y qué hacéis para estar tan cansados? —pregunté.

—Pues a primera hora de la mañana, y antes de que empiece a merodear gente a nuestro alrededor, apariciones y desapariciones y técnicas de invisibilidad con despliegue de alas; después, series de *kick—boxing*, artes marciales combinadas, combate físico y mental... ¡Pero es que hoy lo hemos hecho todo por triplicado! Y menos mal que no estábamos en las cataratas de Snoqualmie, si no, nos hubiese tenido allí hasta la caída del sol. ¡Con eso de que allí no hay que esconderse de nadie, se aprovecha!

—Quizá solo quiere que estéis preparados para esta noche, se muestra muy precavido ante la fiesta.

—¿Sí? Pues no vamos a poder movernos. Yo necesito dormir algo o no aguantaré.

—¡O sea, que no habéis pegado ni ojo esta noche! —ella me respondió cerrando los ojos y suspirando profundamente—. ¡Anda, descansa! Y no te preocupes, yo me encargo de esperar el *catering*. Nos vemos luego.

Antes de llegar a la casa de Fael, me pasé por el hotel para dejar el equipaje y preparar la ropa que me pondría esa noche.

Alrededor de la una entraba en la habitación de nuestro anfitrión para dejar la caja con el regalo de mi hermano. A las dos de la tarde trajeron la comida con todo lo que Zaffie y yo habíamos encargado: canapés, quiches, *focaccias, souffles, sushi* y diferentes tartas, entre ellas, la preferida de Michael. Ayudé a Giovanna y a Francesca a colocar todo en su sitio para que, llegada la hora, solamente tuvieran que calentar y reponer lo que se necesitase. Sacamos las bebidas que no necesitaban frío para que cada uno se sirviese, aunque, también, iba a haber cócteles preparados en la cocina, que se presentarían en bandeja.

Cuando todo estuvo listo y los del *catering* se fueron, salí hacia el hotel.

Esperaba encontrarme con William en el *hall* principal, pero allí no estaba y ya eran las tres y cinco. Pregunté en conserjería por si habían dejado algún mensaje para mí, pero nada. Así que subí a la habitación y, al abrir la puerta, lo primero que vi fue una maleta que no reconocí.

Por un momento, pensé que me había confundido. Miré el número de la puerta, de nuevo, comprobando que sí que era la mía y, de pronto, noté que alguien tocaba mi hombro.

Sorprendida, me giré y le vi.

—¿Llego tarde? —preguntó, con una sonrisa que le iluminó el rostro.

—Justo a tiempo —contesté, agarrándole del jersey de cuello vuelto que llevaba debajo de una gabardina gris oscura y atrayéndole hasta mí para recibirle con un beso tan ardiente que no me permitió notar en qué momento me alzó en brazos, traspasando conmigo el umbral de la puerta, que cerró con una estrepitosa patada.

Tan solo pude percibir su deseo, notar que me tumbaba sobre la cama y saber que, en ese momento y tras desnudarnos, el tiempo se paraba para ambos, reviviendo de nuevo la pasión intensa que me atrapaba cada vez que me entregaba a él. Sin apenas hablar, solo escuchando nuestros cuerpos, oliéndonos y degustándonos, palmo a palmo, hasta sentirle desbordar su esencia en mi interior, colmándome por completo.

Cuando conseguimos reponernos del reencuentro tan necesitado, atemperando los jadeos posteriores al fruto del placer mutuo, rebusqué en su abdomen la marca dejada por la escama que usó para hacer mi brazalete.

—Te dije que se regeneraría rápido —dijo, besándome con aquellos labios carnosos, henchidos de gozo—. Ya luzco una nueva y brillante.

—Me moría de ganas de volver a estar contigo —dije, tumbándome encima de él para mirar sus ojos dorados—. No sé si soportaré estar mucho tiempo alejada de ti.

—Yo ya sé que no puedo estarlo, Angie. —Acarició mi pelo—. Estos días en Igoli se me han hecho interminables.

—Siento no haberme comunicado contigo antes, pero la cascada de información que he ido recibiendo, a lo largo de la semana, lo complicó todo y no tuve ni un rato para poder hablar contigo.

—Y ahora que ya has destapado el secreto, ¿qué tal lo llevas? ¿Te ha sorprendido descubrir la naturaleza de tu familia y de los que la rodean?

—No tanto como me sorprendió verte transformado en un dragón colosal y sentirme tan atraída por ti que me diese igual lo que fueras o lo que hicieras —afirmé con rotundidad.

—Eres una mujer fuerte y valiente. Cualquier otra se hubiese desmayado de la impresión.

—Sin embargo, aún no he tenido tiempo para asumir lo que está por ocurrirle a Mike. Estoy muy preocupada por él —confesé, apoyando la barbilla sobre su pecho—. Ni siquiera sabe lo que le va a pasar durante su transformación ni cuándo se producirá. Y está muerto de miedo. Lo noto.

—Sé que te inquieta su final, pero trata de asumirlo como lo que es: la transición hacia la eternidad para cumplir la función que tiene encomendada. Ellos nacen, se forman y toda su existencia se limita a eso. Gracias a ellos, el mal no prospera tanto, ni en este planeta ni en el resto del universo.

—Lo entiendo, pero me da rabia que haya farsantes asquerosos, como Orson, que se vendan a esas fuerzas oscuras y que encima quieran acabar con mi hermano. ¡Era el mejor amigo de mi padre y todos confiábamos en él! —exclamé con rabia.

—Hay muchas cosas injustas que, a veces, son necesarias para evolucionar. Lo que hay que intentar, con ese tipo, es tratar de minar sus fuerzas y desenmascararle pronto; aunque, por lo que cuentas, ni siquiera los ángeles custodios saben cuánto ha llegado a sucumbir, ¿verdad?

—Han estado esperando, y aún no sé por qué, y se han limitado a reforzar lo poco que Orson le enseñó a mi hermano. Incluso Mike se percató de algo y desconfió de él, pero se encontraba atado de pies y manos, siendo mi padre y ellos quienes eran, así que se calló y esperó a ver qué ocurría. Al menos, ya se ha convencido de que no es buena su compañía.

—Bueno, hoy es su fiesta de cumpleaños, así que disfrutemos de ella —dijo, mientras me apartaba con suavidad hacia un lado y se incorporaba, desnudo como estaba, para abrir su maleta y empezar a sacar cosas.

—¿Cómo es que ha llegado tu equipaje antes que tú? —Me regodeé en mirar su silueta—. ¿También lo envías teletrasportado?

—No, lo mandé con antelación en un avión de carga. Después, solo tuve que contratar a alguien para que lo recogiese y lo trajera hasta aquí. No hay misterio en ello.

Entonces, sacó de su maleta una caja de terciopelo negro, más pequeña y cuadrada que la que me dio a mí cuando me regaló el brazalete y, abriéndola, me mostró lo que había dentro.

—¿Qué te parece como regalo para tu hermano? —dijo, sacándola para que la viera de cerca.

Se trataba de una pulsera de cuero marrón oscuro con una pequeña lámina de oro blanco que hacía las veces de cierre de aquel grueso cordón, cosido en toda su longitud, y que parecía guardar algo en su interior.

—¿Qué hay dentro? —pregunté, intrigada—. Suena algo.

—Está rellena con tierra de la llanura de los ancianos, justo del mismo sitio en donde enterramos las cenizas de tus padres. Ya sabes que todo lo que hay allí es sagrado —explicó—. Le dará un considerable aporte de energía a tu hermano y algo de protección. Los ángeles no son muy dados a ponerse amuletos, pero he pensado que, en vista de la situación que se le presenta, no le vendrá mal un poco de ayuda extra.

—¡Es preciosa! —Y la volví a guardar en su caja.

Me levanté de la cama para sacar mi ropa interior de uno de los cajones del armario.

—¿Quieres que nos vayamos mañana a Vancouver? —preguntó.

—Sí, llevo demasiado tiempo aquí y me apetece pasar unos días contigo a solas en mi casa, antes de que te tengas que marchar. Quiero enseñarte todo aquello, te va a encantar.

—Conozco bien aquel terreno. Pero no será lo mismo disfrutarlo en tu compañía y de manera pacífica, para variar. Las otras veces que he tenido que venir por estas latitudes ha sido para entrenar con mi abuelo o por alguna batalla que librar —dijo, mientras me agarraba de la cintura.

—¿Has luchado por aquí?

—Entre lo que hoy en día es Canadá, Alaska y el norte de los Estados Unidos, varias veces. A los ángeles les encanta vivir por estas tierras de clima húmedo, frío y con paisajes frondosos. Eso aumenta los riesgos, con lo cual hay muchos más guardianes de sus almas por esta zona que en otras partes del planeta.

—¡O sea, que conoces a los guardianes que protegen las cenizas de mis padres en Whistler y en la isla! —exclamé, con asombro.

—Es terreno de Robbie, uno de mis mejores amigos —confirmó—. Y tendré que pedirle permiso para poder cazar, ya que sus hembras no me dejarán hacerlo solo.

—¡Oh, oh! —dije, frunciendo el entrecejo—. No sé si me gusta la idea de que te vayas a cazar por ahí solo con guardianas, jóvenes y atractivas. —Acaricié su pecho torneado y sin vello.

—No son guardianas, son guerreras —dijo, mientras me mordisqueaba y me besaba en el cuello, desviando mi atención—. Y ya sabes que no me atraen las dragonas tanto como las humanas.

—¡Sí, menudo consuelo! Ahora, no solo me tengo que preocupar por las de mi especie, sino que también lo tengo que hacer por las de la tuya.

—Tesoro, no somos muchos los que terminamos nuestra existencia apareándonos y conviviendo con seres humanos, pero te aseguro que eso no va a hacer que ninguna de ellas luche para apartarme de tu lado. No es que nos repudien, pero evita que se interesen por nosotros. —Empezó a lamerme el lóbulo de la oreja—. Así que volvamos al tema de encontrarnos en tu casa solos, por mucho que tenga que vérmelas con todas las dragonas de la costa del Pacífico. —Y volvió a esconder su cara entre mi pelo para besarme el cuello de nuevo.

—¿Cuándo te tienes que marchar? —pregunté, abrazándole mucho más fuerte.

—¿Hasta cuándo quieres tú que me quede? —replicó, alzando la cabeza y mostrando una de sus irresistibles sonrisas.

Empecé a hundirme en aquella mirada tan enigmática, variando entre sus ojos a velocidad de vértigo por la marea de ideas que se me apelotonaban en la cabeza.

—¡Para ya de mover los ojos de ese modo! —exclamó, restregándose los suyos con los dedos de una mano, al tiempo que se apartaba de mí unos pasos hacia atrás—. Me pone muy nervioso y me incapacita para leerte la mente.

—¡Dijiste que no lo volverías a intentar! —le recriminé.

—Alguna ventaja tenía que tener sobre ti y tu influjo de mujer. —Se separó un poco más, mirándome a una distancia prudencial—. A cambio, esta noche te permitiré que escuches algunas de mis conversaciones con gente de esa fiesta.

—¿Como cuando os escuché a Axel y a ti hablando durante la cena? —recordé.

—Sí, solo que, en este caso, no serán dragones con quienes hable, si no, no podrías escucharnos; ya sabes que antes te lo tienen que permitir.

—¿Y por qué tienes interés en que te oiga? —pregunté, interesada.

—Porque es la manera que tienes de ampliar tus conocimientos de manera más directa. A mí me confesarán cosas que a ti ni se les ocurriría contarte. Y, sobre todo, porque, llegado el caso, te servirá para hacer una cosa de suma importancia.

—¿El qué?

—Huir lejos de la casa de Raffaele si te digo que lo hagas. Y se trata de una promesa, así que a ver dónde dejas tu listón de honorabilidad.

Me giré para evitar continuar hablando de aquello, pero él me siguió en dirección al baño.

—¿Acaso dudas de mi palabra? —pregunté, ofendida, al tiempo que me metía en la ducha.

—Sí, lamentablemente, sí —respondió, sin el menor atisbo de duda, mientras se preparaba para afeitarse—. Has sido capaz de abrir una carta que no iba dirigida a ti y de sustraerle algo a tu propio hermano sin su permiso.

—¡Pero eso no cuenta, ha sido por una buena causa! —le increpé.

—Una buena causa para ti, porque a él seguro que no le ha hecho ninguna gracia. Pretende protegerte, como todos los demás. Este nuevo mundo que se abre ante tus ojos es fascinante en muchos aspectos, pero también es extremadamente peligroso. Y no sabes a lo que nos tenemos que enfrentar ni unos ni otros.

—¡Y, encima, vas y me regañas! —exclamé, ofendida—. Soy humana, cometo fallos y vosotros, seres perfectos y extraordinarios, contáis con que tengamos esas imperfecciones —dije, mientras me lavaba el pelo.

Al instante, descorrió la cortina de la ducha y dijo, mientras me miraba con su cara embadurnada de espuma de afeitar:

—Lo de la carta de tu hermano me da igual, pero te regaño de antemano porque, además de humana, eres mortal; y no quiero que a una orden mía, esta noche, hagas lo que te parezca oportuno y arriesgues tu vida —elevó su voz para hacerse escuchar por encima del murmullo del agua.

—Con esta facha no se puede hablar seriamente, William —dije, con la cabeza llena de jabón.

—No sé qué voy a hacer contigo. —Se giró para empezar a afeitarse antes de que toda la espuma le escurriese por el cuello.

—Solo piensa una cosa —dije, para que se calmase—, ¿te crees que yo no huiré lejos, si me ordenas que me largue porque os vais a tener que transformar, delante de mis narices, tú, mi hermano y todos los custodios, frente a quien sea que me quieras apartar?

—Eso es, exactamente, lo que espero que hagas, llegado el caso —dijo, en un tono más calmado, mirándome a través del espejo—. Por lo demás, disfrutemos de la fiesta, ¿de acuerdo?

No sabía qué pensar de todo aquello. Tanto los chicos como William creían que el peligro acechaba. Quizás se trataba de un miedo infundado, así que mejor olvidarse por el momento. Y, de cualquier modo, teniendo al lado a William me encontraba segura; había visto solo una vez su naturaleza real, pero estaba segura de que en caso necesario no sería un rival fácil de derrotar.

Continuamos sin hablar mientras él se duchaba y yo me maquillaba, vestida exclusivamente con ropa interior, evitando cualquier cercanía que despertase el deseo latente que conseguiría no movernos de aquella habitación en toda la noche.

—Antes me has preguntado que cuánto tiempo quiero que te quedes y no te he contestado —le dije, mientras aplicaba el rímel en las pestañas, esperando para dar una segunda capa, al tiempo que él se secaba con la toalla tras salir de la ducha—. Me da igual en qué parte del mundo estemos, pero no me quiero separar de tu lado y... estoy dispuesta a dejar de volar, continuar haciendo los diseños que mi madre hacía para mi tío y establecerme en Igoli para compartir el resto de mi vida junto a ti. ¡Claro, siempre y cuando tú quieras! —Noté que mi pulso se aceleraba ante la confesión.

—¿Estás hablando en serio? —Se lió la toalla alrededor de la cintura y me giró para que le mirase directamente a los ojos.

Empecé a cabecear nerviosa, de lado a lado, mientras miraba al suelo.

—Ya sé que es una completa locura sentir lo que siento por ti, para el poco tiempo que llevamos juntos, lo sé y le he estado dando muchas vueltas a ello —dije, tragando saliva—, pero es lo que quiero desde que te conocí, William, pasar junto a ti el resto de mi vida.

—Lo único que sería una completa locura es dejar escapar este amor irrefrenable que nos ha unido y que nos convirtió en pareja de existencia desde el primer momento en el que estuvimos juntos —dijo, tomando mi cara entre sus manos—. Yo también te quiero para siempre a mi lado, Angie, es lo que más he deseado desde el momento en el que elegí mostrarme ante ti.

Con aquella declaración íntima, y sentándome sobre la encimera del lavabo tras tirar la toalla al suelo, nos dejamos llevar por una oleada de pasión hasta fundirnos el uno en el otro, liberando el éxtasis con el que sellamos así nuestro amor eterno.

La fiesta de cumpleaños

El recorrido hasta la casa de Raffaele no consiguió calmar nuestro fervor. Verle enfundado en aquel entallado traje negro, oliendo a su perfume habitual, hizo imposible relajar el golpeteo de mi corazón. A través de la camisa blanca que llevaba un poco desabrochada, se le veía su pecho color canela, por lo que tuve que pensar en otra cosa para no perder la orientación y acabar dando vueltas sin sentido por Seattle mientras le guiaba. A él también se le notaba tenso, ya que parpadeaba en exceso cada vez que me miraba de soslayo.

Estando aún en la habitación, después de retocarme el maquillaje y ponerme aquel vestido con tirantes de estilo heleno, realizado en gasa, y falda con tiras malva que llegaban solo hasta las rodillas, se le iluminaron los ojos con aquel brillo especial que le caracterizaba minutos antes de hacerme el amor. En ese instante, consiguió controlarse; tensó la mandíbula y entrelazó nuestras manos, jugueteando nervioso con mis dedos durante el trayecto en el ascensor y el recorrido hasta el coche.

Al llegar a la barrera de entrada a la urbanización e identificarnos ante el guarda de seguridad, vi que ya eran las siete y media de la tarde. Había demasiados coches aparcados dentro y fuera de la finca. Francesca nos abrió la puerta y cogió mi chaqueta para guardarla, momento que William aprovechó para susurrarme al oído:

—Si ves que evito tu mirada, es para no raptarte y profanar alguna estancia de esta casa poseyéndote en ella. Me va a costar mucho controlarme con lo bellísima que estás. —Y posó sus labios cálidos sobre mi hombro, haciendo que un escalofrío placentero me recorriese la espalda.

La luz amortiguada de efecto ahumado y la música que Jophiel había elegido ambientaban el *hall* de entrada en el que nos encontrábamos. La primera a la que vimos bajando por la escalera, agarrada de la mano de mi hermano, fue a Zaffie. Y, a pesar de llevar unos tacones mucho más altos que los míos, descendía con total seguridad por aquella escalera de vértigo, luciendo el vestido que le cubría los pechos, en su justa medida, y dejándole la espalda totalmente al descubierto.

Mike sonrió al verme y se dejó arrastrar por ella hasta nosotros.

—Zaffie, Mike, os presento a... mi pareja, William van der Milaray —quería decir más, algo mucho más concluyente sobre nuestra relación, pero cualquier otra cosa resultaría demasiado impactante para mi hermano, al menos, de momento. Ya le explicaría, más adelante, el compromiso que habíamos adquirido ambos y que superaba cualquier vulgar definición usada por los seres humanos.

—¡Encantada de conocerte, William! —dijo Zaffie, bajando reverencialmente la cabeza frente a él, antes de mirarle fijamente a los ojos mientras estrechaban sus manos.

—El gusto es mío —respondió él, inclinando la cabeza a su vez.

—¡Encantado, William! —exclamó Mike, estrechando su mano, también—. Por fin puedo darte las gracias, personalmente, por todo lo que hiciste por mis padres para acomodar sus cenizas y por la ayuda prestada a mi hermana.

—No hay de qué, fue un verdadero placer. Y, feliz cumpleaños —William extrajo, de uno de los bolsillos internos de su chaqueta, la caja con el regalo que le había traído—. Esto es para ti.

—¡Pero... no tenías que haberte molestado! —Mike abrió la caja y, para que no lo dudase ni por un instante, yo misma cogí la pulsera y se la puse en la muñeca derecha—. Muchísimas gracias, William. —Le estrechó la mano de nuevo.

Aprovechando que venían desde la cocina Gabriel y Joph, me lancé al cuello de Mike y le susurré al oído:

—¡Feliz cumpleaños, hermanito! Ve presentándoles, que voy a subir a por tu regalo.

—¿Es que aún hay más? —dijo, sorprendido—. Bastante regalo me has hecho con esta fiesta, Angie. Hay gente que hacía mucho tiempo que no veía.

—¡Ves como las fiestas son buenas, hombre! Mira todo lo que te has estado perdiendo estos años. Espera aquí, que vuelvo enseguida.

—Te acompaño —oí decir a Zaffie.

Al entrar en el cuarto de Raffaele para coger la caja con el regalo de Mike, aproveché para preguntarle:

—¿Sabe mi hermano quién es realmente William?

—Por nosotros, no. Eso es algo que tendrá que contarle él mismo. Michael no se ha dado cuenta de lo fundamental que es para tus padres; otra cosa más que omitió contarle Orson, la importancia de estos seres en nuestra existencia. Ni siquiera ha notado la fortísima energía que desprende esa pulsera que le ha regalado; es aún más potente que la de tu brazalete —y dijo esto al tiempo que me cogía del brazo izquierdo, donde llevaba colocado mi inseparable trozo de William, para apreciarlo de cerca—. Me tuvo confundida desde el primer día en que te lo vi puesto. Y hasta que Raffaele no me confirmó que te habías enamorado de uno de nuestros guardianes de almas, estuve pensando que había perdido facultades, a punto estuve de decirle que necesitaba un retiro definitivo. Es una de sus escamas, ¿verdad?

—Sí, casi me da algo cuando me enteré —confesé.

—¡Es un bonito gesto de amor! Además de ser muy útil, prácticamente crea una burbuja de protección a tu alrededor.

—Sí, igual que la pulsera que le ha regalado a Mike —le conté—. No dejes que se la quite nunca.

—¿De qué está hecha? —preguntó.

—En su interior lleva tierra del lugar sagrado en donde han sido enterradas parte de las cenizas de mis padres.

—¡Tierra de un *Centrum* sacro! Eso también lleva la huella de Uriel, de ahí su poder y ese halo energético que propaga —confirmó, sonriente—. Por cierto, ¡vaya pedazo de dragón que te has ligado! Hacéis muy buena pareja. Me alegro mucho por ti, te lo mereces.

—Gracias, Zaffie. ¿O debería decir «cuñada»?

—Sí, parece que tu hermano ha despertado del letargo en el que estuvo inmerso. Ya no teme tanto lo que le deparará el final de su vida en la Tierra. Lo que vivamos, ahora, se verá quintuplicado al reconocernos en nuestra existencia infinita, así que he decidido marcharme con él para facilitarle la transición.

—¿Hablas de... desaparecer junto a él? —pregunté, confundida—. ¿Estás segura?

—Es mi deseo y es irrevocable. Ya se lo he comunicado a Raffaele. Llevo demasiado tiempo por aquí y quiero estar junto a él, Angie, y sé que tú me entenderás.

Tenía razón, aquello mismo era lo que yo sentía por William y lo que nos acabábamos de prometer en aquella habitación de hotel antes de hacer el amor.

—¡Me alegro por los dos, Zaffie! —dije, abrazándola—. Aunque... se me va a hacer muy duro perderos a ambos de golpe. Pensar en la desaparición de Mike y, ahora, en la tuya también, aun sabiendo que eso es para lo que estáis destinados, no será fácil de asumir.

Zaffie se separó y me cogió de las manos.

—¡Angie, no estés triste! Sé que no es fácil de asimilar, pero piensa que no estarás sola. Nosotros dos, al igual que tu padre, vigilaremos tus pasos y te protegeremos allá donde estés. Dentro de poco te enseñaré a afrontar el tránsito por el que vas a pasar tras nuestra desaparición y, de ese modo, se te hará más llevadero, ¿de acuerdo?

Volví a abrazarla de nuevo y aproveché para secarme una lágrima que corrió por mi mejilla, intentando que no desbordasen muchas otras que hubiesen arruinado mi maquillaje.

Cuando regresamos al *hall* de entrada con el regalo de Michael, las miradas de Gabriel y de Joph confirmaron que habíamos acertado de pleno con la elección de los vestidos.

—¡Nadie va a poder competir con vosotras, chicas! Jugáis con ventaja y eso no está nada bien.

—¡Cállate, Gabriel! —le golpeó Zaffie en el brazo cuando llegamos a su altura—. ¡Venga, acompañadme a por algo de beber!

Los chicos se alejaron con ella, dejándome a solas con William y con mi hermano.

—¡Feliz cumpleaños, Mike! —dije, alargándole aquella caja—. Por fin puedo hacer esto sin temor a que entres en cólera y me arrojes el paquete a la cabeza.

—Te lo tiraré si no me gusta el regalo —dijo, sonriendo, al tiempo que me abrazaba.

Abrió la caja y sacó lo que había en su interior. Cuando consiguió desenvolverlo y apareció la réplica en alabastro de la Victoria de Samotracia, la alzó para poder observarla mejor.

—¡Es magnifica, Angie, una Niké alada! —exclamó, sorprendido.

—Me hubiera gustado que hubieses visto conmigo la auténtica, Mike. No sabes la impresión que te causa cuando subes por la escalinata de una de las entradas principales del Louvre y la ves ante tus ojos, desplegando sus alas. Te da la sensación de que va a salir volando por encima de tu cabeza. Cada pliegue de la túnica, cada detalle de su cuerpo, parece que son de verdad. Mamá supo captar, en esas fotografías que tanto te gustan, toda su esencia; sin embargo, verla frente a ti no se puede comparar con nada en absoluto.

—¡Me encanta, es muy hermosa! ¡Gracias, Angie, gracias! La dejaré en algún sitio para que no se rompa. Nos vemos luego. ¡Disfrutad de la fiesta!

Agarré de la mano a William para dirigirnos al salón principal de la casa. Fuimos abriéndonos paso entre la gente para acceder a los jardines exteriores, a través de un gran ventanal que estaba abierto. Por el camino, vimos a Stuart, el director del colegio mayor. Le presenté a William y pude observar que, al estrechar las manos entre ellos, mantuvieron el contacto y la mirada fija durante más tiempo del acostumbrado para un primer saludo entre completos desconocidos. Acompañaban a Stuart, dos profesores con sus respectivas mujeres. Estuvimos allí hablando sobre mi hermano y mi padre, a quien todos conocían en persona, y se deshicieron en halagos, especialmente, su amigo Stuart, en quien aprecié un hilo de nostalgia al recordarle.

Antes de despedirnos de ellos, los profesores de Michael me dijeron que ya había presentado su tesis y que tenía concedido el doctorado, al igual que sus amigos.

Avanzamos hacia el porche por el que se accedía al exterior, el cual estaba iluminado por diminutas luces que simulaban un cielo estrellado sobre nuestras cabezas.

—¿Te ha reconocido Stuart? —pregunté.

William se limitó a curvar sus labios.

—Si yo no le permito el acceso, no pasa de ser una simple intuición. Por lo general, nuestros mundos se mezclan únicamente para lo que estamos destinados a realizar; en ese caso, sí que nos reconocemos a simple vista. Pero hoy es la primera vez que me mezclo con tanto angelito vivo por un tema lúdico. Siempre que he tenido que tratar con ellos ha sido por ceremonias de abandono corpóreo. Entregan el cuerpo, nosotros lo recibimos y a partir de ahí empezamos nuestra función de guarda.

»No nos involucramos más, ni una parte ni la otra; además, tampoco sería bueno, ya que todos mantenemos nuestros secretos. Ambas especies somos suficientemente poderosas e importantes como para no permitir que se filtre información que le pueda llegar a ninguna de las fuerzas oscuras que nos rodean. Solo, en caso de necesidad extrema, nos unimos para ayudarnos mutuamente y luchar contra el mal.

—Por eso no les has hablado de Igoli, ¿verdad?

—Igoli es la razón de mi existencia. Pero ahora estás tú —dijo, acariciándome la mejilla—. Y os protegeré con mi vida —recalcó, rozando apenas mis labios con su boca para apartarla, inmediatamente, regalándome una de sus sonrisas más sugerentes.

Cuando giré la cara para continuar caminando, mostrándole con un gesto de cabeza mi disgusto por no mantenerlos allí quietos unos segundos más, vi de lejos a Raffaele, parado junto a un corrillo formado por tres personas.

Se mantuvo erguido, serio y con la vista fija en mí hasta que tomó la iniciativa de acercarse, caminando hacia nosotros con aquellos andares de modelo de pasarela que hicieron que más de una chica girase la cabeza para disfrutar de su cuerpo y de lo bien que le quedaba la camisa de cuadro Vichy, y sin corbata, que llevaba bajo una americana azul con pañuelo en la solapa y pantalón crudo.

Cuando llegó a nuestra altura, me agarró por la cintura con firmeza y me besó en la mejilla, por lo que no pude evitar apreciar el aroma tan intenso a jazmín que emanaba de él.

—¡Por fin llegaste! —dijo, a modo de crítica.

—Fael, te presento a... William.

Raffaele giró el rostro para mirar al que hasta ese momento había ignorado por completo. William alargó su mano y Fael se la estrechó reciamente, manteniendo la vista fija el uno en el otro durante un buen rato.

—Es un placer conocer al guardián de esta hermosa alma —dijo Raffaele en primer lugar.

—Lo mismo digo de su ángel protector —respondió William.

Se soltaron en el preciso instante en el que uno de los camareros pasó por nuestro lado.

—¡Probad la piña colada! Es francamente buena y no lleva nada de alcohol —dijo, mientras cambiaba su copa vacía por una llena y nos ofrecía una a nosotros—. ¡Acompañadme! Me gustaría presentaros a alguien.

Nos dirigimos hacia el grupo que minutos antes hablaba con él.

—Angie, William, os presento a Rashel, Aton y Amy, unos amigos que acaban de llegar de Buffalo.

—Teníamos muchas ganas de conocerte, Angie, hemos oído hablar mucho de ti —dijo Rashel, la chica rubia cuyo pelo caía en cascada por su espalda. Aparentaba unos treinta años, al igual que Aton, que también era rubio, alto y tan fuerte como Fael o William. La chica pelirroja, Amy, era más joven, pero igual de bella que Rashel; tenía la cara cubierta de pecas, lo que aniñaba bastante su aspecto.

—El gusto es mío —respondí a todos.

Raffaele tuvo que continuar con su función de anfitrión de la fiesta, al ser reclamado por un grupo de conocidas de su facultad. Noté el alivio de William al mantenerlo separado de nosotros y también la urgencia de Fael por alejarse, teniendo en cuenta que William no separaba su mano de mi cintura. Aunque más tarde me dijo que lo hacía para transferirme energía adicional que ayudaba a fortalecer mi muro de protección.

William no posó sus bellos ojos color miel, durante más de unos segundos, sobre ninguno de los miembros de aquel grupo de ángeles; y eso que el interés de ellos por conocerle más era patente. Sin embargo, no era muy amigo de que se inmiscuyesen en sus asuntos y se mantuvo inflexible en cuanto a hablar de su vida privada. Los ángeles le parecían demasiado indiscretos, para su gusto, según me contó cuando nos alejamos de ellos. Los dragones eran solitarios por naturaleza y ese afán grupal que hacía que los ángeles no se encontrasen solos casi nunca, a él, en concreto, no le agradaba en absoluto.

William se quitó la chaqueta para ponerla sobre mis hombros y su perfume habitual me llegó mezclado con su olor personal.

—Entremos en la casa —dije, mientras me acurrucaba contra su pecho y poníamos rumbo a la puerta de acceso al salón—. Está bajando la temperatura y te vas a enfriar.

—Los dragones no nos enfriamos, Angie, autorregulamos nuestra temperatura según el medio en el que nos encontremos.

—Entonces, ¿por qué ibas tan abrigado cuando llegaste al hotel? Me ha costado mucho trabajo desnudarte, parecías una cebolla con tanta capa de ropa encima.

—¡Vaya, nunca me habían comparado con una cebolla! —dijo, carcajeándose—. Tengo que vestir acorde al sitio en el que me encuentro. No hubiese sido muy normal verme en camiseta corta con los grados que marcaba el termómetro a esas horas.

El tipo de música había cambiado y la gente bailaba en aquel espacioso salón, al que le habíamos retirado la mayoría de los muebles para dejarlo diáfano por completo.

Me excusé con William para acercarme al aseo y, al salir de allí para regresar al salón, me encontré con Fael bajando por las escaleras.

—¿Dónde has dejado a tu guardaespaldas? —preguntó, mordaz.

—Disfrutando del ambiente —contesté.

—Parece buen tipo y su autocontrol es sublime, no se puede acceder a él de ninguna de las maneras —aseguró—. La verdad es que nunca he tenido una conversación distendida con ninguno de ellos.

—Ya, me ha puesto al día de la poca relación que mantenéis ambas especies. La limitáis a cuestiones de protección y defensa, ¿verdad?

Fael no quiso continuar hablando de eso o de él y cambió de tema de manera radical.

—Tu hermano lo está pasando en grande. Ha sido una gran idea lo de hacer esta fiesta.

—Sí, además, se le ve más relajado desde que se ha declarado a Zaffie. Les viene bien a los dos estar juntos.

—Se complementan. —Fael volvió a mirarme con aire nostálgico, antes de exclamar según se dirigía a la puerta de entrada a la casa—. ¡Qué demonios...! Perdona, Angie, luego te veo.

Salió afuera, sin cerrar la puerta tras de sí, y le vi correr en dirección al invernadero que estaba pegado a la casa. Yo regresé al salón en busca de William.

De repente, alguien me cogió del brazo para llamar mi atención. Era Ben, el compañero de Mike del colegio mayor que me llevó hasta su habitación.

Había estado observándome durante toda la velada y esperó el momento adecuado para poder entablar una conversación conmigo lejos de la presencia de aquel mulato alto y exótico, como le describió, así que no quise interrumpirle demasiado pronto. Sin embargo, cada poco, lanzaba una mirada para ver si localizaba a William entre toda aquella gente.

Pasado un rato, le vi en compañía de Joph. Estaba tan absorta en mis pensamientos y tan apartada de la historia que me estaba contando Ben, sobre su último curso, que casi no me sorprendió escuchar sus voces tan nítidamente. Parecía como si les tuviera a mi lado, hablándome al oído; con la diferencia de que aquel dialogo provenía de mi cabeza y la conversación se estaba produciendo a varios metros de donde yo me encontraba.

A intervalos y sonriendo a Ben, para que creyese que le prestaba toda mi atención, comencé a fijar la vista en el lugar donde se encontraban William y Jophiel, viendo como Gabriel se unía a ellos.

– Siento interrumpiros, chicos, pero necesito que me acompañes, Joph. Hay que echarle una mano a Fael con una visita inesperada. –Vi mover los labios de Gabriel y le escuchaba a la perfección, lo que me produjo confusión y vergüenza debido a la indiscreción.

– Siento tener que dejarte solo, William. Nos vemos luego – dijo Jophiel.

– No te preocupes, iré a buscar a Angie. Hasta luego – William, en ese momento, dio un cuarto de vuelta y enfocó sus ojos en los míos sin la más mínima duda de donde me encontraba–. *Veo que estás en buena compañía.*

Me quedé sorprendida ante su afirmación y no supe cómo contestarle, al tiempo que mantenía la atención puesta en lo que decía mi acompañante. Así que opté por continuar con una sonrisa en la cara y una mirada neutra, dirigida a Ben, para darle a entender que su conversación era la más interesante que había escuchado en toda la noche.

– No, William, este compañero de mi hermano es un tostón, pero lo bueno que tiene es que es suficientemente engreído como para mantenerse hablando sobre sí mismo mientras yo intento comunicarme contigo. Ven a buscarme, por favor, que esto de hablar contigo mientras finjo prestar atención a lo que me cuentan es más difícil de lo que me imaginaba.

– No, aún no, quédate un rato ahí. Solo quería comprobar que me prestabas atención y que podías escucharme con nitidez entre tanto ruido.

– Te oigo alto y claro, pero no me tortures así, que este chico es aburridísimo – le rogué.

Únicamente, esperaba que Ben no me preguntase nada que no se pudiese responder con un simple sí o no, básico, que me ayudase a salir del paso.

– Continúa un poco más con ese chico, que es buena gente. Además, se te acercan refuerzos por detrás. Yo he de ir a comprobar una cosa. Solo quiero que estés atenta y que te mantengas pegada a ellos, no se te ocurra quedarte sola.

En ese momento, me di la vuelta y vi aproximarse a otros dos chicos, bastante achispados, que me sonreían.

– *Vale, aguantaré un rato más con estos, pero no tardes* —le dije, en tono de resignación.

– *Descuida* —respondió, mientras le vi salir en dirección a los jardines exteriores.

Ben me presentó a sus dos amigos, Luke y Terry, y cuando se percató de que no bebía nada, se fue a la cocina. Enseguida se nos unieron Deborah y Jane, dos de las chicas que habían estado bailando con Fael minutos antes y que también me presentaron.

Cuando llevábamos un rato conversando, apareció Ben con varias botellas de cerveza.

—Ahora somos el número perfecto, tres chicos para tres chicas —exclamó Luke.

—No queremos ofenderos, pero nosotras seguimos buscando nuestra pareja ideal por ahí —dijo Jane—. A vosotros ya os tenemos muy vistos y, como Raffaele y sus amigos siguen tan herméticos como de costumbre, habrá que intentarlo con alguno de la panda de los diabólicos.

—¿La pandilla de los diabólicos ha venido? —preguntó Ben, extrañado—. ¡Creía que no se llevaban bien con Michael!

—¡Pues fíjate qué curioso que hasta les ha invitado a su fiesta! Quizás lo haya hecho para limar asperezas. Tu hermano siempre tan correcto y atento —dijo Deborah, dirigiéndose a mí.

La verdad es que no sabía quiénes eran esos diabólicos, pero Mike no había sido el encargado de invitar a nadie, así que, si no se llevaba bien con ellos, no le haría ninguna gracia verles por aquí.

—¿Y... han venido solos o acompañados? —se interesó Terry.

—Estaban hablando con Raffaele afuera, pero sin su exuberante amiga a la vista, ¡lo siento! —dijo Jane, con una sonrisa de lo más falsa.

—¿Quiénes son esos diabólicos? —lancé la pregunta en alto—. Mike nunca los ha mencionado.

—Son un grupo que estudiaba en la facultad de tu hermano y terminaron sus estudios hace dos años —contestó Ben—. Les apodamos así porque basaron sus trabajos finales en demonología. Siempre les gustó mantener un halo misterioso a su alrededor. Con tu hermano y los otros no parecían llevarse demasiado bien; había tanta tensión cada vez que ambos grupos se encontraban cerca que temíamos que llegasen a las manos.

—Tampoco hubiésemos podido hacer mucho en caso de tener que separarles, todos ellos parecen miembros de un equipo de rugby —comentó Luke—. A mí, particularmente, los diabólicos siempre me han parecido una panda de chulos insoportables. No me extraña que no les cayeran bien a Michael y a los demás.

—¡¿Sí?! Pues la chica con la que siempre iban no os parecía ninguna chula —le recriminó Deborah.

—¿Qué culpa tenía ella de estar atrapada entre sus redes? —respondió Luke.

—¡Claro, claro, pobrecita, ahora los malos son ellos! —ironizó Jane—. Pues en las redes de ella cayó uno que no era del grupo de los diabólicos

—Bueno, pues si tan bien os caen, ahí les tenéis —dijo Terry a las dos, mientras señalaba con la cabeza hacia la terraza exterior—. A ver si os dejan formar parte de su club de élite y, luego, nos lo contáis.

Al girar la cabeza, vi a cinco chicos, más altos que la media, esquivando a las personas que estaban en su camino y a los que me sorprendió reconocer. Su objetivo era cruzar el gran salón para poder llegar al *hall* de entrada. Formaban una fila y calculé que en breves momentos pasarían muy cerca de donde estábamos nosotros.

—El de negro es Bruce —me indicó Ben, mientras me hablaba al oído—. El que va detrás, vestido de verde, es Patrick, el pelirrojo que le sigue, Rudy. Luego está el de la chaqueta blanca, que es Albar y el calvo es Sapphire.

—¡Sapphire! ¡Qué nombre más raro! —exclamé.

—Es un apodo que le pusieron las chicas porque tiene los ojos de un azul tan extraño y glacial que parecen hechos de zafiro.

—A mí me da bastante grima —hice la observación para que solo Ben me escuchase.

—Pues serás la única, porque a todas les encanta —me miró extrañado—. Y eso que parece que le han sacado de una revista de tatuajes, los lleva por todo su cuerpo. Bueno, realmente, todos ellos llevan alguno, solo que al que más se le ven es a él.

—¿Y los profesores le permitían la asistencia a clase con ese aspecto? —pregunté, extrañada, ya que en ciertas universidades privadas se seguían rigurosos códigos de indumentaria y aspecto personal que tanto los empleados como el alumnado debían cumplir.

—Siempre fueron muy tolerantes con ellos. Quizá demasiado. Yo estaba seguro de que la dirección les concedía un trato de favor, aunque… a Raffaele y a los otros también se lo dan —dijo, encogiéndose de hombros—. Supongo que será porque siempre sacan matrículas de honor.

Cada vez estaban más cerca de nosotros y pude fijarme mejor en ellos. Ni siquiera rozaban a la gente cuando pasaban a su lado. El tal Bruce era también muy moreno de piel y tenía los ojos oscuros. Su pelo era negro azabache y largo, parecía sudamericano y tenía unas marcadas y profundas ojeras que le daban un aire de trasnochador rebelde. El del jersey de pico verde, Patrick, era moreno, de piel cetrina y ojos verde esmeralda. Llevaba vaqueros desgastados y mocasines, y al llevar el jersey remangado se le podían ver dos tatuajes de serpientes que cubrían sus antebrazos. El pecoso de pelo rojizo, Rudy, lucía un aspecto más deportivo, con polo de manga larga y pantalones anchos. Albar, el de la chaqueta blanca, era el más delgado de los cinco, rubio y de cara bastante andrógina. Pero, efectivamente, quien más llamaba la atención era el tal Sapphire; tanto por aquella mirada felina, que en varias ocasiones había visto y soñado posada sobre mí hasta conseguir intimidarme, como por la calva que mostraba cubierta desde la nuca hasta la mitad del cráneo por un tatuaje ricamente ornamentado con motivos parecidos a los que llevaba su compañero Patrick, dibujado en los brazos.

Aquel tatuaje, en concreto, y el aspecto tan fornido que tenía le hacían parecer un luchador de artes marciales, con buenos pectorales que se le marcaban a través de la camiseta que llevaba bajo una chaqueta oscura y desabrochada.

Juntos formaban un grupo tan llamativo como el de mi hermano y sus amigos. No era de extrañar que las hormonas de algunas chicas, junto con la mezcla de alcohol, empezaran a revolucionarse dentro de aquel salón.

A su paso, cerca de nosotros, me sorprendió ver como Deborah y Jane se abalanzaron sobre ellos, consiguiendo alcanzar al de la chaqueta blanca. El resto, salvo Sapphire, que también se paró a saludarlas, continuó su camino sin preocuparse por su compañero. No obstante, lo que sí que hicieron todos ellos fue mirarme fijamente a los ojos cuando pasaron a nuestro lado; tal vez intentando reconocer en mí algún parecido con mi hermano o, simplemente, escaneándome como podían haber hecho con cualquier otra mujer de la sala. Fuese lo que fuese, me sentí intimidada, de nuevo, y aparté la vista enseguida.

Ben y sus compañeros me animaron a bailar durante un rato. Y a pesar de que me di cuenta de la maniobra de evasión que llevaron a cabo, les agradecí el detalle.

Al rato, los dos diabólicos que vieron interrumpido su paso, se zafaron de su par de devotas *fans* y se alejaron en la misma dirección que había tomado el resto; sin embargo, no quise concederles el gusto de sentirme apocada por su impertinente forma de observarme y torcí la cara hacia otro lado para evitar sus miradas.

Me alegró ver en medio del salón, cerca de la chimenea central, a William con mi hermano; y hasta pude saludarle con la mano, ya que su atención estaba puesta sobre mí. Al instante, volví a oírle, igual que si hubiese sintonizado un canal de radio dentro de mi cabeza.

El baile y las risas con Ben, Luke y Terry consiguieron que me pudiera mantener más atenta a lo que William y Michael se contaban, así que giré mi cuerpo, para tenerles en el punto de mira, y atendí al dialogo que se me permitía escuchar.

–Michael, ¿qué hacen en tu fiesta guerreros Ti' Amat?

Mi hermano tardó un rato en reaccionar antes de contestar a William:

–¿Y tú cómo demonios sabes quiénes son los guerreros Ti 'Amat?

–A lo largo de mi existencia he tenido que lidiar con unos cuantos de ellos y créeme si te digo que no son una compañía de la que te puedas fiar en absoluto, ¿qué hacen aquí, Michael? —la voz de William sonó, esta vez, mucho más contundente.

–Elizabetta es, por decirlo de algún modo, excompañera de estudios. No esperaba que fuese a venir y mucho menos acompañada de sus inseparables amigos.

–¡¿O sea, que anda por aquí suelta una diosa?! —William alargó el cuello para mirar por encima de las cabezas de los presentes, intentando localizar a alguien.

–William, ¿se puede saber quién eres? —Mike le miraba absorto.

–Soy William van der Milaray y hasta hace unos días era el jefe de escala de la compañía Afriqueair en Nairobi, Kenia —lo dijo, extendiendo los brazos—. *Y tú, ¿quién eres?*

– No me tomes el pelo, ¿vale? Soy el hermano mayor de Angie. Te acabo de preguntar que quién eres para saber eso.

– Y yo te he contestado la verdad... a nivel terrenal, ¡claro! —el tono de William pasó en un segundo de burlesco a serio—. *A estas alturas de tu existencia, deberías saber quién soy y qué pinto yo en vuestras vidas. Y, ahora, ¿quieres que nos sinceremos a nivel espiritual, Michael? Pues hazlo de la manera correcta.*

Mike esperó un rato.

– ¿Me dirás, por favor, qué eres? —preguntó Michael, recuperando sus modales.

William se acercó lo suficiente a él como para sisearle al oído, al tiempo que le tocaba la nuca con su mano derecha.

– Soy Wilhelm Dracco Milaray, jefe supremo de la estirpe draconiana di gaia y, entre otras muchas cosas, guardián y protector de la esencia de almas eternas, como la de tu padre, aquí en la Tierra. Y... por lo que veo, voy a tener que actuar de protector tuyo también, viendo las amistades de las que te rodeas —su voz había sonado mucho más agravada y profunda de lo que ya era.

William separó su cara de la de Michael y le liberó de su agarrón, lo que aprovechó Mike para interponer un par de metros de distancia entre ambos.

– ¿Qué ha sido eso? ¿Qué me has hecho? —preguntó Mike, tocándose ambos lados de la cabeza.

– Se trata de una descarga eléctrica que recorre tu cuerpo según mantengo la presión de mis dedos sobre tu nuca. Es completamente indolora para ti, imperceptible a los ojos de los demás y potencialmente efectiva para mis propósitos. Comprenderás que no puedo permitirme el lujo de que alguien te lea el pensamiento ni de que se lo transmitas a nadie, simultáneamente. De este modo, establezco un arco de protección para todas las conversaciones que mantengamos tú y yo a partir de ahora.

– ¡No tienes derecho a meterte en mi mente! —exclamó Michael, ofendido por su intromisión.

—En eso discrepo. Tengo todo el derecho, siempre y cuando mi existencia esté en peligro debido a tu inexperiencia. Así no podrás descubrir, ante nadie, más de lo que yo quiera. Y, ahora, contéstame de una vez, ¿se puede saber quién te quiere tan mal que invita a esa calaña a tu fiesta?

—¡Ya te he dicho que no lo sé! —dijo, en tono un poco alterado—. *Angie fue la encargada de hablar con mis amigos para concretar la lista de invitados.*

—Pues habrá que hablar con ellos, porque esos mierdas de Ti' Amat han estado infiltrándose en la mente de tu hermana sin que ninguno os hayáis enterado.

Un escalofrío me recorrió el cuerpo.

—¿Qué es lo que dices? —A Mike le temblaba la voz.

—Lo que oyes. —Y William empezó a impacientarse—. *Por cierto, necesitaré las presentaciones oficiales y yo he cumplido mi parte del trato. ¿Me puedes contestar, ya, qué eres tú, Michael?*

—Creo que lo sabes mejor que yo mismo.

—Sí, desde luego que lo sé. Pero necesito que tú me lo digas, oficialmente. No te ofendas, pero son tradiciones ancestrales.

—¡¿Estás de coña?! ¡¿Te permites el lujo de darme un chispazo de varios kilovoltios que me hubiese dejado en el sitio de no ser quien soy y me dices que haga una presentación oficial de mi persona?!

—¡Es la tradición! —respondió William.

—¿La tradición entre quién? ¿Entre dragones milenarios? ¡¡Si eres el primero que conozco y, además, no sé nada sobre vuestra vida!!

—Es la tradición entre nuestra especie y la tuya —dijo, de manera cortante—. *¡Y no te enfades, hombre, tómatelo con algo más de humor! Tengo todo el tiempo del mundo para que lo hagas.* —William esperó un rato a que Michael se calmase y le contestara.

—Pues a mí apenas me queda un año, ¡vayamos al grano! —habló lenta y pausadamente, acercándose al oído de William—. *Soy Michael Nephilim Seiali, hijo de Uriel Elohim Seiali y de una mujer terrenal. Mi culpa, haber nacido engendro. Mi pena, instruirme*

en esta vida antes de cumplir los veinticinco años para sufrir una transformación obligada e incierta. Mi redención, formar parte del universo eterno como arcángel guerrero y protector dentro de la jerarquía superior de los Seiali. —Esta vez, fue William el que se apartó un par de metros para inclinar, cortésmente, la cabeza ante Michael.

—*Es un honor conocerte, Michael.* —Mi hermano le copió en el gesto y asintió con la cabeza, correspondiéndole.

—*Y, ahora, dime, William, ¿cuánto sabe mi hermana de tu vida real?*

—*Tienes una hermana muy inteligente y lleva tiempo sabiendo que tenéis un secreto que no le habéis contado. Tú te has sincerado con Angie, al igual que has hecho conmigo y ella conoce todo sobre mi naturaleza, contado por mí mismo.*

—*¡¿Y por qué te revelaste ante mi hermana?! ¿Qué te llevó a ello? ¡Vuestra vida es tan secreta como la nuestra!* —gritó.

William pegó su sien a la de Michael para acallarle, haciéndole partícipe de sus pensamientos y mostrándole, de manera vívida, el momento en el que fue descubierto por mí en pleno proceso de transformación polimórfica, su intento de tranquilizarme y su explicación de por qué estaba yo allí con las cenizas de mis padres.

Michael se apartó de él para increparle:

—*¿Por qué le contaste cosas sobre mi padre? ¡Te has inmiscuido en algo más que en hablarle de ti mismo!*

—*Mi condición se debe, en gran parte, a seres como vosotros. El caso de tus padres lo complicó todo y ella estaba muy confundida. ¡No me culpes a mí de ello!* —El enojo de William iba en aumento.

—*¡Pero pudiste mentirle y no permitir que te descubriese! Por amor de Dios, llevas siglos ocultándote ante los ojos de los humanos. ¡Qué torpeza la tuya!* —le reprendió Michael.

—*¿Y por qué dejó tu padre aquel sobre dirigido a ti, que sabía, positivamente, que cogería primero ella? ¿Por qué decidió dividir* *las cenizas mezcladas con su esposa, dándole a Angie la posibilidad de llegar hasta mí? Las cosas ocurren porque tienen que ocurrir, no podemos hacer nada por evitarlas. Estoy perdidamente enamorado de tu hermana, lo confieso; y si quería que me aceptase, debía mostrarme ante ella. Mi problema es que yo no puedo mentir, no como otros.*

–*Se llaman mentiras piadosas* –contestó Michael.

–*¡Ya, claro! Algún nombre teníais que darle. Os gusta mucho en vuestra familia matizar el concepto de la mentira, de esa manera dulcificáis el pecado* –dijo, en tono socarrón.

–*Si tú no puedes mentir... contéstame a esta pregunta, ¿hasta dónde te has involucrado con ella?*

Estaba segura de que aquella impertinencia no iba a ser respondida por William.

–*No puedo mentir, pero tampoco tengo que descubrírtelo todo. Me considero un caballero; y eso es un tema que ha de contarte ella, si quiere, no yo.*

–*¡Touchè!* –contestó Michael, en señal de derrota.

–*Bueno, y ahora vamos en busca de la divina Elizabetta y de sus inseparables Ti' Amat antes de que se arme la gorda* –dijo William, frotándose las manos–. *¿Me acompañas?* –le preguntó a Michael.

–*Antes deberíamos hablar con Fael y con los otros para ver qué saben ellos* –Mike cogió del brazo a William para que le contestase a una pregunta–. *¿Vas a mostrarte ante ellos como has hecho conmigo?*

–*Perdona por lo que te voy a decir, pero tu desconocimiento es impresionante. Nosotros no nos mostramos ante tus semejantes, Michael. Nos reconocéis, en la medida en que un dragón os lo permite; y al igual que con ellos, lo he intentado contigo, pero tú ignoras cosas fundamentales que deberías saber a estas alturas de tu existencia.*

–*¡Pues no lo sabía!* –contestó, de manera ofendida–. *¿Por qué debería saberlo?*

–*Porque somos imprescindibles para vosotros.*

– *¡Ya me lo has dicho! Para ejercer de mozos de cementerio y cuidar de nuestros restos.*

– *Y para muchas otras cosas, como, por ejemplo, luchar junto a vosotros y defenderos de los ataques mortales de gentuza que os acecha* —contestó William, de manera seca—. *Por cierto, ¿sabéis entrar tú y tus amigos en combate? ¡Porque empiezo a dudarlo, la verdad!*

– *Claro que sí, ¿por qué me preguntas eso?* —La ofensa de mi hermano era evidente.

– *Pues porque me encuentro solo en este espacio lleno de mortales indefensos y de una panda de angelitos que creo que no saben en la que se están metiendo. Rodeado de no sé, todavía, cuántos despreciables Ti' Amat y pendiente de proteger no solo lo que debo, sino también lo que deseo. Michael, salvo para guardar vuestros restos, el contacto entre ángeles y dragones no es muy común que digamos.*

»Os valéis para defenderos y son contados los casos en los que hemos tenido que acudir para protegeros, pero creo que la alianza que podemos formar entre nuestra estirpe y la vuestra va a tener que llevarse a efecto en breve, dado que una posible batalla está a punto de ocurrir y que uno de sus principales protagonistas corre grave peligro.

– *¿A qué batalla te refieres? ¿Y a por quién van?*

– *¡Espabila, Michael, van a por ti!* —Se enojó William de nuevo—. *Nosotros solo nos involucramos con vuestra especie en batallas por la defensa de vuestras almas; por eso las protegemos después de extinguiros, porque pueden pasar cientos de años terrenales en los que esos Ti' Amat u otros íncubos o súcubos, aún peores, quieran seguir intentando la apropiación de vuestra imprimación en este planeta.*

»Vuestra energía cósmica es sublime, con un alto potencial para sus perversas intenciones. La captación de uno solo de vosotros aumenta, con vuestros dones, sus poderes y puede llegar a ser más dañino para esta humanidad, a nivel espiritual, de lo que fue la bomba de Hiroshima a nivel físico. Y eso hablando de la captación de cualquier simple ángel de la guarda.

»Tú eres mucho más que eso, eres un futuro arcángel guerrero y, además, Nephilim, con lo cual eres semihumano y tienes un potencial completamente virgen y dispuesto para ser moldeado a su antojo; con todo lo malo que ello conlleva, ya que hay imprimaciones invisibles y divinas sobre ti que alterarían el equilibrio universal si se usasen con fines malignos. Así que ya ves por qué sois tan preciados vosotros y tan necesarios nosotros.

—¡Madre mía, William, me has explicado más cosas en cinco minutos que mi gente en todo lo que llevo de existencia! —exclamó Mike, atónito—. *Y, sí, reconozco lo que me cuentas. Raffaele y los demás me apartaron a tiempo de aquella tentación que me hubiese condenado eternamente. Hace unos años me enrollé con Elizabetta.*

—¿En serio? Pues tuviste mucha suerte, amigo. Esas diosas no ceden ante su objetivo e interceptarlas no es nada fácil. Al menos, me tranquiliza saber que no estamos ante una diosa arcaica. Se trata de alguien bastante joven e inexperto si no consiguió captarte a la primera y dejó que te apartasen de sus garras. Lo cual quiere decir que sus guerreros tampoco son de los mejores. ¡Vamos a buscar a tus amigos! Les vendrá bien saber todo esto y yo necesito avisar a mi gente; y, para eso, necesito el permiso de vuestro jefe de custodios. —William y Mike cruzaron el salón para encontrarse con el grupo de ángeles al que se unieron Amy, Aton y Rashel.

Me quedé paralizada, pero no me pareció oportuno acercarme a ellos en ese momento e intervenir en su conversación; y, mucho menos, cuando alguno de ellos se habría extrañado al saber que yo conocía su secreto.

Tampoco sabía la forma en que podía ayudar, aunque sí que debía evitar extender, a toda costa, aquel temor que exudaba mi cuerpo cada vez que me alteraba y que era perceptible por William a larga distancia; por lo que tenía que relajarme y estar pendiente de lo que decidiesen, para así no preocuparle. Además, más que de mí o de cualquier otro, había que preocuparse por Michael, que desconocía cosas esenciales para su integridad física. Así que debíamos confiar en las decisiones que tomasen William y los custodios para que su destino no se viese truncado.

Seguí bailando y fingiendo ante mis acompañantes, pero la verdad es que no le quitaba ojo al grupo que se había formado a varios metros de mí.

William volvió a hablar, pero esta vez dirigiéndose directamente a Fael:

–*Raffaele, ¿tendrías la amabilidad de presentarme oficialmente ante tus amigos?, he de comunicaros algo.*

–*Rashel, Aton, Amy, os presento al dragón ancestral y jefe guardián de almas puras del Centrum sacro de Kenia, en el que reposan parte de los restos de nuestro amado Uriel. Además de ser, también, la actual pareja de... Angie, la hermana de Michael. Puedes comenzar a hablar cuando quieras, William.*

–*Algunos amigos míos están preparados para venir aquí, en cuanto lo autorices, Raffaele* –la voz de William sonaba templada y estable, como si no esperase un no por respuesta.

–*¿De cuántos hablamos?* –preguntó Fael.

–*Tres, por el momento, pero pueden ser más si lo creemos necesario.*

–*No está mal, les doblaríamos en número, llegado el caso.* –Aquello no pintaba bien, Fael también se preparaba para lo peor.

–*No te ofendas, Michael, pero contigo no podemos contar. Desconoce principios básicos que podrían ponernos en grave peligro a todos y, principalmente, a él. No podía imaginarme hasta qué extremo estaba falto de preparación* –dijo William.

–*¡Soy perfectamente capaz de luchar!* –exclamó Mike, indignado.

–*William tiene razón, Michael, serías capaz de entrar en combate, pero no estamos tan seguros de que fueses capaz de salir con vida. Ignoras a lo que nos enfrentamos y ella ha ido a elegir el momento ideal para presentarse* –contestó Raffaele.

–Por cierto, igual tenemos al traidor con el que han venido en algún rincón de esta casa y no habéis contado con ello —hizo la observación William.

–El traidor es conocido de ella y se llama Orson. Estará sentado en su casa, esperando noticias; es mi vecino, desgraciadamente —contestó Fael.

–¡Vaya, vaya, el bueno de Orson de nuevo en escena! Para qué venir a mancharse las alas cuando hay otros que lo pueden hacer por él —ironizó William.

–Pues les daremos algo de qué hablar. Pongámonos manos a la obra —Fael se puso a repartir órdenes a todos—. *Joph, Amy, poned punto final a la fiesta y cercioraos de que todos los mortales salgan de la finca. Zaffie, Gabriel, ocupaos de juntar a los guerreros y a Elizabetta, no nos conviene que anden separados por la casa. Michael, tú vas a estar acompañado por Rashel y Aton y no te separes de ellos, bajo ningún concepto, porque pasan a formar parte de tu guardia personal.*

–¡Pero no puedo, Fael, he de localizar a Angie y sacarla de aquí! —dijo Mike.

–¡¡Es una orden, Michael!! William y yo nos ocuparemos de ella. —Después, girándose hacia William, Fael dijo—: *¡Convoca a tus amigos!*

Ti'Amat

Zaffie, Gabriel y Fael se dirigieron al *hall* de entrada, Michael fue custodiado por Rashel y Aton al exterior, Joph y la joven Amy se acercaron al equipo de música y William se giró de nuevo para mirarme fijamente a los ojos y decirme:

– *Convocaré a mis amigos en el invernadero. Espera cinco minutos, coge tus cosas y ve para allá. Haré que alguno de ellos te saque de aquí.*

– *Pero ¿qué está pasando?* –pregunté.

– *Te lo explicaré más tarde. Ahora, haz lo que te digo* –respondió él.

Cuando me disponía a excusarme ante mis acompañantes, oí a Luke que decía:

—¡Vaya, vaya, parece que el quinteto diabólico no ha venido tan solo como querían hacernos creer! Ahí está Elizabetta —dijo, con una sonrisa radiante—. Estuvo saliendo con tu hermano un tiempo. ¡Qué detalle haberse acordado de su cumpleaños!

—Ya me gustaría a mí que ella me felicitase en mi día. Hacía tiempo que no se la veía, pero ¡está todavía más buena! —exclamó Terry, recibiendo, de paso, un codazo de su amigo Ben.

La verdad es que lo que menos me importaba eran aquellos comentarios sobre las virtudes de esa mujer. Por lo poco que sabía, lo menos preocupante de ella era que les excitase con su sola presencia.

Me giré y, entonces, la vi. Se encontraba sentada en uno de los sillones de diseño que habíamos aparcado en uno de los rincones del salón.

Los chicos enmudecieron cuando la vieron levantarse y dirigirse hacia nosotros. Tenía exóticos rasgos hawaianos, piel bronceada, pelo negro y sinuosas caderas que ondeaba, de lado a lado, con cada uno de sus pasos dados desde lo alto de las sandalias de tacón que lucía y cuyas cintas de cuero se le enroscaban, subiendo alrededor de las pantorrillas como un par de culebras. El vestido era una invitación a la lujuria: en color rojo sangre, muy corto y con abertura a un lado, una tira ancha horizontal cubriendo su busto y unido a la parte de la falda por un lateral de tela ceñido a su cintura que dejaba al descubierto la totalidad de la espalda y su abdomen torneado. En el ombligo le brillaba un *piercing* plateado y por su hombro derecho asomaba un tatuaje que bajaba hasta la mitad de su fibroso brazo. El pelo lo llevaba recogido en una trenza alta y lucía un brazalete de carey en lo alto de su brazo izquierdo. Sus ojos oscuros y rasgados le daban un aire salvaje y atigrado y posaba su mirada, con aire de vanidosa suficiencia, por encima de los allí presentes.

Cuando llegó frente a nosotros, engatusó con la sonrisa a mis tres acompañantes, dejando entrever unos dientes blancos como perlas y una boca sensual pintada con un jugoso brillo de labios.

Sin saber de dónde había salido, noté otra presencia a mi lado agarrándome de la cintura con delicadeza y devolviéndome a la realidad; ya que, por un momento, había perdido la noción del tiempo. Hasta yo me había quedado cautivada por su anatomía. Aparté la vista de ella y la levanté para contemplar a mi lado a Fael, serio e imperturbable ante la proximidad de aquella mujer. Al instante, la música paró de golpe y las lámparas del salón se encendieron a toda potencia. Por encima del revuelo que se armó, oí la voz de Jophiel a través de los bafles.

—¡Atención a todos! Siento comunicaros que la fiesta se acabó. Ha habido quejas, por parte de los vecinos, de ruido y consumo de drogas en esta casa. La policía está a punto de llegar para hacer las pruebas pertinentes a todos los que os encontréis aquí. Michael y todos los demás os agradecemos la asistencia y os pedimos disculpas por lo ocurrido. Muchas gracias y buenas noches.

En ese momento, Ben reaccionó y dijo:

—¡Chicos, larguémonos! Con lo que hemos bebido no vamos a poder sacar el coche. Angie, sentimos dejarte así, hemos pasado una buena velada.

—Sí, me he divertido. Pero no perdáis el tiempo e intentad localizar a Deborah y a Jane para que se vayan con vosotros, han bebido bastante. Ha sido un placer conoceros.

—El placer ha sido nuestro, Angie. Despídenos de tu hermano —dijo Terry.

—¡Una gran fiesta, Raffaele! Adiós, Angie —se despidió Luke.

La gente empezó a salir presurosa ante la idea de que llegase la policía y les sometiera a controles de alcoholemia o estupefacientes. Así que la estrategia de Jophiel iba a dar resultado de inmediato; en unos minutos la casa estaría vacía, de mortales, y únicamente habría que preocuparse de aquellos intrusos autoinvitados.

—¡Qué pena! —exclamó aquella mujer, cruzándose de brazos frente a nosotros—. Ahora que llego yo, va y se acaba la fiesta. ¡Con lo que me gustan las celebraciones!

Su voz era tan sensual como su aspecto. Tenía un vistoso lunar sobre la comisura izquierda de su labio y la cadencia de sus palabras invitaba a escucharla.

—Elizabetta, la próxima vez que queráis entrar en mi casa, avisad antes de venir. Sabes que ninguno de vosotros sois bienvenidos aquí —Fael le hablaba secamente.

—Querido, si te aviso, evitamos el efecto sorpresa. Y no hubiera podido conocer a vuestra querida Angie. —¡Aquella arpía sabía quién era yo! Sin darme apenas tiempo para reaccionar, alargó sus manos de perfectas uñas largas y pintadas y cogió una de las mías; sin embargo, al primer roce, las separó como si mis dedos le hubiesen dado una descarga eléctrica—. ¡Vaya, qué sorpresa, sí que estás bien protegida!

De inmediato, sentí una seguridad aplastante al verla cautelosa por volver a tocarme sin mi consentimiento.

—¿A qué has venido, Elizabetta? —preguntó Fael.

—Raffaele, *mio caro*, ¡qué mal anfitrión estás hecho! ¿No me invitas a una copa o a probar esa tarta de cumpleaños que no habéis sacado aún? —después de decir aquellas palabras, chasqueó la lengua y la pasó por su labio superior para humedecerlo—. ¡Quizá, Michael sea más comprensivo y me invite a hincarle el diente! Así tendré tiempo para felicitarle y eso que no debería, después de lo ocurrido. Pero, aun así, le permitiré que me dé una explicación, antes de perdonarle y darle mi regalo.

—¿Y dónde llevas guardado el regalo para mi hermano? Con tan poca ropa, no veo dónde lo has podido esconder —instintivamente, reforcé mi muro de hormigón mental y la miré con hostilidad. Fael me pegó más a su cuerpo, agarrándome fuertemente por la cintura.

—¡Querida! Mi cuerpo es suficiente regalo —dijo, con una sonrisa de lo más falsa—. Tu hermano se alegrará de volver a verlo y no le defraudará lo que le tengo preparado.

—Me temo que no vas a tener el gusto de ver a Michael, Elizabetta —dijo Fael—. Sus ganas de ti terminaron hace tiempo, así que ya os podéis largar de aquí.

—¡Oh, Raffaele! Siempre tan protector con el bueno de Michael. Pareces su madre. ¿O tal vez debería de reconocer en ti ciertos celos? No le diste muchas opciones para elegir. Tal vez, ahora, sea un buen momento para preguntarle a quién preferiría de los dos.

—Te llevarías una desilusión, ¡que—ri—da! —enfatizó él.

—¿Por qué estás a la defensiva, Raffaele? Vengo en son de paz —dijo ella, con altanería.

De pronto, levantó la mirada y cambió su pérfida sonrisa por una expresión confusa.

William llegó hasta donde nos encontrábamos, acompañado por otros tres hombres. Se situó a mi lado, de manera que entre él y Fael me cubrían los costados, y sus tres acompañantes se colocaron formando un semicírculo a espaldas de Elizabetta y dejándole poco espacio para moverse.

En altura, aquellos tres hombres, junto con William y Raffaele, nos dejaban bajitas a la arpía y a mí, incluso llevando tacones.

Al instante, William se adelantó un paso hasta donde ella se encontraba y le dijo:

—Ni vosotras ni vuestros secuaces venís nunca en son de paz —su voz sonaba retadora.

—¿Quién te crees que eres para hablarme así? —Se giró hacia los hombres que tenía detrás de ella, diciéndoles de manera imperativa—: ¡Y vosotros, apartaos de mí! —Empezó a ponerse nerviosa ante el acoso al que la sometieron, que no solo no se separaron de ella, lo más mínimo, sino que incluso se le pegaron un poco más.

Únicamente, el más exótico de los tres se alejó de Elizabetta para ocupar el hueco vacío que había dejado William a mi lado. Tenía rasgos indianos muy marcados y parecía bastante joven, el pelo largo le llegaba hasta la cintura, negro, liso y con un brillo impactante; sus ojos eran rasgados y tan oscuros como su cabello. Era muy guapo, de nariz y labios finos, pómulos angulosos y cuerpo fibroso y esbelto.

El que se mantenía a la derecha de Elizabetta era pelirrojo, fuerte, con la cara pecosa y los ojos claros y también muy atractivo. Y el tercero de ellos, de ojos negros y largas pestañas, parecía el mayor de todos debido al pelo cano y la cara tan arrugada y curtida que tenía.

—¿Necesitas las presentaciones oficiales o te conformas con intuir quiénes somos? —William se lo dijo desde lo alto, manteniendo una mirada cada vez más retadora. Con un movimiento rápido la cogió de la nuca, juntando su frente con la de ella mientras sus compañeros la agarraron por detrás, manteniéndola bloqueada ante el abrazo forzado al que la estaba sometiendo William. Supuse, por las convulsiones que sufría, que le estaría provocando una descarga superior a la de mi hermano, evitando así que llamase a sus acólitos. En ese instante, William comenzó a hablar en alto—: Diosa Ti' Amat, te encuentras rodeada en estos momentos por guardianes jefes de las estirpes dracconianas *delle acqua, do fogo, dell' aria y di gaia* y, pacíficamente, te damos la oportunidad de que abandones este lugar y tu objetivo, junto con tus guerreros, para no volver jamás.

William separó su frente y mantuvo su cabeza oscilante, a escasos centímetros de ella, recorriendo su cara con la mirada.

Cuando por fin ordenó soltarla, ella alzó su cabeza y respondió:

—¡Ahora entiendo la protección tan fuerte que tiene esta ridícula mortal con ese brazalete que le has otorgado, dragón! Pero, como tú bien dices... nunca hacemos nada pacíficamente.

Al verse liberada, Elizabetta aprovechó la ocasión para despegar hacia arriba, como impulsada por las sandalias que llevaba, mientras se transformaba frente a nosotros en un engendro animal que triplicaba su tamaño de humana. Sus patas eran similares a las de un dragón. Tenía la cola corta y alas y plumaje, semejantes a las de un águila, que le subían hasta la cabeza. Sus ojos estaban inyectados en sangre y la boca y los colmillos eran afilados como los de una serpiente.

William dio un chasquido con sus dedos y el indiano de pelo largo me apartó del abrazo de Fael, arrastrándome hasta el cenador exterior en el momento justo en el que William y sus compañeros esquivaban los escupitajos ponzoñosos que aquel mal bicho soltaba por su boca.

Conservando su apariencia humana, comenzaron a moverse de manera cautelosa alrededor de ella, dándole tiempo a Raffaele para que se transformase allí dentro y a nosotros a salir.

Con un giro sobre sí mismo y elevándose en el aire con una pirueta perfecta, Fael aumentó su tamaño, desplegando por completo tres pares de alas color azul celeste. Llevaba al descubierto su pecho liso y torneado, y de cintura para abajo vestía una falda cruzada y negra hasta los pies, parecida a la que usan algunos maestros de artes marciales. Sus ojos traslúcidos y su semblante pálido le hacían parecer un espectro. Antes de que mi protector dráguico me sacase por la puerta, Raffaele se lanzó a por Elizabetta, agarrándola por las alas hasta propulsarla con fuerza hacia atrás, en dirección al invernadero que estaba a sus espaldas y cuya puerta destrozó al atravesarla.

Ya en el jardín, y resguardados por la pared de la casa, aquel joven tardó tan solo unos segundos en convertirse en un dragón de proporciones colosales. Parecía una inmensa estatua de bronce templado que me hubiese caído encima, cubriéndome con sus alas por completo y desprendiendo un curioso olor a mar y a algas. Sus alas membranosas se abrieron ante mí, dejándome ver a mi hermano, junto a sus custodios Aton y Rashel, corriendo hacia nosotros.

Salvo Michael, que seguía sin transformar, los otros dos lucían cuerpos níveos y etéreos, enfundados en una malla ajustada y casi transparente. Cuando llegaron a nuestra altura, plegaron sus enormes alas de color celeste a la espalda. Las dos alas de Rashel y las cuatro de Aton sobresalían por encima de sus cabezas de lo grandes que eran. Sus cuerpos habían crecido y ensanchado varios centímetros, también, y estaban bañados por finísimas partículas, parecidas a la purpurina, que les otorgaban un brillo impactante, obligándome a entrecerrar los ojos por el reflejo de luz tan fuerte que recibí en ellos. A pesar de la transparencia de sus ojos, que les daba un aspecto tan frío y tenebroso como a Fael, ambos mostraban un gesto sosegado que me aportó tranquilidad.

—Michael, el dragón os protegerá a tu hermana y a ti. Rashel se quedará con vosotros, no te separes de ella —ordenó Aton, con voz reverberada y potente, antes de ir a ayudar a Fael.

Los tres nos mantuvimos acuclillados dentro de aquella burbuja, opaca y dura, que era el cuerpo de nuestro dragón protector; hasta que sus alas comenzaron a transparentarse lo suficiente para permitirnos ver el exterior de la estructura liviana del invernadero, que comenzaba a quebrarse mientras William se transformaba en dragón, allí dentro, junto a uno de sus amigos cuya piel estaba recubierta de escamas rojizas como el cobre.

Sus cuerpos sobresalían por encima de aquella techumbre destrozada, evitando que escapase su presa que, en proporción, era bastante más pequeña y que no paraba de lanzar babas mortales contra ellos, mientras Aton y Fael la confundían como si se tratase de un par de avispas revoloteando a su alrededor.

Michael hizo un amago para abrirse camino a la fuerza entre las alas de aquel dragón que nos protegía, pero fue interceptado por William, que desde lejos lanzó un rayo por su boca dando directamente en el suelo, muy cerca de nosotros, y dejando a Mike perplejo por aquel ataque imprevisto.

—¡Michael, déjales que se ocupen de ella! —grité.

—¡No puedo quedarme aquí sin hacer nada! —exclamó, ansioso.

De repente, el sonido de una rama de árbol partida y ardiendo nos hizo girar la cabeza. La llamarada que la había quebrado procedía de la boca del tercer dragón que me faltaba por ver transformado y que lucía una espléndida coraza escamosa en tonos ocre, que le hacía parecer una estatua enorme de terracota.

En ese momento, una intensa neblina creada por el aliento de nuestro guardián particular nos rodeó y Mike vio un hueco para escapar, obligando a Rashel a salir tras él para poder interceptarle.

—¡¡¡Michael, no!!! —grité.

Aquella niebla espesa formó alrededor nuestra una barrera tan densa que me fue imposible distinguir nada. Me mantuve allí, quieta, encogida en el suelo y abrazada por aquel ser que parecía mantenerse invisible a ojos de todos los que nos rodeaban. Afiné el oído y pude escuchar, aparte de los latidos del corazón de aquel dragón y del mío propio, los rugidos que antecedían al sonido de escupitajos sibilantes, bufidos que parecían salir de un lanzallamas, aleteos de potente envergadura, siseos de serpiente, chillidos estridentes y, entre todo ello, el sonido aguileño característico de William, que al escucharlo fue lo único que me tranquilizó un poco.

Quería que acabase todo aquello de una vez y, sobre todo, que ninguno de los míos sucumbiese ante la malvada arpía. Al instante, sentí unas garras ceñirse a mi cuerpo y empezar a elevarnos, haciendo que el suelo se alejase de nosotros cada vez más. Me agarré todo lo fuerte que pude a una de aquellas extremidades templadas, evitando gritar y rezando para no escurrirme.

Aquel inmenso dragón se elevó, volando en dirección al roble centenario que había plantado en los jardines de Fael. Y, justo en el preciso instante en el que nos encontrábamos sobre él, abrió las garras y soltó a su presa; sin darme apenas tiempo para reaccionar y haciendo que su pata se me escapase de entre las manos.

Mi grito fue sofocado por los chillidos, parecidos a los de un delfín, que emitió aquel dragón.

Pensé que me mataría al caer sobre la copa del árbol, sintiendo golpes y arañazos por todo el cuerpo y la cara. Por suerte, su frondosidad amortiguó la caída hasta el suelo, quedándome suspendida entre las ramas más tupidas. Mi postura no era demasiado ortodoxa y había perdido las sandalias por el camino, pero, a pesar del aturdimiento, conseguí hacerme un reconocimiento exhaustivo y, salvo el escozor por las magulladuras, comprobé que podía mover los miembros sin lamentarme demasiado por ello.

Los dos focos que habían iluminado anteriormente aquel roble centenario estaban destrozados. Con todo el sigilo del que fui capaz, me encaramé a una de aquellas ramas recias para ocupar una posición privilegiada desde donde poder observar todos los flancos abiertos a mi alrededor.

Por encima del árbol sobrevolaron, en paralelo, dos dragones que, hasta entonces, no había visto, soltando rayos por la boca contra mi guardián particular que se mantenía invisible, a intervalos, arropado por la oscuridad de la noche. Aquellos dragones, rojo intenso uno y tan blanco como la nieve el otro, se vieron acosados por el dragón ocre que empezó a aletear con fuerza, consiguiendo levantar una gran cantidad de tierra suelta. Aquello pareció una tormenta de arena del desierto y tuve que tapar mi cara para protegerme de la nube polvorienta, pero, al menos, consiguió aturdir a los perseguidores de mi dragón protector.

Cuando por fin comenzó a dispersarse aquella nube, conseguí ver a la inagotable Elizabetta arropada por tres dragones nuevos de intensa tonalidad negra... verde... y... azul. ¡¡Eran los diabólicos!! Cada uno de ellos lucía en sus cuerpos escamosos el único color con el que habitualmente se vestían. Eran monocromáticos por completo, con escamas opacas que nada tenían que ver con el espectáculo tan luminoso y brillante que ofrecían las corazas metálicas de William y sus amigos.

Los tres dragones y su diosa vigilaban las reacciones de William y de su amigo cobrizo dentro del invernadero derruido, así como la de los dos alados por los que se encontraban rodeados; Fael, Aton y un tercero con cuatro alas de color oscuro, pantalón y camiseta sin mangas en tono claro, al que no reconocí y que se dedicaba a observar la escena desde una posición privilegiada.

Durante unos instantes, que a mí me parecieron eternos, todo se paró. Nadie actuaba, tan solo se observaban entre ellos; bufaban, siseaban, coleaban y aleteaban, pero no atacaban. Yo estaba paralizada y muy nerviosa. Reforcé mi muro de protección y agarré con una mano mi colgante para aportarme algo de serenidad, mientras con la otra me sujeté con fuerza a la rama de la que estaba suspendida. Intenté no asustarme más de lo debido, para evitar exhalar la menor adrenalina posible por los poros de la piel; si William era capaz de olerme a larga distancia, también tendrían esa capacidad los demás y no interesaba nada que me descubriesen allí escondida.

Vi aparecer a Gabriel y Jophiel, con cuatro alas azuladas, torso al descubierto y pantalones ajustados y negros, acompañados por la pelirroja Amy y apoyando al dragón ocre en su lucha contra los dos dragones, rojo y blanco, que perseguían a mi guardián protector. El blanco consiguió zafarse del grupo de ángeles acosadores, que se fueron tras él, mientras el rojo fue alcanzado por una bocanada de fuego procedente de mi dragón protector al materializarse frente a él, que fue rematada por otra que lanzó desde la retaguardia su compañero ocre. ¡Uno menos!

Alejadas de la casa, Rashel y Zaffie, con su par de alas celestes como las de Amy y vistiendo al igual que ella una falda larga con un sencillo corpiño de color dorado, mantenían las alas extendidas, cubriendo a Michael con sus cuerpos mientras formaban un parapeto protector que dejaba expuestos sus miembros alados, como escudos naturales en favor de Mike.

De repente, una oscura y densa cortina de humo se formó en el centro del invernadero. De ella salieron impulsados hacia fuera el engendro de Elizabetta y su monocromático Sapphire, que se lanzaron contra el grupo formado por Rashel y Zaffie.

Rashel quedó paralizada al recibir en sus alas un chorro líquido, expelido por las fauces del dragón azul, que la hizo caer al suelo. Ese fue el momento en el que la malvada Elizabetta aprovechó para atrapar entre sus garras a Zaffie, dejándola inmovilizada al instante.

Del espacio que habían dejado de custodiar aquellas dos ángeles, apareció, elevándose de un salto, mi hermano Michael, transformándose, con un simple giro de su cuerpo, en un ángel con tres pares de alas de color blanco intenso y una coraza plateada que cubría toda su anatomía.

A pesar de que en el invernadero las llamas refulgían entre fogonazos, vi salir a Fael y a Aton para situarse junto a Michael, espalda contra espalda, apoyándole en la batalla.

Mike, ayudado por Aton, evitó las llamaradas y las ráfagas de líquido paralizante enviadas por Sapphire, gracias a un par de espadas que sobresalieron de sus muñecas, mientras Fael consiguió alcanzar en el costado al dragón blanco, que había conseguido escapar de sus perseguidores, fulminándole con los rayos eléctricos que salieron de sus ojos hasta matarle.

Mientras Amy protegía el cuerpo inmovilizado de su amiga Rashel con su propio cuerpo, Gabriel y Jophiel salieron en defensa de Zaffie, al tiempo que esquivaban los escupitajos venenosos que continuaba enviando Elizabetta contra ellos, mientras se elevó del suelo con su presa entre las garras.

Zaffie se mantenía tan paralizada como Rashel. Y yo temía que, si aquella maldita conseguía escapar con ella, no volverían a localizar a nuestra amiga. Por suerte, el dragón ocre y mi guardián protector le cortaron el paso al engendro para que no pudiese elevarse más de la cuenta; mientras, Michael, escapándose del acoso al que le sometía Sapphire y blandiendo aquellas dos espadas de brillo impactante, intentaba buscarle un punto débil a la odiosa Elizabetta que consiguiese herirla sin llegar a tocar a su amada.

Elizabetta, al verse acorralada, emitió un graznido tan agudo que me hizo daño en los oídos y al que acudió, pasados unos segundos, el dragón de color azul eléctrico.

Aquel fue el fallo que cometió Sapphire, ya que al intentar defenderla fue alcanzado en un ala por otro de los rayos eléctricos que Raffaele le lanzó a través de sus ojos, aunque no consiguió derribarle del todo.

Mis ojos no podían abarcarlo todo y bailoteaban entre William, que sobrevolaba por encima del invernadero, atacando los flancos de los dragones verde y negro de quienes se ocupaba junto con su colega cobrizo; cambiando, después, al grupo de mi protector broncíneo y de su amigo el dragón ocre, que junto con los demás ángeles intentaban liberar a Zaffie sin dañarla, la cual seguía inmóvil entre las zarpas de aquel engendro infame y su maldito ayudante.

De repente, ocurrió algo que rompió el ritmo de aquella cruenta lucha y que me cortó la respiración. En el invernadero, se produjo una profusión de rayos eléctricos saliendo por la boca de William que terminaron estallando contra los dos enemigos, verde y negro, hasta derrotarlos; al tiempo que salían volando de allí el amigo de William y el cuarto alado que no conseguía identificar.

Cuando Elizabetta fue consciente de las bajas producidas en su grupo, profirió un espeluznante chillido que me erizó los pelos. Y aprovechando la protección de Sapphire, que le sirvió de escudo contra los continuos ataques de ángeles y dragones metálicos, a pesar de estar herido como lo estaba, soltó a su presa para desaparecer en la oscuridad de la noche, perseguida por William y mi guardián invisible.

Fael y los demás terminaron dando buena cuenta del diabólico azul, hasta acabar con él, mientras Michael se lanzó en picado para aterrizar cerca del cuerpo de Zaffie que, al haber sido soltada desde tanta altura, cayó como una losa contra el suelo.

Una luz extinguida

Busqué una salida para bajar del roble.

En ese momento, fui consciente del dolor que sentía en brazos y piernas, así como también noté que aquellas ramas, que hasta ahora me habían acogido en su seno, comenzaban a ser poco delicadas conmigo.

Pero nada de todo aquello importaba; ni las heridas ni el peligro de que algo pudiese aparecer por detrás de algún matorral en aquel jardín devastado por la batalla. Solamente importaba Zaffie.

Según corrí hacia donde se encontraba Mike con ella, vi a los ángeles transformarse de nuevo en humanos, haciendo desaparecer sus alas con un simple giro del cuerpo y apareciendo vestidos como anteriormente lo estaban.

El dragón cobrizo lanzó llamas contra los cuerpos de los dragones monocromáticos que yacían muertos en el jardín, abriendo tres piras enormes cuyas flemas comenzaron a consumir a aquellos demonios malditos. Después, se dedicó a apagar el incendio que podía haber acabado con la finca y alertar a los vecinos de alrededor, lanzando por su boca chorros de algo parecido a la espuma de los extintores. Lo que me demostró que, al igual que portaban en su interior un poderoso lanzallamas que acababa con todo lo malo, aquellos dragones eran también capaces de apaciguar el fuego descontrolado.

El amigo de William, cuyo cuerpo era de color ocre adornado por cientos de pequeños dibujos en tonalidades terrosas y que minutos antes había estado luchando junto a mi exótico guardián protector, lanzó un chorro de líquido trasparente contra el cuerpo de Rashel.

Al contacto con él, esta se incorporó como si de un anticongelante se tratase. Empapada como estaba, para levantarse tuvo que ser ayudada por sus compañeros Aton, Amy y el director Stuart, que resultó ser el cuarto alado que desde el árbol no conseguí identificar.

En el preciso instante en el que Fael consiguió apartar a Michael del cuerpo inmovilizado de Zaffie, aquel dragón lanzó otro chorro igual contra su cuerpo, pero ella no reaccionó como Rashel, no reaccionó en absoluto.

Fael soltó a mi hermano y este volvió a abrazarse al cuerpo de Zaffie, mientras sus seis alas la ocultaron por completo.

Al llegar junto a ellos, tuve que entrecerrar los ojos, protegiéndome a la vez con la mano, debido al potente resplandor que emitía el cuerpo alado de Michael.

—¡¿Zaffie?! —dije en alto, con un nudo en la garganta.

—Angie —Raffaele me agarró por los hombros—, Elizabetta la quebró por dentro. Finalizó su existencia antes de que la soltara.

—¡¡No, Zaffie, no!! —lloré sin poder evitarlo, mientras veía a mi hermano que no paraba de mecerse con ella entre sus brazos.

—Su labor era custodiar a tu hermano y lo hizo hasta el último momento —dijo, abrazándome contra su pecho—. Al menos, hemos conseguido quitársela de sus garras, pero ya estaba muerta antes de caer. Elizabetta la quería como trofeo y hubiese sido desastroso haber perdido su cuerpo y su alma como ser de luz.

Continué llorando sobre el pecho de Fael y al rato oí la voz de William no en mi cabeza, sino hablando en alto. Me giré y le vi caminar hacia nosotros, desde el invernadero, acompañado por sus tres amigos ya transformados en humanos.

Todos ellos estaban magullados, tiznados y con la ropa medio rota, pero no parecían heridos. Corrí hacia ellos y William me acogió entre sus brazos.

Sin poder hablar ni casi respirar, le miré a la cara inspeccionándole. Intentando reconocerle sano y salvo.

—¡Estoy bien, Angie! —contestó, haciendo a su vez una inspección de mi rostro para acabar estrechándome, de nuevo, contra su cuerpo—. Por ahora, todo ha pasado, tranquila.

Continué llorando allí, acurrucada, y él esperó un rato hasta que me calmé. Me pasó el brazo por encima del hombro para llevarme hasta donde se encontraban esperándonos sus acompañantes.

—Perdóname por haberte tenido que soltar sobre el árbol —dijo el exótico amigo de William de rasgos indianos—. Espero que no te hayas hecho mucho daño.

—No, gracias a ti...

—Joâo, su nombre es Joâo Mármara —dijo William—. Y ellos son Robbie Flame e Ivo Le Blanc.

—¡Gracias, Joâo, me salvaste la vida! Y a vosotros también os doy las gracias por luchar contra esos seres diabólicos. ¡He pasado el peor momento de toda mi vida, creía que no se iba a acabar nunca!

—De hecho, te ha bautizado como su guardián protector, Joâo —dijo William.

—¿Leías mi mente mientras luchabas? —pregunté, extrañada.

—Sí y, de hecho, me ha servido de gran ayuda. Así sabía cómo se iba sucediendo todo aquí fuera y pude preparar mejor el golpe final. Tuvimos que sacrificar el dejarla escapar a ella por conseguir acabar con sus cinco guerreros.

Fael se acercó hasta el grupo que formábamos los cuatro dragones metálicos y yo.

—No pudimos darle alcance, Raffaele —explicó William—. La seguimos hacia el norte, pero desapareció sumergiéndose en el océano. Ya sabes lo que les gusta vivir en el mar a esas diosas y lo bien que se defienden en ese medio.

—La hemos perseguido dentro del agua, durante un rato, pero al no ser mi territorio, nos ha esquivado fácilmente —dijo Joâo.

—¡Gracias, amigos! —contestó Fael, agarrándoles por los hombros—. Habéis hecho más de lo necesario y gracias a vuestra presencia no tenemos que lamentar más bajas.

—Sentimos el fin de la existencia en este planeta de vuestra hermana de luz —dijo el pelirrojo Robbie.

—¿Qué vais a hacer con su cuerpo? —preguntó Ivo le Blanc, el más veterano de todos—. No falta mucho para que comience su transición.

William me explicó, mentalmente, que a lo que se refería Ivo era a que no quedaba mucho tiempo para que el cuerpo de Zaffie se desintegrase por completo y con ello la protección que todo ser de luz necesita para su proceso de transformación hacia la dimensión a la que se tienen que dirigir. Dejar a cualquiera de ellos sin ese amparo era un riesgo siempre, pero en el caso de Zaffie era necesario duplicar la protección para que no la captasen, por el camino, íncubos indeseados mandados por aquella diosa vengativa. Por tanto, debía procederse, inmediatamente, a su enterramiento en tierras sagradas y protegidas por guardianes de almas.

—Creo que tendremos que pediros otro favor —dijo Fael—. Necesitamos trasladar a Zaffie hasta alguno de vuestros territorios más seguros. Intentarán ir a por ella y no podemos arriesgarnos.

—En ese caso, el territorio más seguro de todos los que nos encontramos aquí es el mío, en África Oriental —respondió William—. Joâo protege Brasil; Robbie, Canadá e Ivo, California. Todos ellos están demasiado cerca de vosotros y bastante defensa vais a tener que llevar a cabo para ocuparos de Michael, como para tener que preocuparos también por Zaffie y su transición.

—Si tú estás de acuerdo, por mi parte me parece perfecto —dijo Fael—. Voy a decírselo a los demás y entre todos decidiremos quién te acompaña.

William asintió con la cabeza y exhaló un suspiro al tiempo que me invitaba con un gesto a que le siguiera.

—¿De qué va todo esto, William? —pregunté, cuando estuvimos un poco apartados de los demás.

—Debemos proteger el alma y el cuerpo de vuestra amiga. El riesgo de una captación por parte de las fuerzas oscuras, en el trayecto hasta allí con su cuerpo, es demasiado grande. Después, tendremos que llevar a cabo la ceremonia de enterramiento y, por último, tengo que ordenar todo y dejar bien protegido Igoli de cualquier incursión indeseada. Axel deberá estar acompañado por otros guardianes cuando yo no esté presente, aunque no es muy probable que se desplacen hasta África y, además, ella es un trofeo menor para sus propósitos. Sin embargo, no nos podemos arriesgar y todo eso nos llevará tiempo prepararlo.

—¿Cuánto, más o menos? —pregunté.

—Unos... dos o tres meses. Joâo te acompañará en avión hasta Igoli, estarás junto a mí dentro de dos días. Después, regresaremos los dos juntos y... ya veremos lo que hacemos.

Miré hacia donde se encontraba Fael, hablando con sus amigos, y vi a Mike que continuaba ausente y abrazado a Zaffie. Había conseguido transformarse, sin que yo le viera, y me parecía aún más vulnerable vestido como iba con la ropa normal de un chico de su edad que estaba celebrando su fiesta de cumpleaños.

—William, ¿puedes saber si Mike se siente culpable por la muerte de Zaffie? —pregunté, sin dejar de mirar a mi hermano, que parecía que estaba en trance.

—Cometió varios fallos y lo sabe. Acaba de perder a su amada de forma inesperada y haberse enfrentado a esa diosa, para evitar que huyese con ella entre sus garras, no le servirá de consuelo. Ahora tiene que pasar su duelo. No olvides que sigue siendo semihumano y su parte terrenal es la que está sacando a flote todo su dolor. Por ello, es más vulnerable y deberán duplicar la vigilancia sobre él. Supongo que de eso se encargará Raffaele.

Entonces, me giré para mirarle a los ojos y le dije:

—Pero no puedo dejarle solo, William. Mike me necesita, ahora más que nunca.

William me tomó de las manos, frunciendo el entrecejo.

—¡Angie, corres peligro quedándote en esta parte del planeta! El contraataque de esa diosa será superior. Hemos acabado con sus cinco guerreros y ha huido porque se veía acorralada y destruible sin sus secuaces, pero volverá recuperada y con otros cinco aún más fuertes.

En ese momento, Fael vino hacia nosotros para invitarnos a que nos uniésemos a sus amigos y ver cuál había sido su decisión. Entonces, aproveché para decir:

—William, tú me dijiste que yo no era el objetivo de Orson. Ellos no me buscan a mí, solo quieren a Michael, ¿verdad, Fael?

—Angie, no sé qué te habrá dicho William, pero hazle caso. Michael es su objetivo, pero tú eres su hermana mortal, demasiado vulnerable y fácil de matar; y más, ahora, que conoces todos nuestros secretos. Tenerte a ti supone captar a Michael. Es demasiado arriesgado.

—¡Pues me habrían cogido esta noche y no ha sido el caso! —argumenté en mi favor—. Habrían podido quemar ese árbol y os hubiera sido muy difícil que no me tostase entre sus ramas —les dije, cruzándome de brazos.

—Joâo estableció un arco de invisibilidad y protección sobre ti y el entorno donde te encontrabas; cedió parte de su naturaleza a aquel árbol y eso evitó que te viesen, a costa de quedarse él desprotegido y ser más vulnerable —explicó William.

—Y… ¿no podríais establecer algún tipo de protección sobre mí? Por ejemplo, cuando me mantenga alejada de los custodios. Mike va a estar destrozado durante un tiempo, ¡no puedo y no quiero dejarle aquí solo! Me necesita y sé que jamás se subirá a un avión para llegar hasta Igoli; a no ser que le convenzas tú, Fael, para que se teletransporte hasta la reserva.

—No creo que lo haga —dijo Fael. Y se quedó pensativo durante un rato—. Angie tiene razón en cuanto a la protección que podéis otorgarle los dragones, William. Si tú y tus compañeros le concedieseis alguna, los demás podríamos ocuparnos de defenderla y estaría junto a Michael. Eso, por lo menos, hasta que tú puedas volver y resolváis la situación como mejor os convenga.

—Necesitaría mucho más que una simple protección, Raffaele. Necesitaría un custodio para ella sola y eso es cosa de ángeles. Nuestra estirpe tiene sus limitaciones a distancia. Yo le puedo otorgar un halo de protección y de comunicación con nuestra especie que, junto con su colgador y mi brazalete, harán que tenga unos escudos potentes; incluso, uno de mis hermanos de sangre puede ejercer de guardián suyo a tiempo completo. Pero eso no es suficiente. Necesito la certeza de que no accederán a ella bajo ningún concepto o, si no, me la llevo de aquí, ahora mismo, aunque no quiera. El don de la ubicuidad no lo tenemos y ella va a necesitar presencia inmediata en muchas ocasiones y más, si va a seguir haciendo su vida normal.

Fael esperó un rato antes de responder:

—Estoy capacitado para otorgarle un custodio, William —dijo Fael—. Acompañadme y lo hablaremos entre todos.

William me cogió de la mano para llegar hasta el grupo de ángeles que se encontraban formando un corro alrededor de Michael y Zaffie.

Ivo, Robbie y Joâo se unieron a nosotros y ampliamos el círculo, mientras Fael se metía dentro del mismo:

—¡Escuchad! Todos sabéis ya quién es Angie. Ella conoce nuestra naturaleza y la de nuestros amigos los dragones. No busquéis responsables. Es hija del gran Uriel y, por tanto, recibió de él mismo ciertos dones y virtudes; os garantizo que podemos confiar en que guardará bien nuestro secreto. Hoy hemos restablecido una alianza ancestral con los Drakos y, gracias a ello, hemos conseguido salvar el alma de nuestro futuro arcángel, Michael.

»Por el camino, la esencia de nuestra querida Zaffie se ha extinguido. Ella defendió a su objetivo hasta el último momento y, ahora, hemos de trasladarla para proteger su transición hacia la poderosa Una. Jophiel me acompañará para ubicarla donde nos digan los miembros de la Sociedad Dracconis —y, mirando a mi hermano, le dijo—: Michael, ¿querrás acompañarnos?

Mike alzó la vista y con ojos llorosos negó con la cabeza.

—¡De acuerdo! —respondió Fael—. Hasta nuestro regreso, Aton y Amy vigilaréis a Michael junto con Gabriel.

—Raffaele, ahora mismo Seattle no es un sitio seguro para ellos y menos estando tan cerca de Orson —intervino Stuart—. Durante la lucha pude sentir su esencia espiritual. Sería conveniente que se marchasen esta misma noche. Yo me ocuparé de reestructurar este espacio y de enviar las cosas de Michael desde la residencia hasta su casa en Vancouver.

—Gracias, Stuart —contestó Fael—. Y, en cuanto a ti, Rashel, los Drakos protegerán a Angie, pero tú no te separarás de ella en ningún momento. Pasas a convertirte en su ángel de la guarda hasta nueva orden.

De repente, se produjo una exclamación de sorpresa entre todos los ángeles, que hizo que hasta mi propio hermano levantase la cabeza, extrañado.

—¡Raffaele, no podemos otorgarle ese tipo de protección a un mortal! —argumentó Rashel—. Perdona, Angie, no es nada personal contra ti, pero es que Raffaele se juega mucho si lo lleva a efecto.

—¡¡Os recuerdo a todos que Angie también es hija de Uriel!! —Fael elevó la voz lo suficiente para hacerse oír por encima de los murmullos—. Él rechazó la defensa de los custodios en pro de la vigilancia de su primogénito; sin embargo, como ángeles de la guarda, nos debemos a su esencia espiritual como superior jerárquico. Parte de esa esencia se encuentra guardada en el colgante que lleva Angie en su cuello.

»Yo, como jefe de custodios, puedo otorgar un ángel de la guarda a un mortal que haya sido bendecido por la huella eterna de uno de los nuestros. Así sea, hasta la transformación de nuestro hermano Michael, en donde yo mismo abandonaré mi condición de custodio para pasar a convertirme en ángel de la guarda de ella hasta el final de sus días.

—¡Así sea! —corearon todos los ángeles, finalmente, incluido Mike que, en ese momento, se levantó con Zaffie en sus brazos.

La envergadura de las alas de aquel ángel sin vida me estremeció. Nunca había visto nada tan bello. Sus alas de color azul celeste parecían hechas con hilos de seda y polvo de plata. Llevaba tan solo una falda larga y un corpiño labrados con finos hilos de oro. Su piel era de un blanco níveo y sus labios conservaban el color rosado propio de alguien lleno de vida; a pesar de irradiar un haz de luz parpadeante a su alrededor, parecido a una bombilla a punto de consumirse.

—Nos vemos muy pronto, ángel mío —dijo Michael, después de alzarla para besarle la boca.

Le entregó a su amigo el cuerpo de su amada y Fael la tomó entre sus brazos.

—Es hora de marcharse —dijo Fael en alto.

Entonces, Jophiel y Raffaele cargaron a Zaffie, entrelazando sus brazos por debajo de su cuerpo sin vida.

William y yo nos buscamos con la mirada, él me besó en los labios y después dijo:

—En cuanto pueda me comunicaré contigo. Te quiero.

—Yo también te quiero, amor mío. Tened cuidado —respondí, con el corazón encogido.

Llamó a Ivo para que se acercase hasta nosotros y me pidió que cerrara los ojos.

Noté las manos de ambos posadas sobre mi cabeza y un calor intenso recorrió todo mi cuerpo. Cuando pensé que casi me iba a encender como una antorcha, dejé de notar su contacto, dejé de oler su perfume, dejé de notar su presencia y supe que todos ellos se habían ido.

Las piras donde se quemaban los cuerpos de los dragones maléficos se extinguían sin dejar apenas rastro, invadiendo todo el ambiente con un olor nauseabundo parecido al de un estanque de aguas sulfurosas. Momentos antes, un intenso aroma a rosas recién cortadas fue todo lo que aprecié, pero, en aquel momento, la pestilencia que emanaba de aquellas fogatas empezó a taladrarme el cerebro.

El jardín se encontraba devastado, el invernadero derruido y la mayoría de las plantas y árboles, que con tanto mimo cuidaba Fael, habían sido alcanzadas por las llamas o pisoteadas en el fragor de la batalla. Únicamente, el árbol que me acogió entre sus ramas se mantenía intacto.

Los daños sufridos dentro de la casa fueron menores, sin embargo, la labor de Stuart de arreglar los desperfectos en la finca, antes de la llegada de su dueño, le llevaría su tiempo. Mike entró en ella a buscar mi regalo y, según nos montamos en los coches, se lo puso sobre el regazo.

Pasamos por el hotel para recoger mi equipaje, el de William y cancelar la cuenta.

De camino a Vancouver, quise ir sentada junto a Mike, pero me lo desaconsejaron, por lo que cada uno fuimos acompañados por nuestros propios guardaespaldas en coches separados.

Mi coche lo conducía Robbie, que sustituyó como guardián protector a mi indiano exótico. Las montañas de Canadá eran su territorio, por lo que podría mantener la vigilancia sobre su terreno al mismo tiempo que cuidaba de mí. Nos acompañaba Rashel y los tres mantuvimos silencio, prácticamente, durante todo el trayecto.

El coche de Michael lo conducía Gabriel e iba ocupado en su parte trasera por Aton y Amy.

Cuando llegamos a Vancouver, amanecía.

Nuestra casa, desde ese momento, pasaba a convertirse en el cuartel general de todos los que protegerían a mi hermano hasta el preciso momento en que se produjese su transformación. En la casa había suficientes habitaciones para acogerlos a todos. Sin embargo, cuando apareciese Anita el lunes, debíamos tener una buena excusa inventada para justificar la presencia, por un tiempo superior al normal, de todos aquellos desconocidos y, sinceramente, Mike no parecía estar en condiciones de ir a ayudarme en tal empresa, ya que, nada más entrar en la casa, se fue directamente a su habitación.

—¿Qué tal se encuentra? —le pregunté a Gabriel antes de subir tras él.

—No nos ha hablado en todo el camino —respondió.

—Estáis en vuestra casa —le dije—. Tú la conoces bien, así que acomodaos donde queráis. Hay camas para todos y comida en el frigorífico, yo voy a estar un rato con él.

Le encontré tumbado bocarriba sobre su cama, con un brazo doblado por detrás de la cabeza. Aún llevaba puesta la pulsera que le había regalado William. Me acosté a su lado y estiró el otro brazo para acogerme en su pecho.

La fluctuación de sentimientos y la tensión vivida en aquellas semanas, el miedo de las últimas horas, la incertidumbre ante el futuro, la separación forzosa de William y la pérdida de Zaffie me hicieron llorar en silencio. Cuando Mike notó que me había calmado un poco, dijo:

—¡Gracias, Angie!

—¿Por qué? —pregunté, confundida.

—Por haber destapado el secreto. Si no llega a ser por ello, jamás habría amado a Zaffie como lo hice en estos últimos días. Ella no hubiese sido capaz de expresarme sus sentimientos y yo hubiera seguido tan ciego como lo he estado todos estos años atrás —su voz sonaba tranquila y mostró una entereza casi superior a cuando se enteró del fallecimiento de mis padres.

Me incorporé un poco para mirarle a los ojos.

—¡Pero ella ha muerto, Mike! Si yo no hubiera estado allí, si no hubiésemos hecho aquella fiesta, ella seguiría estando a tu lado.

—Tal vez sí o tal vez no, ¡quién sabe! La zorra de Elizabetta y sus chulos hubieran seguido acosándome en otro lugar, otro día. Además de que en estas últimas semanas me he dado cuenta de muchas cosas que con esta batalla se han visto reforzadas; necesito aprender, en el poco tiempo que me quede, todo lo que no me enseñó Orson en estos años. Solo de ese modo podré acabar con ellos y reencontrarme con Zaffie. Eso me ha hecho verlo tu mágico dragón.

—Tengo que confesarte una cosa —me sinceré—. William me permite a veces escuchar sus conversaciones con otra gente y... oí la pequeña discusión que tuvisteis los dos durante la fiesta, al igual que la conversación que mantuvisteis con Fael y los otros.

Se quedó pensativo durante un momento y, luego, contestó:

—Supongo que es su manera de protegerte cuando no está cerca de ti. A veces, creemos que ocultar cierta información ayuda a los demás; pero, en tu caso particular, usas esa información en tu propio beneficio. Cuanto más sepas de nuestros mundos, mejor te sabrás desenvolver en ellos. Ya solo el hecho de desear estar con un dragón conlleva sus riesgos y sus concesiones, eso lo has elegido tú sola, pero que la mitad de tu familia sean ángeles no ha sido tu elección. Así que cuanto más enterada estés de todo lo que nos rodea, mejor y más seguro para ti.

»Lo único que siento es no poder ser yo tu propio ángel de la guarda y tener que mantenerte vigilada de continuo. Siento, también, que por mi culpa te hayas tenido que quedar aquí y que no hayas ido con él; perdóname, Angie, pero no pude ni reaccionar. Tu sitio está con William, en su reserva, allí será dónde más protegida te encuentres. Tienes que coger un vuelo cuanto antes y estar a su lado. Rashel te acompañará hasta allí.

—¡Ni hablar de eso! ¡No voy a dejarte solo! —me mostré tajante—. Quiero pasar contigo la mayoría del tiempo, hasta... hasta que ocurra lo que tenga que ocurrir. Después, seré yo la que te llore y no quiero arrepentirme de haber pasado poco tiempo a tu lado.

Mike me miró, esbozando una leve sonrisa.

—¿Cuántos días te quedan de vacaciones aún? —preguntó, cambiando radicalmente de tema.

—Casi una semana. Pero estoy pensando en cogerme una excedencia, así que no creo que vuelva a volar. —Michael me soltó de su abrazo y se incorporó un poco para poder hablar.

—¡Ahora soy yo el que te dice que nada de eso! Tienes que volver a tu rutina diaria, Angie, es tu vida y no voy a permitirte que te dediques a quedarte en casa, todo el día, haciendo también de niñera mía. En otro momento, me hubiese encantado haberte oído decir que no volverías a subirte a ningún avión, pero, hoy por hoy, creo que lo más sano para tu mente será que sigas con tu vida igual que siempre.

—¡Pero ya lo tenía pensado antes de todo esto! Me iba a coger la excedencia para irme a vivir con William a Igoli. Además, tío

Philippe me ha pedido que continúe sacando las temporadas de moda como hacía mamá; será una manera de estar entretenida y de colaborar en la empresa familiar.

—Angie, haz lo que quieras cuando falte yo, pero recuerda que nuestra existencia en este mundo gira en torno a una doble vida que mantenemos de cara a los demás. Yo seguiré con mis entrenamientos intensivos y Fael reconducirá mi formación, así que estaré prácticamente todo el día ocupado. Aparte de que tendré que inventarme algo para explicar la presencia de tanto amigo mío en la casa, así que solo nos falta que se mosquee alguien porque tú hayas dejado de trabajar en lo que más te gusta.

Sus argumentos fueron determinantes.

—Sí, vale, tienes razón, será lo más prudente. Se me olvida siempre esa tapadera que todos tenéis —dije, cabizbaja, valorando sus palabras.

—Angie, ahora formas parte de este mundo, de manera pasiva, pero lo formas. Habrá que pensar en una estrategia para mantener a Rashel todo el día pegada a ti.

—De acuerdo, pero mejor lo pensamos más tarde, ¿vale? —Y me volví a recostar sobre la almohada—. Descansemos algo, ha sido una noche demasiado larga.

—¿Y tus heridas? Ni siquiera nos hemos parado a curarte —preguntó, recostándose a mi lado.

—¡Da igual, después lo haré! —dije, entornando los ojos. Noté como Michael pasaba su brazo por encima de mi cintura para acercarme a su lado.

—De acuerdo, después. ¡Dulces sueños, Angie!

—¡Dulces sueños, ángel mío!

Epílogo

Las llamas consumían la cabaña de madera en la que me encontraba encerrada.

Tal era el estruendo de rayos impactando sobre escudos de metal y chillidos agudos taladrando mi cerebro que era imposible hacerme oír entre el crepitar de la gran hoguera que me engullía en su interior.

Afuera se sucedían las persecuciones entre dragones metálicos; ora acosados, ora perseguidores de tantos otros monocromáticos. Frente a ellos, los ángeles, que habían duplicado su tamaño real, combatían con espadas pesadas.

La envergadura de sus alas y el cuerpo de muchos otros, que sin ser alados se mantenían suspendidos en el aire como por arte de magia, oscurecía aún más el firmamento cubierto de nubarrones amenazantes.

Nadie escuchaba mis gritos, nadie leía mi mente y mis amuletos protectores ya no estaban conmigo. Me quemaba por dentro, sentía reventar mis entrañas y aumentar mis pulsaciones, tanto, tanto que el corazón flaquearía de inmediato.

No conseguiría salir de allí con vida y mi cuerpo carbonizado quedaría tan irreconocible como mi madre.

Me había llegado el momento final y con ello, mi condena, mi castigo, mi pena.

Índice

Made in United States
Orlando, FL
12 May 2022

17787213R00296